Além da espera

© 2020 por Cristina Cimminiello
© iStock.com/PeopleImages
© iStock.com/Liderina

Coordenadora editorial: Tânia Lins
Coordenador de comunicação: Marcio Lipari
Capa e projeto gráfico: Equipe Vida & Consciência
Preparação e revisão: Equipe Vida & Consciência

1ª edição — 1ª impressão
3.000 exemplares — março 2020
Tiragem total: 3.000 exemplares

**CIP-BRASIL — CATALOGAÇÃO NA PUBLICAÇÃO
(SINDICATO NACIONAL DOS EDITORES DE LIVROS, RJ)**

L42a

Lauro *(Espírito)*
Além da espera / Cristina Cimminiello ; pelo espírito Lauro. - 1. ed. - São Paulo : Vida & Consciência, 2020.
352 p. ; 23 cm.

ISBN 978-85-7722-657-3

1. Romance espírita. I. Título.

19-61898   CDD: 808.8037
                   CDU: 82-97:133.9

Todos os direitos reservados. Nenhuma parte desta edição pode ser utilizada ou reproduzida, por qualquer forma ou meio, seja ele mecânico ou eletrônico, fotocópia, gravação etc., tampouco apropriada ou estocada em sistema de banco de dados, sem a expressa autorização da editora (Lei nº 5.988, de 14/12/1973).

Este livro adota as regras do novo acordo ortográfico (2009).

Vida & Consciência Editora e Distribuidora Ltda.
Rua das Oiticicas, 75 – Parque Jabaquara – São Paulo – SP – Brasil
CEP 04346-090
editora@vidaeconsciencia.com.br
www.vidaeconsciencia.com.br

Além da espera

CRISTINA CIMMINIELLO

Romance inspirado pelo espírito Lauro

PRÓLOGO

Um homem caminhava sozinho nas areias quentes do deserto usando roupas escuras e um turbante bege.

O seu rosto estava coberto, deixando entrever apenas um par de olhos negros, frios, endurecidos pelo tempo. Somente um olhar atento conseguiria perceber a profunda tristeza que havia neles.

Olhou a imensidão do deserto e disse:

— Estou quase chegando, tenho certeza de que este é o caminho certo.

Algum tempo depois, ele viu luzes, descobriu o rosto e, sorrindo, exclamou:

— Consegui, Amália, consegui. Falta pouco para encontrá-lo, a verdade será conhecida e nosso filho ficará aqui para sempre!

CAPÍTULO 1

O carro em que viajava o médico Raul Albuquerque freou bruscamente assustando seus ocupantes.

— O que houve, Mateus?

— Tem uma pessoa caída no chão. Se eu não brecasse, a atropelaria.

Raul desceu rapidamente do carro e examinou o homem.

— Ele está vivo, vamos levá-lo ao hospital, me ajude a colocá-lo no carro.

— O Hospital Geral não aceita essas pessoas.

Impaciente, Raul respondeu:

— Não me interessa se o hospital vai aceitá-lo ou não. Este homem precisa de ajuda. Vou participar de uma conferência. Se você não me ajudar, paro um carro qualquer que esteja passando por aqui para socorrê-lo. Quer fazer o favor de me ajudar?

Contrariado, o motorista ajudou sem repetir que o hospital não aceitaria aquele homem por se tratar de um qualquer.

Quando chegou ao hospital, Raul pediu ajuda a um enfermeiro para colocar o senhor na maca. O rapaz, quando viu de quem se tratava, ficou sem saber como agir. Irritado, o médico perguntou:

— O que você está esperando? Este homem está muito mal, precisa de atendimento urgente.

— O senhor me desculpe, não o conheço, mas se eu levá-lo para dentro, estarei descumprindo ordens da administração.

— Estou sendo aguardado na sala de conferência, vá até lá e diga ao doutor Adalberto que não cumprirei meu contrato se este homem não for socorrido.

O enfermeiro, sem saber direito o que fazer, correu até a sala de conferência e foi informado de que não seria possível interromper a reunião. Estavam aguardando a chegada do doutor Raul Albuquerque, um importante médico estrangeiro, para a palestra inaugural.

— Você não está entendendo, Aurora, o doutor Raul está lá fora e trouxe com ele um beduíno. Ele não entende que não podemos cuidar dessa gente e está ameaçando não vir à conferência, se não fizermos nada.

— Espere aqui, Maurício, vou falar com o doutor Adalberto.

Adalberto Marçal era o responsável pelo hospital. Todos os anos, ele organizava um congresso para a atualização dos médicos que trabalhavam ali. Procurava trazer sempre profissionais das áreas da ciência e da medicina que apresentavam suas pesquisas e os resultados obtidos.

Ao ser informado do ocorrido, o doutor Adalberto pediu a doutora Mariah que o acompanhasse à recepção. Lá chegando, encontraram o médico examinando o homem que ele socorrera.

— Doutor Raul, que prazer tê-lo em meu hospital. O que houve?

— Doutor Adalberto, meu motorista quase atropelou este homem, e eu o trouxe aqui porque estávamos perto, mas fui informado de que ele não pode ser atendido por se tratar de um beduíno. O que significa isso? O senhor escolhe quem será atendido? Para que me trouxeram para dar uma palestra sobre atendimento emergencial se não posso socorrer um ferido?

— Doutor Raul, deve haver algum mal-entendido. Esta é a doutora Mariah, ela cuidará dele enquanto estivermos na conferência. O senhor está sendo aguardado para a palestra inicial.

— Recuso-me a deixar este homem aqui sem saber para onde vão levá-lo. Se o problema for o custo do tratamento, não se preocupe, eu pago todas as despesas.

— Temos um público à sua espera. Estamos muito atrasados. Eu lhe asseguro de que a doutora Mariah cuidará muito bem do homem.

A médica aproximou-se dizendo:

— Doutor Raul, pode ir, cuidarei deste homem e depois mandarei um enfermeiro avisá-lo em que quarto ele ficará e como está seu estado de saúde. Pode ir sem receio. Vou examiná-lo e providenciar os exames que forem necessários.

Raul olhou para aquela jovem, que transmitia segurança no olhar, e sentiu que podia confiar nela.

— Está bem, doutora. Assim que terminar a palestra, vou procurá-la.

— Estarei à sua espera.

Quando os médicos seguiram para a conferência, a médica disse:

— Vamos, Maurício, me ajude a levá-lo para o quarto do segundo andar e depois peça a uma das recepcionistas que cuide da papelada de internação.

— Mas, doutora, ele é um beduíno!

Enérgica, a médica respondeu:

— É um homem que precisa de tratamento médico, pare com esse preconceito e me ajude, ou eu mando chamar o doutor Adalberto novamente.

Prevendo o que aconteceria se interrompesse novamente o evento, o enfermeiro auxiliou a médica sem reclamar.

O motorista, que a tudo assistia, disse à médica:

— Doutora, estou com as malas do doutor Raul no carro. O que devo fazer?

— Você não está à disposição dele?

— Não, fui encarregado de apanhá-lo no aeroporto e trazê-lo até aqui.

— Quem o contratou?

— A direção do hospital.

— Seu nome é?

— Mateus, senhora.

— Mateus, os diretores do hospital estão assistindo à palestra que o doutor Raul veio proferir. Eu o aconselho a colocar o carro no estacionamento do hospital e ficar aqui na recepção, aguardando o retorno dele.

— Mas doutora...

— Olhe aqui, Mateus, o doutor Raul deve ter tido a pior impressão possível do tratamento que damos aos visitantes e às pessoas necessitadas, portanto, faça o que eu disse. Não posso ficar aqui discutindo com você, preciso socorrer o ferido. Vamos, Maurício, o ascensorista está nos esperando.

E, sem esperar mais nada, a médica colocou a maca no elevador, ajudada pelo enfermeiro, que estava visivelmente contrariado. Depois de acomodar o paciente no leito, ela dispensou o rapaz e pediu-lhe que chamasse uma enfermeira para auxiliá-la.

Algum tempo depois, Amália entrou no quarto dizendo:

— Doutora, eu soube o que aconteceu na recepção. Como ele está?

— Não foi atropelamento, ele deve ter andado muito e está bastante fraco. Estou hidratando-o, não encontrei hematomas ou fratura.

— Ajude-me a lavar as mãos e o rosto do paciente. Este homem deve ter andado muito sob o sol escaldante. Veja, a pele está mais queimada no rosto do que nas pernas.

— Não devemos despi-lo?

— Sim, tiraremos a camisa dele para examiná-lo melhor. Traga-me material para curativo para as feridas e queimaduras.

— Sim, senhora.

Mariah examinava o homem com muito cuidado, sua aparência demonstrava que ficara alguns dias sem comer. A sola gasta de seus sapatos e a areia que ainda restava neles indicavam que ele andara muito pelo deserto.

Enquanto isso, na conferência, doutor Raul Albuquerque explicava a necessidade de se preparar enfermeiros e atendentes para o socorro em acidentes nas estradas. A agilidade e rapidez na identificação dos sintomas são fatores cruciais para se salvar vidas.

Terminada a palestra, o médico demorou para desvencilhar-se dos participantes que queriam mais detalhes sobre o trabalho realizado com os médicos socorristas.

Quando as perguntas cessaram, ele pediu licença para retirar-se, havia feito uma viagem muito longa e com alguns contratempos. Nesse momento, lembrou-se de que deixara suas coisas no carro que fora buscá-lo no aeroporto. Questionou o doutor Adalberto, que o acompanhava, e este apressou-se em verificar com uma das recepcionistas onde estavam as malas do médico.

— Doutor Raul, o motorista está aguardando na recepção para levá-lo para o hotel. As malas estão no carro.

— Obrigado, doutor Adalberto, gostaria de falar com aquela médica. Se não me engano, é a doutora Mariah.

— Sim. Venha, vamos ao consultório dela.

Quando chegaram ao local, foram informados de que a médica estava no segundo andar. Enquanto se dirigiam para lá, o doutor Adalberto pensou em reclamar do comportamento de Mariah, mas evitou fazê-lo. O fato de ter internado um beduíno naquele hospital lhe traria problemas, mas não discutiria com o médico visitante por ora. Ele não conhecia os costumes da cidade e, certamente, depois que conversassem fora dali, Raul entenderia seus motivos e não tomaria outra atitude semelhante.

Quando chegaram ao quarto, a médica terminava de enfaixar as mãos do senhor. Doutor Raul perguntou-lhe:

— Como ele está, doutora?

— O paciente está dormindo, apresenta algumas queimaduras provocadas pelo sol e está bastante desidratado. Deve ter caminhado muito para chegar até aqui.

Doutor Adalberto explicou:

— Doutor Raul, estão me chamando no primeiro andar. Não quer vir comigo? Depois podemos comer algo.

— Não se preocupe, fiz um lanche quando cheguei e confesso que não estou com fome. Pode cuidar de seus afazeres, que são muitos. Eu quero ficar um pouco mais aqui.

— Como queira, doutor Raul. Doutora, assim que a senhora terminar, venha ao meu consultório.

— Pois não, irei sim.

Aproveitando a saída do doutor Adalberto, Raul perguntou:

— Por que você está aqui em vez de um enfermeiro e por que esse homem está vestido com as roupas com que chegou?

— Este homem é um beduíno!

— Ah, não! Outra vez essa história!

— Deixe-me explicar: por ser um beduíno, muitos o tratam como vagabundo, o que não significa que seja o caso deste homem. Ele deve ter andado muito pelo deserto para chegar até aqui. Se o senhor não o tivesse socorrido, alguém chamaria uma ambulância e o colocaria num hospital público ou num abrigo. Seu motorista não o atropelou, ele deve ter caído na frente do carro. Veja, tem areia nos sapatos dele e a pele está bem queimada.

— A córnea não parece ter sido afetada. A cabeça, protegida do sol, não apresenta ferimentos.

— Ele precisa ser higienizado. Você quer que eu chame algum enfermeiro?

Nesse momento, a enfermeira Amália entrou no quarto.

— Não, se o senhor puder me ajudar, eu agradeço. Não tenho a quem chamar.

— Tudo isso por que ele é um beduíno?

— Mais ou menos, não quero me indispor com o pessoal daqui. Outra hora, conversaremos sobre esses costumes.

— Eu vou ajudá-la. Aonde posso lavar as mãos?

— Ali no banheiro tem sabonete antisséptico e toalhas limpas.

Raul retornou e, embora achasse estranho, passou a auxiliar a médica.

— Vamos tirar os sapatos e a calça, depois a camisa, assim o limpamos e, ao mesmo tempo, faremos um exame físico mais completo.

Depois do procedimento de limpeza, Amália os ajudou a trocar o lençol e a colocar uma camisola hospitalar no paciente. Ele resmungou, mas continuou dormindo.

— Pronto, agora podemos deixá-lo dormir. Amália, mande as roupas dele para a lavanderia. O turbante está guardado nesta gaveta, nele havia algumas pedras, eu coloquei em um saquinho. Tenho certeza de que ninguém mexerá aqui.

— Você deve estar cansada.

— Não mais do que você, que viajou horas, deu uma palestra e depois me ajudou a cuidar de um paciente.

— Você vai encontrar o doutor Adalberto?

— Não, meu plantão termina em dez minutos. Vou deixar o prontuário dele com as enfermeiras e vou para casa. À esta hora, o doutor Adalberto não está mais no hospital. O senhor se hospedará aonde?

— Tenho uma reserva no Mena House. Meu Deus, me esqueci do motorista, será que ele foi embora?

— Venha comigo. Se houver algum contratempo, eu mesma o levarei ao hotel.

— Minhas coisas ficaram no carro.

— Daremos um jeito.

Depois de passarem pelo posto de enfermagem, onde a médica deixou as instruções para o atendimento do paciente do segundo andar e a recomendação de que poderiam comunicá-la caso ele acordasse, os médicos seguiram para a recepção do hospital.

— Doutora, não precisa de me chamar de doutor Raul e, se você me permitir, eu a chamarei apenas de Mariah.

— Sem problema, Raul, também não gosto de formalidades.

Na recepção, foram informados de que o motorista fora chamado na empresa que ele trabalhava, e que as malas foram colocadas no consultório da médica.

— Raul, veja se está tudo aí.

— Está sim. São duas malas. Minha pasta e meu computador estão comigo.

— Então vamos, eu o levarei até o hotel.

— Não precisa, posso pegar um táxi. Não quero lhe dar trabalho.

— Não será trabalho nenhum e sim merecimento. Você hoje salvou a vida de um homem.

— Eu não teria conseguido sem sua ajuda.

— É bem possível. As pessoas têm preconceito quando veem um homem como ele.

— Não aceito isso. Estamos no século 21, e ainda existe preconceito.

— Acho que isso nunca vai acabar, é próprio do ser humano, que rejeita tudo que não conhece.

— Tem razão. Mas vamos, é tarde, e você precisa descansar.

— Eu o ajudo.

— Leve esta valise, e eu levo as malas.

Mariah deixou Raul no hotel, não sem antes verificar se a reserva estava confirmada e se ele ficaria bem acomodado. Despediram-se combinando que ela o pegaria às oito horas, no dia seguinte, para irem juntos ao hospital.

No dia seguinte, quando Mariah chegou ao hotel, Raul a esperava na recepção:

— Bom dia, Raul. Passou bem a noite?

— Bom dia. Não foi boa não. O cansaço, a preocupação com o nosso paciente e a cama diferente não me deixaram dormir direito. Por favor, me fale mais sobre os costumes daqui.

— Bem, alguns ciganos ou os descendentes deles não moram mais em tendas, nem perambulam pela cidade. Possuem suas casas, muitos são empresários, porém, mantêm os costumes antigos como as festas, a leitura das mãos, o comércio de artefatos de cobre. Alguns viajam pelo deserto, e estes sim dormem em tendas ou barracas, como os antigos, mas são poucos. A vida nômade dos ciganos antigos fascina os jovens que querem aventurar-se pelo deserto.

— Entendi, mas não me parece o caso daquele homem.

— Com certeza não. Enquanto eu o examinava, ele dizia muito baixinho: "consegui, Amália, eu disse que o encontraria". Custei a entender o que ele murmurava. Só conseguiremos que ele esclareça quem é Amália quando acordar.

— Interessante. Não seria a enfermeira que a estava auxiliando ontem?

— Não. Amália é muito jovem, e o nosso paciente deve ter cerca de 60 anos. Deve ser apenas uma coincidência de nomes.

— Chegamos ao hospital. Vou estacionar na área reservada aos médicos, entraremos sem passar pela recepção.

— Sim, mas preciso avisar o doutor Adalberto de que estou no hospital.

— Fique tranquilo, mandarei avisá-lo de que estamos aqui.

Quando os médicos entravam por uma porta lateral, ouviram vozes alteradas que vinham da recepção.

— Senhorita, eu sei que ele está aqui. Seu nome é Omar Ahmed.

— Por favor, senhor, não tem ninguém aqui internado com esse nome. O senhor está me dizendo que ele veio do deserto. Não atendemos beduínos aqui.

Mariah pediu a Raul que esperasse e dirigindo-se à recepção perguntou o que estava acontecendo.

— Doutora, este homem insiste em dizer que está internado aqui alguém de nome Omar Ahmed, mas eu não tenho esse registro.

— Senhor, sou a doutora Mariah. O senhor é...?

— Meu nome é Amir Ahmed. Omar é meu pai. Ele saiu do acampamento há três dias e veio para cá. Somente ontem fui informado, e me disseram que ele estava internado aqui.

Virando-se para a recepcionista, a médica disse:

— Sandra, vou levar o senhor Amir ao segundo andar, temos um paciente internado sem identificação. Se ele reconhecê-lo, então, faremos todo o procedimento administrativo. Venha comigo, senhor Amir.

Quando Amir e Mariah aproximaram-se de Raul, os dois homens se olharam e ficaram como que paralisados. Mariah, observando-os, foi a primeira a falar:

— Vocês se conhecem?

Raul respondeu:

— Não. Mas como é possível?

— Sermos parecidos? Com certeza, você é o homem que meu pai veio procurar. Meu nome é Amir Ahmed e, se eu estiver certo, somos irmãos.

— Não pode ser. Meus pais morreram num acidente quando eu tinha dois anos de idade.

— Foi o que lhe disseram? Bem, vamos ver se o homem internado é Omar e depois conversaremos. A nossa conversa será longa.

Os três se dirigiram ao quarto no segundo andar e lá chegando encontraram Omar.

A médica perguntou:

— Senhor Amir, é seu pai?

— Sim, é ele. O que vocês fizeram?

— Eu o hidratei e fiz alguns curativos nas feridas das mãos e dos pés. O turbante, com algumas pedras que parecem preciosas, está na gaveta.

Amir aproximou-se do pai e, olhando-o com carinho, disse:

— Papa, por quê? Eu disse que viria, e agora, olhe para você, está machucado, precisando de cuidados de estranhos.

Omar respondeu baixinho:

— Eu precisava voltar, tinha de encontrar Meier, tinha que contar a Amália que ele está vivo. Ela vai ficar feliz.

Percebendo que a emoção estava tomando conta do paciente, a médica pediu a Amir que o deixasse descansar. O coração do homem estava sendo monitorado e vinha apresentando alterações desde que os dois começaram a conversar.

— Não vou sair daqui. Não sei o que vocês farão com ele.

Raul interveio:

— Acalme-se, senhor Amir, a doutora Mariah está cuidando de seu pai desde ontem. Nada vai acontecer a ele.

— Como você sabe? Por acaso é médico?

— Sim, e fui eu quem trouxe seu pai para cá ontem, quando ele caiu em frente ao meu carro. Ele precisa descansar. Pelo jeito, andou muito no deserto. Venha comigo, vamos conversar lá fora.

Assim, os dois homens saíram do quarto enquanto a médica examinava o paciente e providenciava a medicação.

Uma enfermeira aproximou-se de Raul e disse-lhe:

— Doutor Raul, o doutor Adalberto o espera para iniciar a reunião. Por favor, me acompanhe.

Olhando fixamente para Amir, Raul explicou:

— Estou participando do congresso médico que está sendo realizado aqui. Por favor, me diga como posso encontrá-lo, quero conversar com você e entender essa história.

— Eu não vou sair daqui. Preciso cuidar do meu pai. Vou esperá-lo. Papai sofreu muito, não vou permitir que nada de mau lhe aconteça.

— Por favor, a doutora Mariah está cuidando dele, e você sabe onde me encontrar.

Raul afastou-se com a enfermeira que olhava espantada para os dois homens. Enquanto caminhavam em direção à sala do congresso, ela não se conteve e comentou:

— Como o senhor se parece com aquele homem!

— Você não está mais surpresa do que eu. Por favor, não comente nada com outras pessoas do hospital, não quero despertar a atenção para esse assunto. Posso contar com sua discrição, senhorita...?

— Renata. Pode sim, doutor. Chegamos. Pode entrar por aqui, assim o senhor sairá na porta em frente ao local onde se sentará.

— Obrigado.

Raul entrou na sala, sentou-se no local indicado e ficou ouvindo a palestra do doutor Adalberto. No intervalo, este aproximou-se e disse-lhe:

— Bom dia. Como foi sua primeira noite aqui no Cairo?

— Bom dia, doutor Adalberto. Estranhei um pouco, mas estou bem. A doutora Mariah, gentilmente, me pegou no hotel, e estou preparado para a palestra de logo mais.

— Vou apresentá-lo e sairei por alguns minutos para falar com ela. Voltarei a tempo de acompanhá-lo para o almoço.

— Obrigado, sua secretária me fez um sinal, vou entrar e me preparar.

※

Saindo dali, o médico dirigiu-se à sua sala e mandou que chamassem a doutora Mariah.

— Doutor Adalberto, bom dia. O senhor quer falar comigo?

— Mariah, aqui dentro não precisamos de formalismos. Quero saber por que aquele homem não foi transferido.

— Papai, o senhor deve estar brincando. Não se lembra da reação do doutor Raul quando foi negado atendimento ao ferido?

— Mas você podia tê-lo transferido ou deixado que outro médico cuidasse dele. Você não estudou para atender esse tipo de gente.

— Que tipo de gente? O que está acontecendo com o senhor? Eu me formei em medicina para atender pessoas doentes, que precisem de atendimento médico, independente da cor, do sexo, ou de qualquer outra colocação que você queira fazer. Por que tanto preconceito contra esse homem? Você nunca interferiu nos meus atendimentos.

— Não quero você metida com essa gente. Já soube que o filho dele fez um escândalo na recepção.

— Sim, foi na hora que cheguei com o Raul. Fui até lá e resolvi o problema.

— Raul?

— Sim, pai, Raul. Qual o problema?

— Não quero você de motorista do doutor Raul e nem que atenda esse cigano. Mande outro médico fazer isso.

— Não vou obedecê-lo, e você sabe disso. A menos que você me dê uma boa razão para toda essa implicância.

— Não tem nenhum motivo. Apenas quero que você cuide dos seus pacientes.

— Estou cuidando deles, continuarei tratando do senhor Omar e acompanhando o Raul no que ele precisar. Mais alguma coisa, papai?

— Não, pode ir. Já vi que não vou conseguir demovê-la.

— Não mesmo, papai. Bom dia para você.

A médica deixou o consultório preocupada: "O que estava acontecendo para que seu pai se irritasse tanto? E a semelhança entre o filho do paciente e o médico"? Pensando sobre isso, ela entrou no posto de enfermagem e pediu que lhe dessem os prontuários dos pacientes. A doutora estava determinada a voltar àquele assunto posteriormente.

Amir olhava o pai adormecido e pensava: "Pai, por que você fez isso? Por que não esperou que eu procurasse Meier e lhe contasse nossa história? Será que ele sabe qual é sua origem"?

Omar remexeu-se na cama assustando o filho, que aproximou-se para observá-lo. Vendo que ele dormia, Amir sentou-se novamente, perdido em seus pensamentos.

CAPÍTULO 2

— Guilhermina, você sabia que Raul está no Cairo?

— Sim, Ângelo. Você não se lembra de que ele avisou que viajaria para um congresso num importante hospital do Egito?

— Me recordo de ouvi-lo falar alguma coisa sobre a cidade do Cairo, mas não prestei atenção.

— Esse é seu problema, Ângelo, nunca presta atenção ao que o Raul fala. Não entendo você. Trouxe-o para viver conosco quando os pais dele morreram e nunca lhe dá a devida atenção. Qual o problema de ele viajar para o Cairo?

— Você não sabe o que pode acontecer! — exclamou o homem.

— Não sei mesmo, você nunca me explicou por que o trouxe para nossa casa.

— Guilhermina, eu lhe disse que ele é filho da minha irmã Amália. Ela e o marido morreram num acidente. Não sei por que você sempre volta nesse assunto. Já lhe expliquei isso várias vezes.

— Pois é, Ângelo, você me contou essa história, e ninguém da família fala dessa sua irmã. Tentei várias vezes saber alguma coisa sobre ela, mas parece que todos a temem. O que tanto sua família e você escondem sobre ela?

— Não temos nada a esconder, isso é fantasia sua. Quando ele volta?

— Dentro de dois ou três dias. Ele me disse que participaria do congresso e voltaria em seguida. Não haveria tempo para ficar lá e conhecer a cidade — respondeu Guilhermina.

— Está bem. Quando ele voltar, falaremos. Vou para a fábrica, voltarei só à noite.

— Hoje haverá um jantar para tia Dirce. Não se esqueça, ela faz questão da sua presença.

— Não me esqueci, chegarei a tempo.

Depois que Ângelo saiu, Guilhermina dirigiu-se à casa de Dirce para ajudá-la com os preparativos para o jantar daquela noite. Dirce perguntou-lhe:

— O Raul virá?

— Não, tia Dirce, ele está no Cairo.

Dirce, que segurava uma bandeja com algumas taças, deixou tudo cair no chão.

— Você está bem? Parece que viu um fantasma — assustou-se Guilhermina.

Recobrando-se do susto, ela respondeu:

— Estou bem. Não sei o que houve.

— Tem certeza de que você não se assustou porque eu disse que o Raul está no Cairo?

— Não, que bobagem. Por que eu me assustaria?

— Talvez pelo mesmo motivo que o Ângelo ficou preocupado quando lhe disse onde o Raul estava.

— Bobagem, Guilhermina. Vou pedir a Marta para limpar essa bagunça.

Enquanto aguardava que Marta limpasse a sala, Guilhermina pensava: "tem alguma coisa errada, a reação dos dois foi muito parecida. Por que será que ficaram assim? Ficarei de olho nos dois".

— Guilhermina?

— Desculpe, tia Dirce, me distraí. O que você disse?

— Eu pedi a você que fosse comprar novas peças para repor a louça que quebrei. Pode fazer isso para mim?

— Claro, me diga onde devo ir.

§ — §

Na loja em que foi comprar as taças, Guilhermina encontrou Estela, amiga da família e pessoa muito querida de todos, e comentou com ela casualmente sobre o ocorrido. Estela perguntou:

— Você conhece a história da irmã do Ângelo?

— O que sei é que ela morreu em um acidente com o marido e um vizinho pediu para o Ângelo cuidar de Raul que, na época, tinha meses de vida. Por quê?

— Por nada. Falei à toa — desconversou Estela.

— Não falou não. Tem alguma coisa escondida nessa história. Ninguém da família fala sobre essa moça. Você a conheceu?

— Sim. Ela era linda. Morena, cabelos escuros cacheados, olhos verdes. Parecia-se com uma cigana.

— E o que aconteceu com ela? — perguntou Guilhermina.

— Não sei. Soube que ela se casou contra a vontade da família e teve um fim trágico, como você já sabe.

— Não sei não, Estela. Deve haver alguma coisa que ninguém fala. Não tem nenhuma foto dessa moça naquela casa. O Raul perguntava pelos pais, e a única coisa que ouvia era que eles haviam morrido e não existiam fotos, porque a mãe do Ângelo sofria muito ao lembrar-se da morte da filha. Com o tempo, ele parou de falar sobre os pais.

— Como é seu relacionamento com ele, Guilhermina?

— Muito bom. Eu o criei como um filho. Você sabe, não fui mãe, então, Raul foi um bálsamo na minha vida.

— Que bom que ele encontrou em você a mãe que perdeu.

As duas amigas saíram da loja e despediram-se, combinando encontrar-se à noite no jantar.

Enquanto esperava que Ângelo terminasse de se arrumar, Guilhermina lembrou-se da conversa que tivera com Estela e resolveu abrir um pequeno baú, que ficava na biblioteca, em busca de fotografias. Quando o encontrou, verificou que estava trancado, procurou a chave e, não a encontrando, questionou o marido.

— Onde estão as chaves do baú da biblioteca?

— Que baú?

— Aquele que está enfeitando a estante.

— Precisa disso agora?

— Estranho, não temos nada fechado à chave aqui em casa.

— Vamos embora. Amanhã eu cuido disso.

Chegando à casa da senhora Dirce, o casal foi recebido por ela:

— Que bom que vocês chegaram. Guilhermina, pode me deixar falar com Ângelo a sós?

— Claro, tia. Estou vendo Estela, vou cumprimentá-la.

Não passou despercebido a Guilhermina o nervosismo da tia. Ficou observando-a conversar com Ângelo, que estava visivelmente preocupado. Estela aproximou-se e disse:

— O que você faz aí sozinha?

— Estou observando tia Dirce e Ângelo. Os dois estão conversando, e ela me parece bem agitada.

— Você cismou com isso hoje. Venha, vamos cumprimentar os outros convidados.

— Está bem, mas que tem alguma coisa acontecendo isso tem.

No dia seguinte, Guilhermina procurou o marido para falar sobre a chave do baú.

— Não sei de chave nenhuma. Você deve ter se enganado.

— Não me enganei não. Ele sempre esteve em cima da prateleira. Você o trancou?

— Por que eu faria isso?

— Para eu não procurar fotos da sua irmã.

— Meu bem, deixe de bobagem. Vou trabalhar. Até mais tarde.

Guilhermina não se conteve e começou a procurar nas gavetas da casa alguma coisa que indicasse o que poderia ter acontecido com a cunhada.

Depois de uma busca em pastas antigas, encontrou no fundo de uma gaveta um envelope antigo, com recortes de jornal. Separou-os com cuidado e pôs-se a lê-los. Tratava-se de uma coluna social, que mostrava Ângelo e Amália. Como lhe dissera Estela, a cunhada era muito bonita. Havia também notícias sobre uma viagem que os irmãos fariam ao Egito em companhia dos pais e também um jornal noticiando a morte de Amália em um acidente na cidade do Cairo.

Guilhermina recolocou os jornais no envelope e devolveu-os ao local onde estavam. A mulher estava pensativa: "Os jornais, apesar de noticiarem a vida social dos irmãos, não citavam nada sobre o casamento de Amália. Aconteceu alguma coisa no Cairo, por isso a preocupação daqueles dois. Preciso falar com Raul".

Como ela sabia onde o sobrinho estava, ligou para o hospital e deixou um recado para que ele entrasse em contato com ela. Não pretendia falar com o sobrinho sobre o assunto, mas queria saber se ele estava bem, uma vez que tudo levava a crer que havia alguma questão no Cairo.

Raul recebeu o recado e estranhou a preocupação da tia, pois ela nunca telefonava quando ele estava trabalhando fora do Brasil. Resolveu que lhe telefonaria quando retornasse ao hotel.

Naquele dia, Raul almoçou com doutor Adalberto e procurou inteirar-se dos costumes locais. Voltou ao quarto do paciente, que tomou sob sua responsabilidade, querendo saber notícias e também encontrar o homem que era tão parecido com ele.

Encontrou a doutora Mariah e foi informado de que o rapaz havia saído do hospital dizendo que voltaria para passar a noite com o pai.

— Você já terminou seu plantão?

— Já. Estava esperando você. Eu o procurei na hora do meu almoço e me informaram que você estava almoçando com meu pai.

— Seu pai?

— Sim, o doutor Adalberto é meu pai. Você está indo embora? Posso deixá-lo no hotel.

— Eu quero ficar e esperar o filho do nosso paciente. Você viu como ele se parece comigo?

— A semelhança é incrível. Mas acho que aqui não é um bom lugar para vocês conversarem. E já é tarde.

— Você já sabe quando dará alta para o senhor Omar?

— Ainda não decidi, ele está muito fraco. Ficará mais uns dias por aqui.

— Amanhã você fará outra palestra?

— Sim, mas só à tarde. Terei a manhã livre.

— Talvez fosse melhor você ir para o hotel e voltar amanhã para conversar com o filho do senhor Omar.

— Está bem, vou seguir seu conselho, mas deixarei meu telefone e endereço na recepção e pedirei que entreguem a ele.

Assim, os dois foram embora. O doutor Adalberto observava de longe, não queria que a filha se aproximasse do médico, mas tudo indicava que aconteceria o contrário. Tão logo eles saíram, Amir chegou e recebeu o recado deixado por Raul. Agradeceu a recepcionista e se dirigiu ao quarto do pai.

Lá chegando, foi informado que o paciente havia passado o dia dormindo, mas estava bem, sem ocorrências. Amir avisou que passaria a noite ali.

⁂

O telefone tocou, e Guilhermina apressou-se a atender achando que era Raul.

— Por favor, preciso falar com o senhor Ângelo Albuquerque.

— Ele não está. Quem gostaria de falar com ele?

— Por favor, diga-lhe que doutor Adalberto Marçal precisa falar-lhe com urgência, ele tem meu telefone.

— Darei o recado.

Quando Ângelo chegou, Guilhermina contou-lhe sobre o telefonema do doutor Adalberto. Curiosa, a mulher indagou:

— Quem é ele? Não me lembro de ninguém com esse nome.

— É um amigo, você não teve oportunidade de conhecê-lo. Mais tarde, falarei com ele. Ele não mora no Brasil, preciso esperar um horário adequado para telefonar-lhe.

— Amigo seu que mora fora do Brasil?

— Guilhermina, o que deu em você? Nunca me fez tantas perguntas. Por favor, vamos jantar, estou cansado e quero me deitar.

Guilhermina não retrucou, mas aquele telefonema aguçou sua curiosidade.

⁂

Raul resolveu ligar para a tia no dia seguinte. Deitou-se e logo adormeceu.

Sonhou que estava andando próximo ao mar. De longe, olhava uma jovem vestida com roupas de cigana, que andava na beira da praia. Viu que a jovem entrava no mar e afastava-se cada vez mais da praia. Assustou-se imaginando que ela poderia se afogar.

A jovem voltou-se para ele, acenou, continuou andando e não ouviu quando ele gritou:

— Mariah, nãooooooooooo!

Acordou assustado imaginando realmente ter gritado, suava frio e respirava com dificuldade. Procurou acalmar-se, bebeu água e, quando sua respiração voltou ao normal, tentou dormir.

O sonho não lhe saía da cabeça. Estava amanhecendo quando ele finalmente conseguiu adormecer.

O telefone tocou, acordando-o. Ele atendeu com voz sonolenta.

— Raul? Sou eu, Guilhermina.

— Oi, tia, tudo bem? Eu acordei com o telefone. Aconteceu alguma coisa? É madrugada aí no Brasil, por que me ligou esse horário?

— Eu não consegui dormir. Precisava saber se você estava bem.

— Estou bem, tive um sonho estranho, mas foi só um sonho. Quando voltar, contarei para você. Como está o tio?

— Está bem. Ele recebeu um telefonema do doutor Adalberto Marçal. Não é o médico que você foi encontrar aí?

— É ele mesmo. Estranho. Por que ele ligaria para o tio Ângelo?

— Não sei, e seu tio desconversou. Disse que eu pergunto muito. O importante é que você está bem. Você volta amanhã?

— Não sei, tia, preciso conversar com uma pessoa que conheci. Talvez eu fique mais uns dias aqui. Eu telefono avisando. Fique tranquila.

— Está bem, Raul. Até mais. Um beijo.

— Outro.

Depois da conversa com a tia, ele ficou intrigado, mas resolveu que trataria disso depois, queria conversar com o filho do senhor Omar. Apressou-se porque Mariah logo estaria no hotel para encontrá-lo. Lembrou-se do sonho, havia gritado o nome Mariah, mas tinha certeza de que o rosto que vira não era o dela.

<hr>

Chegando ao hospital, eles foram direto para o quarto do paciente Omar Ahmed. Raul estava ansioso para conversar com Amir, porém, foi informado de que o homem recebera alta e seu filho o levara embora.

— Não pode ser. Eu não dei alta para o paciente. Como vocês o deixaram sair?

— Doutora, o doutor Adalberto esteve aqui ontem à noite, examinou o paciente e lhe deu alta. Como o acompanhante estava aqui, foram embora ontem mesmo.

Raul, admirado, perguntou a Mariah:

— O que você vai fazer?

— Vou questionar meu pai imediatamente, ele não podia ter feito isso.

— São nove horas, ele deve estar na sala de conferência. Você está visivelmente irritada, é melhor se acalmar antes de falar com ele.

— Você tem razão. Vamos para minha sala.

Lá chegando, Raul perguntou-lhe:

— O que está acontecendo? Por que o doutor Adalberto tomou essa atitude sem consultá-la? Sei que ele é seu pai, mas Omar era seu paciente.

— Neste hospital, atendemos apenas clientes que possam custear as despesas médicas. Você se lembra de como foi difícil atender o homem quando você o trouxe até aqui?

— Sim, as pessoas com quem falei relutaram em me atender. Precisei ameaçá-los de que não participaria da conferência. Mas a questão não era dinheiro, pois me responsabilizei por ele. Não havia necessidade de tirá-lo daqui. E, se bem me lembro, o filho dele não me pareceu uma pessoa sem recursos.

— Sinceramente, eu não sei e me parece já ter ouvido esse nome Ahmed na casa do meu pai. Vou questioná-lo. Mas e você? Como fará para descobrir o porquê da sua semelhança com Amir?

— Eu deixei meu telefone e endereço com ele. É possível que ele me procure. Lembra o que ele disse quando nos encontramos pela primeira vez: "com certeza você é o homem que meu pai veio procurar. Meu nome é Amir Ahmed e, se eu estiver certo, somos irmãos". Essas palavras não saem da minha mente.

— Irmãos? Mas como é possível? Você é brasileiro?

— Não, Mariah, eu nasci aqui. Meus pais morreram num acidente, e eu fui entregue para meus tios Ângelo e Guilhermina. Deixei de perguntar ou falar sobre esse assunto porque sempre recebi respostas evasivas. Não consegui entender o que ele falou para o filho, mas uma das palavras ditas foi Amália.

— Sim, eu também escutei esse nome.

— Minha mãe chamava-se Amália, naquele momento não pensei que ele poderia estar se referindo a ela.

— Raul, será que você foi sequestrado quando criança ou algo parecido?

— Não sei, Mariah. Tia Guilhermina, a mulher que me criou, telefonou-me para saber se estou bem. Ela nunca faz isso quando estou fora. Minha cabeça está um turbilhão.

Nesse momento, bateram na porta do consultório.

— Doutora Mariah, o doutor Adalberto pediu que a senhora o procure no intervalo da conferência, que será dentro de quinze minutos. Ele estará na sala dele. E, doutor Raul, se puder me acompanhar, eu o levarei à sala de conferência.

— Renata, diga ao doutor Adalberto que estarei lá. Raul, se você quiser ir para a conferência...

— Não, Mariah, minha palestra será à tarde. Estou correto, senhorita Renata?

— Isso mesmo.

— Por favor, diga ao doutor Adalberto que eu estarei lá às catorze horas. Mariah, não se preocupe comigo, vou para o hotel e virei para a palestra à tarde. Você precisa cuidar dos seus pacientes, não quero atrapalhá-la.

— Faça como achar melhor. Falarei com meu pai e, mais tarde, contarei a você as explicações dele. Hoje assistirei à sua palestra.

— Ótimo, nos veremos mais tarde. Até lá.

— Até lá, Raul.

— Doutora, posso ajudá-la? A senhora parece cansada.

— Não, Renata, diga ao doutor Adalberto que estarei na sala dele no horário combinado.

Chegando ao hotel, Raul foi informado de que havia uma pessoa aguardando por ele no restaurante e o mensageiro iria acompanhá-lo.

Raul imaginava encontrar Amir no restaurante, mas, em vez dele, outra pessoa o aguardava.

— Doutor Raul Albuquerque?

— Sim. Quem é o senhor?

— Meu nome é Joseph Ahmed, sou irmão de Omar Ahmed. Por favor, sente-se, precisamos conversar.

— Papai, por que o senhor deu alta para meu paciente sem o meu conhecimento?

— Mariah, eu disse a você que transferisse aquele homem, e você não me atendeu.

— Por que essa implicância com aquele homem? E ele tinha recursos para ficar no hospital. O que está acontecendo?

— Está acontecendo que você desrespeitou uma das regras do hospital, e eu não posso admitir isso.

— Pai, essas regras estão erradas, e tenho certeza de que você está fazendo isso por causa do Raul.

— O que o doutor Raul tem a ver com isso?

Percebendo que falara mais do que devia, Mariah se conteve e respondeu simplesmente:

— Ele veio fazer palestras aqui e não sabe dessas regras que você e o conselho impõem.

— Não tem nada a ver com ele. E também pedi para você não se ligar a ele e, naturalmente, você não me atendeu.

— Papai, você nunca fez isso, nunca interferiu na minha vida. O que está acontecendo?

Mais comedido, o médico respondeu:

— Minha filha, quero poupá-la de aborrecimentos. Esse moço irá embora dentro de dois dias. Você tem um compromisso com o doutor Marcelo.

— Engano seu, não tenho compromisso nenhum com ele. Ele cismou que vamos nos casar, mas isso é o que ele pensa. Eu não vou me relacionar com ele.

— E por que não? É um excelente cirurgião, vem de uma família respeitada. O que pretende para você?

— Papai, não estudei medicina para ser esposa de um cirurgião, principalmente do Marcelo. Ele tem todos os defeitos que eu abomino: é mesquinho, presunçoso e preconceituoso. Odeia tudo o que se refere aos ciganos.

— Já chega, Mariah. Vou lhe dar um conselho: afaste-se dos ciganos. Eu não a eduquei para que se casasse com um deles. Proíbo você de continuar a frequentar aquela casa.

— Papai, é a casa da minha avó. Você não pode me proibir de vê-la. Isso foi a coisa mais absurda que ouvi de você em toda minha vida.

Mariah saiu do consultório do pai indignada. Por respeito às pessoas próximas, evitou bater a porta. Entrou em sua sala e chamou a enfermeira Amália. Quando esta chegou, a médica explicou:

— Amália, hoje eu não ia atender ninguém por causa da conferência. Mas, por favor, traga os prontuários dos meus pacientes internados. Vou olhá-los aqui.

— A senhora está sentindo alguma coisa?

— Raiva, Amália, raiva, indignação e, como dificilmente me sinto assim, não quero falar com ninguém. Posso maltratar alguém injustamente.

— Está bem, doutora, vou trazê-los e providenciar um chá para a senhora. Vai lhe fazer bem.

— Obrigada, pode ir, quero ficar sozinha. Preciso pensar.

※

— Ângelo, como vai? É Adalberto Marçal.

— Doutor Adalberto, estou bem, e o senhor, como está?

— Cansado, Ângelo. O que temíamos está prestes a acontecer. Seu sobrinho encontrou o cigano. O médico contou-lhe tudo o que acontecera desde a chegada de Raul ao Cairo. Explicou como procedera para afastar o jovem do cigano, mas não poderia lhe dar garantia de que não voltariam a se encontrar.

— Doutor Adalberto, Raul não sabe a verdade sobre o passado. Meu pai nunca permitiu que contássemos. Será uma tragédia.

— Pois então, meu amigo, prepare-se. Eu não tenho como controlar essa situação, caso o cigano encontre seu sobrinho.

— Obrigado por me avisar. O Raul deve retornar dentro de dois dias, conversarei com ele quando chegar.

— Boa sorte, Ângelo.

— Obrigado, doutor.

Guilhermina entrou na sala e encontrou Ângelo segurando o telefone e olhando para o vazio.

— Ângelo? O que houve? Você está sentindo alguma coisa?

— Não, estou bem.

— Então por que você está segurando o telefone dessa forma? Parece que viu um fantasma.

— Pare com isso. Você estava me vigiando?

— Lógico que não. Eu vim avisá-lo que o motorista está esperando.

Ângelo levantou-se e saiu da sala sob o olhar intrigado da esposa.

CAPÍTULO 3

Raul observava o homem que falava em árabe com o garçom.

— Raul, posso chamá-lo assim? Pedi uma bebida refrescante para nós dois, espero que não se importe.

— Agradeço a gentileza, mas gostaria que me explicasse por que está aqui.

— Eu vou contar-lhe uma história e depois gostaria que me acompanhasse para ver meu irmão Omar.

— Onde ele está?

— Nós o levamos para casa e estamos cuidando dele. Omar é um homem do deserto, não gosta da cidade e dessa agitação toda.

Após uma pausa, continuou:

— Vou explicar, e você entenderá melhor. Minha família, meus antepassados, viveram muito tempo na Espanha. Eram nômades e, com o tempo, vieram aqui para o Cairo. Trabalhavam com cobre para fazer objetos, e as mulheres liam a sorte, mas passaram a ser vistos como vagabundos, ladrões, desocupados e eram acusados de orgias, bebedeiras etc. Era difícil entender que nosso povo era alegre, trabalhava no campo, cuidava de suas famílias. Os ciganos fazem festas sim, mas não as orgias de que eram acusados.

Joseph interrompeu a conversa enquanto o garçom servia as bebidas.

— Espero que você aprecie, é um chá típico da nossa região.

— Obrigado, realmente é muito saboroso. Por favor, volte ao assunto principal, preciso retornar ao hospital.

— Sim, claro. O progresso das cidades motivou os mais jovens a procurarem trabalho e uma vida diferente da que era oferecida pelos antigos. Foi assim que nossas tribos foram saindo do campo, do deserto, das tendas, para as casas na cidade grande. Os homens eram muito inteligentes e trabalhavam duro, conseguiram enriquecer. As mulheres encantavam os homens da cidade com sua beleza e seu desembaraço, principalmente na dança. Os casamentos eram arranjados ainda na infância. Com o tempo, os jovens rebelaram-se, queriam fazer suas escolhas. Nossas tradições foram sendo substituídas pelos tempos modernos e pelo apego aos bens materiais oferecidos pelas cidades.

"Alguns dos nossos foram trabalhar em circos. Eram ótimos malabaristas. Um desses jovens era meu irmão Omar. Ele foi aceito de imediato num grande circo que estava se apresentando aqui no Cairo. Viajou por várias cidades do Egito, por países europeus, e um dia foram ao Brasil. Foi lá que ele conheceu Amália. Uma jovem doce, sincera, alegre, que se encantou com a apresentação que ele fez. Ela tinha ido ao circo com uma tia, contrariando a vontade dos pais".

— Por que o senhor está me contando essa história?

— É preciso, você entenderá. Omar seguiu Amália e descobriu onde ela morava. Conseguiu encontrá-la alguns dias depois e passaram a se ver, diariamente, escondidos dos pais dela e do pessoal do circo. Quando chegou a data da partida, Omar pediu a ela que fosse com ele. Ele ganhava bem, tinha alguns recursos, ela poderia aprender alguma atividade do circo e viveria longe daqueles que a oprimiam e não permitiam que ela escolhesse livremente. Era maior de idade, não haveria problema.

"Amália concordou. Foi embora escondida no carroção de Omar e, quando haviam atravessado a fronteira para a Argentina, Omar contou ao dono do circo o ocorrido, pedindo que ele permitisse o casamento dos dois. Houve muita discussão, outros integrantes queriam que ele deixasse a companhia porque poderiam ser acusados de sequestro, mas acabaram cedendo quando Amália explicou que era maior de idade, queria viver no circo e estava sendo maltratada pelos pais. O circo não poderia voltar ao Brasil, tinha compromissos para cumprir e, assim, o casal ficou com eles. Amália ajudava nos serviços domésticos, ensinava as crianças a ler e a escrever, todos se afeiçoaram a ela. Quando regressaram ao Egito, Amália estava grávida. Numa consulta médica, feita durante a viagem, ela foi orientada a ficar em repouso o máximo de tempo possível. Era uma gravidez de risco, ela esperava gêmeos e, em decorrência das viagens, o parto poderia ser antecipado, o que colocaria a vida das crianças em risco.

"Quando chegaram ao Cairo, Omar despediu-se dos amigos e procurou a família. Depois de muito conversar com nosso pai, o casal foi aceito. Mas a condição principal imposta foi de que Amália deveria escrever para a família e informar onde estava. Assim ela fez, e não demorou para que os pais da moça viessem para cá. Quando chegaram, ela estava com sete meses de gravidez e, embora a mãe estivesse feliz de ver a filha, o pai exigia que ela voltasse com eles para o Brasil. Tiveram uma forte discussão, e Amália passou mal. Omar levou-a para o hospital, e lá foram informados de que ela entrara em trabalho de parto. O pai de Amália resolveu levar a criança e a mãe quando Omar não estivesse no hospital. Uma das enfermeiras ouviu e avisou Omar. Ele correu para o hospital e, quando chegou, foi informado de que só havia uma criança e que o avô estava disposto a criá-la, porque o estado de saúde de Amália era muito grave, ela estava muito debilitada, e os médicos não davam garantias de que ela sobrevivesse.

"Omar não se conformou, ele tinha certeza de que eram duas crianças e brigou muito por isso, mas acabou sendo preso e, enquanto eu tentava tirá-lo da cadeia, o pai de Amália partiu levando o recém-nascido com ele. Quem o ajudou a cuidar da criança foi o doutor Adalberto Marçal, ele não sabia da existência do outro bebê".

— E o outro bebê?

— A enfermeira que ouviu a conversa do pai de Amália com o médico colocou uma identificação no outro bebê com o nome dela. Na ocasião, o médico que fez o parto não estava no hospital. Como não sabiam que a gravidez era de gêmeos, não procuraram a outra criança. Ela conhecia Amália e Omar e sabia o quanto eles estavam felizes com o nascimento dos filhos até que o pai da moça chegasse.

— O pai não voltou para procurar a filha?

— Voltou, mas ela estava muito fraca, o médico que cuidava dela não permitiu que a levassem do hospital. Omar ficou preso vários dias e, quando ele saiu da prisão, o pai de Amália havia partido com uma das crianças. O outro bebê estava bem, precisou ficar apenas alguns dias na incubadora para ganhar peso, mas Amália não reagia. Omar levou o bebê para nossa casa, e nós cuidamos dele. Amália foi levada para uma clínica e morreu alguns meses depois. Omar não saía do quarto dela. Falava sobre o desenvolvimento de Amir, sobre o tempo, sobre o futuro, mas ela não acordava. Nossa mãe foi vê-la e disse para Omar que parecia que Amália não estava mais ali. O corpo estava vivo, porque o coração batia, mas ela já se fora. Meu irmão não se conformou. Jurou que não descansaria enquanto não encontrasse o sogro e pegasse o filho Meier de volta.

— Se estou entendendo, eu sou a criança que foi levada pelo avô? O senhor espera que eu acredite nisso?

— Não espero que você acredite em nada, estou contando sua história, o interesse nela é seu. Omar foi para o Brasil, mas soube que a família havia se mudado e ninguém sabia onde encontrá-los. Quando voltou para casa, nós o ajudamos a sobreviver. Foi uma época muito difícil. Ele se entregou à bebida e só quando Amir tinha quinze anos e enfrentou o pai, foi que Omar mudou. Nunca soubemos o que Amir lhe disse, mas ele mudou. Nunca mais bebeu. Passou a trabalhar com dedicação. Cuidou do filho até este cursar a faculdade e depois voltou para o deserto. Foi viver com alguns familiares nossos que gostam da vida nômade. Hoje ele trabalha com Amir em pesquisas arqueológicas no deserto. Quando ele nos avisou que você viria para o Cairo, foi que soubemos que Amir havia investigado o passado e descobrira quem você era.

— Amir disse-lhe que iria procurá-lo e contar a verdade sobre sua origem, mas Omar não quis esperar, deixou o acampamento e veio atrás de você.

— E caiu na frente do meu carro.

— O que disseram a você sobre seus pais?

— Disseram que eles haviam morrido num acidente aqui no Cairo, e eu fui entregue por um vizinho para que cuidassem de mim.

— Você nunca perguntou sobre seus pais? Quis ver fotos?

— Sim, falei várias vezes sobre o assunto, mas todos o evitam, disseram não haver fotos da minha mãe porque vovó sentia muito a falta dela e as fotos a deixavam triste. Com o tempo, eu parei de perguntar.

— Eu sei que seus avós estão mortos. Mas seu tio deve conhecer essa história.

— Não sei o que pensar. Quando Amir falou que podíamos ser irmãos, fiquei atônito, mas não era possível conversar naquele momento. Depois fui procurá-lo e não o encontrei.

— Raul peço-lhe que não vá embora sem falar com Omar. Meu irmão sofreu muito. Saber que você estava no Egito trouxe a um pai um fio de esperança de rever o filho antes de morrer. Por favor, não tire isso dele.

— O senhor pode me levar até ele?

— Sim, é só você dizer quando.

— Eu preciso dar um telefonema para o hospital e poderemos ir.

— Eu o espero aqui. Se você quiser ficar hospedado conosco, teremos prazer em recebê-lo.

— Obrigado, mas prefiro ficar aqui no hotel. Preciso administrar toda essa história.

— Está bem, como você quiser.

Raul telefonou para o hospital e falou com Mariah, pediu-lhe que avisasse o pai dela que ele precisava cuidar de um problema pessoal e não chegaria a tempo para a última palestra.

— Você está bem? Sua voz está diferente.

— Sim e, quando voltar, gostaria de vê-la.

— Estarei em casa, você tem meu telefone, me ligue e conversaremos.

— Está bem. Até logo.

— Até.

Mariah desligou o telefone e ficou apreensiva. Lembrou-se da figura de Amir e imaginou que os dois tivessem se encontrado. Seu pai deveria saber de alguma coisa, iria dar o recado a ele e também tentaria saber o que estava acontecendo.

༄

— Tia Dirce?

— Ângelo, como vai?

— Estou bem, mas prepare-se, Raul está prestes a conhecer o passado.

— Não pode ser. Ele encontrou o pai?

— Ainda não tenho certeza, mas o pai não me preocupa e sim o irmão.

— Você acha que eles poderão maltratá-lo?

— Não, mas ele vai saber a verdade por eles e não por nós.

— Eu falei várias vezes que não deveríamos esconder essa história dele. Paulo não devia ter feito o que fez. Quando ele descobriu que havia outra criança, devia ter procurado aquele homem.

— Pois é, tia Dirce, agora é tarde. Espero que Raul não se volte contra nós.

— Ele é um bom homem. Tenho certeza de que entenderá a atitude do avô.

— Assim espero.

— Você sabe quando ele voltará?

— Guilhermina me falou que daqui a dois dias, mas não acredito. Se ele realmente encontrar a família, tenho certeza de que ficará no Cairo mais algum tempo.

— Por favor, me avise se você souber de alguma coisa.

— Claro, pode deixar.

Dirce desligou o telefone e deixou que as lágrimas rolassem. Recordou-se do rosto da sobrinha, a expressão de felicidade quando ela confidenciou-lhe que estava apaixonada. Amália era uma mulher muito bonita. O pai era muito rigoroso com ela. Se tivesse compreendido o sentimento da filha, o deslumbramento pela vida com o cigano, a alma livre que havia nela, não teria acontecido aquela tragédia.

Mas ele soube apenas gritar, proibir e tentar prendê-la em casa. Na primeira oportunidade, ela fugiu e, quando a encontraram, ela estava grávida, morando no Cairo com estranhos. Mais uma vez, quando se reencontraram, ele quis fazer prevalecer sua vontade. Acreditando que havia apenas uma criança, trouxe-a consigo para forçar a filha a voltar para o Brasil. Quem poderia imaginar que a enfermeira havia escondido a outra criança?

O telefone tocou tirando-a de seus devaneios:

— Alô?

— Dirce, é Estela. Você está ocupada?

— Não, estava recordando o passado e não ouvi o telefone.

— Recordando o passado?

— Sim, o Raul está prestes a descobrir a verdade sobre a origem dele.

— Ah! Quantas vezes avisamos o Paulo e a Márcia que não deviam tê-lo trazido daquela maneira. Um segredo nunca é guardado para sempre. Como você soube?

— O Ângelo me avisou. Raul está no Cairo e pode ter se encontrado com o pai e com o irmão. Ele ainda não tem certeza.

— O Raul é um homem ponderado. Tenho certeza de que refletirá sobre tudo o que aconteceu e entenderá as escolhas que foram tomadas.

— Espero que você esteja certa.

— Eu liguei para convidá-la para almoçar.

— Não, obrigada. Não tenho cabeça para sair depois da conversa com o Ângelo.

— Está bem. Se você precisar de mim, é só ligar.
— Obrigada. É muito bom ter você como amiga.
— Um beijo, querida.
— Até logo, Estela.

ς━━━₹

Enquanto seguiam de carro para a casa de Amir, Joseph ia contando a história do Egito para Raul.

— Aqui no Cairo tem muito lugares para você visitar e conhecer nossa história.
— Desculpe-me, o que disse?
— Disse que você precisa conhecer nossa história.
— Eu não sei o que pensar, tudo que o senhor revelou deixou-me aturdido. Preciso ouvir o homem que se diz meu pai, voltar ao Brasil e cobrar explicações da minha família.
— Está certo, você tem razão. Meu irmão sofreu muito, e a possibilidade de encontrar você nos deixou alegres, porém, sem atentar para seus sentimentos. Peço-lhe que me perdoe.

ς━━━₹

— Mariah, o que você está me dizendo? Como ele não virá para proferir a palestra?
— Não virá, papai. Disse-me que um problema urgente o impedia de vir ao hospital.
— Que falta de profissionalismo. Nunca imaginei que o doutor Raul se comportasse dessa maneira.
— Papai, o que está havendo? Por que não me conta o que há entre aquele homem e o doutor Raul?
— Não há nada para contar. Por favor, deixe-me sozinho, preciso preparar a palestra que o nosso convidado deveria proferir.
— Está bem, papai. Vou deixá-lo sozinho.

Saindo da sala do pai, Mariah encontrou-se com o doutor Marcelo.

— Doutora Mariah, que bons ventos a trazem aqui! Podemos jantar hoje?
— Doutor Marcelo, por favor, estou atarefada e não posso acompanhá-lo.

— Não pode ou não quer? Ouvi dizer que o médico brasileiro está ocupando seu tempo livre.

— Você não tem nada com a minha vida. Deixe-me em paz.

— Você foi prometida a mim por seu pai, como é o costume do povo daqui.

— Pois fique sabendo que não estamos na era medieval, papai nunca poderia falar por mim. Eu não me casaria com você mesmo que fosse o último homem da face da Terra.

Marcelo sentiu um rubor cobrir-lhe o rosto, Mariah afastou-se rapidamente e não ouviu o médico murmurar:

— Isso não vai ficar assim. Você me paga, Mariah Marçal!

Mariah correu para afastar-se de Marcelo e, ao seguir na direção dos consultórios, bateu de frente com outro médico.

— Doutora Mariah, o que houve? Parece que você viu um fantasma!

— Desculpe, Rogério, aquele doutor Marcelo me tira do sério. Machuquei você?

— Não, querida, mas venha aqui no meu consultório, sente-se e respire. Vou pedir que lhe tragam um copo com água.

Alguns minutos depois.

— Está mais calma?

— Sim, Rogério, obrigada.

— Não quer me contar o que está acontecendo? Estão comentando sobre você e o médico brasileiro.

— As pessoas não perdem tempo. O Marcelo insinuou que estou ocupada com ele. Não sabia que estavam comentando.

— Mariah, aqui no hospital nada passa despercebido, principalmente um médico brasileiro bonitão saindo com a filha do chefe.

Mariah sorriu.

— Fique tranquila, não estou interessado.

— Rogério, pare com isso. Vou contar-lhe o que houve e talvez você possa me ajudar.

Em rápidas palavras, a médica contou o que ocorrera desde que o médico chegara ao Cairo.

— Você sabe onde ele está?

— Não tenho a menor ideia, mas acredito que acompanhado do suposto irmão gêmeo. Estou preocupada que lhe façam mal, Rogério.

— Meu sexto sentido me diz que nada vai acontecer. Ele está bem. Procure tranquilizar seu coração. Procure sua avó, com certeza ela saberá explicar-lhe o que seu pai tanto esconde.

— Você também acha que ele esconde alguma coisa?

— Não, querida, tenho certeza absoluta. Conheço seu pai há muito tempo. Infelizmente, tenho que lhe dizer que ele não é a pessoa que aparenta. Acredite em mim e procure sua avó. Há quanto tempo você não a visita?

— Há uns dois meses, pois tenho trabalhado muito, e, nas minhas folgas, só consigo dormir.

— Então, vamos corrigir isso. Ela está esperando você.

— Como sabe?

— Meu sexto sentido, meu amor. Meu sexto sentido!

Depois da conversa com Rogério, Mariah acalmou-se e decidiu que seguiria o conselho do médico. Considerava-o uma pessoa especial. Nunca se arrependeu de ouvi-lo. Ele trabalhava havia muitos anos no hospital. Atendia a ala de geriatria e tinha especial carinho pelos idosos. Alguns funcionários torciam o nariz para sua maneira de levar a vida, mas ele não se importava. Estava sempre de bom humor, tinha sempre uma palavra de conforto para quem precisasse.

Mariah saiu do hospital e dirigiu-se para a casa da avó.

— Vovó Carmem, como vai?

— Feliz porque você está aqui. Obrigada por vir.

— Por que você não me telefonou? Eu teria vindo antes.

Carmem apenas sorriu.

— Vó, não entendo essa sua ligação com o Rogério.

— Você vai entender. No devido tempo, você vai entender. Agora venha, precisamos conversar. Eu preparei um lanche para nós, tenho certeza de que você não tem se alimentado como deve.

— Ah, vovó! O que eu faria sem você?

Abraçaram-se demoradamente. Mariah sentia-se protegida nos braços da avó que tanto amava.

No hospital, Marcelo queixava-se com Adalberto:

— Quando você vai convencer sua filha a se casar comigo?

— Marcelo, tenha calma, você está gritando.

— Ela me humilhou. Isso não vai ficar assim.

— Você está me ameaçando?

— Você sabe do que sou capaz. Trate de fazê-la se interessar por mim, ou não respeitarei nosso acordo.

Marcelo saiu da sala batendo a porta. Rogério vinha em sua direção. O outro mediu-o de alto a baixo e, quando estava pronto para ofendê-lo, Rogério alertou:

— Não seja idiota de me ofender. Não tenho medo de você e não me custa nada revidar suas ofensas.

— Eu jamais sujaria minhas mãos com um ser como você — revidou Marcelo.

— Um ser como eu tem muito mais caráter e hombridade do que um idiota como você. Mariah não é sua, esqueça-a.

— Veremos, Rogério, veremos.

— Doutor Adalberto, posso entrar?

— Sim, Rogério, o que você quer?

— Vim ver como você está. Mariah me contou o que houve entre vocês. Ela foi ver a avó.

— Conselho seu, eu suponho.

— Doutor Adalberto, ela precisa saber a verdade por você, assim como Raul deveria ter conhecido a história pelo tio dele. Vai ficar mais difícil para os dois aceitarem o que vocês fizeram.

— Agora é tarde. Raul deve estar na casa de Amir, e minha filha está com a avó. Carmem não vai deixar de contar a verdade a ela.

— Isso não sabemos, procure sua filha, se abra com ela, tenho certeza de que Mariah vai perdoá-lo.

— Perdoar? Eu não me perdoo, Rogério. Foi um ato impensado, um momento de fraqueza. Eu era muito jovem, iniciando minha carreira. Nunca imaginei que havia outra criança, e agora Marcelo também está me fazendo ameaças.

— Precisamos afastar Mariah desse homem. Ele age por impulso, está com o orgulho ferido, você precisa dissuadi-lo.

— Vou pensar, Rogério, vou pensar.

— Pense mesmo, pelo bem da sua filha. Se não, quem não perdoará você, serei eu. Até amanhã, doutor Adalberto.

Rogério saiu da sala sem ouvir o cumprimento do outro médico.

Uma enfermeira veio em sua direção, pedindo que a acompanhasse para examinar uma senhora que acabava de dar entrada no hospital.

§———§

Chegando à casa de Amir, Raul admirou-se com o local. Era uma casa em estilo antigo, bem conservada, porém, dentro, era totalmente moderna. Um empregado os recebeu e informou a Joseph que ele estava sendo esperado no quarto do senhor Omar.

— Venha, Raul, vou levá-lo até lá.
— Não seria melhor avisá-lo?
— Não, ele sabia que eu iria trazê-lo. Venha comigo.

O quarto onde Omar se encontrava era bem arejado, amplo, ele estava acomodado numa cama de casal em estilo clássico. Amir sinalizou que o senhor estava dormindo e indicou que fossem para o terraço.

CAPÍTULO 4

— Vovó, o que meu pai esconde? Que segredos ele guarda?
— O segredo é só dele.
— Tem alguma coisa a ver com mamãe?
— Não, querida, seu pai envolveu-se em uma trama quando era muito jovem, mas você deve ouvir a história de seus lábios, não dos meus.
— Ele não quer que eu venha vê-la. Demonstra não aceitar o fato de você ser cigana. Mas e a mamãe, o que era? Não era cigana também?
— Sua mãe não queria ser cigana, não gostava da sua origem nem das tradições do nosso povo. Ela queria viver na cidade e mentia sobre nós. Mas a cidade não a perdoou. Seu pai não soube compreendê-la.
— Por isso ela se matou?
— Talvez, Mariah. Não sabemos o que vai na alma de outra pessoa.
— Mas você tem o dom de ler o futuro nas cartas.
— Nem sempre o que vemos nas cartas ocorre como se prevê. Mudamos o nosso destino de acordo com nossos sentimentos. Posso prever que você será feliz no amor, mas não posso lhe dizer o nome do homem que realizará seus desejos. Tudo depende do encontro de vocês, do sentimento despertado, do que o destino traçou para vocês.
— Acha mesmo que podemos responsabilizar o destino pela nossa felicidade?
— Sabe, Mariah, quando acreditamos no bem, quando valorizamos a verdade acima de tudo, quando trazemos dentro de nós a pureza d'alma, o destino se abre para nos mostrar o caminho da felicidade.

Quando fazemos o contrário, ele se fecha, e o caminho para chegar a ela torna-se tortuoso e cheio de espinhos.

— Que palavras bonitas, vovó. Realmente eu precisava vir aqui para ouvi-la. Vou embora renovada.

— Procure ouvir seu pai. Ele precisa contar-lhe o que o prende ao passado. Procure não julgá-lo, lembre-se de que não nos cabe julgar nosso semelhante.

— Amar ao próximo como a si mesmo.

— Exatamente, minha filha.

— Não sabia que você professava o catolicismo.

— Não precisamos de religião para entender o valor dos ensinamentos de Jesus.

— Nossa, vovó, o tempo passou, e eu nem senti. Preciso ir embora. Amanhã levantarei cedo.

— Vá em paz, minha filha, e procure aproximar-se de seu pai. Ele só encontrará o que procura quando se desligar do passado.

— Obrigada, vovó.

Avó e neta se abraçaram e se despediram. Enquanto Mariah se afastava, Carmem acompanhava com o olhar o carro que se distanciava. A neta tinha uma árdua missão para cumprir, mas ela sabia que seriam vencidos todos os obstáculos.

〜❦〜

— Amir, quem está cuidando do senhor Omar?

— O médico da nossa família. Ele virá mais tarde e, se quiser, poderá conversar com ele.

— Ele precisa apenas ser hidratado e repousar. Não encontramos ferimentos.

— Papai é teimoso, mas é um homem forte. Ele trabalha com um arqueólogo e, pelas pedras que encontramos em seu turbante, eles devem ter encontrado um veio de diamantes.

— Mas os diamantes estavam escondidos. Ele os roubou?

— Não, deve ter trazido para análise. Escondeu-os no turbante para protegê-los de ladrões. O arqueólogo, para quem ele trabalha, conhece esse hábito do papai.

— Mas ele veio a pé?

— Não, Raul, ele estava de jipe, mas o carro teve um problema mecânico, e ele não quis esperar pelo socorro, então, veio andando pelo deserto e desmaiou bem na sua frente.

— Como você soube disso?

— O arqueólogo me procurou hoje pela manhã e contou o ocorrido. Eu pedi para meu tio trazê-lo aqui para que você conheça nossa história. Papai procurou você por muitos anos. Quando eu completei 15 anos, foi que soube da nossa história. Eu lhe prometi que não descansaria enquanto não encontrasse você, foi assim que consegui despertar-lhe a atenção para a vida, e ele voltou a se interessar por um trabalho. A bebida tirou-lhe a habilidade do malabarismo, mas o trabalho com o Alexandre lhe devolveu a estima e a vontade de viver.

— Ele não cuidou de você?

— Não, quem me criou foi o tio Joseph. Mas, diferente de você, eu conhecia a verdade e procurei ajudá-lo. Assim, quando soube que ele estava naquele hospital, corri para lá temendo que aquele doutor Adalberto fizesse-lhe algum mal.

— Essa história é fantasiosa demais. Ninguém da minha família fala sobre meus pais. Contam apenas sobre o acidente que os vitimou. Por que eu deveria acreditar em você?

— A nossa semelhança não basta?

— Sinceramente, não sei o que dizer.

— Tenho certeza de que quando você voltar para o Brasil, sua família falará sobre o passado.

Ouviram um gemido e correram para ver Omar.

— Papa?

Ele falava baixo, com dificuldade.

— Meier está aí?

— Sim, papa, mas ele se chama Raul, foi o médico que o atendeu naquele hospital.

— Peça para ele se aproximar.

Raul aproximou-se e segurou a mão que Omar lhe estendia. O contato físico com o pai despertou-lhe um sentimento desconhecido. Com a voz embargada, disse:

— Senhor Omar, procure não falar, pois ainda está muito fraco. Seu irmão contou-me a história do meu nascimento, está tudo muito confuso em minha mente.

— Raul, eu procurei tanto por você. Prometi à sua mãe no leito de morte que não descansaria enquanto não encontrasse e pudesse trazê-lo para junto de seu irmão. Ela sofreu no parto e depois com a ausência dos filhos. Disseram a ela que vocês haviam morrido. Eu fui preso injustamente, não pude ajudá-la quando ela mais precisou de mim.

Nesse momento, Omar foi acometido por um acesso de tosse. Raul, preocupado, pediu a ele que poupasse o fôlego ou teriam que removê-lo para o hospital.

— Eu não vou embora. Procure descansar, temos muito tempo para conversar.

Omar acalmou-se e tornou a adormecer.

— Amir, é melhor você providenciar um tubo de oxigênio, vai ajudá-lo a respirar melhor. Ele não devia ter saído do hospital!

— O doutor Adalberto jamais permitiria que meu pai fosse tratado lá.

— Mas não tem outro hospital para onde possamos levá-lo?

— Tem, mas ele não ficará bem. Eu o conheço, e sei o que tudo isso significa para ele. Vou providenciar o que me pede e volto logo. Se você precisar falar com alguém, pode usar o telefone da saleta no corredor.

— Obrigado, Amir, preciso ligar para o hospital.

Raul ficou olhando para o pai, um homem de aparência simples, que um dia deveria ter sido muito forte. Seus ossos eram grandes, as mãos calejadas, a pele queimada de sol, os cabelos embranquecidos. O médico notava no senhor alguns traços semelhantes aos seus. Decidiu telefonar para Mariah e, dirigindo-se à saleta indicada pelo irmão, notou a riqueza na decoração, o bom gosto na escolha das cores e, na mesa onde estava o telefone, havia várias fotos, uma dentre elas chamou-lhe a atenção. Imediatamente, lembrou-se do sonho. Era uma cigana muito bonita, os olhos dela lembravam os da médica. "Não pode ser! O que significa tudo isso?", pensou Raul.

Deixando de lado o porta-retratos, ligou para a casa de Mariah. Ela atendeu rapidamente:

— Raul? Graças a Deus. Onde você está?

— Na casa do Amir. Aconteceu alguma coisa?

— Eu estava muito preocupada. Você está bem?

— Sim, vim visitar o senhor Omar. Pedi que trouxessem oxigênio para ajudá-lo a respirar melhor. Estou sem minha maleta aqui, não tenho como avaliá-lo melhor. Me disseram que ele foi examinado, mas eu gostaria de fazer um exame melhor.

— Quer que eu leve o material para você?

— É possível? Não sei lhe dizer onde estou. Espere, o senhor Joseph vem vindo.

— Algum problema, filho?

— Poderia explicar à doutora Mariah como chegar aqui, pedi a ela que me trouxesse equipamento médico para fazer um exame no senhor Omar.

— Mariah, vou passar o telefone a ele e espero você aqui.

— Doutora, vou lhe dar a indicação de onde estamos — prontificou-se Omar.

Enquanto eles conversavam, Raul não conseguia desviar o olhar da fotografia.

— O que houve? Você está com olhar vidrado nessa fotografia.

— Quem é essa moça?

— Por quê?

— Por favor, me diga quem é ela.

— É filha de uma parente nossa. O nome dela é Sofia.

— Ela mora aqui?

— Não, ela viveu um tempo conosco, não resistiu à depressão e acabou se suicidando.

— Afogada no mar?

— O que disse, Raul? Como sabe disso?

— Eu sonhei com ela. Ela estava andando na beira da praia e avançava para o mar, me lembro de que gritei, mas não por Sofia.

— Ela é a mãe da doutora Mariah.

Rogério chegou em casa em silêncio, deixou a pasta e o jaleco em uma cadeira e jogou-se no sofá.

— É você, meu filho?

O médico morava com a mãe, num apartamento próximo ao hospital.

— Sim, mamãe, sou eu. Você continua deixando a porta aberta.

— Meu filho, quem vai querer fazer mal a uma velha como eu?

— Você não tem jeito mesmo.

Silvana aproximou-se do filho e fez um carinho em seu rosto.

— Cansado?

— Sim, o dia hoje foi uma batalha.

— O Alexandre ligou avisando que passaria aqui para levá-lo para a reunião de hoje à noite. Você vai?

— Vou sim, mamãe. Embora minha vontade seja de ir para cama, não posso deixar de comparecer. Eles contam comigo. O interfone está tocando, deve ser ele.

— Eu atendo, vá se arrumar, eu fico conversando com ele.

— Como vai, Alexandre?

— Bem. E a senhora, como tem passado?

— Preocupada com o Rogério, ele tem chegado tarde e sempre falando que o dia foi uma batalha.

Alexandre sorriu e ponderou:

— Nada é fácil naquele hospital. Ah! Ei-lo.

Os dois amigos se abraçaram e despediram-se de Silvana, que ficou vendo-os partir da janela do apartamento. Olhou para o retrato do marido, colocado sobre o piano, e disse:

— Você teria muito orgulho do nosso Rogério, pena que você não soube entendê-lo como eu.

No carro, os dois amigos conversavam. Rogério contou a Alexandre o que se passara no hospital e sua preocupação com o futuro de Adalberto e Mariah.

— Rogério, não podemos fazer nada por eles. Você sabe tão bem quanto eu que a vida coloca tudo em seu devido lugar. Mariah talvez venha a sofrer, mas ele deveria ser menos egoísta e contar-lhe a verdade.

— Eu concordo com você. Ele é cabeça dura. Tem medo de perder a filha e não percebe que a está perdendo um pouquinho a cada dia.

— Chegamos.

Alexandre e Rogério pertenciam a um grupo que estudava espiritualidade. Trabalhavam em prol de pessoas carentes e se reuniam uma vez por semana para aprimorar seus conhecimentos. Foram atendidos por Adônis, que recebia em sua casa os amigos que partilhavam dos seus ideais.

— Boa noite, que a paz esteja com vocês.

Ambos responderam ao cumprimento do amigo e entraram na sala onde estavam as outras pessoas que participavam dos estudos semanais. Depois das saudações iniciais, Adônis iniciou a reunião.

Discorreu sobre a importância de estudarem o evangelho e os livros da doutrina espírita. Quanto mais abrangente fosse o conhecimento espiritual, mas fácil seria enfrentar as dificuldades que viriam. Todos opinaram sobre o tema estudado e, quando Adônis se preparava para encerrar a reunião, Tereza pediu a palavra e com voz firme disse:

— Meus irmãos, momentos difíceis estão por vir, incompreensão, derrotas, perdas, não necessariamente com vocês mas com pessoas muito próximas. Estejam sempre atentos e não deixem de fazer orações. Orem e vigiem, estamos acompanhando cada um de vocês e o que nos liga é a fé, a oração e a força do pensamento no bem. A tempestade virá, mas vai passar e trazer luz para todos os envolvidos. Agradeço por nos receber e nos permitir trabalhar mais uma vez.

Tereza respirou fundo e abriu os olhos. Percebeu que os amigos estavam emocionados. Adônis lhe fez um sinal para que não fizesse nenhum comentário e, como de costume, encerrou a reunião com a oração Pai-nosso.

Os amigos foram se levantando e andando pela sala. Adônis os convidou para um café, e Tereza disse-lhe:

— Sei que fui o meio para um espírito amigo transmitir uma mensagem, mas não sei o que foi dito. Por que todos se emocionaram?

— O espírito que veio conversar conosco não se identificou, mas disse que alguns dos nossos amigos passarão por momentos difíceis. Pediu oração e reforçou que devemos orar e vigiar.

— Você tem alguma ideia sobre quem terá problemas?

— Minha amiga, quem não passa por dores e sofrimentos nesta vida? Vamos aguardar e seguir o conselho do nosso amigo espiritual. Com certeza, em breve, saberemos. Agora venha, já estão sentindo nossa falta.

Terminada a reunião, Alexandre convidou Rogério para ir à sua casa:

— Hoje não, Alê, estou esgotado. Não serei boa companhia.

— Está certo. Você ficou tocado com o que ouviu?

— Sim, principalmente depois de tudo o que vivi hoje.

— Não deixe os comentários o abalarem. Estamos juntos para o que der e vier. Você sabe disso. Já passamos por tanta coisa.

— Eu sei. Você foi a melhor pessoa que apareceu na minha vida. Obrigado.

— Não precisa me agradecer. Só não se esqueça de que estarei sempre ao seu lado.

Os amigos se despediram e, mais tarde, já deitado, Rogério recordou-se de como conhecera Alexandre. Ele havia discutido com o pai e saíra de casa aos prantos. Enquanto andava pela rua, amargando sua dor, viu que dois homens ameaçavam um jovem, agredindo-o e insultando-o aos gritos. Ele aproximou-se e empurrou-os:

— Deixe-o em paz. Quem vocês pensam que são?

Os dois voltaram-se para o rapaz recém-chegado e, rindo, passaram a agredir Alexandre. Rogério surrou os dois, descontando neles a raiva que estava sentindo. Policiais que passavam por ali apartaram a briga. Os agressores acusaram o jovem de bater neles sem motivo. Alexandre, já recomposto, esclareceu que estava sendo agredido pelos dois homens quando Rogério chegou e apenas o defendeu. Como ninguém quis prestar queixa do ocorrido, os policiais permaneceram ali até cada um seguir seu caminho.

Alexandre levou seu defensor para casa e fez um curativo no rosto do rapaz. Os dois conversaram sobre suas vidas e não se separaram mais. Rogério concluiu a faculdade de Medicina e, com a morte do pai, atendendo a um pedido da mãe, voltou a morar com ela. Alexandre formara-se em Arqueologia, trabalhava num campo recém-aberto no deserto. Sempre que voltava à cidade, os rapazes se encontravam e ficavam no apartamento do arqueólogo.

Rogério continuou revivendo os bons momentos que desfrutou ao lado de Alexandre e acabou por adormecer.

Quando Mariah chegou à casa de Amir, Raul já havia colocado o pai no respirador do oxigênio. Ele dormia tranquilamente.

— Me desculpe tê-la feito vir aqui à esta hora. Estou preocupado com ele.

— Não tem problema. É bom saber que você está bem. Veja se tem tudo o que precisa. Quer que eu o ajude?

— Sim, por favor.

Os médicos examinaram Omar, e Raul sentiu-se mais tranquilo. Decidiram pela medicação que ele deveria tomar e explicaram a Amir que ela seria ministrada no soro, assim ele se recuperaria mais rapidamente.

— Quando ele acordar, tente alimentá-lo com alguma coisa leve. Procure dar-lhe suco de frutas, sopa de legumes, mas nada que ele tenha que fazer força para mastigar. O soro vai hidratá-lo, e a alimentação, fortalecê-lo.

— Você quer passar a noite aqui?

— Não, Amir. Prefiro ir para o hotel. Mande me buscar se for preciso. Pelo exame que fizemos, ele está bem, apenas precisa de repouso e alimentação adequada.

— Minha esposa preparou uma refeição para nós. Acredito que a doutora Mariah esteja com fome, e você não comeu nada.

Olhando para a médica, Raul perguntou:

— Você quer ficar?

— Eu comi um lanche mais cedo, mas confesso que estou com fome.

— Então, tudo bem.

— Venham por aqui.

Passando pela saleta, Raul não deixou de olhar seu interior, o que chamou a atenção dos outros.

— Algum problema, Raul?

Joseph, que os acompanhava, respondeu:

— Não, Amir. Raul apenas se admirou da decoração da nossa saleta quando veio aqui telefonar.

— É de muito bom gosto.

— Foi ideia de Miríade, minha esposa.

Enquanto andava pela casa, Raul e Mariah observavam a decoração e não deixaram de elogiar a dona da casa.

— Vocês são muito gentis. Eu decorei nossa casa aos poucos. Como viram, ela é muito grande, e eu queria colocar objetos que lembrassem a cultura do nosso povo.

Mariah enfatizou:

— Tem muita coisa bonita feita pelo povo cigano. Minha avó tem tapetes bordados por ela que são verdadeiras pinturas.

Joseph perguntou:

— Sua avó Carmem? Como ela está?

— Bem. O senhor a conhece?

— Sim, nosso povo sempre foi muito unido. A vida moderna tem nos afastado.

— Realmente. Agora ela mora em um apartamento, próximo ao centro da cidade, mas mantém a casa que pertence à minha família.

Raul observava-os sem dizer nada, tentando entender o significado daquela conversa. Percebendo sua expressão, Miríade acrescentou:

— As antigas tradições estão ficando no esquecimento. Nossos filhos estão com sua atenção voltada para os costumes ocidentais, a modernidade atingiu a todos. Você vai se acostumar com esse contraste, Raul.

O médico apenas sorriu e, ao notar que Mariah havia terminado de comer, pediu a ela que fossem embora.

— Você não tem medo de dirigir a essa hora?

— Não, saio sempre tarde do hospital. Como foi seu dia com eles?

— Se eu disser que não sei ao certo, você acreditaria? O que seu pai disse?

— Ele ficou furioso, mas fez uma palestra no seu lugar.

— Amanhã conversarei com ele. Preciso que ele me explique algumas informações que recebi.

— Não quer me contar?

— Desculpe-me, Mariah, está tudo muito confuso, muito difícil de assimilar e talvez a minha conversa com seu pai não seja das mais agradáveis.

— Eu imagino. Papai esconde segredos. Apenas quero que você saiba que pode contar comigo para o que precisar.

— Você conhece minha origem?

— Não, Raul, só soube de sua existência quando chegou aqui no Cairo. Para você ter uma ideia do meu relacionamento com papai, até hoje não sei o que houve com minha mãe. Sei apenas que ela teve uma crise muito forte de depressão e afogou-se no mar.

— Você tem fotos dela?

— Tenho uma que a vovó me deu.

— Ela sabe o que houve com sua mãe?

— Eu acho que sim, mas ela insiste que devo conversar com papai sobre isso. Não sei o que pode vir a acontecer.

— São mistérios demais. Chegamos, Mariah, obrigado por tudo.

— Raul, não precisa me agradecer. Amanhã meu plantão no hospital começará às dez horas da manhã. Quer que eu passe aqui?

— Eu ficaria muito grato.

Despediram-se, e Raul acompanhou com o olhar o carro afastando-se, já passava da meia-noite quando ele entrou no hotel e foi informado de que havia dois recados do Brasil para ele. Ele agradeceu e, sem ver de quem eram, foi para seu quarto, queria dormir e tentar esquecer, pelo menos naquela noite, tudo o que tinha ouvido durante o dia.

⁑

Amir foi ver o pai, e Miríade o acompanhou:
— Você confia nele?
— Confio. Foi ele quem recolheu o papai da rua e o levou para o hospital.
— Ele sabe sobre nossa família?
— Não, o tio Joseph contou somente o que combinamos. O restante, ele saberá com o tempo. Precisamos ter certeza de que ele não é como o avô.
— Seu tio falou que ele ficou assustado com o retrato de Sofia. Disse que sonhou com ela. Como é possível?
— *Habib*[1], para a espiritualidade tudo é possível. Quem sabe o que essas descobertas trarão? Por quanto sofrimento nossos pais e avós passaram? Ele e a médica precisam conhecer o passado de seus antecedentes. Só assim todos terão paz.
— Espero que você esteja certo, Amir. Vamos deitar?
— Vá você, vou ficar mais um pouco aqui com o papai.
— Está bem, *habib*, como você quiser.

⁑

Na manhã seguinte, Raul acordou disposto. Enquanto fazia a barba, recordava-se do que havia visto e ouvido. O médico olhava para o espelho buscando diferenças entre seu rosto e o de Amir. Não havia. Tinham a mesma altura, olhos e cabelos escuros, talvez Amir fosse um pouco mais moreno. Mas era só. Eram idênticos. Lembrou-se do rosto envelhecido do pai, marcado pela idade, mas com o mesmo porte físico dos dois. Voltou a pensar em Mariah e no retrato de Sofia.

Mariah não era muito alta, mantinha os cabelos presos e tinha um olhar que passava confiança e doçura ao mesmo tempo. Sofia, pelo que observou pela fotografia, era uma mulher voluntariosa, altiva, o olhar parecia lançar faíscas. Eram parecidas, como, em geral, se parecem

---

1 Termo carinhoso, significa querido ou querida, em árabe.

mãe e filha, porém ele tinha certeza de que elas não tinham o mesmo temperamento.

Terminou de se arrumar e pegou os recados que havia deixado na mesa no dia anterior. Um era de seu tio Ângelo e o outro, do doutor Eurico Antunes, proprietário da clínica em que ele trabalhava e que o havia indicado para a palestra anual do doutor Marçal.

Era muito cedo para telefonar-lhes, então resolveu que faria as ligações em outro momento.

Nesse instante, um funcionário da recepção comunicou-se com ele informando que a doutora Mariah estava à sua espera.

— Bom dia, Mariah. Preparada para mais um dia de muito trabalho?
— Bom dia, Raul. E você, preparado para enfrentar o doutor Adalberto?
— Ele não vai ser tão terrível assim comigo.
— Você quer ficar com meu carro?
— Não, eu não tenho carteira internacional de habilitação. Posso vir a ter problemas. O senhor Joseph queria me mostrar a cidade, talvez eu aceite, a menos...
— A menos?
— Que você possa me acompanhar. Não falei antes porque não sabemos nada um do outro, você deve ter um namorado.
— Não tenho namorado, pode ficar sossegado. Eu ficarei no hospital até às dezoito horas. Podemos sair para jantar. O que você acha? — convidou Mariah.
— Espero você no hotel?
— Sim. Às vinte horas está bom, Raul?
— Perfeito. O lugar fica a seu critério.

Continuaram conversando e logo chegaram ao hospital. Enquanto caminhavam para a entrada dos funcionários, não perceberam que eram observados pelo doutor Marcelo, que os olhava com estrema frieza.

CAPÍTULO 5

Chegando ao hospital, Raul procurou pelo diretor e o encontrou em sua sala.

— Doutor Raul, você me causou um grande embaraço não comparecendo ao encerramento do congresso.

— Por favor, me desculpe, mas não tinha ideia do que me esperava neste país. Encontrei um homem fisicamente igual a mim, que diz ser meu irmão, e quase atropelei um outro que venho a saber que é meu pai. Concorda que é impossível ficar indiferente a essas situações?

— Eu não imaginei que vocês se encontrariam, senão jamais consentiria em sua vinda para o Cairo.

— Não acredito nisso. Por maior que essa cidade seja grande, o senhor deveria ter previsto, principalmente sendo conhecedor do meu passado. Aliás, acredito que me deva explicações.

— Engana-se. As explicações que você procura deverão ser dadas por sua família. Eu fiz uma promessa ao seu avô e não pretendo rompê-la.

— Então é tudo verdade, vocês me tiraram da maternidade, me afastaram dos meus pais, causaram a morte da minha mãe, e o senhor acha que não pode quebrar uma promessa feita a um homem que está morto? Quem você pensa que eu sou?

— Você está alterado. Não admito que fale comigo nesse tom.

— Alterado? Você ainda não me viu alterado.

— Saia da minha sala imediatamente.

— Vou sair e vou cobrar de todos vocês o que fizeram para minha família.

— Saia daqui e afaste-se da minha filha!

Raul saiu da sala, e pessoas que passavam pelo corredor não deixaram de ouvir os gritos dos médicos. Alguém o segurou pelo braço, e ele gritou:

— Largue-me, não o conheço. Não precisa me expulsar, eu sei o caminho.

— Não é nada disso. Venha comigo.

Entrando em seu consultório, o doutor Rogério disse a Raul:

— Acalme-se. Você está gritando com o diretor do hospital...

Sem deixá-lo terminar, Raul revidou:

— Você não tem nada com isso. Não sabe o que está acontecendo. Por que me trouxe aqui?

— Porque a Mariah estava ouvindo a gritaria no segundo andar e me pediu para tirá-lo da sala do pai dela. Agora sente-se e procure se acalmar.

Raul sentou-se e, passando a mão pelos cabelos, explicou:

— Ele destruiu minha família. Ele e o meu avô. E quem me criou me escondeu isso.

— Doutor Raul, imagino como se sente, mas procure se acalmar. Nada disso trará sua mãe de volta. Eu conheço parte da sua história.

— Parece que o hospital todo a conhece.

— Nem todos, mas estou aqui há muito tempo, e nada fica escondido nessas paredes.

Nesse momento, bateram na porta.

Rogério recebeu Mariah e convidou a moça para que entrasse no consultório.

— Raul, o que houve? O que meu pai fez dessa vez?

— Dessa vez?

Mariah respirou fundo e explicou:

— O doutor Adalberto tem muitos segredos. Eu estava atendendo no segundo andar e ouvi seus gritos, por isso pedi ao Rogério que fosse ver o que estava acontecendo.

— Me desculpe, Mariah. Sei que é seu pai, mas ele não tinha o direito de fazer o que fez.

— Você tem certeza de que foi ele?

— Tenho, ele e meu avô me tiraram da maternidade. Amir é meu irmão, e Omar é meu pai. Minha mãe morreu talvez por causa de problemas no parto, isso ainda não está claro para mim.

Mariah levantou-se, e Rogério a impediu de sair.

— Você não vai lá agora.

— Quem disse que vou procurá-lo?

— Conheço-a muito bem. E vou lhes dizer uma coisa. Sou mais velho que vocês e conheço os erros e acertos do doutor Adalberto. Com os ânimos exaltados, vocês não vão conseguir nada. Saiam daqui, pode deixar que cuido de tudo. Vão dar uma volta, comer, olhar as pirâmides, qualquer coisa.

Os dois sorriram.

— Você não tem jeito mesmo. Raul, esse é o doutor Rogério de Alencar.

— Muito prazer, doutor Rogério. Desculpe-me, você não tem nada com isso, é um problema meu, é minha vida.

— Muito prazer, doutor Raul. Não precisa se desculpar, conheço seu trabalho. Foi bom que tenha vindo para cá e descoberto esse segredo. Segredos presos ao passado apenas infelicitam as pessoas. Não dá para mudar o que passou, apenas pedir explicações, mas o passado não pode ser alterado. Procure olhar para o futuro, você reencontrou seus parentes, aproxime-se deles, conheça-os, isso valerá a pena.

— Obrigado, doutor Rogério, você tem razão. Mariah, não quero atrapalhar você. Vou dar uma volta e retornar ao hotel. Espero você para jantarmos como havíamos combinado.

— Você não vai ver seu pai?

— Se forem me buscar, eu te aviso. Doutor Rogério, até mais.

— Deixe a formalidade de lado, apenas Rogério. Vá em paz.

Raul saiu, e Rogério reteve Mariah na sala.

— Mariah, você conhece a história desse moço?

— Parte dela. Por quê?

— Vou revelar-lhe o que sei, acho que vai ajudá-los. Eu gostaria que seu pai lhe contasse, mas ele não fará isso.

Rogério esclareceu para Mariah a história do nascimento do médico e finalizou dizendo:

— Procure não julgar seu pai. Ele era muito jovem e deixou-se levar pela ganância. Vislumbrou um futuro melhor e cometeu um dos maiores erros da vida dele.

— Não sei o que pensar. Ele não fez só isso, e você sabe do passado dele melhor do que ninguém.

— Mesmo que eu saiba, o passado é dele, não é meu. Eu lhe contei a história do médico brasileiro porque ela se tornou pública, certo?

— Você tem razão. Vou sair com o Raul para jantar. Quer ir conosco? Podemos ir àquele café do centro.

— Eu combinei de sair com o Alexandre. Talvez nos encontremos por aí. Ele voltará para o sítio arqueológico amanhã.

— Está bem, Rogério. Mais uma vez obrigada.

— Me dê um abraço. Gosto muito de você.

Mariah o abraçou e sentiu o carinho que o médico tinha por ela. Deu-lhe um beijo no rosto e saiu.

Rogério sorriu e interfonou para a recepção do hospital.

— Sandra, tem uma paciente me esperando?

— Tem sim, doutor. Vou levá-la até aí.

⸙

Chegando ao hotel, Raul verificou o horário e decidiu ligar para a clínica onde trabalhava no Brasil.

— Doutor Eurico, como vai? Que bom encontrá-lo logo cedo na clínica.

— Raul, estou preocupado. Seu tio me ligou para saber por que o mandei para o Cairo. O que está havendo? Será necessário que eu viaje para aí?

— Não, doutor Eurico. Quando eu retornar ao Brasil, conversaremos. Descobri alguns segredos da minha família, e meu tio deve estar aflito por isso. Preciso ficar mais alguns dias aqui. O senhor pode me liberar da palestra em Roma? É muito importante que eu permaneça aqui.

— Eu o conheço bem e sei que você leva seu trabalho muito a sério. Pode ficar sim, mas me mantenha informado do seu paradeiro. O congresso em Roma foi adiado, não haverá problema. Acredito até que dê tempo de você ir até lá.

— Obrigado. Ligarei avisando assim que tiver resolvido tudo o que surgiu aqui. Quanto ao meu tio, falarei com ele noutro momento. Não se preocupe.

— Aguardo você então. Até breve.

— Até, um abraço.

Raul desligou o telefone e calculou que, pelo horário, o tio já deveria ter saído para ir ao escritório. Resolveu telefonar para a tia e tranquilizá-la.

— Raul, graças a Deus. O que está acontecendo?

— O tio Ângelo me telefonou, mas não vou retornar a ligação. Estou falando com você porque sei da sua preocupação comigo. Por favor, procure nos documentos antigos dos meus avós coisas que me liguem aos meus pais — fotos, recortes de jornais, cartas —, é muito importante.

— Vou falar com a tia Dirce, ela deve ter alguma coisa. Seu tio guarda alguns documentos no cofre, e eu não tenho acesso. Há alguns dias, notei que ele trancou um baú de fotografias que estava aqui.

— Guarde com você o que encontrar. Quando eu retornar, conversaremos. Estou bem, tia, não se preocupe.

— Está bem, meu filho. Cuide-se, não quero que nada de mau lhe aconteça.

— Nada vai me acontecer, titia. Um beijo.

Assim que desligou o telefone, Raul foi informado de que Joseph estava à sua espera.

— Senhor Joseph, aconteceu alguma coisa?

— Omar acordou e quer conversar com você. Achei melhor vir buscá-lo em vez de mandar o motorista.

— Então vamos. Eu preciso voltar até as dezoito horas.

Joseph sorriu.

— Você vai se encontrar com a doutora Mariah?

Raul sentiu-se incomodado com a pergunta.

— Por quê?

— Desculpe, não quis ser invasivo. Ela é uma mulher muito bonita, e notei que também não lhe é indiferente.

— Nosso relacionamento é apenas superficial. Não tivemos oportunidade de conversar sobre outros assuntos.

— Está certo. Apenas certifique-se de que ela não esteja prometida a nenhum homem.

— Prometida? Ela me disse que não tem ninguém.

— Raul, converse com ela. Sabe, algumas pessoas mantêm costumes antigos. Ela pode não tomar conhecimento desses costumes, mas talvez seja cobrada pela família. É melhor você refletir sobre isso.

— Não vou me esquecer do seu conselho. Agora, por que o retrato da mãe dela está na casa de Amir? Vocês são parentes?

— Não, Raul, não somos parentes. Um dia, você vai entender. Há um tempo certo para que a verdade seja descoberta. Agora vamos?

Raul fez que sim com a cabeça e ficou intrigado com a conversa que acabara de ter, porém decidiu não pedir explicações. Conversaria com Mariah e esclareceria suas dúvidas mais tarde.

Chegando à casa de Amir, Raul dirigiu-se para o quarto do pai. Omar estava recostado na cama e sorriu ao vê-lo.

— Bom dia. Como o senhor está se sentindo?

— Bem, meu filho, principalmente por vê-lo aqui. Você cuidou de mim, isso muito me alegra. Sente-se aqui para que possamos conversar.

Raul aproximou-se e verificou que o soro estava no fim.

— O senhor se alimentou?

— Sim, meu filho.

— Então podemos tirar o soro. Vou manter ainda o oxigênio. Com certeza, amanhã o retirarei.

— Por favor, sente-se aqui ao meu lado para que possamos conversar. Estou bem e não pedi que viesse me atender como médico.

— Me sentarei assim que terminar esse procedimento. O senhor esteve muito mal, não quero descuidar da sua saúde.

Omar sorriu e aguardou que Raul se sentasse ao seu lado.

— Pronto. O que queria me falar?

— Quero olhar para você. Saber que estava vivo me encheu de esperança. Como procurei você, meu filho!

O homem emocionou-se, preocupando o médico.

— Por favor, procure não se emocionar. O senhor ainda não está cem por cento recuperado.

— É difícil me conter, mas não vai acontecer nada, você é muito parecido com Amir, mas não são idênticos. Você tem os olhos da sua mãe, a minha Amália.

Raul olhava para o pai sem saber o que dizer. Miríade aproximou-se e perguntou se queriam beber uma xícara de chá.

— Por favor, Miríade, traga para nós e não deixe ninguém nos interromper, sei que meus netos chegaram, mas preciso conversar com Raul. Não quero ser interrompido.

— Como queira, meu sogro. Vou providenciar o chá.

Ela saiu e fechou a porta. Raul perguntou:

— Como ela era?

— Linda, meu filho. Era uma mulher elegante, alegre, tinha uma risada contagiante, transmitia o que sentia no olhar e dificilmente se irritava. Tinha vida naquele coração, vida. Você consegue compreender?

Como o filho mantinha-se em silêncio, ele continuou:

— Sei que foi loucura fugirmos, éramos muito jovens, estávamos apaixonados, tínhamos o mundo à nossa espera. Quando ela descobriu a gravidez, decidimos ficar aqui para que não houvesse nenhum imprevisto. Minha família recebeu-nos com carinho e pediu-lhe que avisasse os pais que estávamos aqui. Não precisávamos de nada. Tínhamos tudo, principalmente nos amávamos, amor que seus avós nunca souberam dar a ela. Ela escreveu-lhes e também para uma tia, não me recordo o nome.

— Tia Dirce.

— Isso. Ela gostava muito dessa tia, tanto que em cada cidade que parávamos ela escrevia para Dirce. Só recebemos a visita do seu avô quando ela informou onde vivíamos. Foi horrível. Ele queria levá-la para o Brasil, mas ela não queria sair daqui, discutiram muito, e sua mãe começou a sentir dores, então, eu os expulsei daqui, disse-lhes que não precisávamos de nada, queríamos apenas ficar em paz. Depois que se foram, Amália desmaiou e foi preciso levá-la para o hospital. Eles não descansaram enquanto não a encontraram. Nós sabíamos que eram duas crianças, mas não dissemos isso a seus avós. Ele fez um acordo com o Adalberto Marçal e fui proibido de entrar no hospital. Enlouqueci, gritei, ameacei, agredi um enfermeiro e acabei sendo preso. Quando consegui sair da prisão, eles tinham levado você, e só não levaram Amir porque uma amiga nossa trocou o nome da identificação, e o médico e outras pessoas que fizeram o parto não estavam no hospital.

— Quando eu consegui vê-la, estava tão abatida. Disseram para sua mãe que vocês tinham nascidos mortos, ela ficou em choque. Consegui tirá-la daquele hospital, mas foi inútil, pois ela não se recuperou. Eu expliquei que você estava vivo, levei Amir várias vezes para que Amália o visse, mas não adiantou. Ela se foi e jurei que ia encontrá-lo e punir todos aqueles que contribuíram para sua morte. Deixei Amir com meus pais e saí em busca do seu avô, procurei em todos os lugares, todos os endereços, com pessoas que o conheciam, com a tia da sua mãe e nada. Ninguém me dizia onde encontrá-lo. Joseph foi me buscar, trouxe-me de volta e não consegui me levantar. Chorei muito no túmulo dela, tinha fracassado na minha busca, mas fiz uma promessa: um dia o encontraria e o traria para viver conosco. No meu desespero, deixei Amir com Joseph e fui viver com tribos nômades do deserto. Eu precisava me livrar da mágoa, precisava descontar a minha raiva no trabalho pesado para não maltratar ninguém. Acabei me transformando num ser descontrolado, vivia embriagado, até o dia que Amir foi me buscar. Encontrou-me jogado, maltrapilho, sujo, trouxe-me para casa e cuidou de mim. Cobrou a promessa que sabia que eu tinha feito e me fez ver que tinha perdido você e sua mãe, mas tinha ficado com ele. Foi muito corajoso para um garoto de quinze anos.

Quando Omar terminou de falar, havia lágrimas em seus olhos, Raul o abraçou e deixou a emoção fluir. Todo o sentimento represado durante anos pela ausência dos pais veio à tona. Joseph ouvira a tudo da varanda sem ser visto por eles, emocionou-se também, porque sabia o quanto o irmão sofrera com a morte da esposa e a ausência do filho. Notou a chegada de Amir e fez-lhe um sinal para que não entrasse no quarto, afastou-o e contou ao sobrinho o que acontecera.

— A emoção vai fazer mal para o pai?

— Não, Amir, finalmente ele ficará em paz.

⁂

— Guilhermina, o que você está procurando?

— Boa tarde para você também, Ângelo. Isso é jeito de falar comigo?

— Você está mexendo nas minhas coisas.

— E é motivo para essa gritaria? Estou procurando um documento que o Raul me pediu e só pode estar aqui no escritório.

— Você falou com ele?

— Sim, falei.

— Eu pedi que ele me telefonasse e não fui atendido. O que você está procurando?

— Uma fotografia da mãe dele.

— Eu já lhe disse que não tem nenhuma fotografia da Amália aqui em casa. Por que você não me escuta?

— Você mentiu para mim sobre o nascimento do Raul. Se não me contar a verdade agora, não vou perdoá-lo. A escolha é sua.

Dizendo isso, Guilhermina saiu da sala deixando o marido parado sem saber o que fazer. Depois de algum tempo, ele se lembrou da tia e telefonou-lhe:

— Tia Dirce?

— Ângelo?

— Sim, tia, sou eu.

— Sua voz está diferente.

— Não aguento mais, tia. Vou contar a verdade para Guilhermina e, se necessário, vou para o Cairo. Está muito difícil guardar o segredo do pai.

— Meu filho, esse segredo ficou guardado tempo demais. Conte para sua esposa e procure pelo Raul, ele vai acabar se afastando e o que é pior, ficando com raiva por ter sido privado do convívio com o pai.

— Você está certa, vou acabar com isso hoje.

— Muito bem, meu filho.

Despediram-se, e a senhora olhava para as cartas abertas em cima da mesa, estava na hora de serem entregues ao seu verdadeiro dono. Dobrou-as e colocou em um envelope endereçado ao doutor Raul Albuquerque.

Ângelo saiu à procura da esposa e disse-lhe:

— Guilhermina, venha ao escritório, precisamos conversar. Vou contar-lhe a história do Raul.

Depois de algum tempo ouvindo-o, ela quis saber por que o marido concordara com tudo aquilo.

— Eu não sabia que havia outra criança nem que o pai dele estava vivo. Meu pai contou essa história pouco antes de morrer e me fez prometer que nunca a revelaria para Raul. Quando soube que ele iria para o Cairo, tive certeza de que a verdade viria à tona.

— A verdade nunca fica escondida definitivamente. Sua mãe concordou com isso?

— Mamãe nunca discordou dele.

— Eu não posso acreditar que você tomou parte disso. A tia Dirce sabe de tudo?

— Sim, eu gostaria que você entendesse...

Guilhermina não o deixou concluir. Levantando-se, ela disse:

— Eu não sei se tenho capacidade para entender tamanha maldade. O que vocês fizeram foi desumano!

— Guilhermina, por favor...

— Quero ficar sozinha. Preciso pensar sobre tudo isso.

— O que você vai fazer?

— Não sei. É tudo tão absurdo que não sei o que farei. Se você tem um pingo de respeito pelo seu sobrinho, separe as fotos da mãe dele, mostre a ele tudo o que sei que você escondeu durante todos esses anos.

— Guilhermina...

Ela não respondeu, saiu da sala e trancou-se no quarto, só o que conseguia fazer era chorar.

⸻

No hospital, o doutor Marcelo insistia:

— Adalberto, você foi um fraco. Eu lhe disse que não deveria trazer esse médico para participar do nosso congresso anual.

— Eu não tinha meios de negar o pedido da diretoria. Só não imaginei que ele encontraria o pai na chegada à cidade. Ele deveria ficar dois dias aqui e seguir para Roma.

— Agora, ele conhece a verdade, está saindo com sua filha, e nossos planos estão indo por água abaixo.

— Ele não está saindo com minha filha.

— Só você acredita nisso. Hoje, eles chegaram juntos. Ontem, Mariah foi buscá-lo na casa daquele homem. Diga-me se não estão juntos.

— Não sabia disso.

— Você não a controla mais, e eu estou ficando cansado. Nosso acordo era para você convencê-la a casar-se comigo, e eu lhe entregaria aqueles documentos. Parece que aqueles papéis vão parar na diretoria do hospital.

— Já chega, Marcelo. Estou cansado das suas ameaças. Entregue os documentos ao doutor William e explique a ele por que você os guardou durante todos esses anos.

— Não sou tolo, Adalberto. Os documentos chegarão até ele, mas não pelas minhas mãos.

— Faça o que quiser. Agora, saia da minha sala.

Depois que o médico saiu, Adalberto arriou na cadeira e assim ficou por um longo tempo. No final do expediente, mandou chamar doutor Rogério.

— Rogério, você está de saída?

— Sim, já terminei meu plantão. Você precisa de mim?

— A Mariah já foi?

— Saiu há uns quinze minutos.

— Você tem alguns minutos?

— Para um velho amigo? Sempre, o que você quer?

— Vou desistir de tudo. O Marcelo vai entregar aqueles documentos ao William. Acabou.

— Você se deixou chantagear? Por que não se adianta e conversa com sua filha e com o William? Por que esperar que a maldade chegue primeiro?

— Eles não vão me perdoar.

— Mas ouvirão você. Liberte-se desse passado, dessa culpa, o resultado será difícil, mas a sensação de dever cumprido vai ajudá-lo.

Adalberto permaneceu em silêncio. Rogério prosseguiu:

— A verdade é a melhor opção. A verdade sobre a morte da Sofia, que até hoje não contou para Mariah e treme toda vez que ela vai procurar a avó, a verdade sobre o sequestro de Raul, a verdade sobre a morte daquele homem. Você convive com esses pesadelos há mais de trinta anos. Não acha que já chega?

— O que faria se estivesse no meu lugar?

— Por Deus que não teria feito nada do que você fez. Passei muitos momentos difíceis na minha vida, você bem sabe, mas jamais me venderia.

— Eu serei humilhado, processado e odiado pela minha filha, pelo Raul. A Mariah perderá o emprego aqui no hospital. Eles não vão poupá-la.

— Você não está pensando em se matar?

— Talvez seja a melhor solução.

— Eu sei que você cometeu muitos erros, meu amigo, mas em nenhum momento supus que você fosse tão covarde. O suicídio pune você duas vezes, aqui e no astral.

— Não acredito em nada disso. A morte é o fim de tudo.

— Bom, então, vá em frente, busque o fim mais fácil e arque com as consequências. Nada fica impune na natureza. A vida é o bem mais precioso que Deus nos deu. Você precisa dar valor a ela.

— Já chega, Rogério. Deixe-me sozinho.

— Está bem. A vida é sua. Aqui ou do outro lado, a verdade será cobrada.

Rogério saiu preocupado. Nunca imaginara que Adalberto pensasse em tirar a própria vida. Avisou a secretária do diretor que ele ficara em seu consultório.

— Renata, o doutor Adalberto não está bem. Por favor, me avise se você notar algo estranho.

— Fique tranquilo, doutor, eu não vou embora antes dele.

— Obrigado, Renata.

Pouco depois, Adalberto dirigiu-se à jovem:

— Renata, estou muito cansado, vou para casa. Só me telefone se houver uma urgência que os outros médicos não consigam atender.

— Como queira, doutor.

Em seguida, ela telefonou para Rogério informando-o da saída do diretor.

— Você fez bem em avisar, agradeço muito. Até amanhã.

— Vai sair, meu filho?

— Sim, mamãe.

— Faz bem. Ultimamente, tenho notado você muito tenso. Problemas no hospital?

— Muitos, e também assuntos que não posso resolver, não dependem do meu trabalho.

— Você vai para aquela reunião semanal?

— Não. Vou sair com o Alexandre. Vamos jantar, conversar e depois resolver o que faremos. Amanhã, ele voltará para o deserto, e não nos veremos nos próximos vinte dias.

— Meu filho, você é feliz?

— Por que isso agora?

— Porque você trabalha muito, não tem um lar formado, não saberemos como ficará seu relacionamento com o Alexandre...

— Mamãe, o que é isso agora? Eu trabalho no que eu gosto, tenho um lar formado com você, e meu relacionamento com o Alê vai continuar como está. Eu sempre pensei que você me aceitasse como sou.

— Não é isso, é que já estou com setenta anos. Quando eu me for, como você vai ficar?

— Vivo, mamãe. Pelo menos, é o que espero.

—Você não leva nada a sério!

— Mamãe, se isso a deixa tranquila, sou feliz, a maneira como vivo me agrada e, quando você se for, irá em paz sabendo que me criou com muito amor, soube me entender, não fez críticas como papai fazia, não me impediu de ser quem sou. Agora esqueça isso. Sou muito feliz, acredite.

Silvana abraçou o filho e explicou:

— Seu pai o amava do jeito dele, mas o amava, tenho certeza disso.

— Mamãe, acredito em você. Sei que para o papai era difícil entender que o filho de quem se orgulhava tanto era homossexual. Passou. Isso me afetou muito naquela época, mas hoje consigo entender esse sentimento. Agora, dona Silvana, vou sair e me divertir. Você vai ficar bem?

— Vou sim, meu filho. Vá e divirta-se.

Rogério beijou a mãe e saiu. Alexandre o esperava no portão. Os companheiros se abraçaram, entraram no carro e, enquanto se dirigiam ao restaurante, Rogério contou para Alexandre a conversa que tivera com a mãe.

— Dona Silvana é um amor. Sabe, gostaria que a minha mãe fosse só um pouquinho como ela. Sinto falta desse carinho.

— Há quanto tempo você não a vê?

— Há uns dez anos. Ela deu graças a Deus quando eu avisei que viria para o Cairo. Tenho amigos que falam do pai, como aconteceu com você, mas nenhum deles tem problemas com a mãe, como eu tenho. Ela não me aceita de jeito nenhum.

— Tem notícias dela?

— Sim, converso sempre com minha irmã, e ela me dá notícias da família toda. Vamos deixar de lado minha família. Amanhã voltarei para o sítio arqueológico e hoje só quero me divertir.

— Isso mesmo, meu amigo, os problemas ficarão para trás. Vamos aproveitar a noite que, por sinal, está linda. Olha que céu maravilhoso!

Os dois, conversando sobre amenidades, seguiram para o centro da cidade do Cairo.

CAPÍTULO 6

Mariah chegou ao hotel às vinte horas. Ela usava uma túnica longa, sandálias baixas e os cabelos estavam soltos. Raul não deixou de admirá-la.

— Você está linda.

— Você está muito elegante.

— Está muito quente hoje. Se não se importar, prefiro ir a um lugar onde possamos ficar ao ar livre.

— Estava pensando nisso, vamos a um café, assim poderá saborear nossa comida e bebida.

— Eu tomei um suco aqui no hotel, que o senhor Joseph pediu, mas não sei dizer o nome, tinha gosto de hortelã.

— Provavelmente, é o chá de hortelã, uma bebida típica daqui.

Os dois médicos saíram conversando, Mariah explicava a Raul sobre os sabores e temperos do Egito.

&⸺&

Joseph, ao entrar no quarto de Omar, notou que ele estava com os olhos fechados e logo imaginou que o irmão estivesse dormindo.

— Meu irmão, quer falar comigo? — perguntou Omar.

— Achei que você estava dormindo.

— Estou apenas descansando. Meu filho me pediu para ficar mais dois dias na cama. Vou obedecê-lo.

O outro sorriu e disse:

— Ele mal chegou e já está fazendo milagres.

Foi a vez de Omar sorrir.

— Finalmente, Joseph, depois de trinta anos, tenho meus dois filhos junto comigo.

— Ele vai ficar aqui?

— Por que não ficaria?

— Omar, ele foi criado no Brasil, tem uma família lá, talvez uma namorada. O que sabemos sobre esse moço?

— Que ele é médico, não tem namorada no Brasil, e está muito revoltado com a família brasileira. Ele precisa voltar para o país onde viveu, mas sabe que sua família também está aqui.

— Eu não contei a ele sobre os bens da nossa família. Amir acha que é cedo. Teme que ele seja interesseiro como o avô.

— Não precisa temer, ele não tem nada daquele homem. Eu o conheci, Omar, era frio como uma pedra de gelo. Raul tem os olhos da mãe, tem caráter, é firme nas suas decisões. Não temos porquê ter medo.

— Contou a ele sobre os diamantes?

— Não. Conversamos apenas sobre ele, sobre a vida dele no Brasil, a família, o povo brasileiro. Mais tarde, falaremos sobre os diamantes. Agora me recordo, eu trouxe algumas pedras. Onde estão?

— Amir mandou examiná-las. No hospital, retiraram do seu turbante e guardaram num saquinho plástico. Estava junto com sua roupa no hospital. Eram oito pedras.

— Isso mesmo. Não creio que sejam diamantes, o Alexandre encontrou-as no meio de algumas peças soltas. Talvez algum escravo as tenha escondido acreditando que fossem preciosas.

— A escavação do sítio está adiantada?

— Está sim, porém pedimos autorização para aprofundar a escavação. Tem vários pedaços de vasos e louças, talvez encontremos objetos inteiros se formos um pouco mais fundo.

— Não há perigo de desabamento?

— Acredito que não, porque não estamos em um lugar alto, e o solo está bem compactado.

Nesse momento, Amir entrou no quarto:

— Papa, como está se sentindo?

— Muito bem, meu filho, muito bem. Meus netos já chegaram?

— Sim, estão às voltas com aqueles aparelhos eletrônicos, mal conversam.

Rindo, Joseph argumentou:

— Se eles não estivessem entretidos com jogos, estariam fazendo barulho, e Miríade brigando para não incomodarem o avô. Como estão quietos, reclamamos que não falam.

Os outros concordaram e voltaram a falar sobre as escavações.

⁂

Mariah e Raul escolheram um bar de rua.

— São todos assim? Parecem corredores estreitos.

— Sim, a maioria. Aqui poderemos comer o *koshari*. É uma comida feita com grão de bico, arroz, macarrão e lentilha, com molho de tomate ou o *fatayer*, que são tortas recheadas com carne ou espinafre. O que você prefere?

— Prefiro as tortas, não gosto de grão de bico.

— Mesmo assim, você deveria experimentar, é bem temperado, eu gosto muito. Pedirei um para mim, e as tortas para você. Quando chegar, você experimenta.

Raul concordou, e fizeram os pedidos, incluindo o chá de hortelã. Enquanto aguardavam, conversavam sobre os costumes locais. O idioma, as roupas, a religião. Ela explicou-lhe que a cidade do Cairo abrigava vários costumes, para lá iam pessoas de todos os lugares, tanto para trabalhar como para passear.

— Você gostaria de conhecer algum dos nossos pontos turísticos?

Rindo, ele respondeu:

— As pirâmides?

— Por que não? É um ótimo passeio.

— Estou brincando. Quando você falou em passeio, lembrei-me do doutor Rogério. Você o conhece há muito tempo?

— Sim, ele está aqui há muitos anos.

— Você nasceu aqui?

— Nasci no hospital onde trabalho hoje. Depois que minha mãe morreu, meu pai me deixou um tempo com a minha avó e, quando eu completei seis anos, me mandou estudar na Inglaterra. Voltei quando fiz dezoito anos e resolvi estudar Medicina aqui no Cairo. Ele não queria que eu voltasse, mas essa é minha terra. Não fazia sentido ficar na Europa.

— Você é prometida para alguém daqui? Isso não é um costume local?

— Meu pai decidiu que eu me casaria com o Marcelo Zafir, um cirurgião que trabalha conosco, mas eu não concordo. É minha vida, não vou destruí-la como ele fez com a dele.

Percebendo que tocara em um assunto delicado, Raul desculpou-se.

— Não tive intenção de ser indelicado, me perdoe.

— Não tem problema. Era um costume antigo dos ciganos. Quando as crianças nasciam, os pais já tratavam o casamento para unir as famílias. O Marcelo sabe que eu não o suporto, assim como meu pai também sabe, porém insiste no assunto. Mas estamos falando de mim, e você? Deixou uma namorada no Brasil?

— Não, Mariah, não tenho ninguém. O trabalho ocupa muito do meu tempo, e as namoradas que eu tive reclamavam muito dos horários, então, passei a me dedicar à minha profissão. Tenho viajado muito para participar de congressos e palestras. Espero encerrar essas viagens no ano que vem e me fixar em uma cidade.

— No Brasil?

— Quem sabe? Estou me encantando pela cidade do Cairo.

Mariah sentiu-se enrubescer. Nesse momento, o garçom trouxe as bebidas, e os dois ouviram uma voz conhecida:

— Você está enganado, não é ele.

Alexandre parou em frente a eles e justificou-se.

— Desculpe-me, pensei que fosse outra pessoa.

— Eu não lhe disse? Ele é o doutor Raul Albuquerque, o médico brasileiro congressista, e Mariah você já conhece.

Raul levantou-se para cumprimentá-los.

— Você é muito parecido com o engenheiro com quem trabalho.

— Amir Ahmed?

— Sim. Você o conhece?

— Somos irmãos.

Alexandre olhou para Rogério como que perguntando o que estava acontecendo. Mariah convidou-os a sentarem-se com eles e passaram a conversar sobre os acontecimentos que a vinda do médico brasileiro desencadeou.

— Meu Deus, que história incrível. Vocês são muito parecidos. Por um momento, eu os confundi, mas, chegando perto, seus olhos são diferentes.

— Engraçado. Meu pai disse a mesma coisa.

— Eu não conheço o irmão daqui. Onde está a diferença?

— O olhar, Rogério, Amir é um homem sofrido, desconfiado, tem o olhar de tigre. Você não, sua forma de olhar passa confiança, não dá para traduzir essa sensação.

— Mariah, você conhece os dois. O que acha?

— Eu concordo com o Alexandre quanto ao Raul, mas não posso falar do Amir. Não fiquei próxima um tempo que me permitisse observá-lo.

— E você, Raul, o que acha?

— Hoje, eu conheci meu passado, minha história que me foi negada pelos meus tios no Brasil.

Todos ficaram em silêncio. Um garçom aproximou-se trazendo os pedidos, e Alexandre pediu-lhe que trouxesse o deles para aquela mesa.

— Raul, procure não julgá-los, tente viver o presente. Sabe, nossos pais e avós tiveram uma educação muito rígida, não souberam lidar com nossa geração — Rogério explicou.

Mariah argumentou.

— Rogério, isso não é justificativa.

— Não estou justificando, só acredito que devemos colocar o passado no lugar dele. O que aconteceu não pode ser mudado, mas o futuro pode ser melhor.

Alexandre reforçou.

— Nós passamos por muitos problemas. Se ficássemos remoendo o passado, não estaríamos aqui hoje. Olhe para o futuro. Você encontrou seu pai, seu irmão, descobriu a verdade, siga em frente. Quer tirar satisfação com sua família, faça-o, é justo, mas não se prenda ao rancor ou à mágoa. São sentimentos que fazem mal. Deixe que o tempo se encarregue de punir quem tiver que ser punido.

— Sinceramente, não sei como reagirei quando voltar ao Brasil e encontrar-me com tio Ângelo. Ele sempre foi muito reticente com relação aos meus pais. Tive uma infância superprotegida, começo a entender o porquê.

— Ele sabia que você viria para o Cairo e o que poderia acontecer?

— Sim, mas nós não conversamos frequentemente e a minha indicação foi de última hora, o responsável pela clínica onde trabalho é quem viria. Eu fui informado da viagem algumas horas antes de embarcar. Como viajo muito, não houve problema com a documentação. Seria uma viagem de apenas três dias. Eu pedi autorização para ficar mais alguns dias, quero acompanhar o restabelecimento do meu pai e me familiarizar com as pessoas que conheci.

Rogério olhou para Mariah, que sorriu.

— Você está muito bem acompanhado e pode contar conosco. O Alexandre vai para o sítio amanhã, mas eu estou no hospital.

— Sítio?

— Sítio arqueológico, eu trabalho com escavações. O senhor Omar trabalha comigo. Ele tem muito conhecimento do deserto, pois viveu lá muitos anos, e sabe que o terreno arenoso pode por em risco uma escavação, além do que ele gosta de escavar. Tudo tem que ser feito com muito cuidado e muita paciência. Quando encontramos um objeto, é preciso limpá-lo com pincéis para retirar os minerais que estão grudados nele e depois avaliar sua possível idade.

— Vocês também procuram diamantes?

— Não. Encontramos algumas pedras, e ele trouxe para avaliar, e agora sei porque o senhor Omar saiu naquela correria. O filho dele telefonou e pediu para avisá-lo que tinha localizado alguém chamado Meier. Eu pedi a ele que esperasse que o traria para o Cairo, mas ele nem me ouviu, pegou o jipe e saiu em disparada.

— Eu teria sido registrado com o nome de Meier. Você não foi atrás dele?

— Não, houve um princípio de desmoronamento numa área em que estávamos trabalhando, eu precisei ficar para ajudar a fazer as escoras e isso me tomou dois dias. Soube depois que ele ficou sem combustível e fez o caminho a pé.

Mariah completou:

— Ele chegou desidratado. Deve ter andado muito.

— Isso mesmo, eu vim pra cá dois dias depois. Encontrei o carro abandonado e levei um susto. Consegui rebocar o jipe e quando encontrei o Amir foi que soube o que tinha acontecido. Como ele está agora?

Raul respondeu:

— Está bem, respondeu rapidamente à hidratação, já está se alimentando, logo estará de volta às atividades. Ele parece ser muito forte.

— É sim, Raul. Muito lúcido, inteligente, toma decisões rápidas. Às vezes, é difícil acompanhá-lo.

Enquanto eles conversavam, Mariah observava Rogério.

— O que você tem? Está inquieto.

— Estou preocupado com seu pai.

— Aconteceu alguma coisa depois que saí do hospital?

— Não sei exatamente. Talvez seja bom você passar na casa dele mais tarde.

— Para você ficar assim, deve saber de alguma coisa e não quer me contar. O que aconteceu?

Alexandre advertiu o amigo:

— Fale de uma vez.

— Está bem, o Marcelo fez ameaças sobre alguma coisa do passado. Está chantageando seu pai para que você se case com ele.

— Chantageando? O que meu pai pode ter feito de tão grave assim? O segredo do Raul já não existe mais.

Mariah arregalou os olhos e, segurando no braço de Rogério que estava sentado ao seu lado, explodiu:

— Chega, Rogério! Você conhece todos os segredos do meu pai e vai me dizer agora porque ele está sendo chantageado.

Raul abraçou-a e procurou acamá-la.

— Mariah, acalme-se. Estão todos nos olhando, é melhor sairmos daqui.

— Raul, saia com ela e vá você também, Rogério. Pagarei a conta e nos encontramos lá fora.

Como Rogério relutasse, o amigo insistiu:

— Por favor!

— Está bem, vamos sair daqui.

Alexandre levou a todos para seu apartamento, onde poderiam conversar com liberdade. Mariah estava inconformada com a atitude do amigo, pessoa que ela estimava muito.

— Rogério, agora você vai ou não me dizer o que está havendo?

— Mariah, você deveria cobrar essa explicação do seu pai.

— Ele não vai me falar nada, e você sabe por que Marcelo o estava chantageando.

Alexandre explodiu:

— Rogério, diga de uma vez, acabe com essa agonia.

— Está bem. Vou contar-lhe o que sei e que pode não ser a única verdade.

— Não importa, me fale o que você sabe.

Rogério então passou a contar a história do doutor Adalberto Marçal.

Ângelo abriu o cofre e retirou dele uma pesada caixa. Recordou o momento em que o pai lhe pediu que guardasse aqueles documentos e não permitisse que ninguém tocasse neles. "Isso pertence ao passado da sua mãe. Espero que você o respeite.

— Pai, a mamãe morreu há uma semana, não deveríamos ver o que contém essa caixa?

— Não, meu filho. São coisas que só dizem respeito a ela."

Depois da discussão com a mulher, ele lembrou-se da caixa e resolveu ver o que ela continha.

— Me desculpe, pai, esses documentos ficaram esquecidos nesse cofre, e é bem provável que me ajudem a corrigir o erro que eu ajudei a cometer e que pode custar meu casamento.

Na caixa, papéis envelhecidos, fotografias dele e da irmã quando crianças. Sorriu ao vê-las e recordou-se das brincadeiras que faziam. Ela gostava de imitar uma cigana, que haviam encontrado na praia, e dizia que leria o futuro nas suas mãos, ele ria muito porque sentia cócegas quando ela lhe passava a unha na palma da mão.

Lembrou-se de seu riso franco. Ela era linda, apaixonou-se por aquele homem do circo. Um estranho que a levou para sempre. Havia também jornais antigos, amarelados, e o que parecia ser um livro embrulhado em papel de seda, amarrado com uma fita e um envelope. Optou por abrir o envelope e encontrou fotos da irmã grávida e vários relatórios feitos por um detetive. Leu com atenção e descobriu que o pai ficou sabendo de todos os lugares onde ela esteve até a chegada ao Cairo. Havia também uma carta endereçada ao pai falando da gravidez, do casamento e o endereço da casa em que ela estava no Egito.

Ângelo disse em voz alta:

— Então ele sabia, não foi surpresa a carta, ele acompanhou todos os passos da minha irmã. Por que não foi atrás dela quando soube? Por que esperou a criança estar prestes a nascer para procurá-la?

Enquanto Ângelo fazia considerações sobre o comportamento do pai, Guilhermina entrou no escritório. Estava com os olhos inchados de chorar, mas estava mais calma.

— Podemos conversar?

— Guilhermina, eu quero que você saiba...

— Ângelo, desculpar-se não vai resolver, precisamos ir atrás de Raul. Não quero que meu sobrinho sofra mais do que deve estar sofrendo. Não sabemos com quem ele está, onde está, quem são as pessoas que estão com ele...

— Guilhermina, o Raul é inteligente, e tenho certeza de que está bem. E pelos documentos que encontrei aqui, sei que as pessoas que estão com ele não são como meu pai as descreveu.

— Como assim? Não estou entendendo.

— Veja esses documentos que estavam guardados. São relatórios detalhados dos lugares onde minha irmã esteve e com quem. Meu pai acompanhou todos os movimentos dela. Veja essas fotografias, e aqui está a carta que ela enviou informando onde estava. Ele sabia. Acredito que tenha ido procurá-la para trazer o neto para o Brasil, ele não tinha intenção de trazê-la para casa.

Guilhermina lia os papéis que o marido lhe mostrava, e lágrimas escorriam em seu rosto.

— Por que essa maldade, meu Deus? Por que fazer isso com a filha?

— Acho que nunca saberemos, ou talvez porque o pai fosse uma pessoa muito ruim. É difícil de acreditar. Ele sempre nos tratou tão bem.

Uma brisa soprou fazendo Ângelo lembrar-se do perfume da mãe.

— Engraçado, por um momento senti o perfume da mamãe. Você está sentindo?

— Não, Ângelo, não sinto cheiro nenhum.

Logo em seguida, o pacote que parecia conter um livro caiu no chão, assustando os dois.

— O que é isso? Um livro?

— Não sei, mas já que estamos aqui vamos ver o que é.

Ângelo desfez o pacote com cuidado e nele encontrou um diário. Surpreso, exclamou:

— Veja, Gui, o diário da minha mãe!

— Nunca soube que a dona Márcia tivesse um diário.

— Nem eu, mas talvez ele contenha a verdade que estamos procurando.

Nesse momento, tocaram a campainha.

— Vou atender.

— Vou esperá-la para lermos juntos.

Guilhermina voltou logo depois.

— Quem era?

— Um portador da tia Dirce. Ela mandou um envelope endereçado ao Raul. Está fechado, acho melhor deixar que ele abra. Vamos ler o diário?

— Sim, sente-se aqui ao meu lado.

※

Adalberto rodou de carro por um longo tempo. Chegando em casa, foi direto para o quarto e, segurando o retrato da esposa, disse:

— Sofia, espero que um dia nossa filha possa me perdoar. Não consigo mais viver dessa forma, não tenho coragem de enfrentar a vergonha e a humilhação que me farão passar quando todos souberem o que eu fiz. Você foi a maior vítima da minha ambição. O Rogério fala muito em vida após a morte, em punição no astral para o caso de suicídio, mas eu nunca acreditei nisso. Só espero que, se houver vida após a morte, você tenha me compreendido e perdoado, porque a culpa que carrego me persegue até hoje e não permite que eu me perdoe. Acabou, Sofia.

Deixou o retrato da mulher ao lado da cama e pegou o revólver que guardava na gaveta. O médico verificou se a arma estava carregada e, quando ia atirar, a porta do apartamento foi aberta por Mariah, que entrou chamando pelo pai. Em seguida ao grito, ouviram um tiro.

※

Já passava de onze horas da noite quando a campainha tocou.

— Joseph? O que faz aqui?

— Por favor, Carmem, me deixe entrar, preciso de seus conselhos. Estou com uma sensação estranha.

— Venha, sente-se aqui. Você sabe que eu não faço mais a leitura do tarô.

— E eu sei que você não precisa do baralho para ver o futuro.

Carmem sorriu.

— Faz muito tempo, não é mesmo?

— Sim, muito tempo.

— O que você está sentindo?

— Angústia, Carmem. Aquele aperto no peito que sinto quando vai acontecer alguma coisa ruim com um dos nossos.

— Deite-se aqui no divã e procure relaxar, vou preparar-lhe um chá, e você se sentirá melhor.

Carmem foi para a cozinha, e Joseph fez o que ela pediu. O perfume suave de incenso que predominava na sala o fez relaxar. Quando ela voltou com o chá, ele estava quase dormindo.

— Beba o chá e durma. Amanhã cedo conversaremos.

— Você é uma bruxa!

— Não, apenas uma velha cigana.

Certificando-se de que Joseph dormia, ela o cobriu com uma manta e dirigiu-se ao altar de Santa Sara Kali para pedir proteção para sua neta Mariah. A senhora conhecia os sentimentos de Joseph, eles sempre estavam voltados para ela e para Sofia.

CAPÍTULO 7

— Ângelo, estou estarrecida. Como vamos mostrar isso para Raul?

— Guilhermina, do mesmo jeito que vimos. Esse segredo ficou guardado tempo demais, precisamos revelá-lo.

— Você não tem medo da reação dele?

— Tenho, mas agora ele conhece parte da história, então, não podemos recuar ou corremos o risco de perdê-lo para sempre.

— Tem razão. O que pode conter esse envelope que a tia Dirce mandou?

— Talvez as cartas que a mamãe cita no diário. Vamos deixar que ele mesmo leia. Você falou com ele, quando Raul retornará?

— Daqui a alguns dias. Não me disse o dia certo, só pediu que eu procurasse tudo o que fosse possível sobre o passado dele e guardasse comigo. Deve ter medo de que você esconda a verdade.

— Então guarde tudo com você.

— Tudo?

— Sim.

— O diário era da sua mãe.

— Não importa. Agora pertence ao Raul e também ao irmão dele. Você não concorda?

— Está certo, vou apenas trocar por uma caixa mais nova e deixarei tudo no quarto dele. Engraçado, você sentiu como se uma brisa passasse por aqui? A janela está aberta?

— Não, mas eu continuo sentindo o perfume da mamãe. Acha possível?

— Tudo é possível. Ainda mais depois do que lemos. Ela queria que Raul conhecesse a verdade sobre a origem dele. Talvez essa seja a forma de ela agradecer o que você fez.

— Será? Não sei se acredito nisso.

— Deveria.

— Vamos dormir, é muito tarde, e amanhã eu preciso me levantar cedo.

— Vou deixar tudo aqui nessa gaveta.

No quarto, o casal conversava.

— Você ainda está com raiva de mim?

— Ângelo, não sei se é raiva que estou sentindo, mas você não deveria ter escondido do Raul esses documentos. Por que não defendeu sua irmã?

— Guilhermina, sou mais novo que ela. Quando tudo isso aconteceu, eu estava na faculdade. Acreditei no meu pai e só quando ele estava à beira da morte foi que me contou o que tinha feito.

— Mesmo assim...

— Você estava feliz com o Raul, não tínhamos filhos. Como eu poderia imaginar que ele descobriria a verdade e dessa forma? E essa viagem? Por que ele foi para o Cairo?

— O médico que iria adoeceu na véspera da viagem, e o doutor Eurico o mandou para lá. Você nunca ia lhe contar a verdade?

Virando para o lado contrário da esposa, Ângelo murmurou:

— Boa noite, Gui.

Ela não insistiu, deu livre curso aos pensamentos, lamentando não ter conhecido toda a história da família antes do seu casamento.

§———§

Mariah correu para o quarto do pai, e os demais foram atrás dela. O médico estava caído próximo à cama e sangrava muito. Alexandre imediatamente ligou para o hospital pedindo uma ambulância. Raul rasgou-lhe a camisa para verificar o ferimento e aplicar o socorro inicial. Rogério amparava a médica, que chorava muito.

— A ambulância já está a caminho.

— Alexandre, tire Mariah daqui para que eu possa ajudar Raul.

— Não vou sair daqui, quero ajudá-los.

— Você não está em condição de fazer nada. Alê, tire-a daqui.

Alexandre abraçou-a, e foram para a sala. Raul encontrou a maleta do médico ferido e começou a trabalhar para conter o sangue.

— Rogério, segure aqui. O ferimento não foi profundo, vamos estancar o sangue e remover doutor Adalberto o quanto antes para o hospital.

Nesse momento, ouviram a sirene da ambulância. Alexandre a atendeu e conduziu os enfermeiros ao quarto que, rapidamente, colocaram o médico na maca e foram para o hospital. Raul foi na ambulância, e os demais levaram Mariah de carro. Ela estava abraçada a Rogério, que lhe dizia palavras de conforto.

— Ele vai ficar bem. O ferimento não foi profundo. Quando você gritou, Mariah, deve tê-lo assustado. Você precisa se acalmar ou não a deixaremos vê-lo.

— Rogério, por quê? Por que ele fez isso?

— Só saberemos quando ele acordar. Sabe, sempre imaginamos que nossos pais são fortes, invencíveis e, na realidade, eles não são os heróis indestrutíveis. Têm problemas, inseguranças, medos. Seu pai cometeu alguns erros no passado, prejudicou algumas pessoas, agora a vida está ajustando as contas com ele. Chegamos. Você está mais calma?

— Se eu disser que não sei, você acredita?

— Mariah, se você tiver uma crise, vou sedá-la.

— Não, por favor, apenas fique comigo.

— Não vamos deixá-la. Venha, Raul deve estar no centro cirúrgico.

Quando a ambulância chegou ao hospital, o doutor William já estava esperando-os no centro cirúrgico. Ele estava na recepção quando Alexandre ligou e imediatamente preparou-se para uma cirurgia de emergência. Raul acompanhou os enfermeiros e informou ao médico responsável o que havia acontecido e os primeiros-socorros para estancar o ferimento.

— Deixe-o conosco, doutor Raul. Ainda bem que você estava lá para atendê-lo.

— Ficarei aqui fora com a Mariah aguardando o término da cirurgia.

Quando Mariah chegou, Raul disse que o doutor William cuidaria de seu pai. Ela abraçou-o e não conseguiu conter as lágrimas.

— Venha, sente-se aqui comigo, vai dar tudo certo. Nós contivemos a hemorragia. Ele vai sobreviver.

— Por que, Raul? Por que ele fez isso? Por que não confiou em mim?

— Não pense nisso agora. Vamos esperar o término da cirurgia, procure se acalmar. Ele vai precisar de você.

— Tem razão, fiquei desesperada quando o vi daquele jeito.

— Eu sei. A imagem foi bem traumática, mas não se desespere, você sabe tão bem quanto eu que não ajuda em nada.

Rogério e Alexandre apenas acompanhavam a conversa dos médicos. Alexandre sugeriu que tomassem um café e saiu para buscá-lo. Mariah, mais calma, disse:

— Rogério, Alexandre tem que ir para o sítio amanhã cedo, e você tem que vir para o hospital. Nós ficamos aqui, vão descansar. Obrigada pelo que você fez pelo meu pai e por mim.

— Não pense nisso, vou ficar aqui com vocês. Na realidade, não fiz nada, Raul que estancou a hemorragia com o que tínhamos à mão. Raul, você segue alguma religião?

— Minha família é católica, mas eu não os acompanho desde que comecei a dirigir minha vida. Por quê?

— Nessas horas difíceis, é bom fazer uma oração. Se vocês não se importam, vou até a capela, preciso de serenidade para rezar.

Alexandre voltou com o café e, quando perguntou por Rogério, foi informado de que ele tinha ido à capela para rezar.

— Vocês precisam de alguma coisa?

Diante da negativa dos médicos, ele se dirigiu à capela para acompanhar Rogério.

Raul perguntou:

— Eu não sabia que havia católicos aqui no Cairo.

— Eu disse a você que nossa cidade é cosmopolita, aqui tem um pouco de tudo. A maioria segue a religião muçulmana, mas muitos são cristãos. O Rogério e o Alexandre são espíritas.

— Faz muito tempo que eu não faço uma oração, e você?

— Raul, eu não sigo religião nenhuma. Minha avó já tentou mudar esse meu jeito, mas não consigo rezar.

— Eu não vou à igreja como fazia quando criança, ando meio afastado das orações, mas acredito em um poder maior que rege nossa vida. Veja o que aconteceu com seu pai, se não tivéssemos encontrado Rogério e Alexandre, nós estaríamos no restaurante e, provavelmente, só encontraríamos seu pai amanhã, mas seria tarde para salvá-lo.

— Vendo por esse lado, dou razão a você. Mas não sei o que pensar. O Rogério tem uma ligação espiritual com minha avó, não sei explicar o que é. Quando eu deixo de vê-la, ele chama minha atenção e, quando chego à sua casa, ela está à minha espera.

Alexandre encontrou Rogério na capela, ajoelhou-se ao lado dele e, juntos, os rapazes proferiram uma prece silenciosa. Ambos rezavam pedindo a Deus que permitisse que Adalberto fosse salvo, pediam também por Mariah e Raul, que ainda enfrentariam duras provas. Encerraram a oração com um pai-nosso, como sempre faziam quando estavam na casa de Adônis.

— Gosto muito de vir aqui. Esse lugar me dá paz.

— Você tem razão, Rogério. É simples e tranquilo. Quantos pedidos guardam este altar? Será que as pessoas voltam para agradecer pelas graças recebidas?

— A maioria volta. Já vi muitos trazerem flores, rezarem agradecendo, pedindo força para alguém doente, sabedoria para o médico que cuida de um ente querido. Eu venho aqui quase todo dia. Agradeço a Deus por me dar sabedoria para cuidar dos meus pacientes. Um diagnóstico errado pode ser fatal. É muito doloroso perder um paciente.

— Mas você sabe que a vida não termina aqui.

— Sim, eu sei, mas não são todas as pessoas que entendem isso. Muitas vezes depositam em nossas mãos toda a sua esperança de cura, querem voltar a viver normalmente e, quando não conseguimos atendê-los, precisamos de muita força espiritual para consolar os que ficam.

— Será que já terminou a cirurgia?

— Vamos voltar ao centro cirúrgico. Você vai ficar na cidade?

— Vou, eu ligo para o Amir e aviso que amanhã vou mais tarde para o sítio, não haverá problema.

O cheiro do café acordou Joseph. Olhando no relógio, viu que passava das sete horas da manhã. Dirigiu-se à cozinha e encontrou Carmem preparando-lhe uma refeição.

— Bom dia, Joseph, venha tomar café.
— Bom dia, Carmem, dormi demais.
— Não, é cedo. Você vai para o deserto?
— Ainda não sei, ontem eu não combinei nada com Amir.
— Você está se sentindo melhor?
— Sim, a opressão no meu peito passou. Você sabe que o filho do Omar, que foi roubado do hospital, está no Cairo?
— Sei sim. Eles já se encontraram?
— Quando o Raul, esse é o nome dele, chegou ao Cairo, ele o socorreu. Omar veio andando do deserto e desmaiou na frente do carro do filho, que levou o ferido ao hospital do Adalberto. O rapaz esteve em nossa casa e ficou impressionado com a fotografia de Sofia.
— Você contou a ele?
— Não. Nós contamos a história dele, o que houve com Amália. Raul está se envolvendo com Mariah.
— É o destino dela. Estava escrito que eles se encontrariam.
— Você tem certeza de que ficarão juntos, ou ela terá o mesmo destino da Sofia?
— Eles terão de passar por algumas tempestades. Mariah não conhece toda a história da mãe, e ele ainda terá que encontrar o passado da família no Brasil. Mas ficarão juntos, eu tenho certeza.
— Você diz isso com tanta certeza. Por que deixou Sofia sofrer daquele jeito?
— Sofia não acreditou em mim. Você, melhor que ninguém, sabe disso. Pedi a você que não interferisse no destino dela. A morte dela não é culpa sua.
— Você sabia que ela iria morrer. Por que não a impediu?
— Joseph, eu não sabia. Não é tudo que vemos nas cartas. Ela nos abandonou, não quis seguir nossos costumes, deixou você no dia marcado para o noivado, renegou nosso povo e nossa família e pagou um preço alto por isso. Eu não sei o que houve naquela noite. Não consigo ver, aparece apenas um nevoeiro que turva minha visão e não me deixa ver o que houve.
— O médico brasileiro ficou impressionado com a fotografia.
— Ele sonhou com ela e não sabe o que significa.

— Não consigo esquecê-la. Como eu amei Sofia. Quando vejo Mariah e penso que ela é filha daquele canalha e não minha, tenho vontade de matá-lo.

— Você ainda a ama. Minha pobre filha não soube dar valor ao seu amor e acabou perdendo a vida. Joseph, você precisa tirar esse ódio do seu coração. Mariah vai precisar muito de você, ela e Raul. Mas você não pode alimentar esse desejo de vingança. Deixe tudo com o tempo. Ele conserta tudo. Os ciclos estão se fechando também para você. O amor que você sente por Sofia vai salvar Mariah, lembre-se disso.

— Perdoe-me o desabafo, Carmem. Eu venho procurar você para conversar e acabo despejando minhas dores.

— Não se desculpe, nos conhecemos há muitos anos, e você pode vir aqui sempre que quiser. Agora vá, estão esperando por você. Que Santa Sara Kali o acompanhe.

Joseph foi para casa do irmão sentindo-se melhor, pensava no que Carmem lhe dissera sobre ajudar Mariah e Raul e não conseguia entender como isso aconteceria. Lá chegando, encontrou Amir esperando-o no portão.

— Amir, bom dia. O que houve? Você está agitado.

— Alexandre me telefonou e disse que irá mais tarde para o sítio, pois Adalberto Marçal tentou se matar ontem à noite. Foi socorrido por Raul e pela doutora Mariah. Ficaram no hospital até agora há pouco.

— E como ele está? — perguntou Joseph.

— Ele está na UTI, pois seu estado é grave.

— Como Mariah está?

— Ela chorou muito. Alexandre e Rogério estavam com os dois e ficaram todos no hospital. Rogério está com ela, e Raul voltou agora de manhã para o hotel. Nosso pai quer vê-lo, mas não quero contar-lhe o que aconteceu.

— Diga a ele que fui buscá-lo. Você vai para a escavação, Amir?

— Não, Alexandre irá mais tarde. Onde você passou a noite, Joseph?

— Eu fui conversar com Carmem. Acabei dormindo lá.

— Como ela está? Ela sabe o que está acontecendo aqui?

— Está bem e com certeza sabe o que aconteceu e o que está por vir. Amir, Raul viu o retrato da Sofia na saleta e ficou impressionado com ela.

— Você contou a ele, tio?

— Não, mas ele deve ter percebido. A semelhança com Mariah é muito grande. Eu disse a ele que era uma parenta nossa.

— O que não deixa de ser verdade.

Miríade aproximou-se e avisou aos dois homens que Omar estava chamando pelo filho Amir.

— Vá atendê-lo, Amir. Vou buscar Raul.

— Aconteceu alguma coisa? Você está com uma expressão grave, Amir.

— Aconteceu sim, mas não quero falar sobre isso agora, *habib*, vamos ver meu pai.

⁂

Guilhermina acordou cedo. Não dormira bem à noite. Olhou para o lado e viu que Ângelo já se levantara. Recordou-se de tudo que ele lhe contara. Decidiu procurar pela tia. Alguma coisa ainda estava escondida naquele passado.

Passava das dez horas quando ela chegou à casa de Dirce.

— Bom dia, tia Dirce.

— Eu sabia que você viria.

— Por que vocês esconderam a história de Amália dessa forma? Veja o sofrimento que tudo isso está causando a todos e, principalmente, a Raul. Como puderam ser tão egoístas?

— Guilhermina, deixe-me contar-lhe alguns fatos que talvez o Ângelo também desconheça. Assim, talvez, você possa compreender melhor o que houve.

— Está bem, fale.

Dirce respirou fundo e passou a contar a Guilhermina a história da família.

— Eu e meus irmãos fomos criados com muito rigor. Papai construiu um patrimônio sólido e esperava que seus filhos o mantivessem. Naquela época, os casamentos eram arranjados por nossos pais e, assim, quando Paulo se casou, uniu duas fortunas: a nossa e a da Márcia. Paulo se parecia muito com papai. Havia se preparado para ocupar seu lugar na presidência da empresa. Ele cuidava da minha parte e se esperava que Adônis, nosso irmão, seguisse o mesmo caminho. Como você bem sabe, isso não aconteceu.

— Adônis nunca se interessou pelos negócios da família e recusou-se a se casar com quem nosso pai havia determinado. Ele saiu de casa e foi viver numa pequena fazenda, que adquiriu no interior de Minas Gerais.

— Se ele escolhia com que os filhos casariam, por que você não se casou?

— Porque eu me recusei a um casamento sem amor. Ele ameaçou mandar-me para um convento, mas mamãe conseguiu demovê-lo. Ela adoeceu pouco depois e fiquei cuidando dela. Quando ele também adoeceu, continuei cuidando da casa e dele. Assim o tempo passou e não me casei.

— O que aconteceu com Adônis?

— Quando nossos pais faleceram, ele nos procurou. Disse que estava bem e pretendia viajar pelo mundo. Disse que arrendara a fazenda e que não estava interessado na herança da família. Paulo tentou dissuadi-lo, sem sucesso. Só voltamos a conversar quando Paulo faleceu. Ele estava vivendo na França e avisou-me que estava de mudança para o Egito. Havia se casado com uma brasileira e não tinham filhos. Perguntei como poderíamos encontrá-lo, afinal, com a morte do nosso irmão, haveria uma mudança com relação aos bens da família. Dessa vez, ele informou que deixaria um advogado cuidando da parte dele na herança. Sei que ele conversou com Ângelo, mas nunca soube quem era o advogado que o representava.

— Tia Dirce, nada do que me contou justifica o que fizeram com Amália. Até agora, você só falou em divisão de bens.

— Paulo queria tratar os filhos como havia sido criado. Márcia sempre intercedeu dizendo que os tempos haviam mudado, que eles deveriam escolher com quem viver. Mas ele não a ouvia. Amália revoltava-se, pai e filha discutiam muito. Ela me procurava e eu tentava convencê-la a ser paciente com o pai. Ângelo estava na faculdade, não acompanhava o que acontecia em casa. Amália não tinha autorização para sair, só poderia fazê-lo em minha companhia ou da mãe. Ela queria conhecer o circo, eu não vi problema e levei-a. Foi quando ela conheceu o jovem cigano. Ele fazia malabarismos e, num desses movimentos, jogou-lhe uma flor.

— Eu percebi o que havia acontecido, mas não pude impedir que se conhecessem. Eles encontravam-se escondidos. Ela dizia que vinha para minha casa e ia se encontrar com ele.

— Ela não tentou falar com os pais?

— Tentou, eu mesma cheguei a pedir que recebessem o rapaz, mas foi inútil. Estavam irredutíveis, meu irmão dizia: "imaginem um cigano, trabalhador de circo, em nossa família tradicional. Seria um escândalo". Acusou-me de facilitar os encontros dos dois e me proibiu de vê-la. Logo depois, ela fugiu com o cigano. O restante da história Ângelo deve ter lhe contado, se não você não teria vindo me procurar.

— Você tomou conhecimento do detetive que ele colocou atrás dela?

— Detetive?

— Sim, Ângelo encontrou nos guardados da dona Márcia recortes de jornal, fotos e relatórios de um detetive. Paulo sempre soube onde a filha estava. Só não foi informado que a gravidez era de gêmeos. Quando soube, não quis fazer nada. Talvez tenha pensado que, escondendo o passado, eles jamais se encontrariam.

— Omar veio procurá-lo depois que Amália morreu. Ele não disse que havia outra criança, mas queria o filho de volta. Paulo, quando soube que ele estava no Brasil, viajou com a família. Lembra-se da viagem de férias pela Europa que ele deu a vocês de presente por terem adotado Raul?

— Então foi por isso? Nunca soubemos o motivo da viagem, e Ângelo me disse que só soube da história da irmã quando o pai estava à beira da morte. Você sabia?

— Do detetive, eu nunca soube. Prometi a Omar que tentaria ajudá-lo, mas não consegui. Paulo ameaçou tirar tudo o que eu tinha, ele era meu procurador, não tinha a quem recorrer.

— Por que não procurou Adônis?

— Porque nunca consegui saber quem era o advogado que cuidava dos negócios do meu irmão e acredito que ele não tenha tido conhecimento do que houve com Amália.

— Acha que se ele soubesse teria feito alguma coisa?

— Certamente, eu nunca soube direito por que ele não vivia conosco.

— Mais um segredo?

— Talvez, ele sempre foi arredio, distante. Mesmo quando criança, nunca fomos próximos. Agora que você conhece nossa história, o que pretende fazer?

— Não sei ainda, mas vou tentar desvendar esses segredos. Não tenha dúvidas de que conseguirei descobrir o que tanto se esconde no passado dessa família.

— Cuidado para não destruir seu casamento. Pense no escândalo que será se essa história vier a público.

— Meu casamento está abalado, e não vou me preocupar com um possível escândalo. Criei Raul e o amo como se fosse meu filho, não vou permitir que vocês o magoem mais do que já o fizeram. Ele ouviu a história pelo pai dele, não vou deixar que contem alguma história fantasiosa para salvar o bom nome da família.

— Guilhermina, pense bem.

— Adeus, tia Dirce.

Guilhermina deixou a casa da tia disposta a procurar Raul e contar-lhe tudo o que ouvira, bem como investigar o segredo de Adônis. Muito sofrimento teria sido evitado se houvesse compreensão entre os membros daquela família.

CAPÍTULO 8

Joseph dirigiu-se ao hospital para tentar saber notícias de Adalberto. Na recepção, perguntou pelo médico, dizendo que precisava marcar uma consulta, e foi informado de que ele havia sido operado. A recepcionista indicou outro médico.

— Operado? Como ele está?
— O senhor é amigo dele?
— Sim, nos conhecemos há muitos anos.
— Senhor, não estamos autorizados a dar nenhuma informação sobre o doutor Adalberto.
— Você não pode me dizer se ele está bem? Que mal a nisso?
— Por favor, senhor, não insista. Se quiser me deixar um telefone, quando a filha dele chegar, peço que lhe dê alguma informação.
— Obrigado, senhorita. Mais tarde, eu mesmo procuro a doutora Mariah.

Saindo do hospital, Joseph telefonou para Amir contando a conversa que tivera com a recepcionista.

— Amir, vou ficar no hotel e esperar Raul acordar. Mais tarde, darei notícias.
— Obrigado, tio Joseph.

※

Mariah dormiu depois que Rogério a convenceu de que não sairia do seu apartamento e se tivesse qualquer notícia do hospital, ele a acordaria. Passava das dez horas da manhã quando ela acordou.

— Por que você não me chamou? São dez horas.

— Bom dia, Mariah, você precisava descansar para poder cuidar dos seus pacientes e de si mesma. O estado do seu pai não sofreu alteração. Conversei com o doutor William mais cedo. Ele está nos esperando. Preparei um café. Ontem você não comeu nada.

— Não quero, Rogério. Quanto mais cedo chegarmos ao hospital, melhor.

— Ao menos, tome um copo de leite, por favor.

Mariah tomou o leite, e os dois médicos dirigiram-se ao hospital.

Raul acordou e telefonou para a recepção do hotel para saber se havia algum recado. Foi informado de que uma pessoa aguardava por ele. Algum tempo depois, dirigiu-se até lá e encontrou Joseph.

— Senhor Joseph, aconteceu alguma coisa com meu pai?

O homem sorriu e respondeu:

— Que bom ouvi-lo chamá-lo assim. Não aconteceu nada com ele, queremos saber o que houve com o doutor Adalberto. Estive no hospital, mas não consegui nenhuma informação.

— Vocês são amigos?

Ele respirou fundo e explicou:

— Fomos, no passado. É uma longa história. Amir me pediu para saber o que houve antes de falar com Omar. Ele era muito conhecido, logo será notícia nos jornais.

— Espere um pouco. Foi ele que ajudou meu avô a me tirar da maternidade, não estou entendendo. Vocês se conheciam? Por que não o impediram?

— Raul, eu tinha amizade com Adalberto, conhecemo-nos por acaso. Ele não era de origem cigana, mas frequentava minha casa. Nossa amizade acabou no dia em que ele conheceu a jovem que seria minha noiva. Algum tempo depois, ela rompeu nosso compromisso, abandonou nosso povo e juntou-se a ele. Só depois que seu avô o levou embora foi que descobri a trama que eles haviam armado.

— É a jovem do retrato?

— Sim, é Sofia, a mãe de Mariah.

— E por que o retrato dela estava na sala de Amir?

— Porque alguém o colocou ali. Talvez uma das crianças, não sei. Ele não está mais lá, coloquei-o de volta no meu quarto.

— Você não se casou?

— Não. Eu nunca me conformei com o que aconteceu a ela e acredito que o Adalberto tenha sido responsável por sua morte. Não pude provar, mas é uma certeza que carrego comigo. Um dia, encontrarei a verdade.

— Você soube o que houve ontem?

— Sim, o Alexandre nos informou. Só não disse por que ele tentou se matar.

— Não estou autorizado a falar sobre isso e acredito que nem a doutora Mariah sabe. Ontem, um dos médicos que trabalha com ela começou a falar sobre uma possível chantagem, mas não terminou. Fomos para a casa de Adalberto e, quando chegamos, ele havia acabado de disparar o revólver.

— Você vai para o hospital?

— Sim. Eu conversei com a Mariah antes de descer, e combinamos de nos encontrar lá.

— Eu posso acompanhá-lo? Assim terei alguma informação para Amir.

— Está bem, vamos. Depois o senhor pode me levar para ver meu pai?

— Combinado.

Os dois seguiram em silêncio durante todo o caminho do hotel para o hospital. Lá chegando, observaram a movimentação de alguns repórteres na porta principal. Raul lembrou-se de uma entrada exclusiva para os médicos.

— Venha comigo, vamos ver o que está acontecendo.

Raul e Joseph dirigiram-se para a sala da doutora Mariah, mas, como não havia ninguém ali, ele procurou pela enfermeira Amália, que conheceu no primeiro dia que ali estivera.

— Amália, lembra-se de mim?

— Sim, doutor Raul, imagino que esteja procurando a doutora Mariah.

— Você sabe onde posso encontrá-la?

— Ela está na sala do doutor William, o doutor Rogério está com ela.

— Onde posso aguardá-la?

— Ela me pediu que o levasse à sala dela. Quem é seu acompanhante?

— É uma pessoa da minha família, Amália, não precisa se preocupar. Você sabe como está o doutor Adalberto?

— Ele está na UTI. O senhor sabe do que estou falando.

— Sei sim. Vamos aguardar aqui, não quero atrapalhar você. Outra coisa, tem repórteres lá fora.

— Alguém avisou a imprensa. Foi um custo mantê-los lá fora. A direção ficou de fazer um pronunciamento mais tarde.

— Obrigado, Amália, aguardaremos aqui.

※

Na sala do doutor William, Mariah e Rogério conversavam com ele.

— Doutora Mariah, estes documentos demonstram que seu pai cometeu várias irregularidades neste hospital. Você tinha conhecimento disso?

— Não, doutor William, eu fiquei fora durante muitos anos. Com a chegada do doutor Raul, soubemos o que houve com a família dele, e o restante estou sabendo agora. Eu nunca vi esses documentos.

— Doutor Rogério, tem alguma coisa a me dizer?

— Não, doutor William.

— Mas vocês eram amigos?

— Sim, eu sabia que ele escondia segredos, mas não do que se tratava. A história de Raul soube somente agora. O transplante do filho do engenheiro foi mencionado em conversas, mas não com detalhes. Quem está fazendo essas acusações? E por que somente agora entregou-lhe esses documentos? Esses fatos ocorreram há mais de vinte anos.

— Rogério, vamos deixar de formalidades, esses documentos estavam em cima da minha mesa, encontrei hoje de manhã quando cheguei. Alguns minutos depois, um repórter estava me telefonando para saber sobre o suicídio do doutor Adalberto. Eu estou sem saber o que fazer. Terei que reunir a diretoria e pedir a abertura de uma investigação sobre a vida de Adalberto. Vocês têm ideia do que acontecerá neste hospital?

— William, você é o administrador do hospital, exija sigilo e investigue o pessoal daqui de dentro também. Está claro que alguém que trabalha aqui sabia do passado de Adalberto. Só teremos certeza do que houve quando ele se recuperar e contar o que fez. Até lá, é tudo especulação. Outra coisa, o doutor Raul já deve estar no hospital. Tenho certeza de que ele não vai querer publicidade para o passado da família.

Mariah, que apenas ouvia, acrescentou:

— O senhor Omar e o filho são pessoas conhecidas na cidade, precisamos avisá-los.

— Você disse que ele vinha para o hospital?

— Eu pedi a Amália que assim que ele chegasse o colocasse na minha sala.

— Vou falar com ela. Você pode ver seu pai na UTI. Rogério, você a acompanha?

— Sim, eu cuido da Mariah, pode ficar tranquilo.

— Obrigado, Rogério, vou procurar o doutor Raul e conversar com ele.

Mariah e Rogério dirigiram-se à UTI, e William pediu à secretária que chamasse a enfermeira Amália.

— Pois não, doutor.

— Amália, o doutor Raul está no hospital?

— Sim, na sala da doutora Mariah.

— Você pode trazê-lo aqui?

— O senhor que o acompanha também?

— Quem está com ele?

— O senhor Joseph Ahmed, tio dele.

— Sim, pode trazê-lo também.

Enquanto aguardava, o médico pensava: "Joseph Ahmed, onde ouvi esse nome?". A chegada da enfermeira tirou-o dos seus devaneios.

— Doutor William, aqui estão o doutor Raul e o senhor Joseph.

— Ah! Pois não. Entrem, por favor. Sentem-se aqui, precisamos conversar.

— Viemos ao hospital para ter notícias do doutor Adalberto.

— Entendo. Ontem você fez um ótimo trabalho, estancou a hemorragia e conseguimos operá-lo em tempo. Nós o sedamos e estamos aguardando sua recuperação. Mas tem outro assunto que precisamos conversar. Recebi alguns documentos e, entre eles, havia uma carta explicando sobre seu sequestro neste hospital, quando bebê. Você veio ao Cairo para investigar o passado?

— Não, doutor William. Não conheço o teor da carta, então vou contar-lhe o que houve.

Raul relatou os fatos que aconteceram desde a sua chegada à cidade do Cairo. Explicou que Joseph era seu tio, e que ele prolongara sua estada ali para inteirar-se do seu passado. Disse também que havia cobrado satisfações do doutor Adalberto e que a discussão que tiveram deveria ser do conhecimento do médico, uma vez que falaram aos brados dentro do hospital.

O diretor permaneceu em silêncio enquanto ouvia. Olhando atentamente para Joseph, ele indagou:

— Nós nos conhecemos? O senhor não me é estranho.

— Faz muito tempo, doutor William, muito tempo. Eu trouxe uma jovem que tentou suicidar-se, e você a socorreu. Não foi nesse hospital, foi na clínica de urgências, próxima à praia.

— Meu Deus, eu me lembro. Ela estava em estado de hipotermia e não conseguimos salvá-la.

Raul, olhando para Joseph, perguntou:

— Estão falando de Sofia? A mãe da Mariah?

— Sim, eu a procurei quando soube o que o marido dela havia feito, mas cheguei tarde. Me informaram que ela havia saído, era tarde da noite, ninguém sabia onde Sofia tinha ido, saí dirigindo sem rumo e, de repente, me vi próximo à praia, vi uma pessoa entrando no mar e meu coração disparou, corri mas não consegui alcançá-la. Entrei no mar, as ondas estavam fortes, fiz o máximo possível, mas, quando a alcancei, ela estava desmaiada, eu consegui trazê-la até a clínica e não pude fazer mais nada.

— Eu nunca soube que ela foi casada com Adalberto. Depois que a atendi e constatamos a morte cerebral, ela ainda ficou na UTI. Meu plantão terminou e eu passei o caso para o médico que me substituiu. Depois, soube que ela faleceu e um cigano veio tratar dos documentos e depois do funeral. Não me lembro de ele ter vindo aqui.

— Ele não veio. O irmão dela esteve aqui e cuidou de tudo.

— Mas você avisou a família?

— Sim, avisei a mãe dela, contei que a tinha encontrado, mas ninguém soube por que Sofia fez isso. Eu tentei reanimá-la, mas foi em vão.

Joseph emocionou-se ao recordar o passado, mas decidiu não comentar sobre o que ouvira de Sofia, sempre achou que aquelas palavras só diziam respeito a ele, a ninguém mais.

Raul, que o ouvia atentamente, recordou-se do que o tio havia dito, mas resolveu que falaria com ele depois. Virando-se para o médico, indagou:

— O que o senhor pretende fazer?

— Ainda não sei. As acusações são graves, e não se referem à esposa, mas sim à participação dele no sequestro de um recém-nascido, que presumo seja você, e num transplante irregular de rim.

— Como assim transplante irregular?

— Ele teria tirado um rim de um paciente em coma, sem autorização da família, para socorrer o filho de um empresário que estava aguardando um transplante. O rapaz estava internado aqui, seu estado era grave e, quando constataram a compatibilidade com um paciente que estava em coma, realizaram a intervenção cirúrgica sem consultar a família.

— E esse "doador" morreu em função do transplante?

— Não, a morte cerebral havia sido constatada, mas você sabe que não podemos retirar órgãos de pacientes sem autorização expressa da família. Segundo a denúncia, ele teria recebido dinheiro para fazer a cirurgia e ninguém soube explicar à família do paciente morto porque ele estava com um corte no abdome. Aqui diz que tomaram essa atitude porque o paciente tratava-se de um cigano, que fora recolhido caído na porta do hospital.

Joseph argumentou:

— Então, foi isso. O cigano era de uma família do nosso grupo, ele era primo da Sofia. Ela deve ter descoberto o que o marido fez.

— Você acha que ele pode tê-la ameaçado?

— Não sei, Raul, não sei.

— Doutor Raul, senhor Joseph, vou procurar mais informações sobre os dois casos e outros possíveis, porque a carta anônima dá a entender que houve outros problemas aqui no hospital que não são do meu conhecimento. Estou na diretoria há três anos, e esses casos aconteceram há mais de vinte anos. Asseguro-lhes de que tomarei as providências cabíveis e os manterei informados sobre o que eu descobrir. Peço-lhes que não divulguem nada à imprensa. O escândalo não seria bom para nenhum de nós.

— E quanto a doutora Mariah? Você vai afastá-la do hospital?

— Não, ela é muito competente. Caso queira uma licença para cuidar do pai, eu concederei, não vou puni-la pelos erros de Adalberto.

— Você acha que o corpo clínico concordará com essa decisão?

— Sim, doutor Raul, não vejo motivos para que discordem e, outra coisa, preciso descobrir quem escondeu durante todos esses anos essas informações. Provavelmente alguém que compactuou com ele.

— Podemos aguardar a doutora Mariah na sala dela?

— Não, prefiro que vocês fiquem aqui. Eu vou fazer o pronunciamento que estão esperando e pedir para avisá-la que estão aqui.

Quando o médico saiu, Raul indagou:

— Senhor Joseph, fiquei com uma dúvida. Você disse que procurou Sofia depois que soube do que o marido tinha feito. Não sabe por que ela se matou?

Joseph respirou profundamente e explicou:

— Soubemos do transplante algum tempo depois. O pai de Iago, o rapaz que morreu, ficou intrigado com a cicatriz no corpo do filho. Ele conversou comigo e decidi investigar. Como conhecia Adalberto, resolvi voltar ao hospital e questioná-lo. Ele disse que não me devia explicações sobre os procedimentos do hospital e, de qualquer maneira, a morte cerebral do cigano havia sido confirmada e o paciente dele morreria se não fizessem o transplante imediatamente.

— A forma como ele se referiu ao jovem me deixou com raiva, discuti com ele, insistindo que havia procedido de forma errada por nos considerar pessoas sem valor. Me lembro que me alterei, e ele chamou um segurança para me colocar para fora do hospital. Eu não deixei que me tocasse, estava lívido, a minha vontade era esmurrá-lo. Quando ele se viu fora do meu alcance, gritou que eu só havia ido lá para chamar a atenção de Sofia, que eu não me importava com meu povo, mas tinha ciúmes porque ela escolhera a ele e não a mim. Voltei e perguntei-lhe se ela sabia o que havia acontecido, e ele, rindo, disse-me que sim, que havia contado para ela naquela tarde.

— Saí do hospital disposto a procurá-la, não me conformava com a ideia de que Sofia tivesse aceitado esse tipo de tratamento a um dos nossos. Quando cheguei na casa deles, um dos empregados me disse que os dois tinham tido uma discussão violenta sobre a morte de alguém. O médico deixara a casa muito nervoso, entrou no carro e saiu cantando os pneus do veículo. Quanto a Sofia, eles acreditavam que ela estivesse no quarto. Insisti que me deixassem falar com ela, foi quando a jovem que cuidava de Mariah avisou que Sofia havia saído logo depois do marido. Segundo me disseram, ela chorava muito.

— Eu sabia que sempre que estava nervosa ou triste ela ia em direção à praia. Fui correndo para lá, mas cheguei tarde. Quando consegui resgatá-la, ela apenas me pediu que a perdoasse por ter preferido Adalberto e abandonado nosso povo.

Raul lembrou-se do comentário de Joseph para que ele verificasse se Mariah não era prometida a alguém.

— Ela era prometida a você?

— Sim, mas preferiu Adalberto. Eu não pude fazer nada.

— E Mariah? Ela sabe disso?

— Não. Nós nunca lhe contamos, era dever do pai contar à filha o que havia feito. Talvez ela nunca conheça a verdade.

— Engano seu. O doutor Rogério contou a ela parte dessa história. Por isso, fomos ao apartamento de Adalberto e conseguimos salvá-lo. Talvez seja melhor você conversar com ela. Ele nunca contará a verdade à filha.

— Como acha que ela reagirá?

— Não posso responder a isso, mas posso assegurar-lhe de que estarei ao lado dela para ampará-la no que for necessário. A verdade é sempre melhor, mesmo que magoe, que surja uma briga, gritos, mas é preferível do que descobrir por terceiros que quem o criou mentiu deliberadamente.

— Você é um bom homem, Raul. Até agora não ouvi você gritar ou se revoltar. Esses sentimentos não estão lutando para sair de dentro de você?

— Ainda não sei, talvez estejam adormecidos. Não sei o que farei quando voltar ao Brasil. Preciso saber da verdade completa. Saber porque meu avô agiu assim e, principalmente, por que mentiram esse tempo todo.

— Quando você pretende voltar?

— Ainda não sei. Vou acompanhar Mariah e depois resolverei o que fazer. Tenho um tempo dado pelo diretor da clínica em que trabalho, então, não preciso apressar-me.

— E quanto ao casal que o criou?

— Você sabe sobre meus tios?

— Sim, conseguimos localizá-los há pouco tempo. Amir o viu em Paris e não foi difícil reconhecê-lo, então, ele investigou sua vida e quando soubemos que você viria para o Cairo...

— Como vocês souberam? Minha indicação foi de última hora.

— Não tínhamos certeza. Alexandre comentou com Amir que o hospital onde Rogério trabalhava receberia um médico brasileiro para participar do congresso anual. Esse evento é bem divulgado, então, não foi difícil saber a data que aconteceria. Amir avisou ao pai que verificaria se o médico era você e, se fosse confirmado, ele o procuraria para conversarem. Omar não quis esperar, veio sozinho, e o resto você já sabe.

— Por que não me procuraram antes? Ele me viu em Paris.

— Não sabíamos como você reagiria, então, preferimos esperar uma oportunidade mais propícia, para não assustá-lo. E, por fim...

— E por fim tudo aconteceu de modo nada tranquilo. Respondendo à sua pergunta, não sei o que vou fazer quando voltar ao Brasil. Tenho muitas perguntas a fazer para o tio que me criou. Ele não contou a verdade nem para minha tia.

— Talvez você devesse procurar o irmão do seu avô que mora aqui.

— Tio Adônis mora aqui?

— Sim, o doutor Rogério pode levá-lo até ele.

— Tem mais alguma coisa sobre a minha família que só eu não sei?

— Não, Raul. Não que seja do meu conhecimento.

Nesse momento, a porta se abriu, e Mariah entrou acompanhada de Rogério. Raul levantou-se, abraçou-a e, vendo-lhe os olhos vermelhos, indagou:

— Como ele está?

— Ele está sedado.

— E você? Conseguiu descansar um pouco?

— Eu dormi depois que o Rogério me fez tomar um calmante, mas estou sem saber o que fazer. Acho que vou pedir uns dias de licença para o doutor William.

— Raul, leve Mariah embora, por favor, eu fico aqui e converso com o William. Cuide dela — pediu Rogério.

Joseph sugeriu:

— Você não prefere ir para casa de sua avó?

— Não, quero ir para minha casa, assim fico mais perto do hospital.

— Eu fico com você — ofereceu-se Raul.

Joseph, Mariah e Raul saíram, e Rogério ficou pensando no que ouvira na casa de Adônis: "a tempestade virá, mas vai passar e trazer luz para todos os envolvidos".

O doutor William retornou e, ao encontrar Rogério em sua sala, perguntou:

— O Raul foi embora?

— Sim. Ele, Mariah e o senhor Joseph. Agora nós precisamos conversar.

— Você tem razão.

~———~

Joseph deixou Raul e Mariah e disse-lhes que poderiam chamá-lo para o que precisassem. Raul concordou e pediu-lhe que contasse a Omar o que ocorrera.

— Mariah, você precisa descansar. Se quiser se deitar, fique à vontade, eu não sairei daqui.

— Raul, pode voltar para o hotel. Toda essa confusão tirou você dos seus afazeres.

— Não tenho nada para fazer. Prefiro ficar aqui. Você é muito importante para mim.

Mariah encostou-se no peito dele e deixou que as lágrimas rolassem. Ele a abraçou e continuaram assim até que ela se acalmou.

— Desculpe-me, não queria lhe trazer mais problemas.

Suavemente, ele colocou o dedo em seus lábios e disse:

— Não precisa se desculpar, vamos ficar juntos e enfrentar tudo o que está por vir. Você verá que assim será mais fácil. Só vou me afastar se você não me quiser por perto.

Ainda abraçada a ele, ela disse:

— Não quero que você se afaste, sei que terá que voltar ao Brasil, mas não quero perdê-lo.

Raul ergueu o rosto da médica e deu-lhe um beijo suave, que foi se tornando mais exigente à medida que se sentia correspondido. Mariah afastou-se delicadamente e, segurando o rosto de Raul, disse-lhe:

— Acho que estou me apaixonando por você.

Em resposta, Raul beijou-a novamente e levou-a para o quarto.

— Procure descansar, fique tranquila, não vou deixá-la.
— Você vai ficar aqui?
— Só até você dormir, depois vou lá para a sala.

Raul observava o rosto de Mariah, que não demorou para adormecer, o corpo da moça ainda era sacudido por soluços, efeito do quanto ela havia chorado. Cobriu-a com uma manta, depois encostou a porta do quarto para que o barulho do telefone não a acordasse.

Acomodou-se no sofá e, movido pelo cansaço da noite anterior, acabou por adormecer.

CAPÍTULO 9

— Rogério, você conhecia a história do doutor Raul e da morte do cigano?

— Não, William, cheguei aqui alguns anos depois. Com o tempo, minha amizade com Adalberto foi se solidificando. Quando a Mariah resolveu viver aqui no Cairo, ele se apavorou, não queria que a filha descobrisse seu passado. Ele deixou escapar esse medo, e eu o forcei a me contar o porquê.

— Então você sabia de todos esses casos?

— Superficialmente. Sabia que ele tinha cometido alguns erros, mas não exatamente o quê. Cansei de o aconselhar a falar com a filha, contar-lhe o que escondia, mas ele nunca me ouviu.

— E quem você acha que estava de posse desses documentos?

— Eu suspeito que o Adalberto estava sendo chantageado pelo doutor Marcelo Zafir. Ele é apaixonado pela Mariah, mas ela não gosta dele. Presenciei uma discussão entre eles, e o ouvi ameaçar Adalberto.

— Meu Deus, Rogério, tudo isso acontecendo dentro do hospital e eu sem saber de nada.

— As paredes têm ouvidos e também têm medo. Ninguém contará para você o que viu ou ouviu. Não se esqueça de que é o administrador do hospital.

— Mas para você todos contam.

— Não diretamente, mas sou bom observador. Presto atenção nas pessoas, no que comentam discretamente, nas conversas paralelas enquanto estou no posto de enfermagem. Pequenas insinuações dizem mais que longas conversas.

— Se eu chamar o doutor Marcelo, ele, com certeza, negará.

— Você deve reunir o conselho, não faça acusações, mas peça para iniciarem uma sindicância. Isso afastará as fofocas.

— Eu consegui afastar os repórteres, mas não sei por quanto tempo. Uma sindicância afetará o nome do hospital.

— Mas dará credibilidade a você, punirá os culpados e impedirá que esse tipo de comportamento se repita.

— E quanto ao doutor Raul e à família dele? Acha que poderão nos processar ou até pedir algum tipo de indenização?

— Não creio. Eles ainda estão se conhecendo e não me parecem pessoas que queiram ser alvo de escândalo ou manchetes em jornais.

— Você os conhece?

— Não pessoalmente, mas meu namorado trabalha com o pai do Raul. O senhor Omar é um dos pesquisadores do governo em sítios arqueológicos, e o irmão dele comercializa joias.

— Muito bem, Rogério. Vou seguir sua sugestão e marcar uma reunião com o conselho. Você deverá participar para me ajudar a esclarecer pontos que só você conhece.

— Não é uma boa ideia. Despertaremos suspeitas caso o Marcelo seja realmente o responsável por esses documentos que lhe foram entregues. O que você não souber, deverá ser verificado, assim não correrá o risco de ser parcial com algum médico.

— Está certo, vou começar a trabalhar nisso agora. Você ficará no hospital?

— Sim, vou cuidar dos meus pacientes e dos da Mariah. Se precisar de mim, é só me chamar.

Rogério saiu da sala do diretor e, logo em seguida, encontrou-se com o doutor Marcelo. Este, visivelmente nervoso, perguntou-lhe:

— O que você esteve fazendo todo esse tempo na sala do William?

— Marcelo, você não acha que está invadindo minha privacidade? O que há com você? Desde quando lhe devo satisfação das minhas reuniões ou conversas com o administrador do hospital?

— Eu não confio em você. É bem capaz de fazer intrigas ao meu respeito com a diretoria em benefício próprio.

— Me desculpe, mas não sou como você. Cuide da sua vida e me deixe em paz.

Dizendo isso, Rogério dirigiu-se para seu consultório e passou a atender os pacientes que o esperavam. Marcelo, irritado, pensava em como atingir o desafeto e livrar-se de uma possível acusação.

⁂

Raul acordou ouvindo vozes e lembrou que estava na casa de Mariah. Alguém havia colocado uma manta sobre ele enquanto dormia. Levantou-se e dirigindo-se à cozinha encontrou Joseph e uma senhora que deduziu ser a avó da médica. Carmem apressou-se em desculpar-se:

— Doutor Raul, nós o acordamos?
— Como vocês entraram aqui?

Joseph esclareceu:

— Raul, essa senhora é a avó da Mariah. Ela tem a chave do apartamento e me pediu para trazê-la para cuidar da neta. Você estava dormindo pesado, não quisemos acordá-lo.

Raul, sem saber direito o que dizer, perguntou:

— Mariah levantou-se?

Carmem respondeu:

— Não, meu filho, ela está dormindo. Presumimos que você tenha dormido umas três horas.

Ele olhou no relógio e concordou.

— Tem razão, chegamos aqui por volta do meio-dia.
— Você se alimentaram?
— Não, dona Carmem, Mariah chorou muito, eu fiquei no quarto até ela adormecer e depois me recostei no sofá.
— Eu fiz um chá de hortelã e trouxe pão. Venha comer um pouco.
— A senhora tem razão, mas prefiro apenas tomar uma xícara de chá. Tio Joseph, você tem notícias do meu pai?

Não passou despercebido a Joseph o fato de Raul chamá-lo de tio. Trocando um olhar significativo com Carmem, o homem respondeu:

— Sim, ele está bem e espera que você possa ir vê-lo. Hoje ele se levantou e tomou um pouco de sol. Está com Amir. Não retornará ao sítio por enquanto.

Mariah acordou e chamou Raul. Carmem, adiantando-se, disse:

— Termine seu chá, eu vou vê-la.

Quando ela entrou no quarto, a neta abraçou-a e perguntou:

— Vovó, você sabia o que meu pai ia fazer?

Carinhosamente, a senhora respondeu:

— Não, minha filha, nunca imaginei que ele fosse capaz de uma atitude dessas. Ele precisará muito da sua compreensão e do seu apoio.

— Mas eu não sei direito o que houve. Como posso ajudá-lo.?

— Ele precisa saber que você o ama, independente do que aconteceu. Ele foi imprudente na juventude e está pagando um preço muito alto, mas precisa do seu carinho para vencer o medo que o está atingindo e ter coragem de enfrentar as consequências dos erros que cometeu no passado.

— Raul foi embora?

— Não, ele está na cozinha com Joseph. Eu disse a ele que viria vê-la e o fiz tomar uma xícara de chá. Venha comigo, você também precisa se alimentar.

— Está bem, vovó, vou ao banheiro e já me encontrarei com vocês.

Mariah entrou na cozinha com uma expressão refeita. Havia penteado os cabelos e feito uma maquiagem leve. Raul sorriu ao vê-la e disse:

— Você está linda. O sono lhe fez bem.

A avó concordou.

— Raul está certo. Agora venha sentar-se conosco para fazer uma refeição, trouxe aquele pão de que você tanto gosta.

Assim, os quatro fizeram um lanche, e depois Raul e Mariah foram ao hospital com Joseph. Carmem decidiu que ficaria no apartamento por uns dias cuidando da neta.

☙───❧

Chegando ao hospital, Mariah foi informada de que o diretor queria conversar com ela. A médica pediu a Raul que a acompanhasse, e Joseph disse que os esperaria para irem à casa de Omar.

— Doutor William, o senhor queria falar comigo?

— Sim, Mariah, conversei com o Rogério sobre esses documentos e quero colocá-la a par do que faremos. Vou me reunir com o conselho e informar o que houve. Pedirei que autorizem a abertura de uma sindicância para apurarmos as informações que estão nesses documentos, descobrir quem os deixou sobre a minha mesa e informá-los de que você continuará seu trabalho nesse hospital como tem feito até hoje. Os possíveis erros do seu pai serão apurados. Caso você tenha alguma dificuldade com alguém aqui dentro, peço-lhe que me informe imediatamente.

— O senhor acha prudente eu permanecer no hospital?

— Você está conosco há muito tempo, e seu trabalho é irrepreensível. Não tenho motivos para afastá-la, a menos que você queira uma licença para cuidar do seu pai.

— Eu gostaria de dispor de alguns dias para me refazer de tudo o que houve. Eu não sabia o que papai havia feito com relação ao doutor Raul e esse tal transplante.

— Vamos fazer assim: você sai de licença a partir de hoje e retorna dentro de uma semana. Poderá ver seu pai e acompanhar o tratamento dele, que será atendido por mim. O estado dele é grave, mas ele é um homem forte, acredito que se recuperará.

— Obrigada, doutor William, vou deixar meus pacientes com o Rogério.

— Procure descansar e, se possível, procure nas coisas do seu pai algo que ele possa ter feito e não saibamos, não sei quem me mandou esses documentos e nem se existe mais alguma coisa para ser verificada. A imprensa foi avisada com muita rapidez, tenho receio de que o acusem de mais alguma coisa.

— Eu vou procurar nas coisas do papai e, o que eu encontrar, trarei para o senhor.

— Doutor Raul, o que você pretende fazer com relação a descoberta do seu sequestro?

— Sinceramente, não pensei sobre isso. Preciso voltar ao Brasil e questionar quem me criou, saber por que esconderam essa verdade.

— Você acredita que seu pai ou seus parentes aqui do Cairo farão alguma coisa?

— Não sei, doutor William, preciso conversar com eles. Ainda não fiz isso, mas penso que meu pai queria apenas estar comigo, não senti nele vontade de se vingar de ninguém.

— Você tem viagem marcada para o Brasil?

— Ainda não, consegui com a clínica que trabalho mais uns dias para ficar aqui. Assim que decidir voltar ao Brasil, eu conversarei com o senhor.

— Está bem. Aguardo vocês me darem alguma informação e, por favor, peço-lhes que tomem cuidado com a imprensa, os jornalistas continuam na frente do hospital. Não sabemos onde essa história nos levará e quem poderá ser atingido por ela.

Raul respondeu:

— Quanto a isso, pode ficar sossegado, tenho certeza de que minha família não tem interesse em ver sua vida devassada.

— Nem o senhor Joseph?

— Com certeza não.

Raul e Mariah se despediram e, enquanto se dirigiam à sala da médica, esta perguntou:

— Por que ele fez aquela pergunta sobre o senhor Joseph?

— Você não conhece a história dele?

— Não, eu apenas sei que ele tem amizade com a minha avó por causa das famílias serem ciganas, meu pai nunca falou sobre ele.

— Então não se preocupe com isso agora. Você tem que conversar com o Rogério sobre seus pacientes, e depois quero deixá-la em sua casa.

— Está bem. Você ficará por aqui?

— Sim. Posso ficar na sua sala ou você vai usá-la?

— Pode ficar lá, vou ao consultório do Rogério e depois encontrarei você.

※

Raul e Mariah encontraram Joseph esperando-os no carro. Os homens deixaram Mariah em seu apartamento e, depois de combinar com a médica que voltaria para acompanhá-la ao hospital para ver o pai, Raul foi para casa de Amir.

Omar o aguardava com ansiedade.

— O que aconteceu? É verdade que ele tentou se matar?

Raul respondeu:

— Sim, mas nós o salvamos. Ele está em estado grave, mas o médico que cuida dele acredita que ele vai se recuperar.

— Você o salvou?

— Não, apenas fiz o primeiro atendimento. Ele foi operado pelo doutor William, o administrador do hospital. O senhor o conhece?

Olhando para Joseph, Omar indagou:

— É quem estou pensando?

— Sim, foi o médico que me atendeu quando tentei salvar Sofia.

Amir, que estava presente, argumentou:

— A filha dele sabe o que aconteceu com a mãe?

— Não, mas eu contei para Raul, pois estávamos juntos quando o diretor do hospital quis falar comigo. Ele me reconheceu.

Durante alguns minutos, todos permaneceram em silêncio. Raul foi o primeiro a falar:

— O doutor William perguntou-me se teríamos interesse em fazer alguma coisa contra o doutor Adalberto. Disse-lhe que não, e ele questionou sobre você, tio. Isso despertou a curiosidade de Mariah. Desconversei, mas não sei se ela acreditou.

Amir perguntou:

— Ela não sabe o que aconteceu com a mãe?

Joseph respondeu:

— Não, ela sabe que a mãe se matou, mas não o motivo.

— Carmem não lhe disse a verdade?

— Não, Omar, acredito que nem ela saiba o real motivo da morte da filha. Eu nunca tive coragem de contar-lhe e duvido que Adalberto tenha dito alguma coisa. Ele chorou muito sobre o caixão, mas não me comoveu. Eu queria gritar que ele era o culpado, mas o marido de Carmem não deixou, me tirou dali e me pediu que não fizesse nada. Ele me disse que isso só traria mais sofrimento para todos.

Amir perguntou:

— Por que nunca soubemos disso?

— Porque era um assunto que só dizia respeito aos pais de Sofia e ao seu tio — esclareceu Omar.

— Mas, pai, esse homem fez mal para tanta gente e está impune até hoje. Se Raul não tivesse vindo para o Cairo, tudo isso continuaria esquecido.

— Amir, a vida nunca deixa nada ser esquecido. A verdade sempre aparece de um jeito ou de outro. Você teve uma criação diferente do Raul. Foi criado como cigano, portanto, conhece o pensamento dos nossos antepassados. Raul, você tem religião?

— Cresci numa família católica, porém sei que tenho um tio, agora soube que mora aqui no Cairo, que afastou-se da família por convicções religiosas. Sempre se falou sobre ele, mas de uma forma velada, pois foi considerado como a "ovelha negra" da família.

— Quem lhe disse que ele mora aqui?

— O tio Joseph. Agora, mesmo com tudo o que está acontecendo, quero encontrá-lo para saber por que meu avô fez o que fez.

Depois de novo silêncio, Amir disse:

— Raul, nós precisamos conversar. Eu sei de um Adônis, mas quem o conhece bem é Alexandre, que trabalha com meu pai no sítio arqueológico. Talvez ele possa ajudá-lo. Vocês querem conversar conosco ou posso sair com Raul?

Omar respondeu:

— Pode sair com ele, Amir, eu vou continuar aqui. E, Joseph, você parece que está precisando descansar, estou certo?

— Sim, Omar, todas essas recordações me fazem sofrer muito e desperta em mim a vontade de acabar com Adalberto.

— Meu irmão, a vingança não é uma vitória. Você sabe bem disso.

— Sei, você tem razão, não vou fazer nada, apenas quero ficar sozinho. Vejo vocês mais tarde, na hora em que Raul quiser voltar ao hotel.

— Descanse, tio, eu levo o Raul para o hotel.

Quando deixaram o quarto de Omar, Amir perguntou:

— Raul, você tem algum compromisso?

— Não, só não quero ir para o hotel muito tarde, quero acompanhar Mariah ao hospital.

— Eu quero lhe mostrar o que faço e explicar o trabalho do sítio. Para isso, precisamos ir até minha loja, não é longe. Como você está se sentindo? Parece que viramos sua vida pelo avesso.

— Acho que é mais ou menos isso. Eu achava que havia algum segredo relacionado ao meu nascimento, mas atribuía isso aos tios que me criaram. Naquela casa, não tem nada que recorde minha mãe, nenhuma fotografia, nenhum recorte de jornal, nada. Convivi pouco com minha avó, e meu avô era muito rigoroso, não conversava comigo. Tia Guilhermina sempre me dizia que era o jeito dele, de pessoa antiga, mas agora sei que não era isso. Nosso pai me disse que tenho os olhos da minha mãe. Talvez ele se lembrasse dela quando me via.

— É possível. Eu fui criado dentro das tradições do povo cigano, que hoje não são mais preservadas como eram antigamente. Meus filhos são mais ocidentalizados. Nós acabamos nos adequando aos costumes impostos pela sociedade para vivermos em paz. Não tivemos muitos problemas, porque o trabalho nas minas nos deu muitos recursos e consegui fazer bons investimentos.

— Sua esposa é cigana?

— Sim, mas nos conhecemos e decidimos ficar juntos sem a interferência dos nossos pais, ou melhor, dos pais dela. Ela não era "prometida" para mim, nos conhecemos e nos apaixonamos como qualquer casal. A família dela conhecia minha família. Talvez, por isso, não tenham interferido. Nunca soubemos ao certo.

— Os pais dela são vivos?

— Sim, moram em Alexandria. Ela tem dois irmãos que vivem na França. Estávamos visitando-os quando eu descobri você.

— Por que você nunca me procurou?

— O que eu lhe diria? Olha, sou seu irmão!

— Amir somos quase idênticos. Por que você não me procurou?

— Quer a verdade?

— Sempre.

— Porque tínhamos receio de que você fosse igual ao seu avô. Papai sofreu muito, não merecia sofrer novamente caso você não quisesse conhecê-lo ou o desprezasse por causa da nossa origem.

Raul respirou fundo e disse:

— Amir, nunca mais repita isso. Talvez, se você tivesse se aproximado de mim, saberia que não existe a menor possibilidade de eu ser como meu avô.

— Talvez, se você tivesse visto o sofrimento do nosso pai, teria feito a mesma coisa. Chegamos, vou lhe mostrar o que fazemos.

<hr>

Mariah acordou sentindo cheiro de hortelã, levantou-se e encontrou a avó preparando um chá.

— Vovó, você não foi para casa?

— Não, Mariah. Se você não se importar, ficarei aqui alguns dias com você.

Carmem abraçou a neta e assim ficaram por algum tempo.

— Vovó, por que tudo isso está acontecendo agora? Por que ninguém nunca falou sobre as coisas erradas que meu pai fez?

— Minha querida, não podemos falar sobre o que não sabemos.

— Você conhecia a família do Raul? Digo, a família daqui.

— Sim, mas não tinha como interferir. Como eu poderia dizer para você o que seu pai havia feito? Depois que sua mãe se foi, ele a levou para longe, disse que você seria mais bem educada fora do Cairo, que era o desejo de sua mãe. Eu duvidei, mas não tinha como confrontá-lo. Seu avô estava doente, e a morte de Sofia agravou o estado de saúde dele. Foi um tempo muito difícil para nós. Quando você voltou, estava tão feliz, eu não tinha o direito de atrapalhar sua vida.

— Ele nunca me explicou como mamãe morreu. Sempre disse que foi um acidente, mas desconfio que seja mentira. Você me disse que não sabe o que houve, e ele nunca quis tocar no assunto. Quando descobrirei a verdade?

— A verdade está sempre perto. Nós precisamos estar prontos para vê-la. Sinto que esse dia está próximo. Mas será que você está preparada para ele?

Mariah não respondeu e, abraçada a avó, deixou que as lágrimas saíssem livremente. Sentia o coração oprimido e pressentia que algo muito grave havia acontecido em sua família.

Quando Raul chegou, foi informado de que ela havia saído e iria ao hotel quando saísse do hospital.

— Dona Carmem, por que ela não me esperou?

— Raul, ela está muito perturbada com o que está acontecendo. São revelações que ficaram guardadas durante muitos anos. Sei que minha neta é uma mulher forte, ela vai conseguir superar tudo o que está vivendo.

— Eu vou ao hospital encontrá-la. Até logo.

— Até logo.

Quando Raul saiu, Carmem pensou em Santa Sara e mentalmente pediu-lhe que auxiliasse os dois jovens, eles teriam ainda muitas decepções mas, se estivessem juntos, teriam força suficiente para superar os obstáculos que a vida colocara em seus caminhos.

Raul procurou pela médica no hospital e foi informado de que ela estava com o doutor Rogério. Ele aguardou que os dois terminassem de conversar, e Mariah ficou surpresa de vê-lo no hospital.

— Eu ia ao hotel.

— Eu sei, sua avó me falou, mas preferi vir encontrá-la. Preciso conversar com o doutor Rogério. Acha que é possível?

— Claro, venha comigo. Saí da sala dele ainda há pouco.

— Não quero atrapalhar o trabalho dele.

— Veja, ele vem vindo.

Após cumprimentar Rogério, Raul perguntou-lhe se conhecia Adônis.

— Sim, conheço uma pessoa com esse nome. Por quê?

— Ele pode ser o irmão do meu avô, que ninguém sabe onde vive. Você poderia me levar até ele?

Sem demonstrar surpresa, Rogério respondeu:

— Sim, meu plantão termina dentro de uma hora. Você vai esperar aqui ou quer me encontrar em outro lugar? Mariah, você vai conosco?

— Você se importa, Raul?

— Não, podemos ir todos juntos.

— Rogério, vou ver meu pai na UTI, e nos encontramos na minha sala.

— Está bem. Encontro vocês lá.

Depois que Rogério se afastou, Raul perguntou:

— Você o conhece?

— Pessoalmente não, mas Rogério fala muito dele. Ele trabalha em um centro espírita frequentado por Rogério e Alexandre.

— Eu não sabia disso. É mais um mistério da minha família, ninguém fala sobre ele. Agora sei o motivo.

— Você segue alguma religião?

— Não. Fui criado por uma família católica, mas não vou à igreja. Geralmente faço uma oração agradecendo a Deus pelo dia que vivi e, ultimamente, nem isso tenho feito. E você?

— Não vou à igreja. O povo cigano é devoto de Santa Sara Kali. Mas eu também não tenho rezado. Talvez seja um bom momento para revermos nossas crenças.

— Você tem razão. Quer que eu vá com você ver seu pai?

— Não, Raul, prefiro ir sozinha. Você me espera aqui?

— Espero.

Raul fez um carinho no rosto de Mariah e deu-lhe um beijo no rosto. Mariah sorriu e o deixou em sua sala.

CAPÍTULO 10

Os médicos chegaram à casa de Adônis, e este os esperava no portão. Raul olhou para aquele homem alto e viu nele traços do avô. Rogério fez as apresentações:

— Adônis, este é o doutor Raul, o médico brasileiro que veio fazer uma palestra em nosso hospital, e a doutora Mariah Marçal.

Raul apertou a mão que o tio lhe estendeu e disse:

— O senhor sabe quem eu sou?

— Sim, você é meu sobrinho, eu os estava esperando.

— Por que eu nunca soube que você vivia aqui? Tio Ângelo disse que você vivia em uma fazenda no interior de Minas Gerais e não queria saber da família.

— Raul, tem muita coisa sobre nossa família que você não deve saber, mas entrem, vamos conversar lá dentro.

Rogério perguntou:

— Você sabia que viríamos?

— Sim. Quando me informaram o que houve com o doutor Adalberto, eu pressenti que vocês viriam me procurar. Vamos para minha sala, vou pedir a Dulce que sirva um chá para nós, temos muito o que conversar.

Adônis deixou-os na sala e foi providenciar um chá para os visitantes. Raul indagou:

— Rogério, você o conhece há muito tempo?

— Há anos, ele tem nos ajudado muito. É uma pessoa lúcida, que sempre tem uma palavra para nos orientar, para mostrar as coisas que deixamos de ver e que nos tiram o sossego.

Adônis voltou trazendo chá e avisou que a esposa estava preparando um lanche para mais tarde.

— O que vocês querem conversar comigo?

Raul foi o primeiro a falar.

— Tio Adônis, por que viver separado da nossa família? Por que tantos segredos e mistérios?

— Vou contar-lhe a história da família de forma resumida. Quando você regressar ao Brasil, sua tia Guilhermina lhe entregará cartas, documentos e o diário da sua avó. Nele, você encontrará detalhes do seu nascimento, a história da sua mãe e as respostas que vem procurando desde que chegou aqui. A minha história é simples. Sou o caçula de três irmãos. Paulo, seu avô, tinha vinte anos quando eu nasci. Fui criado de uma forma mais branda que ele e Dirce, porém, meu pai jamais aceitou o fato de eu dizer que via pessoas. Ele me levou a vários médicos e chegaram a me internar para fazer um tratamento neurológico que, naturalmente, não deu certo. Eu não era louco, apenas vidente. Algo que assustava a todos naquela época. Para não ser submetido aos tratamentos, eu estava com quinze anos, optei por não falar mais sobre o que via. Quando fiz vinte anos, soube da existência de um médium em Minas Gerais e resolvi procurá-lo. Convenci a meu pai de que queria estudar engenharia em Uberlândia. Ele concordou e, assim, fui aprovado no vestibular e me mudei para lá.

— Ir de Uberlândia para Uberaba foi muito fácil, então, passei a frequentar a casa de Chico Xavier até conseguir ser atendido por ele. Comecei a estudar o espiritismo e me apaixonei por sua obra. Encontrei nela as respostas que ninguém conseguia me dar. Lá, eu conheci minha esposa, ela é professora de História. Não voltei mais a São Paulo. Eu e meu pai trocávamos cartas, mas alegava que precisava estudar, que estava trabalhando, o que era verdade, mas não tinha vontade de voltar para casa. No último ano da faculdade, meu pai faleceu. Foi quando voltei para São Paulo e discuti com Paulo. Ele queria saber como eu estava vivendo, depois que eu contei, ele fez várias críticas e ameaçou-me impedir de receber qualquer bem da família se eu não voltasse a viver com eles. Eu fiquei decepcionado, achei que meu irmão me entenderia e aceitaria as minhas escolhas. Afinal de contas, eu não estava fazendo nada de errado. Estava terminando a faculdade, já tinha um emprego acertado, me casaria e viveria em Uberlândia.

Raul interrompeu o tio e explicou:

— Vovô não poderia lhe tirar nada. A lei o impediria.

— Sim, sei disso, porém ele pensou que bens materiais me importavam, e eu só queria viver em paz, com a mulher por quem me apaixonei, seguir a religião que escolhi. Ele vivia preso a convenções, à opinião da sociedade, e eu não me importava com nada disso. Aguardei alguns dias e, quando ele me procurou para falar sobre o que eu decidira, entreguei-lhe o cartão de um advogado, que havia contratado, e avisei que voltaria para Minas Gerais. Não deixei meu endereço, e tudo que acontecia o doutor Maciel me avisava. A parte que me cabia do inventário eu vendi e comprei uma fazenda em Uberlândia onde vivi durante vinte anos.

— E por que você veio para cá?

— Dulce queria aprofundar seus estudos em Arqueologia e História Antiga. Ela obteve uma bolsa de estudos de uma universidade de Alexandria. Eu consegui um emprego em uma construtora brasileira que fazia um trabalho aqui no Cairo. Nossa mudança não foi difícil. Arrendei a fazenda e aqui estou. Gostamos muito daqui. Não pretendemos voltar ao Brasil. Dulce era filha única e perdeu os pais logo depois que nos casamos. Não tivemos filhos. Assim, viemos para cá e fizemos amigos, conhecemos pessoas interessadas em estudar a espiritualidade, a aprender a conviver com as chamadas "diferenças". Nosso grupo tem um médium de incorporação que, muitas vezes, nos traz mensagens de esperança, de confiança no futuro, de pessoas que precisam de oração ou de uma palavra amiga. Atendemos quem nos procura para desabafar, para receber um conselho, uma orientação.

Rogério sorriu e explicou:

— Se você soubesse o bem que nos fez, a mim e ao Alexandre, conhecer seu tio, como ele nos ajudou a entender e aceitar o que a vida colocou em nossos caminhos, como lidar com as pessoas preconceituosas, como entender a incompreensão familiar, são coisas que nenhum dinheiro do mundo seria capaz de pagar.

— Tio Adônis, você sabia da minha origem?

— Não. Quando me afastei da família, Amália e Ângelo eram muito jovens. Soube que ela havia morrido em um acidente fora do Brasil. Meu contato com o advogado de São Paulo encerrou quando o inventário foi concluído, não procurei mais ninguém da família.

— Mas o senhor sabe o que eu encontrei aqui quando cheguei?

— Eu sabia que um segredo da família seria descoberto com a chegada de um jovem brasileiro. Apenas isso. Como confio na espiritualidade e sei que a vida coloca tudo em seu devido lugar, eu sabia que conheceria essa verdade no momento oportuno, o que imagino que seja o que está para acontecer.

Raul, então, contou-lhe sua história, sua vida no Brasil e o que havia acontecido a partir de sua chegada à cidade do Cairo.

Adônis ouvia o sobrinho com atenção e, quando ele terminou, disse-lhe:

— Tudo o que me contou é muito grave, meu irmão não podia ter feito o que fez, mas meu conselho é que você viva o presente. Sua tia está esperando-o com documentos que vão contar-lhe a história da sua mãe, seus sonhos, seu drama, mas não se deixe abater. Você encontrou seu pai, seu irmão, agradeça a quem o criou e aproveite o que a vida está lhe dando. Não deixe a raiva tomar conta do seu coração. Meu irmão errou muito, tinha uma visão distorcida da vida, meu sobrinho, se deixou envolver pelo pai e errou junto. Garanto-lhe que ele está arrependido do que fez.

— Como o senhor pode saber de tudo isso?

— Porque você tem um guia espiritual muito bonito, que está me pedindo para dizer-lhe tudo isso.

Raul olhou para o tio e não soube o que responder. Percebendo seu embaraço, Adônis levantou-se e deixou a sala a pretexto de verificar se o lanche que pedira à esposa estava pronto.

Rogério perguntou:

— Você está bem ou está duvidando de tudo o que ouviu?

— Não sei, eu não esperava essa resposta. Não sei lidar com isso.

— Com a mediunidade do seu tio ou o fato de saber que tem um guia espiritual?

— Com tudo. Eu sou um médico e aprendi que a ciência responde tudo, a vida espiritual nunca fez muito sentido para mim, não sou religioso.

— Não estamos falando de religião.

Mariah, que até aquele momento manteve-se calada, perguntou:

— Rogério, você acredita em tudo o que ele fala?

— Sim, ele é um estudioso, um homem sério, com um dom maravilhoso. Eu disse a vocês que ele me ajudou muito. Vocês pensam que foi fácil ser aceito sendo como sou? Quantas vezes fui motivo de chacota, ouvi gracejos e ofensas pesadas pela minha orientação sexual? Meu pai não me aceitou, a família do Alê não o aceitou, mas Adônis nos acolheu e nos ensinou a viver em paz. Quando o conheci, estava disposto a acabar com minha vida, e ele me mostrou que a vida é um prêmio, o quanto é importante valorizar o que somos, entender porque nascemos com os dons que nascemos, como valorizar a vida, que é o maior bem que uma pessoa pode ter. Sei que tudo é novo para vocês, mas se alguém pode aconselhá-los, orientá-los ou até mesmo guiá-los, esse alguém é Adônis.

— Doutor William, o Conselho está reunido e o aguarda.

— Obrigado, Renata, já vou encontrá-los.

William entrou na sala de reuniões, onde era aguardado com surpresa e certa ansiedade. O Conselho era formado pelos fundadores do hospital. Eram, ao todo, seis médicos. O primeiro a falar foi o mais velho deles, doutor Aníbal:

— William, o que significa isso? Como fatos tão graves aconteceram e não soubemos? Estávamos todos aqui nessa época.

— Doutor Aníbal, não posso responder sua pergunta, eu não estava aqui. Lembro-me da morte da esposa do Adalberto Marçal porque a atendi no posto médico da praia, não sei o que a levou a um destino tão trágico mas suspeito que ele tenha algo a ver com isso.

— Você pretende abrir uma investigação policial? Isso seria muito ruim para o hospital.

— Eu conversei com nosso advogado, e ele me disse que, pelo tempo, os crimes estão prescritos. O que podemos fazer é uma sindicância para apurar o que houve e também por que esses documentos só agora chegaram ao nosso conhecimento. É possível que o Adalberto estivesse sendo chantageado e, o que é pior, por alguém daqui de dentro. Por isso, não podemos simplesmente ignorar esses fatos.

— Você tem razão. Como ele está?

— Continua sedado e inspira cuidados. Mas acredito que vai se recuperar, talvez fique com sequelas, porque o tiro atingiu artérias importantes, ainda é cedo para fechar um diagnóstico. Eu os reuni para que me autorizem a investigar esses fatos internamente, preciso conversar com ex-funcionários, com as pessoas envolvidas e ainda não sei aonde essa investigação vai me levar.

— E a filha dele? Ela sabia de tudo?

— Não, ela ficou sabendo do sequestro quando esse assunto foi revelado pelo médico brasileiro. Ela não sabe nada do transplante.

— Você vai mantê-la no quadro do hospital ou vai afastá-la?

— Vou mantê-la aqui, trabalhando normalmente. Ela me pediu alguns dias para cuidar do pai, ainda está muito abalada com o que ele fez. É uma excelente médica, não quero perdê-la.

— E quanto ao doutor Raul e a família, acredita que eles vão tomar alguma atitude?

— Eu acho que não, é um assunto muito delicado e não me parece que eles estejam interessados em abrir um processo contra o hospital, afinal, foi o avô dele que decidiu sequestrar o neto.

— William, que história, que confusão. Bem, meus amigos, vamos decidir juntos o que fazer. Quem está de acordo que o William investigue?

Os membros do Conselho decidiram de forma unânime que o médico investigaria os fatos apresentados e os manteria informados sobre tudo o que descobrisse, reforçaram que deveriam manter total sigilo para que esses fatos não chegassem ao conhecimento da imprensa e qualquer pedido de indenização deveria ser comunicado a eles imediatamente.

— Vou começar a trabalhar nessa investigação e procurarei dar-lhes informações o mais rapidamente possível. Agradeço aos senhores pela rapidez com que me atenderam.

— Contamos com você, William, e, se precisar de nossa ajuda, não hesite em pedir, queremos ver tudo isso resolvido o mais rápido possível.

Depois que os membros do Conselho se retiraram, William pegou os documentos que havia recebido e começou a ler, relacionando os nomes das pessoas que deveria procurar para conversar. Colocou em primeiro lugar o nome de Joseph Ahmed, tinha certeza de que era a pessoa certa para ajudá-lo a desvendar aqueles crimes.

Adônis retornou à sala e convidou os médicos para um lanche. Dulce os aguardava e, quando foi apresentada a Raul, abraçou-o com carinho, e ele sentiu forte emoção.

— Desculpe-me, não sei o que houve.

— Raul, você está vivendo um momento novo em sua vida, descobertas, amigos novos, situações das quais você não tinha conhecimento, não represe as emoções, isso lhe fará mal. E você está em família.

Mesmo que tenhamos estado afastados durante todos esses anos, somos seus tios.

Adônis aproximou-se do sobrinho e disse-lhe:

— Meu filho, você pode considerar errado eu ter me afastado da família, mas naquele momento era o que eu podia fazer, era minha vida. É difícil viver em um lugar onde as pessoas o discriminam por suas escolhas. Meu irmão era intransigente, tudo tinha que ser feito como ele queria. As pessoas próximas a ele sofreram muito. Sempre acreditei que um dia a vida mostraria a ele que temos direito de escolher com quem e como viver. Acredito que isso não aconteceu, uma vez que você só soube da sua origem quando chegou aqui. Estou certo?

— Sim, tio, penso que sim. Eu pouco o via. Quando ele adoeceu, eu estava na faculdade, e ele tinha um médico que o atendia. Tudo aconteceu muito depressa. O coração estava fraco e depois me disseram que ele não cuidava da saúde. Tio Ângelo esteve com ele no hospital, talvez ele saiba dizer alguma coisa. Voltarei ao Brasil dentro de alguns dias e conversarei com ele. Acredito que não será uma conversa fácil.

— Não pense assim, seu tio pode estar arrependido do que fez. E, como eu disse, você vai conhecer toda a verdade. Agora venha, vamos comer o lanche que a Dulce preparou e conversar sobre coisas mais amenas.

— Senhor Adônis, gostaria de vir aqui participar de suas reuniões. É possível?

— Claro. Nossa casa está sempre aberta aos amigos e àqueles que querem evoluir espiritualmente.

— Devo ter medo por causa da minha origem?

— O que quer dizer?

— Ser filha do doutor Adalberto, e minha mãe ser cigana.

— Minha filha, nossa casa está aberta para todos os que nos procuram, não selecionamos as pessoas por sua origem, nacionalidade ou modo de vida. Venha sempre que quiser. Venha com Rogério, ele vem aqui assiduamente. Teremos muito prazer em recebê-la.

Depois que todos se acomodaram em volta da mesa, Adônis fez uma prece de agradecimento pela presença daquelas pessoas e, em silêncio, pediu aos amigos espirituais que os guiassem nas decisões que deveriam tomar.

Quando se despediram, Rogério perguntou a Mariah:

— Você quer perguntar sobre seu pai?

— Não sei se seria oportuno, não quero abusar da hospitalidade do senhor Adônis e da esposa.

— Vá para o carro com Raul que eu falo com ele.

— Obrigada, Rogério.

— Adônis, vamos nos reunir amanhã à noite?

— Vamos, Rogério, é dia de nosso encontro. Se possível, traga os dois.

— Ela quer saber sobre o pai, mas está com vergonha de perguntar.

— Traga-os amanhã e falaremos sobre ele. Por enquanto o que podemos fazer é rezar. O estado dele é grave. Isso é tudo o que posso dizer.

Rogério agradeceu e abraçou o amigo como sempre fazia. Os três retornaram ao hospital para que Mariah visse novamente o pai e, depois que os homens a deixaram em casa, Raul foi para o hotel, pretendia ligar para sua tia e saber como estavam todos.

No hotel, depois de um banho, telefonou para Amir e pediu notícias do pai.

— Ele está bem, perguntou de você. Hoje ele se levantou e andou um pouco. Está a par do que está acontecendo.

— Por favor, diga-lhe que estou cansado, mas estou bem. Amanhã irei vê-lo.

— Você tem notícias do doutor Adalberto?

— Ele está na mesma, e Mariah está muito triste. A avó está com ela. Não podemos fazer nada, só aguardar que ele reaja ao tratamento.

— O administrador do hospital chamou tio Joseph para uma conversa. Você sabe do que se trata?

— Deve ser para falar dos crimes do doutor Adalberto. Eles vão instaurar uma sindicância. É possível que papai seja chamado também. Não querem divulgação na imprensa, e acredito que você também não.

— Isso é um assunto que diz respeito à nossa família. Torná-lo público vai trazer dor e sofrimento para muita gente. Espero que eles consigam fazer essa investigação respeitosamente.

— O doutor William me parece uma pessoa sensata e bastante responsável. Vamos aguardar.

— Você ficará aqui enquanto isso?

— Não, Amir, voltarei ao Brasil dentro de alguns dias, mas manterei contato com vocês até que eu possa voltar para cá.

— Por favor, não faça promessas que não poderá cumprir.

— Não se preocupe, eu jamais faria alguma coisa para entristecer nosso pai.

— Confio em você. Boa noite, Raul.

— Boa noite, Amir.

Depois de falar com Amir, Raul telefonou para Guilhermina:

— Tia, como vai? Como estão todos?

— Raul, que bom ouvi-lo, como você está? Quando voltará para casa?

— Estou bem e voltarei em breve. Ainda tenho alguns assuntos para resolver aqui. Você conseguiu alguma foto da minha mãe?

— Sim, tenho fotos, cartas, o diário da sua avó e outros documentos. Está tudo em seu quarto.

— Por favor, tia, mantenha tudo guardado para que nada se perca. É muito importante para mim.

— Você conheceu seu pai?

— Sim, meu pai e meu irmão gêmeo. Meu pai tem um irmão, e hoje encontrei com tio Adônis, irmão do vovô.

— Como foi isso? Ninguém tinha notícias dele!

— Ele está bem e mora aqui no Cairo com a esposa, eles não têm filhos.

— Posso contar a novidade para tia Dirce?

— Claro, tia, não é segredo. Ele me contou a história dele e depois eu conto para você. Agora vou desligar, é tarde e eu preciso descansar.

— Boa noite, meu filho, me avise assim que souber a data do seu retorno. Um beijo.

— Obrigado, tia, um beijo.

No Brasil...

— Você estava falando com Raul?

Guilhermina virou-se para ficar frente ao marido:

— Sim.

— Ele está bem?

— Sim.

— Nossas conversas serão assim? Eu pergunto, e você diz simplesmente sim ou não.

— Não, Ângelo. Raul está bem, conheceu a família e encontrou-se com o tio Adônis, ele está morando no Cairo.

— No Cairo? Quando imaginaríamos isso. E quando ele volta?

— Ainda não sei, ele vai me avisar. Agora vou me deitar. Boa noite.

— Boa noite, Guilhermina.

Ângelo sentou-se atrás da escrivaninha e olhando para a foto do pai disse:

— Pai, por quê? Por que eu escutei você? Por que não fui atrás da nossa história? Agora corro o risco de perder a mulher que amo por causa dos seus erros e da minha omissão. Isso não pode acontecer, tenho que fazer alguma coisa.

Continuou ali mais algum tempo até sentir uma brisa suave entrar no ambiente, estremeceu e lembrou-se de sua mãe, ela exalava o mesmo perfume. Levantou-se, foi até a janela e, olhando para o céu, pensou alto:

— Como você deve ter sofrido. Se eu pudesse voltar atrás!

Um pensamento passou-lhe pela cabeça: "nunca é tarde para recomeçar".

— Será? Será que posso consertar alguma coisa do passado e recuperar o amor da minha mulher?

Dessa vez, sentiu apenas o perfume da mãe, respirou profundamente e resolveu deitar-se. Sentia-se em paz.

CAPÍTULO 11

Raul acordou e recordou-se de tudo o que vivera desde sua chegada ao Cairo. Sentia-se dividido entre voltar ao Brasil — e confrontar a família — ou ficar no Cairo com Mariah e sua família recém-descoberta. Deixar Mariah nesse momento era-lhe difícil, o sofrimento estampado no rosto da jovem o impedia de tomar qualquer decisão porém, não podia abandonar seu trabalho, nem simplesmente se deixar ficar naquela cidade.

Enquanto tentava decidir o que fazer, o telefone tocou:

— Raul, bom dia, é Joseph.

— Bom dia, tio. Está tudo bem?

— Omar quer vê-lo. Podemos ir até aí ou você está de saída?

— Podem vir, preciso tomar uma decisão quanto ao meu futuro, talvez, conversando com vocês, fique mais fácil.

— Estaremos aí dentro de meia hora.

— Aguardarei vocês no *lobby* do hotel.

Enquanto se dirigiam ao hotel, Omar e Joseph conversavam:

— Ele vai embora para o Brasil?

— Não sei, Omar, provavelmente, sim. A vida dele é lá.

— Eu gostaria que ele ficasse aqui. Nós somos sua família, o lugar dele é aqui!

— O lugar dele é onde ele se sentir bem, não podemos obrigá-lo a deixar sua profissão, sua vida e simplesmente decidir que ele deve viver aqui. Ele é médico, tem uma carreira. Você pretende colocá-lo para trabalhar com Amir?

— Você tem razão. Mas, se ele voltar para o Brasil, talvez não o vejamos mais.

— Omar, ele não é uma criança. Agora que conhece a verdade, tenho certeza de que irá ligar-se a você, apenas terá que decidir aonde quer viver. Ele deixou no Brasil a família que o criou. Não podemos obrigá-lo a viver aqui conosco. Amir o levou para conhecer a loja e o trabalho com diamantes.

— Ele me disse que não viu cobiça nos olhos de Raul. Ele se interessou pela confecção das joias, mas não demonstrou interesse em participar do negócio. Eu gostaria de levá-lo ao sítio para que ele conheça nosso trabalho e veja o deserto.

— Chegamos. Converse sobre as escavações e veja como ele reage. Lembre-se de que ele é médico. Não queira aprisioná-lo aqui, ele não sobreviveria.

— E aquela médica?

— Não sei o que existe entre eles. Vamos aguardar. Espero que você não interfira no relacionamento dos dois, se decidirem ficar juntos.

— Joseph, eu não gostaria por causa do pai dela, mas não vou interferir se esse for o destino do meu filho.

Joseph e Omar entraram no hotel e foram direto ao local onde Raul os esperava. Depois dos cumprimentos, o médico perguntou:

— Papai, como você está se sentindo?

— Estou bem. Em breve, voltarei às escavações. Eu gostaria que você fosse comigo ao cemitério e, se possível, ao sítio. Você pretende voltar para o Brasil?

— Eu preciso voltar ao Brasil. Tenho que entregar os relatórios do meu trabalho na clínica e voltar às minhas atividades. Podemos ir ao cemitério hoje, já ao sítio, não sei. Você precisaria me dizer se é possível ir e voltar ainda hoje.

Joseph indagou:

— Você já marcou a passagem?

— Ainda não. Preciso conversar com o doutor William. Hoje teremos uma reunião na casa do tio Adônis, e ainda não falei com Mariah.

— O relacionamento de vocês é sério?

— Pai, não dá para falar em relacionamento sério. Estamos nos conhecendo, o problema do pai dela atrapalhou um pouco, não sei se ela consegue decidir alguma coisa agora. Preciso aguardar e ver o que acontece.

— Você gosta dela?

— Sim, ela é uma mulher encantadora. Uma pessoa com um grande senso de responsabilidade no trabalho, dedicada ao seus pacientes e que deve ter sofrido muito por causa das atitudes dos pais.

— Entendo, meu filho, eu não gostaria que você se magoasse com as atitudes do pai dela e gostaria que você ficasse aqui no Cairo.

— Estou pensando em viver aqui, mas não posso decidir isso sem voltar ao Brasil. Não posso abandonar a tia Guilhermina, que foi quem me criou e preciso conversar com o médico, que é responsável pelo meu trabalho. O prazo que ele me deu se encerrará em dois dias.

— Você não consegue mais uns dias?

— Talvez, vou pedir-lhe, mas tenho certeza de que ele só me dará mais uma semana.

— Se ele lhe der esse tempo, tire um dia para irmos ao sítio. Hoje vamos ao cemitério, e depois você decide o que vai fazer.

Raul concordou, e os três foram ao cemitério.

༄ ⎯⎯ ༄

— William, você quer falar comigo?

— Sim, Rogério. Você está ocupado?

— Não, tenho um intervalo de uma hora. Podemos conversar.

— O Conselho me autorizou a investigar os fatos ligados ao doutor Adalberto, e pediu que tudo fosse feito com muita discrição e sigilo. Eu vou conversar novamente com o senhor Joseph.

— Quando você conversará com ele?

— Pedi que ele viesse aqui, o que deve acontecer ainda esta semana. Se o irmão dele, o pai do doutor Raul, puder vir, também seria ótimo.

— O que você pretende fazer?

— Vou conversar com eles e ouvir o que houve naquela época. Preciso de todas as informações possíveis. Estou procurando a enfermeira que separou as crianças. O médico que fez o parto faleceu.

— E quanto a família do cigano, você já conseguiu alguma informação?

— Já, mas antes de entrar em contato com eles, vou conversar com o senhor Joseph, acho que ele pode me ajudar a conversar com eles.

— William, quem proibiu os ciganos de serem atendidos aqui no hospital?

— Quando eu vim trabalhar aqui, já era proibido. Era uma ordem da direção do hospital, e ninguém queria falar no assunto. Comparei as datas, e essa ordem foi dada logo depois que o transplante foi feito. Ela está assinada por um advogado que fazia parte da diretoria.

— É possível saber por que ele deu essa ordem?

— Ainda não descobri, mas esse advogado também já morreu.

— Meu Deus, William, estamos sendo dirigidos por ordens de pessoas mortas, e ninguém questiona isso? Não podemos continuar assim, acabamos de fazer um congresso sobre atendimento de urgência, e escolheremos as pessoas que serão atendidas? Qual a lógica desse congresso?

— Sinceramente, eu não sei. Estou na administração há seis meses, ainda não consegui ver tudo o que acontece aqui.

— Mas e o administrador anterior? Não me diga que morreu também!

William esboçou um sorriso:

— Não, Rogério, ele está vivo. Eu pedi que viesse aqui hoje à tarde, espero que ele saiba me dar as informações de que necessito para resolver esse caso. Você sabe se há outros casos como esses que envolvam o doutor Adalberto ou outro médico?

— Não, não sei. Como já lhe disse, o doutor Adalberto me falou desses dois casos em momentos distintos nos quais eu tive a oportunidade de conversar com ele. Se houve outros, eu desconheço.

— Muito bem. Vamos ver o que o antigo administrador nos contará.

— Fique atento, pois o doutor Marcelo Zafir está desconfiado.

— Eu sei, estou de olho nele. Outra coisa, os médicos do Conselho me perguntaram sobre a doutora Mariah, e eu lhes disse que ela nada tem a ver com os erros do pai. Eles concordaram em mantê-la no nosso quadro de médicos.

— Ótimo, será bom para ela.

— Você a tem visto?

— Sim, estive com ela há pouco, está na UTI observando o progresso do pai, que está bem lento. William, você tem religião?

— Sim, sou católico. Por quê?

— Por nada, curiosidade. Vejo você mais tarde.
— Até logo, Rogério.

※

Quando saíram do cemitério, Raul pediu que o tio e o pai o deixassem no hospital, pois tinha certeza de que lá encontraria a doutora Mariah. Combinaram de visitar o sítio no dia seguinte, sairiam cedo para retornarem no mesmo dia.

Chegando ao hospital, Raul procurou por ela e foi informado que a médica estava na UTI, então, pediu que lhe avisassem que ele a aguardava no consultório dela. Algum tempo depois, Mariah entrou na sala, e ele levantou-se para abraçá-la. Quando ela afastou-se, o médico perguntou:

— Você está bem? Como está seu pai?

— Eu estou mais ou menos. Meu pai está na mesma. Por que você está aqui?

— Porque achei que a encontraria aqui. Você está trabalhando?

— Não, minha licença só termina amanhã, estou com o dia livre.

— Quer sair comigo? Preciso conversar com você.

— Aonde você que ir?

— A qualquer lugar onde possamos conversar. Se você preferir, podemos ir para o hotel onde estou hospedado.

— Não, vamos para minha casa. Vovó me disse que iria para casa e só voltaria à noite.

Enquanto os dois se dirigiam para o estacionamento, não perceberam que estavam sendo observados pelo doutor Marcelo. Quando este virou-se para deixar o local onde estava, deu de encontro com o doutor Rogério.

— Rogério, por que você está sempre no meu caminho?

— Já pensou que talvez eu não esteja no seu caminho, mas sim observando as pessoas que seguem os meus amigos? Fique longe deles.

— É uma ameaça?

— Não, Marcelo, é um conselho. Deixe-os em paz.

— Ela é minha, não descansarei até conquistá-la.

— Ninguém pertence a ninguém. São pessoas, não coisas que você compra ou conquista. Ela não gosta de você, procure outra mulher. Essa obsessão só atrapalha sua vida.

— Você acha que sabe tudo, não é mesmo?

— Não, eu não sei tudo, apenas tenho bom senso.

Marcelo afastou-se sem dizer nada. Rogério ficou olhando o outro caminhar pelo corredor e, seguindo em direção oposta, foi para seu consultório.

⸺

Quando chegaram ao apartamento de Mariah, Raul sentou-se ao lado dela e, segurando suas mãos, disse-lhe:

— Mariah, preciso tomar algumas decisões, mas primeiro preciso saber o que você sente por mim.

Mariah, olhando em seus olhos, respondeu:

— Não sei se o que estou sentindo é amor, mas o que eu quero nesse momento é que você me abrace e não me deixe sozinha.

Raul não se conteve, abraçou-a e beijou-a apaixonadamente.

Permaneceram abraçados e, depois de algum tempo, ela lhe disse:

— Você falou em tomar decisões.

— Sim, preciso voltar ao Brasil, retomar meu trabalho na clínica. E, ao mesmo tempo, não quero deixá-la. Estou apaixonado por você.

— Eu estava esperando que você me dissesse que tinha que partir. Não posso impedi-lo, você tem uma vida no Brasil, não pode abandonar tudo.

— Se você disser que quer ficar comigo, sou capaz de mudar definitivamente para cá.

— Raul, quero ficar com você. Nunca senti por ninguém o que sinto por você, mas não é justo você abandonar tudo por minha causa. Você não está habituado a viver aqui. Não faça isso por mim. Eu ficarei muito feliz se você decidir ficar no Cairo, mas tem que ser por você, porque você decidiu que aqui é um bom lugar para você viver.

— Você me espera?

— O tempo que for necessário. Você já sabe quando vai partir?

— Dentro de alguns dias. Meu pai quer que eu conheça o local onde ele trabalha, iremos amanhã. Hoje tem a reunião na casa do tio Adônis, e o doutor William quer conversar comigo sobre meu nascimento. Teremos só alguns dias para ficar juntos.

— Raul, volto a trabalhar amanhã. Ficarei envolvida com o hospital e com meu pai. Ele não reage aos estímulos, ainda não sabemos se ele recobrará a consciência. É provável que me peçam alguns esclarecimentos sobre os tais documentos que foram enviados para a diretoria do hospital. Mas quero que você saiba que os meus pensamentos serão para você. Nada poderá nos separar.

Raul abraçou-a e continuaram a conversar sobre o futuro. A certeza do amor de Mariah tranquilizou o médico. Seria difícil separar-se dela, mas havia a esperança de um breve retorno e, então, não se separariam mais.

No final da tarde, Rogério e Alexandre encontraram-se com o casal para, juntos, seguirem para a reunião na casa de Adônis.

Chegando lá foram recebidos pelo dono da casa e levados para uma sala onde havia outras pessoas. Era um lugar iluminado por uma luz suave. As pessoas conversavam em voz baixa. Ouvia-se uma música suave, e Adônis convidou a todos para se sentarem em volta da mesa. Raul observou que a mesa estava coberta por uma toalha branca, numa ponta havia um vaso com rosas brancas e uma jarra com água e copos.

Todos ficaram em silêncio. Adônis fez uma prece e leu um trecho do evangelho. Assim que ele terminou, um dos médiuns disse:

— Meus irmãos, obrigado por nos permitirem mais esse trabalho. Estamos aqui para ajudar Raul e Mariah, que estão vivendo momentos de incerteza e dúvidas. O que tenho para lhes dizer é que o amor de vocês é muito antigo. Vem de outras vidas. Esse encontro só os fortalecerá, confiem na vida e sejam sempre verdadeiros um com o outro. A distância não vai impedir esse amor e, em breve, vocês estarão juntos para vivê-lo plenamente. Não se preocupem com os outros. Cada um deve seguir seu caminho. A vida dá a cada um segundo suas obras. Ninguém sofre porque merece um castigo e sim porque não soube seguir os caminhos que a vida lhe mostrou. Quando nos desviamos do caminho do bem, colhemos amarguras e tristezas, resultado de nossas escolhas. Fiquem em paz.

O médium deu um suspiro. Adônis, que estava a seu lado, chamou-o pelo nome e, quando este respondeu, ofereceu-lhe um copo com água. Como não houve mais nenhuma manifestação, Adônis pediu que todos rezassem um Pai-nosso e encerrou a reunião, agradecendo a presença dos espíritos amigos que ali estiveram.

Mariah emocionou-se e foi a primeira pessoa a falar:

— Senhor Adônis, como é possível? Não conheço a pessoa que estava falando.

Adônis explicou:

— Mariah, nós temos dons que ficam aguardando que os usemos. Nosso amigo Mário tem o dom da mediunidade da incorporação. Quando fazemos essas reuniões, é através do dom que ele possui que os espíritos amigos se comunicam conosco.

— Eu queria saber sobre meu pai, mas não soube como perguntar.

— Sim. Você prestou atenção ao que foi dito aqui?

— Os outros?

— Provavelmente. Na história de vocês tem muitas pessoas envolvidas. Elas trilharam o caminho que escolheram.

— Eu não entendo bem. É a primeira vez que assisto a uma sessão espírita, estou me sentindo insegura. Não sei bem o que fazer ou o que falar.

— Não se preocupe com isso, vou indicar-lhe, se você se interessar, alguns livros que podem ajudá-la, e conte sempre conosco para tirar suas dúvidas. Raul, você está bem? Tem alguma dúvida?

— Tenho muitas dúvidas, também é a primeira vez que venho a uma reunião assim. Gostaria de conhecer mais, o senhor me emprestaria ou me indicaria algum livro para eu comprar?

— Sim, vou separar para vocês levarem. Você vai para o Brasil, lá encontrará muitos autores que poderão orientá-lo, mas vou lhes dar alguns livros para vocês levarem hoje, e, Mariah, continue seu trabalho como você tem feito até agora. Você é uma profissional dedicada, terá muito sucesso em sua carreira. Agora vamos passar para a outra sala e tomar um chá. Fará bem a todos.

Quando se despediram, Adônis pediu para conversar um instante com Raul.

— Raul, procure não julgar os membros de nossa família. Foi um tempo difícil para todos eles, e lhe garanto que Ângelo está muito arrependido de ter ouvido o pai. Tenha em mente que ele acreditou no seu avô e, geralmente, é o que os filhos fazem quando não têm conhecimento da verdade.

— Eu viajo no final da semana e estou muito dividido entre ir e ficar. Não posso abandonar tudo, embora seja esse o meu desejo.

— Raul, sua mãe fez isso, e veja o que aconteceu. Eram tempos diferentes, motivos diferentes, mas faça o que é certo. Não abandone tudo para depois ter que voltar e consertar o que talvez não tenha mais conserto. Você vai conseguir resolver tudo e, tenho certeza de que voltará para viver seu amor com Mariah plenamente.

— Será que um dia terei essa consciência e tranquilidade que você transmite?

— O tempo é o melhor professor, ouça-o e você encontrará o que procura.

— Tem como saber quem era o espírito que estava falando através do médium?

— Ele não se identificou, mas devia ser algum antepassado nosso.

— Algum dia minha mãe poderia vir?

— Talvez, para Deus nada é impossível.

Raul abraçou o tio e disse-lhe que daria notícias em breve.

— Boa viagem, Raul, e não se esqueça de que você tem um protetor muito forte. Continue seguindo com sua vida do jeito que vem fazendo até agora e, sempre que se lembrar, faça uma oração e agradeça pela proteção.

Quando deixaram a casa de Adônis, Alexandre convidou Raul e Mariah para irem à sua casa, assim poderiam conversar sobre a reunião, e ele os ajudaria dentro do que fosse possível ao seu conhecimento.

O apartamento era grande e decorado com extremo bom gosto. Mariah perguntou:

— Você mesmo decorou sua casa? Não imaginei que fosse tão grande.

— Eu gosto de decoração e meu trabalho com antiguidades me fez trilhar esse caminho. Gosto de combinar cores e ter objetos que me remetam ao passado, à história tão rica do povo egípcio. Muitos desses objetos são cópias de originais que estão no Museu do Cairo ou em outros setores determinados pelo governo.

Raul demonstrou indecisão, e Rogério veio em seu auxílio:

— Pode perguntar, sua expressão demonstra curiosidade.

— Desculpe-me, Rogério não quero ser indelicado, mas a vida de vocês é surpreendente. Eu não sei o que pensar.

— Meu amigo, não se preocupe, eu e o Alexandre estamos juntos há mais de dez anos. Foi difícil no começo, porque há quem não aceite o relacionamento homoafetivo. Temos problemas com nossa família, que dirá com estranhos! Mas fomos amadurecendo e descobrindo que o que importa é nossa felicidade, a opinião dos outros não nos interessa.

— Você mora aqui?

— Morei por um tempo, depois que meu pai faleceu voltei a morar com minha mãe, ela tem 70 anos e alguns problemas de locomoção. O Alê viaja muito, então, quando é possível, ficamos aqui, como agora.

Alexandre interrompeu a conversa chamando-os para fazerem um lanche. Raul sorriu diante da mesa bem posta e da comida servida com requinte.

— Você esperava tudo de qualquer jeito, não é?

— Não, Alexandre, estou me sentindo ridículo com essa falta de jeito para lidar com essa situação.

— Então não se sinta ridículo e sente-se conosco. A minha mãe é uma mulher muito exigente com relação à maneira como comemos. Ela sempre fez questão da mesa arrumada corretamente e nos ensinou, a mim e a minha irmã, como servir uma refeição. Você vai se acostumar conosco, não se preocupe. Vocês gostaram da reunião?

Mariah respondeu:

— Não sei o que pensar, como uma pessoa que não conheço pode falar sobre a minha vida? Vocês tinham contado a ele sobre nosso relacionamento?

Rogério explicou:

— Não, numa reunião espírita, como a que nós participamos, o médium de incorporação sempre recebe uma entidade, e esta, através dele, faz um comentário, pede uma oração, expõe uma situação. Essa reunião foi marcada para passar uma mensagem para vocês por causa do retorno do Raul ao Brasil.

— Vocês se reúnem sempre?

— Raul, nos reunimos a cada uma semana ou quinze dias, como eu lhe expliquei. Seu tio Adônis foi uma pessoa muito importante na minha vida.

— Como vocês se conheceram?

— O Alexandre conheceu a Dulce na faculdade, e ela o convidou para assistir a uma palestra do marido. Fomos sem saber o que encontraríamos e recebemos desse casal o carinho que nos foi negado por nossos pais. Meu pai e eu tivemos uma discussão muito forte, ele não me aceitou, assim como a família do Alê não o aceita.

Rogério contou a eles como conheceu Alexandre, falou da briga, da forma como foi acolhido e por que havia saído de casa com a roupa do corpo.

— Eu procurei minha mãe para pegar minhas coisas, e ela me pediu para entender as dificuldades do meu pai, mas eu não consegui. Peguei tudo o que eu tinha e fui morar com o Alê. Eu estava começando a trabalhar no Posto de Atendimento da praia e fazia residência no hospital onde estou até hoje.

Alexandre concluiu:

— Eu saí de casa para vir trabalhar com um grupo de pesquisadores em Alexandria, meus pais não sabiam sobre a minha orientação sexual, quando voltei para o Brasil e conversei com eles, foi uma tragédia. Nem minha mãe soube compreender meus sentimentos. Não tive problemas financeiros, porque a faculdade onde eu estava trabalhando prorrogou minha pesquisa aqui no Egito e pude voltar e me sustentar sem problemas. Foi difícil montar uma casa, organizar minha vida, mas valeu a pena. A minha liberdade é muito importante para mim.

Raul perguntou:

— Você não voltou a vê-los?

— Não. Sei que meus pais estão bem, tenho uma irmã com quem converso sempre e assim tenho notícias deles. Mas é só. Espero que um dia eles compreendam que eu nasci assim, não é uma opção, uma escolha, sou assim como você e a Mariah são como são.

— Como você conheceu meu pai?

— O governo abriu inscrição para formar um grupo de pesquisadores com formação em geologia. Me inscrevi e quando o examinador viu meu currículo, perguntou se eu gostaria de trabalhar no deserto. Explicou que o geólogo contratado tinha desistido do trabalho porque não queria ir para lá. Eu topei na hora e, por uma feliz coincidência, o Amir estava na secretaria aguardando para levar o grupo até o sítio onde iríamos trabalhar. Ele me explicou que o pai estava com problemas para se comunicar com os geólogos e o trabalho estava muito atrasado, teríamos que ficar em tendas, e a vida ali não seria fácil. Não havia hotéis, restaurantes, seria viver como os ciganos. Expliquei que nunca tinha feito nada parecido, mas queria experimentar. Foi a melhor coisa que eu fiz.

— Meu pai quer me levar para conhecer o sítio.

— Ele me disse, nós vamos amanhã cedo. Não volte amanhã, passe uma noite conosco para você sentir a energia do deserto. Está um tempo bom, você vai gostar de ver o céu quando a noite chega. Eu trago você pela manhã, é mais seguro do que viajar na escuridão.

Raul pensou um pouco e concordou, iria conhecer o sítio e passaria uma noite com eles.

Rogério e Mariah se entreolharam, e o rapaz disse:

— Pena que você não verá a festa cigana. Você não voltaria mais para o Brasil.

— Quando será?

Mariah respondeu:

— Ainda não está marcada, fizemos a festa de Santa Sara em maio, geralmente as famílias ciganas se reúnem para um casamento ou uma colheita farta. É uma festa muito alegre, tem danças e comida típica.

— Eu preciso voltar para o meu país e retomar minha vida. Depois que colocar tudo em ordem, voltarei e recomeçarei minha vida aqui. Espero encontrar um hospital que me aceite.

— Tenho certeza de que William vai contratá-lo. Quando você conversará com ele?

— Rogério, ele marcou para quarta-feira no período da tarde, então, chegando do deserto, vou direto para o hospital. Dará tempo, Alexandre?

— Sim, sairemos bem cedo e chegaremos aqui por volta do meio-dia. E já que sairemos bem cedo amanhã, vamos aproveitar e comer algo, porque até agora todos falaram, falaram, mas não tocaram na comida.

Todos concordaram e, enquanto comiam, faziam planos para os dias futuros.

CAPÍTULO 12

Mariah deixou Raul no hotel, combinaram de se encontrar na quarta-feira no hospital, depois do encontro dele com William.

— Você vai ficar bem?

— Claro, vovó está em casa. Hoje não voltarei ao hospital, sei que papai não teve nenhuma melhora, porque ninguém entrou em contato comigo.

Trocaram um beijo demorado e cheio de promessas. Raul ficou olhando o carro da médica até perdê-lo de vista e, quando entrou no hotel, o recepcionista avisou-o de que havia um recado e tinham urgência em falar-lhe. A pessoa que deixou o recado pedia que Raul lhe telefonasse, não importava a hora.

Chegando ao quarto, Raul fez a ligação.

— Boa noite, você pediu-me que lhe telefonasse, mas com quem estou falando?

— Doutor Raul, meu nome é Marcelo Zafir. Precisamos conversar.

— Olha, eu não sei quem você é, mas hoje é impossível. De onde você me conhece?

— Do hospital, doutor Raul, sou um dos médicos e vou lhe dar um conselho de amigo: afaste-se da doutora Mariah, ela é prometida a mim em casamento, e nada nem ninguém vai tirá-la de mim. Espero que você deixe o Cairo no final da semana e não volte mais aqui.

— Escute aqui, Marcelo, não o conheço e sei que a doutora Mariah não é prometida a ninguém, portanto, pare de me ameaçar ou darei parte de você no conselho administrativo do hospital.

— Eu jamais faria alguma coisa contra você, mas, logo irá embora, e os que ficarem estarão muito próximos a mim. Portanto, ouça o que lhe digo, afaste-se dela ou você não a verá caso volte ao Cairo.

— Você não pode... Alô, alô!

Raul tentou ligar novamente, mas ninguém atendeu. Decidiu que falaria com Rogério pela manhã, antes de seguirem para o sítio, e resolveu ligar para Mariah para saber se ela havia chegado bem. Quando ela atendeu, ele respirou fundo e disse-lhe apenas que ficara com saudades, não queria preocupá-la com o estranho telefonema.

— Sua avó está com você?

— Sim, acabei de tomar um chá que ela preparou e agora vou me deitar. Boa noite, Raul. Bom passeio amanhã.

— Boa noite, Mariah. Um beijo.

                                                    ❧───☙

Na manhã seguinte, quando Alexandre chegou ao hotel, Raul contou-lhe sobre o telefonema e perguntou-lhe como poderia falar com Rogério antes de se encontrarem com Omar.

— Não quero preocupar meu pai.

— Então é melhor ligar daqui do hotel, vai nos atrasar um pouco, mas você viajará mais tranquilo.

Rogério ouviu o relato de Raul e disse-lhe que não se preocupasse, ele cuidaria do doutor Marcelo e daria um jeito de prevenir Mariah. Ele estaria perto dela o dia todo e à noite, se fosse preciso. Nada iria acontecer à médica.

— Alexandre, que inferno! Por que tudo isso? Não consegui dormir direito com tudo o que aconteceu ontem. E esse tal de doutor Marcelo? Você o conhece?

— Conheço de nome, segundo soube por Rogério, ele tem obsessão pela Mariah, mas ela não o suporta, ele fala em tradição, em que ela lhe é prometida, mas ele não é cigano, não tem nada que a ligue a ele. Porém, devemos tomar cuidado, o cara pode surtar.

— Eu não vou deixar Mariah.

— Nem deve, vocês se amam, isso é visível para qualquer pessoa. Agora, procure relaxar, estamos chegando à casa do seu pai, fale com ele mais tarde, talvez lhe faça bem.

— Não quero preocupá-lo. Não o conheço suficiente para saber que atitude ele teria. É melhor deixar tudo entre nós.

— E seu tio Joseph? Talvez ele possa ajudá-lo.

— Tem razão. Se houver uma oportunidade, falarei com ele.

Quando chegaram à casa de Amir, Joseph os esperava no portão.

— Bom dia. Onde está o senhor Omar?

— Bom dia, Alexandre, ele está terminando de arrumar umas ferramentas que disse serem necessárias à viagem. Amir está com ele.

— Vou até lá falar com eles e os atrasarei um pouco, assim você aproveita e conversa com seu tio.

— O que houve, Raul? Você parece preocupado.

Raul contou-lhe a conversa que tivera na noite anterior e sua preocupação com Mariah.

— Eu sei quem ele é. Vou conversar com Carmem, e, juntos, cuidaremos da Mariah. Pode ir tranquilo.

— Eu não contei nada a ela, não quis dar-lhe mais uma preocupação.

— Quando você voltar do deserto, converse com ela. Não deixe de falar-lhe sobre Marcelo.

— Obrigado, tio Joseph.

— Quando você parte para o Brasil?

— No final da semana. Tenho vários assuntos pendentes que preciso resolver, mas depois me mudarei definitivamente para cá.

— Tem certeza de que é uma decisão acertada? Você sempre viveu no Brasil, lá tem família, emprego, é uma mudança grande.

— Não sei dizer-lhe em que se baseia minha certeza, apenas sei que devo viver aqui.

Omar, Amir e Alexandre chegaram ao recinto e ouviram o final da conversa.

— Meu filho, quer viver aqui? Nada me dará mais alegria.

Amir olhou para o irmão com ar sério dizendo que depois conversariam, pois teriam muito tempo durante a viagem ao sítio.

Alexandre, percebendo a tensão que se instalara, brincou:

— Então vamos, meninos, porque já se faz tarde.

Os quatro entraram no jipe de Alexandre e seguiram por algum tempo em silêncio.

Joseph, que acompanhava com os olhos o veículo se distanciando, não notou a chegada de Miríade.

— Desculpe, não quis assustá-lo. O brasileiro o deixou preocupado?

— Sim, Miríade, ainda tem muita coisa para acontecer na vida desse rapaz. Por que Amir resolveu ir com eles?

— Foi decisão de última hora, acredito que ele queira conversar mais com o irmão. Amir não dormiu bem a noite passada, alguma coisa o incomodava.

— Raul está com alguns problemas, talvez Amir tenha pressentido, afinal, são gêmeos.

— Pode ser, meus filhos também compartilham sentimentos.

— Vamos entrar, Miríade, eu preciso dar uns telefonemas e depois vou ao hospital conversar com o administrador.

⸻

A viagem até o sítio transcorreu com tranquilidade. A cada nova paisagem, Omar explicava a Raul de que se tratava. A imensidão das dunas de areia o impressionou. O acampamento onde passariam a noite era composto por tendas forradas com colchões, tapetes e cobertores para suportar o frio da noite.

Alexandre auxiliou Raul a usar um turbante, como todos dali faziam para se proteger do sol. A grandiosidade das escavações impressionou o médico brasileiro.

— Você imaginou que trabalhávamos em uma obra desse porte?

— Não, Amir, sinceramente não fazia ideia. Já vi outros lugares onde se fazem escavações, mas nada tão grande. Essa área é do governo?

— Sim, nós trabalhamos para o governo. Recebemos uma porcentagem pelos objetos encontrados e os valores referentes às despesas necessárias para manter o pessoal que trabalha aqui.

— Você disse nós? Não é um trabalho do nosso pai?

— A empresa é minha e dele. Alexandre é nosso gerente. É ele quem cuida da contratação, da proteção das peças, das compras, da segurança do sítio. Nosso pai cuida das peças e orienta o pessoal como utilizar o material para escavação.

— E você?

— Eu cuido da documentação, da avaliação das peças. Na escavação tem muita coisa importante, mas também tem pedaços de louça, vidro, materiais que se assemelham a pedras preciosas, então é preciso avaliar com cuidado.

— O pessoal do governo confere?

— Sim, depois de catalogadas, as peças seguem para nova avaliação feita por especialistas dos museus locais.

— Interessante, eu não fazia ideia de como esse trabalho é feito.

Alexandre aproximou-se de Omar e perguntou:

— Por que você está parado aí?

— Estou observando meus filhos conversarem. Como sonhei com esse momento.

— Amir parecia tenso quando saímos do Cairo. Aconteceu alguma coisa?

— Amir é impetuoso, teme que Raul tenha interesse em nossos bens e, por isso, queira viver aqui. Eu não penso como ele. Raul tem os olhos e o temperamento da mãe, tenho certeza de que ele não está interessado em dinheiro.

— De qualquer forma, me parece que dinheiro não é problema para ele. Tem uma boa posição financeira. A família no Brasil possui bens?

— Não sei ao certo, tinham posses quando conheci minha Amália, mas hoje não sei.

— Acho que você está enganado. Penso que Amir teme que ele o magoe, não é o lado financeiro que o incomoda.

— Talvez você tenha razão. Vamos ver como eles reagem enquanto estão juntos.

— Vou vistoriar a escavação. Vem comigo?

— Vá na frente, Alexandre. Vou falar com eles e depois encontro você.

Omar aproximou-se dos filhos e indagou:

— Então, Raul, o que acha?

— Pai, eu não tinha ideia de que fosse tão grande.

— Trabalhamos aqui há muito tempo. O trabalho tem que ser feito com cuidado e delicadeza, não se pode retirar peças do solo sem a devida atenção. Ela pode se quebrar ou deslocar alguma coisa que está enterrada causando soterramento. Mas é um trabalho gratificante. Estar aqui me fez muito bem. Enquanto procuro peças ou limpo-as, esqueço o mundo fora daqui. Foi esse trabalho que me ajudou a superar a morte da sua mãe e o tempo que estivemos separados.

Amir quis saber de Raul se ele se decidira a ficar no Cairo.

— Eu preciso voltar ao Brasil e conversar com minha família, bem como me desligar do meu trabalho na clínica. Minha intenção é resolver tudo e retornar para cá.

Omar sugeriu:

— Amir, leve Raul para dar uma volta no deserto, mas não de jipe. Levem o guia e vão com os camelos, não vamos usá-los agora.

— Boa ideia, papa. Venha, Raul, vamos dar uma volta.

Raul não se intimidou e aprendeu a lidar com o animal com facilidade. Vendo os filhos se afastarem, Omar disse:

— Consegui, Amália, eles estão juntos. Onde você estiver, olhe por eles. Temo que a vida tente afastá-los novamente.

⁂

Os irmãos andavam devagar, Raul olhava admirado para a imensidão do deserto e começou a sentir-se parte dali. A paisagem árida e o brilho do sol deixaram-no encantado.

— Amir, que paisagem linda, nunca imaginei que veria algo assim.

— Você vai gostar da paisagem noturna. O silêncio e a escuridão são ótimos para acalmar os sentimentos. Pôr as ideias em ordem.

— Por que você está dizendo isso? Leu meus pensamentos?

— Não, não tenho esse dom. Seu rosto demonstra o que você sente. Sei que está dividido e sei também que essa divisão tem o nome de uma mulher. Estou certo? Se você não tivesse conhecido a doutora Mariah, teria dúvidas entre voltar ao Brasil e ficar aqui?

— Você tem razão. Mariah tornou-se muito importante para mim. Voltar ao Brasil e deixá-la aqui com o pai na situação em que se encontra, com uma investigação no hospital e o tal de Marcelo Zafir fazendo ameaças, está me tirando o sossego.

— Marcelo Zafir? O médico?

— Sim, você o conhece?

— Eu o conheci na festa que fizemos em maio. Ele estava interessado em conhecer a nossa cultura, falou de lugares que conheceu na Espanha e no Marrocos, fez várias comparações.

— Eu não o conheço pessoalmente. Sei que ele é apaixonado pela Mariah e me fez ameaças caso eu volte para o Cairo. Sei que ela não tem interesse por ele, mas temo que ele lhe faça algum mal.

— Foi bom termos conversado, então, era por ela...

— Como assim por ela?

— Na festa que fizemos em maio, Miríade chamou minha atenção para uma prima dela que conversava com esse Marcelo e pareciam interessados um no outro. Ela me perguntou se eu o conhecia, mas não cheguei a responder porque meu filho mais novo caiu e corri para acudi-lo. Ele veio oferecer-se para ajudar por ser médico e passou o restante do tempo conosco. Fez várias perguntas sobre nosso povo, mas me pareceu normal.

— Talvez seja bom você conversar com sua esposa sobre ele. Posso estar enganado, então, não tome como certas minhas palavras, mas há suspeita de que ele estava chantageando o pai da Mariah.

— A troco do quê?

— Obrigar Mariah a se casar com ele. Ele me disse que ela era prometida a ele, isso não é verdade.

— Isso não existe mais. E, depois, Mariah foi criada fora daqui, dos nossos costumes. Só não abandonou suas raízes por causa da avó.

— Dona Carmem?

— Sim. Você a conheceu?

— Ela está cuidando de Mariah, não quer deixar a neta sozinha.

— É uma mulher sábia, conhecedora das nossas tradições. Muito respeitada pelo nosso povo.

— Você fala nosso povo como se vivessem em uma tribo.

— Nosso povo adquiriu hábitos do povo da cidade, aqui no Cairo e em outros lugares onde vive. Precisamos nos preservar de acusações de que somos malfeitores, roubamos crianças e outras bobagens. Você conheceu algum cigano no Brasil?

— Não. Deve haver algumas famílias no Brasil, mas eu não conheço.

— Eu negocio com dois empresários brasileiros descendentes de ciganos. Eles são do Rio Grande do Sul. Vem todo ano para cá na época em que fazemos a festa de Santa Sara Kali. Embora saibam que onde vivem essas festas também acontecem, não querem se expor.

— Que absurdo. O preconceito fica arraigado nas pessoas e não as deixa progredir. Temem tudo que não conhecem, mas não querem aprender o novo. Há preconceito em tudo que é diferente: religião, orientação sexual, cor, modo de falar, eu fico revoltado com isso. O Brasil é um país que foi colonizado por raças diferentes, costumes diferentes e, no entanto, o preconceito está sempre presente.

A conversa foi interrompida pelo guia:

— Senhor Amir, é melhor voltarmos. Daqui a pouco o sol começará a se pôr.

— Tem razão, Mohamed, vamos voltar.

Os irmãos voltaram ao acampamento conversando sobre as diferenças culturais dos dois países. Quando chegaram, o pai os esperava para jantar.

— Venham, o jantar será servido daqui a pouco, vamos tomar uma taça de vinho.

Raul, antes da refeição, pediu para se refrescar um pouco, e Alexandre o acompanhou. Não tinham o conforto de um banheiro de hotel, mas tinham um local com água limpa.

— Amir, como foi o passeio com seu irmão?

— Foi bom. Ele está dividido entre ir e ficar, mas ele vai voltar, está apaixonado pela médica.

— Será que dará certo? Ele não conhece nossos costumes, e ela é filha daquele canalha.

— Ele é um bom homem, e ela é filha da Sofia, neta da dona Carmem. Acredito que se o amor for sincero, os dois serão felizes. Afinal, mamãe também não era cigana.

— Você tem razão, meu filho. Quero muito que ele fique aqui, que vocês estejam perto de mim quando eu me for.

— Então, vamos ajudá-lo no que for possível para que ele conheça nossos costumes. O deserto está mexendo com ele. É melhor deixá-lo decidir sozinho.

— Meu filho, você tem a sabedoria dos seus avós. Confio em seu julgamento. Aí vêm eles.

Raul e Alexandre juntaram-se a Amir e Omar e, conversando sobre o deserto, foram para a tenda onde faziam as refeições.

Durante o jantar, Raul fez várias perguntas sobre o trabalho realizado ali. Elogiou a comida, explicando que ela era mais gostosa ali do que a preparada no hotel em que estava hospedado.

Conversaram durante algum tempo, e logo Omar explicou que era melhor irem se deitar, uma vez que levantariam cedo no dia seguinte. Os irmãos ficaram na mesma tenda e de onde estavam podiam observar o céu.

— Amir, que cenário maravilhoso. Nunca imaginei que veria um céu assim, com tantas estrelas.

— Na cidade, não temos oportunidade de vê-las por causa da iluminação artificial, da poluição. As luzes naturais não conseguem ultrapassar a iluminação artificial. Aqui, não, temos esse céu maravilhoso e o silêncio que nos convida a meditar.

— Você tem razão. O silêncio acalma. Boa noite, Amir.

— Boa noite.

Raul demorou para conciliar o sono. Enquanto olhava as estrelas, pensava em Mariah e em como gostaria de estar ali com ela. Voltar ao Brasil sem ela deixava-o amargurado, porém, a responsabilidade com seu trabalho tinha que ser mantida. Pensou no pai, na conversa que tivera com Amir e no que o esperava no Brasil. Partiria dentro de alguns dias, mas voltaria, essa era uma certeza cada vez mais latente em seu pensamento. Era madrugada quando finalmente adormeceu.

A claridade da manhã acordou a todos. Raul e Alexandre rapidamente se preparam para partir. Omar, ao despedir-se de Raul, disse-lhe:

— Meu filho, eu o verei antes de partir. Retorno hoje à tarde com Amir, chegaremos no Cairo por volta da meia-noite.

Raul abraçando-o e respondeu:

— Sim, meu pai, nos veremos amanhã. Vou conversar com o diretor do hospital mais tarde e rever Mariah. Logo, voltarei ao Brasil e, assim que estiver tudo em ordem, retornarei para o Cairo. Vou deixar com o senhor meus telefones, falaremos sempre que possível.

Raul despediu-se de Amir e pediu-lhe que não deixasse o pai se esforçar muito no serviço braçal, o que ele concordou e afirmou que ficaria atento para que nada acontecesse.

No caminho de volta, Alexandre indagou:

— Raul você gostou dessa experiência?

— Muito, está difícil ir embora.

— Posso fazer uma pergunta pessoal?

— Sim, o que quiser saber.

— Como você se sente depois de conhecer essa verdade e ter que voltar para rever as pessoas que esconderam esse passado de você?

— Sinceramente, eu não sei. A noite passada pensei muito neles. Na tia que me criou como um filho. Nas mentiras que contaram para esconder o passado da minha mãe. No que meu avô fez, não sei o que pensar ou que sentimento terei quando chegar ao Brasil.

— Raul, não julgue-os. Seu avô pensou provavelmente em fazer o melhor para você ou o que ele achava que fosse o melhor dentro do conhecimento de vida dele. Dentro dos padrões morais daquela época. Você sabe, há quem só acredite que tem que agir de determinada maneira por causa da opinião dos outros, da sociedade, até de uma rigidez de comportamento pessoal.

— Interessante a sua visão sobre o assunto. Você não sente raiva do que sua família fez, não respeitando sua forma de vida?

— Não, eles são como são. Não conseguem aceitar-me porque "o que dirão os amigos?". No início, eu sofri muito, acho que já disse isso para você, agora aceito-os como são. A vida nos coloca em situações que nos fazem refletir e aprender a compreender que as pessoas são como são. Não nos cabe mudá-las. Cada um faz seu destino e acaba conquistando a felicidade ou não. Depende das escolhas que fez.

Seguiram o restante do caminho em silêncio. Cada qual imerso em seus pensamentos.

— Estamos quase chegando. Você vai direto para o hospital?

— Não, Alexandre, por favor, me deixe no hotel. Tenho ainda algum tempo, quero tomar um banho e depois irei ao hospital. Você voltará para o deserto?

— Não, trouxe umas peças para levar para o museu. Vou entregá--las e depois irei para casa. Voltarei com o senhor Omar na segunda-feira.

— Então ainda nos veremos antes de eu partir.

— Com certeza. Voltaremos naquele bar onde nos conhecemos para tomar um chá com a Mariah e o Rogério.

Alexandre estacionou em frente ao hotel, e Raul agradeceu-lhe:

— Obrigado, nos veremos amanhã.

— Até amanhã, boa sorte com o doutor William.

Raul acenou-lhe e entrou no hotel. O celular tocou, e Alexandre viu que o número que o chamava era de sua irmã. Apressou-se a atender:

— Regina, como vai?

— Tudo bem, e com você?

— Estou bem. Como estão nossos pais?

— Estão bem. Liguei para avisá-lo que embarcaremos para o Cairo no sábado.

— Quem?

— Eu, o Mauro e nossos pais.

Alexandre respirou fundo e não soube o que dizer.

— Alê? Você está aí?

— Estou sim, só não sei o que dizer. O que aconteceu para a família toda vir para cá?

— Eles querem conversar com você.

— Muito bem. Aonde vocês vão se hospedar?

— No Mena House. Chegaremos no Cairo às 15 horas, gostaríamos de jantar com você. É possível?

— Sim, mas você sabe que não sou sozinho.

— Por favor, Alê, nosso pai quer conversar com você, ouça o que ele tem a dizer.

— Está bem, Regina, me telefone quando estiverem instalados no hotel, que irei encontrá-los.

— Obrigada, mano.

— Não tem de quê. Até sábado.

— Até.

——— ✂ ———

— Pronto, pai, falei com ele.

— Ele nos encontrará no hotel?

— Sim.

— Irá sozinho, eu suponho.

— Sim, papai, mas ele não deixou de mencionar que não vive sozinho. Você sabe disso.

— Não quero brigar com ele, espero que ele me entenda e aceite a proposta que vou fazer.

— Meu sogro, por que você não deixa Alexandre viver a vida dele como ele quer?

— Mauro, você não sabe o que está falando. Vocês ainda não têm filhos, espero que não passe pelo que estou passando. Vejo vocês amanhã.

— Até amanhã, papai.

Mauro respirou fundo e argumentou:

— Regina, você tem certeza de que essa viagem é uma boa ideia?

— É a primeira vez que ele resolve procurar o Alexandre depois de todos esses anos. Quem sabe?

— É, Regina, quem sabe? Só vou deixar uma coisa muito clara entre nós. Se seu pai fizer alguma ofensa ao Alexandre, vou apoiar seu irmão.

— Obrigada, Mauro, eu não esperava outra atitude da sua parte.

CAPÍTULO 13

Raul chegou ao hospital e foi encaminhado para a sala do doutor William. Lá foi informado de que a doutora Mariah o esperava, depois da reunião, em seu consultório. Recebido pelo administrador do hospital, sua primeira pergunta foi sobre o estado de saúde do doutor Adalberto.

— Doutor Raul, ele continua sedado e não demonstra melhora em seu quadro.

— A sedação não está atrapalhando?

— Não, nós a reduzimos, e ele não respondeu aos estímulos a que foi submetido. Parece que desistiu de lutar pela vida, está em estado vegetativo. Respira com a ajuda dos aparelhos, estamos monitorando órgãos vitais e alimentando-o por meio de sonda.

— Doutor William, há algo que eu possa fazer?

— Não. É um daqueles casos que só podemos esperar. Você esteve com a doutora Mariah?

— Ainda não, vou encontrá-la quando sair daqui.

— Ela é uma mulher muito forte. Está superando esse momento difícil com coragem e determinação. Voltou a trabalhar aqui e está atenta ao pai. Você voltará para o Brasil?

— Sim, viajo na sexta-feira. Preciso conversar com meu chefe e rever minha família.

— O Rogério me disse que você tem intenção de voltar e viver no Cairo.

— É o que farei, assim que me desligar da clínica, voltarei para cá. Posso tentar uma vaga neste hospital?

— Teremos muito prazer em tê-lo no nosso quadro de médicos, doutor Raul.

— Obrigado. Vou resolver minha situação no Brasil e depois tomarei as providências necessárias para que eu possa trabalhar aqui no Cairo. Mas você me pediu para vir aqui, acredito que para falar do passado.

— Sim, eu gostaria de ouvir sua história novamente e preciso saber se seu pai, ou melhor, o senhor Omar Ahmed, pretende tomar alguma posição contra o hospital?

— Vou contar-lhe a história que tomei conhecimento depois da minha chegada ao Cairo e, quanto ao meu pai, não creio que ele pretenda fazer alguma coisa contra o hospital.

Raul contou o que sabia sobre sua origem. Explicou que foi o pai quem contou-lhe o que aconteceu.

— Você não confrontou sua família no Brasil?

— Ainda não. Sei que minha tia Guilhermina, que foi quem me criou, tem documentos, diários, cartas que me serão entregues quando eu retornar.

— Você me permitira ter acesso a esses documentos?

— Talvez, doutor William, primeiro quero saber o que contém. Não quero expor minha mãe e meu pai biológicos que, pela forma como foram tratados, sofreram muito. Talvez eu os traga quando voltar, mas conversarei primeiro com meu pai, antes de deixar outras pessoas os lerem.

— Você familiarizou-se bem com eles. Não questionou a veracidade do que lhe disseram?

— Se eu não tivesse um irmão gêmeo, talvez questionasse, mas Amir é igual a mim fisicamente, não há o que duvidar do nosso parentesco.

— Muito bem, doutor Raul, era o que eu precisava saber. As portas deste hospital estão abertas para você vir trabalhar conosco. Espero que consiga resolver tudo o que deseja brevemente. Você sabe que, além de uma sindicância interna, talvez não possamos fazer mais nada com relação aos fatos que envolvem seu nascimento e do senhor Amir.

— Acredito que meu irmão também não queira fazer nada contra o hospital. Agora, espero que a cena que presenciei quando cheguei aqui, da omissão de socorro a um homem por se tratar de um beduíno, cigano ou seja lá o que for, não mais se repita. Afinal de contas, assim que for possível, eu virei trabalhar aqui e não pretendo negar minha origem.

— Quanto a isso, já tomamos providências para que tal fato não mais se repita.

O médico levantou-se e estendeu a mão para Raul.

— Agradeço por ter atendido ao meu pedido. Bom retorno ao Brasil.

— Obrigado, doutor William, até breve.

Saindo dali, Raul dirigiu-se ao consultório da doutora Mariah. Aguardou que a médica terminasse o atendimento e abraçou-a assim que ficaram sozinhos.

— Raul, como é bom tê-lo de volta. Como foi sua experiência no deserto?

Depois de beijá-la com carinho, ele disse-lhe:

— Foi uma experiência incrível. Como ele é bonito, grandioso, o céu à noite é lindo. Eu queria tê-la lá comigo. Não parei de pensar em você um minuto. Agora me diga, como você está?

Ainda abraçada a Raul, ela explicou:

— Estou triste, porque meu pai não apresenta melhora, mas feliz, porque você está aqui comigo.

— Viajo na sexta-feira. Você ficará bem? Eu não quero deixá-la sozinha.

— Raul, você precisa organizar sua vida no Brasil. Ficarei esperando por você, continuarei a atender os pacientes que me procurarem. O Rogério e a vovó têm me apoiado. O seu tio Joseph tem conversado com a vovó e está sempre por perto.

— E aquele doutor Marcelo? Ele tem procurado você?

— Ele esteve aqui, perguntou sobre papai, queria saber se você tinha voltado para o Brasil, mas não lhe dei atenção. O Rogério o viu e tirou-o daqui, não sei o que conversaram. Sei que ele não me procurou mais depois disso.

— Não quero que nada de mal lhe aconteça.

— Não acontecerá nada. Terminei meu plantão. Vou à UTI ver meu pai. Você me espera aqui?

— Quer que eu vá com você?

— Não, você não poderá entrar, aqui você ficará mais confortável. Volto já.

— Rogério, você está ocupado?
— Alê? O que houve?
— Cheguei há algumas horas, estive no museu para entregar algumas peças e vim para casa. Podemos nos ver ou você estará de plantão?
— Saio daqui a duas horas. Vou direto para aí, mas me diga, o que houve?
— Meus pais chegarão sábado. Ainda não assimilei bem a notícia.
— Eles estão bem? Aconteceu alguma coisa?
— Não sei, minha irmã disse que querem falar comigo.
— Alê, eu sairei daqui e vou direto encontrar você.
— E sua mãe?
— Não se preocupe, eu telefono e aviso que estarei com você.
— Está bem, Rogério, até mais.
— Até, um beijo.

Como estava entretido com a conversa, o rapaz não ouviu quando bateram na porta.

— Rogério, desculpe, não vi que você estava ao telefone. Aconteceu alguma coisa. Você está com uma expressão preocupada?
— Os pais do Alexandre chegarão sábado, a irmã ligou avisando.
— Talvez seja um bom encontro.
— Não sei não, Mariah, da última vez que o procuraram, só houve discussão. Eles não aceitam as escolhas do Alê. Quando sair daqui, vou para a casa dele. E você? O Raul já chegou?
— Sim, meu plantão acabou, vou ver meu pai e iremos embora. Ele está no meu consultório.
— Vou cumprimentá-lo.
— Está bem, até mais.

Rogério entrou no consultório de Mariah e viu Raul olhando atento para uma fotografia.

— Raul, como vai?
— Estou bem, e você?
— Bem, você estava concentrado, olhando essa fotografia e não me viu entrar.
— Esta moça é a mãe de Mariah?
— Sim, é Sofia. Uma mulher linda, não?
— Linda mesma.

Colocando o porta-retratos sobre a mesa, Raul perguntou:
— O tio Joseph falou com você sobre o doutor Marcelo?

— Sim, e já me entendi com ele. Avisei-o de que sei que ele estava chantageando Adalberto e o entregaria para William caso acontecesse alguma coisa com você ou com Mariah.

— Você acha que isso resolve?

— Pode não resolver definitivamente, mas ele vai pensar antes de fazer alguma bobagem. Ele não pode perder o emprego e, embora esses crimes sejam antigos, a chantagem é atual.

— Ele esteve numa festa cigana em maio, fez várias perguntas ao meu irmão sobre o povo cigano. Na época, pensaram que ele estava interessado numa prima da esposa do Amir.

— É bem coisa dele. Você viaja quando?

— Sexta-feira.

— Viaje tranquilo, eu cuido de Mariah, nada vai acontecer a ela.

— Obrigado, Rogério. O Alexandre falou de nos encontrarmos amanhã para jantar.

— Estarei com ele hoje à noite e combinaremos tudo.

Mariah entrou na sala e disse:

— Ouvi vocês falando em jantar amanhã? Será bom para o Alexandre.

— Com certeza. Você virá trabalhar amanhã?

— Amanhã, estarei de folga. Virei só para ver meu pai.

— Ótimo, encontrarei vocês amanhã, mais tarde combinamos o horário.

Depois de se despedirem, Raul perguntou:

— Por que será bom para o Alexandre?

— A irmã dele ligou dizendo que os pais dele chegarão no sábado. O último encontro deles não foi nada agradável.

— Engraçado, estávamos falando sobre eles quando voltávamos do deserto.

— Você acredita em coincidências?

— Estou começando a acreditar.

O casal seguiu de mãos dadas para o estacionamento onde estava o carro da médica sem perceber que eram observados de longe pelo doutor Marcelo Zafir.

O médico só ouviu o chamado quando a enfermeira o fez pela segunda vez.

— Doutor Marcelo?

— Amália, eu não ouvi você bater.

— Eu bati, mas o senhor estava tão atento à janela que não me ouviu chegar. O doutor William pediu que fosse até sua sala.

— Está bem, irei em seguida.

A enfermeira retirou-se pensando: "o que será que ele via naquela janela?", como estavam solicitando sua presença no posto de enfermagem, deixou de lado o pensamento para cuidar de seus afazeres.

⁂

Alexandre ouviu a campainha e atendeu prontamente:

— Rogério! Por que não abriu a porta?

— Eu esqueci as chaves. Vamos ficar aqui parados?

— Desculpe, estou tão perturbado que não sei o que estou fazendo.

— Vem cá, me dá um abraço.

Rogério e Alexandre permaneceram abraçados por algum tempo, depois sentaram-se no sofá, e Rogério perguntou:

— Por que você está assim?

— Eu conversei hoje pela manhã com o Raul e falei dos meus pais, do nosso relacionamento e da forma como eles me tratam. Quando deixei o hotel, o telefone tocou, era Regina. Ela me disse que eles chegarão aqui no sábado, vão ficar no Mena House e querem jantar comigo. Eu disse que não era sozinho, e ela me pediu que tivesse paciência e ouvisse nossos pais. Rogério, eu não aceito isso. O que eles pretendem? Será possível que estão vindo para o Cairo apenas para me atormentar?

Rogério pensou um pouco e respondeu:

— Talvez Regina tenha razão. Vá jantar com eles, escute-os e depois nós conversamos. Nada mudará entre nós.

— Eles virão com a mesma ladainha. Conheço meu pai.

— Seu cunhado virá com eles?

— Sim, virão os quatro.

— Então não se preocupe tanto. O programa que tínhamos combinado de fazer mudamos para outro dia. Não se aflija dessa maneira. Nada nem ninguém irá nos separar. Você não depende deles, então, não há o que possam fazer para prejudicá-lo.

— Você fica aqui hoje?

— Claro, será bom ter uma noite calma, o plantão hoje foi corrido. Alguns pacientes não querem ser atendidos pela Mariah, estou cuidando deles e procurando fazê-los entender que ela é uma excelente médica, não tem nada a ver com os problemas do pai. Mas tem hora que é difícil.

— Eu combinei com Raul de sairmos amanhã, nós quatro, ele embarca na sexta-feira para o Brasil.

— Você não precisa voltar para o sítio?

— Não, o Amir está lá com o senhor Omar. Vou trabalhar aqui no museu. Trouxe peças novas que precisam ser catalogadas e uma remessa anterior que ainda não foi separada.

— Então vamos falar de coisas amenas, preparar um bom jantar, tomar uma taça de vinho e deixar os problemas para o momento de cada um. Não adianta sofrer por antecipação.

— Você tem razão. Mas fico contente porque você está aqui comigo. Quando estamos juntos, parece que fica mais fácil.

Abraçados, seguiram para a cozinha para preparar o jantar.

&—&

Raul e Mariah chegaram ao apartamento da médica e foram recebidos por dona Carmem.

— Vovó, achei que você iria para sua casa.

— Vou sim, estava terminando de preparar um lanche para vocês.

— Vou levá-la.

— Não precisa. Joseph deve estar chegando.

Logo em seguida, ouviram a campainha. Raul prontificou-se a abrir.

— Tio Joseph, como você está?

— Bem, e você? Como foi sua experiência no deserto?

— Gostei muito, queria prolongar o sentimento de paz que senti ali. Voltar para a cidade parece desmanchar toda a tranquilidade adquirida no deserto.

— É assim mesmo. Por isso, sempre que possível, também vou passar uns dias no sítio. O deserto acalma, nos dá espaço e tempo para refletir. É muito positivo.

— Mas entre, Mariah e dona Carmem estão na cozinha.

— Eu vim buscar Carmem, temos um compromisso agora à noite.

Raul observou a maneira respeitosa como o tio cumprimentou Mariah e sua avó.

— Carmem, podemos ir? Senão ficará tarde.

— Vamos sim. Mariah, vamos nos reunir com nosso grupo para tratar do que aconteceu com seu pai. Algumas pessoas ficaram sabendo e querem explicações sobre a morte da Sofia e de Iago. Nós nos propusemos a conversar com eles e esclarecer o que for possível para evitar mais problemas para você.

Abraçando a avó, a médica agradeceu:

— Obrigada, vovó, está muito difícil. Pacientes não querem ser atendidos por mim, os internados foram encaminhados para outros médicos. Talvez eu deva deixar o hospital. Não sei ainda o que fazer.

— Não decida nada sem uma noite de sono. Conversem e, juntos, vocês encontrarão uma forma de resolver tudo. Não se precipitem, lembrem-se do que aconteceu com seus pais. Fugir do problema só tende a agravá-lo.

— Você está certa, vovó, não faremos nada precipitado. Você voltará para cá?

— Não, vou dormir na minha casa e, assim, vocês poderão ficar juntos e conversar bastante, refletir e decidir o que farão de suas vidas.

Avó e neta se abraçaram. Joseph despediu-se e disse a Raul:

— Cuide bem dela. Mariah precisa muito de você, da sua força e da sua determinação.

— Vá tranquilo, meu tio, não a deixarei sozinha.

Depois que eles partiram, Raul abraçou Mariah e beijou-a apaixonadamente. Permaneceram assim por um longo tempo. Quando ela se afastou, pediu-lhe para que se sentassem e conversassem sobre o que fariam dali em diante.

— Você precisa ir para o Brasil, não quero retê-lo aqui. Sei o quanto é importante que volte para seu país.

— Não posso negar que minha vontade é ficar aqui com você, principalmente agora que você está sofrendo as consequências dos erros do seu pai, mas eu preciso retornar ao Brasil e resolver minha vida para poder voltar definitivamente para o Cairo.

— Tem certeza que é esse o seu desejo? Viver aqui, num país estranho, com uma cultura diferente?

— Tenho certeza de que quero viver aqui, conhecer a cultura deste país, conviver com minha família e, principalmente, ficar com você. Nunca imaginei que encontraria o amor tão longe e agora não quero perdê-lo. Se você quiser vir comigo, nada me fará mais feliz, mas eu sei que sua vida é aqui, seu pai está em estado grave, você tem sua avó, que não vai deixá-la sozinha. Tem amigos, tem seus pacientes, que vão entender e separar suas atitudes das atitudes do seu pai.

— Eu adoraria viajar com você, conhecer o Brasil, mas não agora. Tudo o que você disse é verdade, não posso largar tudo e fugir, só aumentariam os problemas e preciso estar atenta ao meu pai.

— Então vamos aproveitar esse tempo que estamos juntos e deixar que a vida se encarregue de nos mostrar os caminhos que deveremos seguir.

Segurando as mãos de Mariah, Raul afirmou:

— Eu amo você, quero fazê-la feliz, não quero me afastar de você a não ser esses dias que estarei no Brasil. Você vai esperar por mim?

— Eu esperarei por você o tempo que for necessário. Agora que encontrei o amor, não quero perdê-lo. Eu te amo.

Raul abraçou-a e no seu beijo procurou demonstrar a ternura desse sentimento que nascia entre eles e permaneceria para sempre.

⁂

Na manhã seguinte...

— Joseph, procurei o Raul no hotel e me disseram que ele não estava lá. Ele mudou de hotel?

— Não, Omar, ele passou a noite no apartamento da Mariah. Acredito que passarão o dia juntos.

— Isso está certo? Ele e a filha daquele...

Joseph não deixou o irmão terminar:

— Omar, não se refira a ela assim. O pai cometeu muitos erros, mas ela não pode ser responsabilizada. Nós não somos perfeitos, eles têm direito à felicidade. Eu nunca critiquei você, mas lembre-se do que aconteceu quando você trouxe aquela jovem brasileira escondida de todos, quantos problemas surgiram por causa da sua impulsividade.

— Nós estávamos apaixonados, e a família dela nunca me aceitaria. Por isso eu a trouxe comigo. Nossos pais nos ajudaram.

— Sim, mas e depois? O pai dela veio buscar o neto, deixou a filha aqui, você acabou preso, Amir foi cuidado por nossa família, Amália morreu, você ficou destruído...

— Chega, Joseph, não quero ouvir mais.

— Então deixe Raul e Mariah viverem em paz. Ajude-os se puder, mas não interfira para que não aconteça com eles o que aconteceu com você e Amália.

— Você está certo, estou sendo injusto e arrogante. Quero que meu filho seja feliz como sei que Amir é com Miríade. Ele partirá na sexta-feira e não sei quando o verei novamente.

Amir, que ouvira parte da conversa, aproximou-se e explicou:

— Papa, ele voltará. Está desiludido com a família brasileira e está apaixonado pela médica. Tenho certeza de que em breve o teremos aqui em casa.

— Como você pode ter tanta certeza?

— Porque é algo que sinto, por causa do que conversamos, pelas atitudes dele desde que chegou aqui. Ele é seu filho e meu irmão, o sentimento de sangue é muito forte. Ele não deixou nenhuma mulher no Brasil, mas tem compromissos de trabalho e familiares. Procure ter paciência e confiar nos seus filhos.

— Você tem razão, é mais sábio do que eu. Amir, os familiares do Raul são seus também. Não pretende conhecê-los?

— Não, papa, minha família está aqui no Cairo. Você sabe que os investiguei quando encontrei Raul na França, o tio dele é um empresário importante, não é do meu ramo de negócios, não pretendo tratar nada com ele.

— E o tio que mora aqui no Cairo?

Joseph respondeu:

— Adônis é uma excelente pessoa, você deveria conhecê-lo.

— Talvez um dia.

Dizendo isso, Omar afastou-se, e Joseph comentou:

— Seu pai está com medo de que Raul não volte. Teme que não sejamos bons o bastante para que seu irmão nos aceite e queira viver entre nós.

— Ele está errado, tio, mas vamos aguardar. Poderemos nos reunir esta noite para um jantar em família, o que acha? Raul parte amanhã à tarde.

— Boa ideia, Amir, falarei com seu pai. Miríade precisa de ajuda?

— Não, já havíamos planejado este jantar, está tudo em ordem. Acha que dona Carmem viria? Convidei o doutor Rogério e o Alexandre.

— Vou falar com ela. Você fala com Raul?

— Sim, mais tarde, telefonarei para ele.

Assim, naquela noite, reuniram-se na casa de Amir a família Ahmed, Raul, Mariah, Carmem, Rogério e Alexandre. Foi um encontro alegre, Miríade serviu pratos típicos da comida egípcia sem se esquecer de incluir alguns molhos de origem cigana. A conversa foi agradável e, na despedida, Amir prontificou-se a levar Raul ao aeroporto no dia seguinte.

Raul explicou-lhe que já havia encerrado a conta do hotel e estava hospedado no apartamento de Mariah.

— A que horas você deverá estar no aeroporto?

— Às treze horas, Mariah quer me acompanhar.

— Não há problema, eu levo nosso pai, e o tio Joseph pega vocês no apartamento dela.

— Amir, fique atento ao coração dele, Mariah sabe exatamente o que fazer. Ela me acompanhou no tratamento que demos a ele. Horas sob o sol não farão bem.

— Pode deixar que ficarei atento, ele é teimoso, mas sei como lidar.

Os irmãos se abraçaram e, enquanto Amir via o carro se afastar, Miríade aproximou-se dizendo:

— Seu pai não está feliz.

— Eu sei, minha querida, mas ele terá que se acostumar.

— Você acha que ele volta?

— Tenho certeza de que sim. Obrigado pelo jantar, você tratou de tudo com carinho, estava maravilhoso.

— Obrigada, *habib*. Vamos entrar?

Amir abraçou a esposa, e juntos voltaram para dentro de casa.

CAPÍTULO 14

No avião, Raul recordava-se do carinho de Mariah e da tristeza de seu pai no momento da despedida. O médico prometeu que voltaria e cumpriria a promessa. Não havia decidido se iria para casa ou dormiria num hotel. Pretendia conversar primeiro com seu supervisor na clínica e depois iria à casa de seus tios.

Chegou em São Paulo à noite, dentro do horário previsto, e decidiu-se pelo hotel. Depois de acomodado, telefonou para Mariah, que prometeu esperar sua ligação mesmo com a diferença de horário. Depois de conversar um pouco com a amada, decidiu dormir e telefonar para Guilhermina no dia seguinte.

Acordou cedo, telefonou para o pai e depois para Guilhermina.

— Tia, como vai?

— Raul, que bom ouvi-lo! Você continua no Cairo?

— Não, estou em São Paulo, em um hotel. Tenho assuntos para resolver na clínica e depois passarei aí.

— Meu filho, esta é sua casa. Por que não veio para cá?

— Tia, estou ansioso para falar com você, mas preciso tratar da minha vida profissional primeiro. Temos muito o que conversar. Tio Ângelo está em casa?

— Não, ele foi ao escritório, mas virá para cá assim que você chegar. Ele quer muito falar com você. Volte para casa, Raul, aqui é seu lugar.

— Irei no fim da tarde, assim poderemos conversar os três. Antes disso, não será possível.

— Como você está? O que fizeram a você?

— Não me fizeram nada, titia, apenas me contaram a verdade, que vocês sempre esconderam.

— Eu só soube do que seu avô fez quando aquele médico telefonou para o seu tio dizendo que você encontrara seu verdadeiro pai.

— Tia, não estou culpando-a. Ouvir a verdade da boca do meu pai e descobrir o que vovô fez com ele foi muito doloroso.

— Você tem certeza de que ele é seu pai e o outro é seu irmão?

— Absoluta, somos idênticos. Não tem como dizer que houve algum engano. Segundo meu pai, nossa diferença física são os olhos. Também, obviamente, temos temperamento distinto. Meu irmão é mais frio para tomar decisões do que eu. Tia, agora preciso desligar, tenho que me apresentar na clínica daqui a pouco. Até a tarde.

— Até, Raul, um beijo.

Depois que desligou o telefone, Guilhermina sentiu profunda tristeza, não imaginava que Raul se afastaria de casa. Não sentiu vontade de ligar para o marido. Esperaria que ele retornasse para avisá-lo do telefonema e da conversa que teriam com Raul no final da tarde. Passado algum tempo, decidiu telefonar para Dirce.

— Guilhermina, como você está?

— Tia Dirce, não estou bem. Raul chegou ontem e não veio para casa, preferiu ir para um hotel.

— Você já falou com Ângelo?

— Não, falarei quando ele chegar. Raul virá no final da tarde para conversarmos. Ele me pareceu amargurado.

— Não é para menos, saber o que houve com a mãe e o pai da forma como ele soube só poderia desencadear essa reação. Não se atormente com isso, vocês vão conversar, tenho certeza de que ele entenderá.

— Eu não tenho essa certeza. Tenho pensado muito na possibilidade de ele resolver mudar-se para o Cairo definitivamente.

— Ele faria isso?

— Por que não?

— A família dele somos nós. Além disso, ele vai herdar os bens, não pode simplesmente nos virar as costas e ir embora para o Cairo.

Guilhermina sorriu e disse:

— Isso é o que a senhora pensa. Enfim, vou aguardar e espero que ele consiga entender tudo o que aconteceu e nos perdoe.

— Guilhermina, ele não vai abandonar nossa família. Aquele cigano não pode tê-lo convencido a fazer isso. Não seria justo, depois de todos esses anos, para com você e com o Ângelo.

— Tia Dirce, vou desligar, amanhã eu ligo para conversarmos.

Guilhermina colocou o telefone sobre a mesa e, sorrindo, murmurou:

— Ela não conhece Raul, e depois de todos esses anos ainda pensa como meu sogro. Ah, tia Dirce, como você está enganada!

※

— Doutor Eurico, como é bom revê-lo.

— Raul, que bom que você está aqui. Conte-me tudo o que aconteceu.

— Vou contar-lhe o que descobri sobre a minha origem quando cheguei à cidade do Cairo.

Raul explicou como conhecera o pai, o irmão, as decisões tomadas por seu avô e pelo médico Adalberto Marçal. Argumentou que esses erros acarretaram na morte da sua mãe e no afastamento dele do convívio com o pai biológico e o irmão. Falou sobre Mariah e finalizou informando sobre a decisão de mudar-se definitivamente para o Cairo.

— Raul, que história, parece um enredo de novela. Mas mudar-se para o Cairo assim, de uma hora para outra... Você conseguirá viver em um país com costumes tão diferentes dos nossos?

— Tenho pensado muito nisso, mas não quero me afastar da Mariah e não posso pedir-lhe que se mude para o Brasil. Além disso, quero estar perto do meu pai verdadeiro, que sofreu muito. Quero viver com ele, conhecer melhor os costumes do povo cigano. Passei uma noite no deserto e foi um momento muito especial para mim. Só voltei agora por causa da clínica, do compromisso que assumi com o senhor. Mas peço-lhe para providenciar meu desligamento, quero voltar o quanto antes ao Cairo.

— Você vai trabalhar com seu irmão?

— Não, pretendo trabalhar no hospital aonde fui dar a palestra. Vou providenciar a documentação necessária no Conselho de Medicina, assim que estiver tudo em ordem, o administrador vai me contratar. Posso indicá-lo como referência, caso precise?

— Lógico, Raul, estou à sua disposição para o que você precisar e, ao mesmo tempo, triste por perdê-lo. Você é um excelente profissional.

— Obrigado, doutor Eurico, fiz os relatórios que me pediu, estão todos aqui.

Os dois médicos continuaram a conversar sobre o trabalho realizado no Cairo e depois dirigiram-se ao departamento de pessoal para que Raul fosse desligado do quadro de funcionários.

— Raul, desejo que você seja muito feliz nessa nova empreitada e, se resolver voltar ao Brasil, nossa clínica o receberá imediatamente.

— Agradeço-lhe e fico muito contente com o reconhecimento do meu trabalho. Agora devo voltar ao hotel e mais tarde irei para casa do meu tio.

Os médicos se despediram com cordialidade. Para Eurico, a saída do médico da clínica era uma grande perda, mas ele entendia que Raul deveria seguir seu destino, e, retornando à sua sala, resolveu convocar os sócios para decidirem quem seria contratado para o lugar que ficara vago.

No Cairo, Alexandre dirigia-se ao hotel onde seus pais estavam hospedados. Foi informado de que sua irmã o esperava no *lobby* e, quando chegou, ela o abraçou com carinho.

— Alexandre, quanto tempo!

— Doze anos, maninha, doze anos.

— Você se lembra do Mauro?

— Sim. Como vai, cunhado?

— Bem, e você?

— Vou bem.

— Por que nossos pais resolveram fazer essa viagem para me ver?

— Papai quer falar com você. Acredito que queira se entender com você.

— Poderíamos ter conversado pelo telefone, não precisava deslocar a família toda para cá.

Mauro argumentou:

— Seu pai mudou muito depois que o filho de um amigo morreu assassinado. Começou a pensar e conversar conosco sobre você, sobre esse afastamento. Não acredito que ele queira maltratá-lo.

— Precisou o filho de um amigo dele ser morto para ele pensar em mim? Se o jovem não tivesse morrido, continuaria tudo como está?

Regina tentou contemporizar:

— Alexandre, você conhece nosso pai, ele sempre foi muito crítico, sempre levou em conta as aparências, a opinião dos amigos...

Ele não a deixou terminar.

— E nunca no filho dele. Para ele, meus sentimentos não importam, pois nunca me respeitou, sempre me considerou uma aberração, e nossa mãe não ajudou em nada, sempre o velho discurso "o que os amigos pensarão". Estou farto disso, era melhor que não tivessem vindo.

— Você precisa perdoá-lo.

— Perdoá-lo por não me aceitar? Não sou eu que preciso perdoá-lo. Ele é que tem que se perdoar e se entender com a própria consciência.

Enquanto conversavam, não viram os pais se aproximarem:

— Você tem razão, meu filho, mas a minha consciência não me perdoa. E se você não puder me perdoar por ter sido insensível e medroso, vou levar esse castigo para a eternidade. Eu não sabia como lidar com você, como tratar você, como agir com você. Era tudo muito novo no meu mundo. Na minha forma de ver o mundo. Estou muito arrependido e, por isso, decidi vir até aqui para conversar com você, saber como vive, com quem vive, onde trabalha, enfim fazer o que eu deveria ter feito há muitos anos em vez de tê-lo colocado para fora de casa.

Sônia, mãe de Alexandre, que permanecia calada, disse:

— Meu filho, nós sofremos muito com sua ausência. Tínhamos feito planos para você, sonhamos uma vida diferente da que você decidiu viver. Queremos recuperar o tempo perdido. Queremos participar da sua vida e, se possível, que você volte conosco para o Brasil.

— Precisou um amigo seu perder o filho para o senhor decidir me procurar?

— Alexandre, quando eu vi aquele jovem no caixão e o desespero daquele pai, não consegui parar de pensar em você e nos erros que cometi. O jovem que morreu era viciado em drogas e foi morto por alguma dívida. Não soubemos ao certo. Mas você é um homem trabalhador, que soube se fazer respeitar, que tem um nome conceituado no trabalho que faz. Eu só posso me orgulhar de você.

— E como você chegou a essa conclusão? Investigou minha vida? Porque não sou famoso a ponto de ser conhecido no Brasil.

— Eu sempre acompanhei seu trabalho, as pesquisas que você fez na faculdade foram publicadas e estão disponíveis em sites para leitura. Alguns objetos que vocês encontraram nas escavações viajaram o mundo, saíram em revistas especializadas, foi assim que eu consegui acompanhar seu trabalho.

— Por que não me procuraram antes?

— Porque temíamos que você não nos desse ouvidos. Mas, dessa vez, decidimos vir até aqui, mesmo correndo o risco de você não nos receber, mas não podíamos deixar de tentar. Será que podemos recomeçar?

— Eu sinceramente não esperava por isso. Me preparei para uma discussão, palavras duras, mas não para essa confissão que o senhor fez. Acho que podemos recomeçar sim, porém, não pretendo voltar para o Brasil. Minha vida é aqui. Meu trabalho, meu namorado, minha casa. Entendo que seja difícil para vocês aceitarem, principalmente a presença de um homem na minha vida. Mas a única forma de vivermos em família é se vocês aceitarem de coração quem eu sou. Sem cobranças, sem preconceito, entendendo que não resolvi ser assim para agredi-los. Eu nasci assim.

Sônia, emocionada e segurando as mãos do filho, disse:

— Meu filho, queremos conhecê-lo, que foi algo que não fizemos, apenas nos afastamos e deixamos você à própria sorte. Erramos muito e queremos corrigir esses erros. Talvez não seja fácil, mas eu entendi, depois de muito tempo, que os filhos não têm de viver os sonhos dos pais. Eles são pessoas únicas, têm seus próprios sonhos e desafios para viver. Eu amo você e espero que consiga me entender e me aceitar com meus medos, minhas dúvidas e me ensine a não ter preconceito, que é algo que machuca muito quem tem, talvez mais até do que aquele que seja vítima dessa maldade.

Abraçando a mãe, ele deixou a emoção fluir. Lágrimas havia tanto tempo guardadas rolavam pelo seu rosto, emocionando a todos.

— Mamãe, quanto tempo esperei que você me entendesse e me aceitasse. Como foi difícil viver longe de vocês. Vamos recomeçar.

A emoção tomou conta de todos. O primeiro a falar foi o pai de Alexandre:

— Meu filho, posso te dar um abraço?

Alexandre, ainda emocionado, abraçou o pai e sentiu um brando calor. Lembrou-se de Adônis, que havia lhe dito: "a vida coloca tudo em seu lugar, no tempo certo, no momento adequado. Ela nunca erra."

Decidiram comer no hotel, e Augusto perguntou:

— Meu filho, você falou no seu namorado... Quer convidá-lo para vir aqui?

— Pai, fico muito feliz com seu convite, mas o Rogério está de plantão no hospital. Mas amanhã eu o trarei aqui para que vocês o conheçam.

— Ele é médico?

— Sim, um dos melhores geriatras que tem aqui no Cairo.

Mauro sorriu e disse baixinho para a esposa:

— Ele vai acabar cuidando do sogro.

Regina sorriu e concluiu:

— E da sogra.

Ambos riram e seguiram para o restaurante onde, animados, fizeram diversas perguntas para Alexandre sobre sua vida no Cairo.

༄

Raul chegou à casa dos tios no final da tarde, como haviam combinado. Guilhermina o abraçou emocionada:

— Meu filho, como você está? Como o trataram no Cairo? Por que você não veio direto para nossa casa?

Abraçando-a, ele respondeu:

— Titia, sente-se aqui comigo. Vou responder a todas as suas perguntas, agora, por favor, acalme-se. Vou contar-lhe o que aconteceu. Onde está tio Ângelo?

— Ele foi buscar tia Dirce, já devem estar chegando.

Raul contou-lhe o que aconteceu desde a sua chegada ao Cairo até o retorno ao Brasil e sua intenção de mudar-se definitivamente para aquela cidade.

— Você me disse que tinha encontrado fotos e cartas da minha mãe, eu gostaria de vê-las.

— Deixei no seu quarto, vamos até lá, assim, você poderá conhecer o passado da sua mãe e talvez entender a atitude do seu avô.

— Olha, tia, entender a atitude do vovô eu acho difícil. O sofrimento que ele causou ao meu pai e com certeza à minha mãe foi imenso. Mamãe morreu por causa dele. Não houve acidente nenhum, houve incompreensão, falta de amor, egoísmo, e o resultado de tudo isso foi a morte da minha mãe e um sofrimento imenso ao meu pai.

— Você está revoltado e com razão, mas leia os documentos que encontramos, não justificará o que aconteceu, mas talvez você possa entendê-lo.

— Não sei. Você leu esses documentos?

— Apenas os jornais, as cartas e o diário são muito pessoais, só dizem respeito à sua mãe e à sua avó. Achei que seria invadir a intimidade das duas. Ouvi o barulho da porta, seu tio deve ter chegado.

— Tia, eu gostaria de ficar sozinho por enquanto, depois eu falo com ele. Pode ser?

— Claro, meu filho, fique aqui o tempo que for necessário, pedirei a Ângelo que o espere.

— Obrigado.

Depois que Guilhermina saiu do quarto, Raul olhou para aqueles envelopes e sentiu uma súbita emoção ao ver o que continham. Viu as fotos da mãe, uma mulher linda, alegre, sempre sorrindo, reconheceu nela traços de si mesmo, prestou atenção aos olhos, seu pai tinha razão, ele se parecia com ela. Em outro envelope havia recortes de jornal, relatórios feitos por um detetive, deteve-se nas cartas. Escritas em papel fino, delicado, com uma bela caligrafia e ainda guardando um suave perfume, que o rapaz deduziu ter pertencido a ela. Estavam organizadas por data; na primeira, ela contava da felicidade que sentia em estar livre e viajando com o homem que ela amava mais do que qualquer pessoa.

Ele é especial, tia Dirce, me dá flores todos os dias, me ensina a cultura do povo cigano, me traz uma paz que nunca senti morando com meus pais. Por favor, entenda que estou muito feliz com ele, não quero voltar para casa de papai, não precisa se preocupar comigo, estou muito bem. Beijos da sobrinha que nunca a esquecerá.

Amália

Em outra carta à tia, Amália contava da gravidez:

Chegamos ao Cairo, vamos conversar com a família de Omar. Titia, estou grávida, nos casamos no circo, ele tem certeza de que a família vai nos acolher. Assim que puder, escreverei novamente. Omar não se opõe ao meu contato com você, diga a mamãe que não se preocupe, pois estou muito bem e muito feliz, porque serei mãe em breve.

Saudades,
Amália.

Havia outras cartas contando das viagens, das pessoas, das cidades, da família de Omar, de como havia sido bem-recebida e da exigência do pai de Omar para que avisassem aos seus pais onde estava. Na última carta, ela contava para a tia como havia sido o contato com o pai e a apreensão de saber que ele chegaria em breve:

Titia, ele me escreveu uma carta horrível, cheia de ameaças, muito diferente do carinho que recebi da família de Omar, que tem costumes muito diferentes dos nossos. Não recebi nenhuma linha da mamãe, acredito que ele a tenha proibido de escrever-me. Não sei como será nosso encontro e temo por Omar e por mim mesma. O médico que me atende aqui pediu-me que fizesse repouso, Omar está apreensivo com a vinda de papai. Espero que, quando ele chegar aqui, consiga nos compreender e aceitar meu casamento. Sinto muito sua falta, talvez, se você viesse junto, me ajudaria a convencê-lo a não fazer nada contra meu marido. Por favor, titia, pense nisso.

Saudades,
Amália.

Emocionado e sentindo a raiva tomar conta de seus pensamentos, Raul deixou as cartas de lado e passou a ler o diário da avó:

Meu diário, meu amigo, só com você posso conversar, só para você posso contar o que me vai na alma, pena que você só possa me ouvir, não é alguém que possa me ajudar. Minha filha fugiu com um homem que nem conhecemos. Onde eu errei para que isso acontecesse? Paulo está furioso, culpou-me por "essa desgraça na família", perguntou "onde eu estava quando ela saiu de casa para se encontrar com um sujeito qualquer, um artista de circo?". Eu nem sequer sabia que ela estava indo ao circo. Amália me dizia que estava em casa de Dirce, como eu poderia imaginar que ela estava mentindo? Minha filha querida, minha doce Amália, que feitiço esse moço fez para arrancá-la de nossa casa?

Em outra página, Márcia escrevera:

Amanhã iremos para o Cairo, Dirce está aflita, mostrou-me as cartas de Amália, minha filha querida, que não confiou em mim, mas na tia, pelo menos tenho o consolo de saber que ela está feliz, Paulo não vai permitir que ela fique no Cairo. Ele está estranho, calmo, fala pouco, tenho certeza de que é aparente, pois, quando chegarmos lá, é bem capaz de ele explodir, temo pela saúde da minha menina. Tenho rezado muito e pedido a Deus que a proteja, e que impeça meu marido de cometer um desatino.

Havia um espaço de datas entre a viagem e a página onde ela escrevia sobre o neto:

Meu neto, meu querido Raul, espero que um dia este diário chegue às suas mãos e você consiga entender — perdoar será pedir demais — a atitude do seu avô. Ele queria o melhor para nossa Amália, e tudo resultou numa tragédia. A discussão que tiveram acelerou o nascimento de vocês, não nos disseram que eram duas crianças, seu avô o tirou do hospital, e, com a ajuda de um médico local, embarcamos para o Brasil. Seu pai foi preso, não sei exatamente o porquê. Quando chegamos ao Brasil, levamos você a um médico de nossa confiança, temíamos que você não sobrevivesse, afinal, sua mãe teve um parto prematuro. Dissemos a Guilhermina e Ângelo que seus pais haviam falecido num acidente de carro. Eles não fizeram perguntas, ela achou você muito pequeno, mas a convencemos de que estava bem, tínhamos a garantia do doutor Adalberto Marçal de que você poderia fazer aquela longa viagem e, graças a Deus, correu tudo bem. Estou muito doente, e minhas forças estão me deixando. Rezo por você todos os dias, para que seja um bom filho, um bom homem, e que quando souber da verdade do seu nascimento, possa aceitar sua família de sangue e, se sobrar um pouquinho de compreensão, possa me perdoar. Amei muito meus filhos, amo você e com certeza amaria o outro menino que ficou no Cairo. Espero que ele tenha encontrado na família do seu pai o apoio necessário para uma vida tranquila, sem as marcas que o encontro do seu avô com seus pais certamente deixou em todos eles.

Com amor,
Márcia.

Raul fechou o diário da avó e respirou profundamente. Guardou as fotografias, os relatórios, o diário e as cartas em um envelope. Pensou em tudo o que lera e decidiu que levaria tudo para o pai e para Amir. Ali não era seu lugar. Ele voltaria para o Cairo e recomeçaria uma vida ao lado de Mariah. Enquanto resolvia o que fazer, bateram na porta.

— Raul, posso entrar?
— Pode sim, tio.

Ângelo percebeu que o sobrinho chorara, conhecia-o bem e pressentia que a conversa entre eles seria difícil.

— Meu filho...

— Por favor, tio, não me chame assim. Meu pai chama-se Omar.

— Eu gostaria que você me ouvisse e tentasse entender meu pai, seu avô.

— Tio Ângelo, agora, depois de ler essas cartas e o diário da vovó, depois de conhecer meu pai verdadeiro e saber de tudo o que ele e minha mãe passaram, não me peça isso. Talvez, um dia, eu consiga me convencer de que ele queria o melhor para a filha, mas agora isso é impossível.

— Sua tia me disse que você vai embora para o Cairo.

— Sim, já encerrei meu trabalho na clínica e embarco dentro de dois dias para lá. Vou viver com a mulher que conheci e por quem me apaixonei. Vou cuidar da saúde do meu pai e viver com a família que tão bem acolheu minha mãe, que respeitou o sentimento que havia entre eles. Não dá para viver aqui. O que vocês fizeram não faz sentido para mim. Minha mãe morreu por causa da incompreensão do meu avô e da falta de atitude da minha avó. Não, tio, neste momento, não me fale em perdão, em compreensão, em nada. Preciso digerir tudo o que eu li e as verdades que descobri quando estive no Cairo.

— Por favor, não saia assim, eu tenho você como meu filho. Guilhermina não me perdoará nunca se você se for para sempre.

— Você ouviu o que disse? Guilhermina não o perdoará. Você está me pedindo para ficar por causa do seu casamento, não porque me ama como a um filho. Vou embora, não dá para conversarmos.

Raul saiu do quarto sem se despedir, estava muito abalado com tudo o que descobrira. Ao passar pela sala, para despedir-se da tia, encontrou-a conversando com Dirce. Esta aproximou-se dele e tentou abraçá-lo dizendo:

— Raul, por favor, não vá embora, pense na mulher que o criou, pense em nossa família...

Ele não a deixou terminar.

— Tia Dirce, vocês sempre serão parte da minha família, mas não sou obrigado a viver aqui. Vocês não souberam compreender os meus pais. Você não atendeu ao pedido da minha mãe. Vocês a abandonaram quando ela mais precisou de ajuda. Eu acabei de falar para o tio Ângelo que preciso de tempo. Voltarei para o Cairo dentro de dois dias. Enquanto isso, ficarei no hotel onde estou hospedado, tentando digerir tudo o que descobri ao ver esses documentos. Tia Guilhermina, eu manterei contato com você. Mas, por favor, não tente me impedir de seguir com a minha vida.

Dirce insistiu:

— Raul, você não pode deixar o Brasil, você tem que assumir os negócios da família, você é nosso único herdeiro.

— Não, tia, sou médico, não sou empresário, e tenho um irmão que também terá direito a esse patrimônio. No momento oportuno, nós conversaremos sobre os negócios da família. Agora, por favor, preciso ir.

Raul pegou as mãos de Guilhermina, que se levantou, e abraçou-a dizendo:

— Nunca a esquecerei, minha mãe querida. Assim que estiver instalado no Cairo, mandarei meu endereço para que você possa passar uma temporada comigo. Eu estou bem e sei que tomei a decisão certa. Falarei com você antes de embarcar. Adeus, tia.

— Você é meu filho amado, não se esqueça nunca disso. Estarei sempre disponível para você. Deus o acompanhe e o proteja.

Guilhermina procurou por Ângelo e encontrou-o no quarto de Raul.

— O que você disse a ele?

— Nada, Gui, nada. Estou atordoado, não falei o que devia, não disse a ele o quanto eu o amo. Apenas pedi a ele que não partisse porque meu casamento estava em risco. Não sei o que fazer.

— Você é a única pessoa que pode consertar essa situação. Nós vamos perdê-lo para sempre.

Abraçando a esposa, Ângelo respondeu:

— Eu vou procurá-lo, não vou deixá-lo partir assim. Procure se acalmar. Vou agora mesmo ao hotel onde ele está hospedado.

— Por favor, não piore tudo.

— Não farei isso, tentarei falar o que sinto mesmo que isso seja muito difícil para mim. Talvez não consiga trazê-lo de volta, mas espero que ele não parta me odiando.

— Está bem, eu vou ficar aqui esperando você voltar.

— Tia Dirce ainda está aí?

— Sim, e também disse o que não precisava. Usou o argumento do seu pai.

— Argumento do pai?

— Sim, que Raul é nosso herdeiro, por isso, não poderia partir.

Sem saber o que responder, Ângelo beijou a esposa e saiu.

CAPÍTULO 15

— Senhor Raul, o senhor Ângelo Albuquerque está aqui na recepção e deseja vê-lo.

O médico respirou fundo antes de responder, por fim, autorizou a visita do tio.

— Obrigado por me receber. Você já está com as malas prontas.

— O que você veio fazer aqui?

— Raul, por favor, precisamos conversar.

— Muito bem, fale.

— Quando meu pai me avisou que Amália havia fugido, eu não me preocupei, estava na faculdade e achei que era para chamar a atenção dele. Eles brigavam muito, e ela sempre ameaçava fugir de casa. Vim para casa nas férias e soube pela tia Dirce que meus pais haviam ido para o Cairo buscá-la. Confesso que fiquei surpreso com a coragem da sua mãe e também com raiva, porque meus pais me prometeram uma viagem para a Europa no meu período de férias, e eles esqueceram completamente de mim. Eu já estava casado com sua tia, portanto, essa viagem seria nossa lua de mel. Papai me deixou uma carta com uma série de recomendações sobre o trabalho da fábrica, apenas isso. Guilhermina conversou comigo e me fez ver que era um momento delicado e deveríamos esperar meus pais voltarem. Ela não se importava de não viajar, sabia que era importante eu cuidar dos negócios da família. Enfim, ficamos aguardando notícias e, alguns dias depois, seu avô telefonou avisando que tinha encontrado Amália e que ela voltaria com eles para casa.

"Meus pais chegaram com você e com a notícia de que seus pais haviam falecido num acidente de carro, pediu-me que o adotasse. Eu sabia que sua tia não podia ter filhos, conversamos antes do nosso casamento. Foi uma alegria quando ela o pegou nos braços. Cobrei explicações do seu avô, mas ele foi evasivo. Fizemos seu registro e, logo em seguida, ele nos presenteou com uma viagem para a Europa. Fomos de navio e fizemos um longo cruzeiro. Ele contratou uma jovem pediatra para nos acompanhar e, felizmente, você sempre foi muito saudável. Não tivemos nenhum problema durante o tempo que permanecemos fora do Brasil. Ele fazia contatos com empresários e marcava reuniões para eu comparecer e fechar alguns negócios.

"Quando minha mãe faleceu, ele colocou esses documentos no cofre e me pediu que não tocasse neles: 'Eram da sua mãe, respeite-os'. Eu acabei me esquecendo deles, porque um mês depois que a sua avó faleceu, ele adoeceu. Alguns dias antes de morrer, ele me disse que precisava confessar o seu grande erro e me contou o que havia feito para trazer você para o Brasil. Pediu-me que procurasse o doutor Adalberto Marçal e buscasse informações sobre seu pai e seu irmão. Quando eu consegui localizar o médico, este me disse que não sabia como encontrar seu pai verdadeiro, que não o vira mais depois que sua mãe fora levada do hospital. Falei isso para seu avô, e ele me pediu que não lhe revelasse a verdade, porque ela só traria sofrimento para todos nós. Ele morreu dois dias depois. Conversei com tia Dirce, e decidimos não contar nada para você, porque não tínhamos como localizar seu pai no Cairo e não sabíamos como você reagiria. Você tinha dezoito anos, estava se preparando para o vestibular de Medicina, não queríamos atrapalhar sua carreira".

— Tia Guilhermina sabia dessa sua promessa?

— Não, ela só soube agora.

— E você resolveu me contar para que eu o ajude no seu casamento?

— Não, meu filho, nós o criamos com muito amor. Talvez eu não tenha sido o pai ideal para você, sempre estive envolvido com os negócios da família, minha vida sempre foi voltada para o trabalho. Estou contando essa história para você saber que seu avô se arrependeu do que fez. Tarde, reconheço, acredito que ele tenha trazido você para obrigar Amália a procurá-lo, ele a adorava, a fuga com o cigano deixou-o enlouquecido. Foi um grande erro, ela acabou morrendo, e todos sofremos muito com as atitudes do seu avô. Eu soube que seu pai nos procurou depois da morte da sua mãe, quando estávamos fora do Brasil, mas já havia se passado muito tempo, eu não sabia como localizá-lo.

— Tio Ângelo, vou para o Cairo e não mudarei minha decisão. Quando estiver instalado, enviarei meu endereço para titia. Quero recuperar o tempo perdido com meu pai, talvez, um dia, eu volte ao Brasil com eles, ainda há muito o que resolver. Eu agradeço por você ter me adotado, mas não consigo desculpá-lo por ter me escondido a verdade. É minha vida, minha história, vou seguir meu destino.

— Você está certo, errei escondendo sua origem, mas quero que você saiba que o amo como se você fosse meu filho. Não vou impedi-lo de voltar para o Cairo e conviver com seu pai e seu irmão, mas não quero que lhe falte nada. Se decidir voltar para o Brasil, nossa casa estará sempre aberta para você e para seu irmão. Desejo que você encontre no Cairo a felicidade que lhe foi negada aqui.

— Obrigado, tio, adeus.

— Boa viagem, Raul.

Depois que Ângelo saiu, Raul decidiu telefonar para Mariah.

— Raul, que bom ouvi-lo.

— Como você está?

— Com saudades e ansiosa para sua chegada. Você já decidiu para onde irá quando chegar ao Cairo?

— Vou para o hotel e, assim que estiver instalado, tratarei da documentação para trabalhar e procurarei um apartamento, não quero ir para a casa do Amir, preciso ter um espaço para mim. A adaptação será melhor. Conto com você para me ajudar.

— Você conversou com seus tios? Eles não se opuseram à sua mudança?

— Meu amor, quando eu chegar aí, terei muito para falar com você sobre eles. Foram novas verdades, novas histórias, explicação para velhas mentiras, não quero aborrecê-la com isso. Como está seu pai?

— Ele teve uma ligeira melhora, mas ainda está sedado. O doutor William está diminuindo a sedação aos poucos.

— Você tem ido trabalhar?

— Sim, os pacientes estão voltando, estou ajudando o Rogério, você me faz muita falta.

— Você também, estou ansioso para encontrá-la. Viajo depois de amanhã.

— Vou preparar um jantar especial para nós.

— Estaremos juntos e não nos separaremos mais.

— É muito bom ouvir você dizer essas palavras. As horas custam a passar, mas saber que você logo estará aqui me deixa muito feliz.

— Meu amor, vou desligar, porque agora que me dei conta da hora.

— Não tem problema, eu estava acordada esperando sua ligação. Amanhã, não farei plantão no hospital, podemos conversar mais um pouco.

Raul e Mariah continuaram a conversar, ele encontrava nela compreensão e carinho e, sem saber exatamente o porquê, tinha certeza de que seriam felizes.

༺───༻

Ângelo chegou em casa e encontrou a esposa à sua espera:

— Você demorou. Aconteceu alguma coisa?

— Não, eu conversei com ele e depois rodei pela cidade. Precisava pensar, parei em frente ao cemitério onde papai está enterrado e achei que ali seria o lugar certo. Fazia tempo que eu não ia até lá.

— O lugar certo? Não estou entendendo.

— Gui, sempre que vou ao cemitério, converso com ele. Para isso, preciso estar sozinho. Faço uma oração e penso em tudo que diria a ele se estivesse vivo. Não me olhe assim, não fico falando alto com as paredes.

— Desculpe, mas achei isso tão estranho.

— Pode parecer estranho, mas, uma vez, um amigo me disse que fazia isso quando estava com algum problema e não sabia o que fazer. Segundo ele, a calma que sentia o fazia pensar com clareza nas decisões a tomar.

— Você foi até a sepultura dele?

— Não, o cemitério estava fechado, mas em pensamento disse a ele que me arrependo muito de tê-lo ajudado. Pedi que me perdoasse por não manter a promessa, mas essa situação precisava ter um fim. O Raul tem direito de viver a vida que escolheu e ser feliz.

— Ele vai embora mesmo?

— Sim, ele embarcará depois de amanhã para o Cairo.

— Será que conseguiremos vê-lo no aeroporto?

— Talvez, vou ligar e me informar do horário do voo, não devem ser muitos, acho que será fácil localizá-lo.

— Obrigada, Ângelo. Agora vou me deitar, todas essas emoções mexeram muito comigo.

— Descanse, Gui, vou procurar o horário do voo, e iremos juntos ao aeroporto.

Dois dias depois...

— Ângelo, estou tentando falar com você há horas, aconteceu alguma coisa?

— Não, tia Dirce, fomos ao aeroporto para nos despedirmos do Raul.

— Como ele está?

— Aborrecido comigo, mas tratou Guilhermina com muito carinho. Comigo ele foi frio, mas entendo que tem motivos para isso. Eu não devia ter atendido meu pai.

— Paulo fez o que achou melhor, e Raul tem que entender.

— Eu não entendo a senhora. Papai abandonou Amália no Cairo, praticamente sequestrou Raul, escondeu essa verdade de todos nós, e a senhora o defende?

— Ele fez o que achou melhor para a família, Amália não devia ter agido daquela forma. Ela não tinha esse direito.

— Que direito, tia? Ela não tinha o direito de ser feliz? Pelo que eu li no diário da mamãe, pela atitude do papai mandando um detetive à procura dela, ele sabia onde ela estava e esperou até onde pôde para trazer o neto para casa. Ele só estava interessado na criança.

— Você não pode julgá-lo.

— Posso sim, pois ele com sua maneira de cuidar da família só nos trouxe sofrimento. Olha o resultado das atitudes dele: Raul foi embora para o Cairo, Guilhermina está muito abatida com a partida do filho, e eu estou carregando todo o peso dos erros dele. Por favor, tia Dirce, não vamos prolongar essa conversa.

— Está bem, como você quiser. Até logo.

Ângelo ficou olhando para o telefone e não percebeu a entrada da esposa.

— Aconteceu mais alguma coisa? Você está olhando para o telefone com uma expressão muito séria.

— Acabei de discutir com tia Dirce. Ela defende o papai e acha que o Raul tem que entender e aceitar. Ela não consegue perceber o mal que fizeram à minha irmã e nem aos filhos dela.

Guilhermina aproximou-se e, colocando o braço em torno do marido, disse:

— Você errou por confiar no seu pai, mas foi honesto com Raul, comigo, você poderia ter guardado os documentos e simplesmente ter deixado que ele partisse. A verdade foi revelada, e espero que não haja mais segredos entre nós.

— Não, Gui, estou triste porque o perdemos, mas estou tranquilo porque tirei um grande peso dos meus ombros. Acredito que com o tempo nós consigamos, ou eu consiga, recuperar a amizade dele. O carinho que ele tem por você me faz bem, mesmo que não o tenha comigo.

— Vamos deixar o tempo passar, ele tem que se adaptar à nova vida. Um novo país, uma jovem por quem ele está apaixonado, uma nova família, ele tem muita coisa com que se preocupar. Quando ele me enviar o endereço, eu lhe avisarei e, assim que possível, vamos até lá. Acho que será bom conhecermos a família dele e tentarmos conviver bem com eles.

— Você está certa. Agora vou para o escritório. Você ficará bem?

— Sim, vou descansar um pouco e espero você para jantarmos.

— Gui, eu amo você, por favor, nunca duvide disso, você é a mulher com quem eu decidi viver toda a minha vida, não se afaste de mim.

Abraçando o marido, ela respondeu:

— Também amo você, toda essa história mexeu muito comigo, mas não mudou o que sinto. Vamos seguir com nossa vida, mas, por favor, nunca mais esconda nada, ou eu não serei capaz de perdoá-lo.

Ângelo beijou a esposa demonstrando todo o amor que sentia por ela. Sabia que seu erro quase lhe custara perder a mulher amada e prometeu a si mesmo não seguir os caminhos trilhados pelo pai que, acreditando estar fazendo o melhor pela família, quase a destruiu.

⁂

— Rogério, você está ocupado?

— Não, Mariah. Aconteceu alguma coisa?

— Eu preciso ir ao apartamento do meu pai procurar alguns documentos que possam ajudar o doutor William na sindicância. Ele me pediu que verificasse se tem algo nas coisas dele que possa ajudar nas investigações.

— Mariah, ele não devia ter pedido isso a você. Se encontrar alguma coisa contra seu pai, você entregará a ele?

— Rogério, preciso descobrir o que aconteceu com a minha mãe. Se encontrarmos alguma coisa na casa dele, decidirei o que fazer depois. Você pode ir até lá comigo?

— Raul chegará a que horas?

— Ele só chegará às vinte e duas horas, terminei meu plantão e sei que você terminou o seu.

— Está bem, irei com você. Mas me prometa que, aconteça o que acontecer, você vai primeiro falar com seu pai para depois entregar qualquer tipo de documento para o diretor do hospital.

— Está bem, Rogério, agora vamos.

No apartamento do doutor Adalberto, Mariah e Rogério olharam documentos, papéis, pastas e, quando estavam dando a busca por encerrada, ela encontrou uma pasta com recortes de jornais e uma carta assinada por Paulo Albuquerque.

— Paulo Albuquerque deve ser o avô do Raul. Na carta, diz como se conheceram?

— Sim, Rogério, ele estava vigiando a filha, e um médico amigo dele pediu que procurasse pelo meu pai para ajudá-lo.

— Tem o nome desse médico na carta?

— Olavo Z. Martins.

— Mariah, o doutor Marcelo chama-se Marcelo Zafir Martins.

— Então, foi assim que ele descobriu essa história e estava chantageando papai.

— Provavelmente, mas ele tem a minha idade, então, teremos de investigar como ficou sabendo do que seu pai fez. Você entregará essa pasta para William?

— Não, Rogério, vou falar com o Raul primeiro e, quem sabe, meu pai possa nos explicar o que houve. Ele está começando a reagir, acredito que em breve sairá do coma.

— Você vai procurar nos arquivos do consultório também? — perguntou o médico.

— A sala dele está fechada, e a chave está com o doutor William. Talvez seja melhor esperar. O que você acha?

— Vou tentar pegar a chave com o William e aviso você — decidiu Rogério.

— Você vai jantar em casa?

— Não, vou encontrar o Alê e jantaremos com a família dele.

— Que bom. Ele fez as pazes com os pais?

— Sim, vamos ver o que acontecerá hoje. Nunca fui apresentado à família de um namorado. Acha que devo me preocupar?

Rindo, Mariah respondeu:

— Não faça essa cara de apavorado, você não é assim. Sua autenticidade cativa as pessoas, tenho certeza de que você se sairá bem.

— Tomara que você esteja certa, não quero estragar esse momento tão importante para o Alexandre. Ele é muito importante para mim.

— Então, vá em frente, seja você mesmo, e tudo ficará bem.

— Obrigado, Mariah. Agora vamos, vou deixá-la na sua casa.

※

— Rogério, meu filho, você vai sair?

— Sim, mamãe, vou encontrar o Alê e a família dele.

— Você não me disse que eles estavam aqui.

— Desculpe, nessa correria esqueci de avisá-la. Você gostaria de conhecê-los?

— Se for possível, sim. Eu achei que você iria na reunião na casa de Adônis.

— Não, mamãe, ele está se preparando para viajar para o Brasil, só nos reuniremos quando ele retornar.

— Aconteceu alguma coisa para ele ter de viajar?

— A pessoa que arrendou a fazenda dele morreu, ele precisa resolver o que fazer e quer rever uns parentes. Não houve nenhum problema. Tranquilize essa cabecinha, dona Silvana, estamos todos bem.

— Hum! Espero que sim, às vezes, acho que você não me conta tudo o que está acontecendo com você.

Abraçando a mãe, Rogério respondeu:

— Mamãe, conto tudo para você, menos as coisas chatas. Pra quê vou aborrecer essa linda cabecinha branca? Não fique acordada me esperando, talvez eu não volte para casa.

— Está bem, meu filho, cuide-se e dê um beijo no Alexandre.

— Darei sim, mamãe. Até mais.
— Até logo, meu filho. Deus o acompanhe.

Quando Rogério e Alexandre chegaram ao hotel, encontraram Regina e Mauro esperando por eles. Depois de feitas as apresentações, Mauro sugeriu que fossem ao bar do hotel enquanto aguardavam os sogros. Pediram um aperitivo local, e Rogério sugeriu que em vez de tomarem uma bebida alcoólica, experimentassem o chá de hortelã gelado.

Alexandre argumentou:
— É uma excelente ideia. Vocês ainda não experimentaram?
— Não, cunhado, pensei em tomarmos um vinho.
— Mauro, vamos deixar para o jantar. Regina, cadê nossos pais?
— Eles já vêm. Papai está resolvendo alguma coisa com o advogado da empresa.

Mauro perguntou:
— Rogério, você vive aqui há muito tempo?
— Sim, quando meus pais vieram para cá, eu era muito pequeno. Meu pai era funcionário de uma construtora grande, veio para trabalhar na construção de uma estrada, e acabamos ficando por aqui.

Regina admitiu:
— Não sabia que havia brasileiros trabalhando aqui.

Alexandre completou:
— Tem sim, mana. Esta cidade tem gente de todo lugar: brasileiros, americanos, europeus, é uma cidade cosmopolita.

A conversa foi interrompida com a chegada dos pais de Alexandre. Eles cumprimentaram o filho, e este, olhando fixamente para os pais, apresentou Rogério:
— Este é meu namorado doutor Rogério de Alencar.
— Por favor, sem o doutor, apenas Rogério. Estou muito contente de conhecê-los, sei o quanto são importantes na vida do Alê e também a falta que fizeram a ele.

Augusto respondeu:
— Perdoe-me se me comportar de maneira pouco adequada, é tudo muito estranho para mim. Não quero ser indelicado, mas ainda me assusta o relacionamento de vocês.

— Senhor Augusto, não se preocupe, não faremos nada que possa causar constrangimento ao senhor e à sua esposa. Vamos nos conhecer como qualquer pessoa. Tenho certeza de que nos daremos bem.

Sônia disse:

— Rogério, sei que você faz meu filho feliz, ele falou muito de você. Obrigada por estar com ele e por nos compreender.

Com sua alegria habitual, Rogério declarou:

— Então vamos aproveitar e conhecer o Cairo, não quero ver ninguém em lágrimas, pressão subindo, hoje estou de folga.

Todos riram e decidiram jantar no restaurante do hotel. Rogério e Alexandre sugeriram que experimentassem a comida local e orientou-os explicando do que era feito cada prato.

Após o jantar, Augusto elogiou a escolha e perguntou:

— Rogério, você não me parece estranho. Sua família toda mora aqui?

— Não, meu pai era engenheiro e veio para cá construir uma estrada. Na época, eu e mamãe viemos juntos. Os irmãos do meu pai moram no Brasil. Ele faleceu há muito tempo.

— Como era o nome dele?

— Henrique Alencar. O senhor o conheceu?

— Conheci. Você tem um tio chamado Luiz Antônio?

— Sim, era o irmão mais velho do meu pai, não tenho notícias da família, mas acredito que ele esteja vivo.

— Está, eu estudei engenharia com ele. Eram quatro irmãos: Luiz Antônio, Henrique, Carlos e Eduardo.

— Isso mesmo. Depois que viemos para cá, meu pai distanciou-se da família e, com o falecimento dele, mamãe não os procurou mais. O tio Eduardo esteve aqui acreditando que tínhamos bens, não era o caso. Eu já estava formado e meu pai não deixou nenhuma herança. Assim, depois de uma pequena discussão, ele foi embora e não tivemos mais notícias da família. Mamãe era filha única e, quando viemos para o Cairo, os pais dela já haviam falecido.

— Luiz Antônio está bem colocado, trabalha numa construtora no Brasil, os outros dois, eu não sei. Se você quiser, posso conseguir notícias.

— Não se preocupe com isso, senhor Augusto. Estamos longe da família há mais de quarenta anos, então, procurá-los agora não faz sentido. Podem achar que estou atrás de algum benefício financeiro. Eu trabalho no hospital, ganho bem, não preciso de nada.

— E sua mãe?

— Mamãe está com setenta anos, goza de boa saúde, e eu faço tudo por ela. Não precisamos de nada.

— Não tem vontade de voltar para o Brasil?

— Sinceramente, não. Acabei me tornando um cidadão egípcio, não me naturalizei, mas gosto dos costumes daqui, minha vida é toda aqui.

— E, você, meu filho? Não gostaria de voltar para o Brasil?

— Não, pai, estou bem aqui. Minha posição financeira é igual a do Rogério, tenho um trabalho que me dá muito prazer, tenho amigos, não tenho problema de comunicação com o pessoal daqui.

Regina, que até então só ouvia, perguntou:

— E quanto a religião? Vocês seguem alguma?

— Regina, nós estudamos espiritualidade com um casal amigo nosso. Nos reunimos a cada quinze dias. A doutrina espírita nos ajudou a entender um pouco melhor a vida.

Rogério completou:

— Como o Alexandre falou, aqui é uma cidade cosmopolita, várias línguas, várias religiões, não encontramos dificuldade em seguir o que temos no coração.

— Eu achei que aqui predominava a religião muçulmana e tudo o mais fosse proibido.

— Não é assim não, mana, temos liberdade para seguir o que entendemos ser melhor para nós e, claro, sem ofender ou criticar quem segue outra religião ou doutrina. Há espaço para todos. Tem algumas pessoas mais radicais, mas as tratamos com respeito e não ficamos divulgando nossos ensinamentos. Quando surge uma oportunidade de ajudar alguém, sim, mas é só. Não saímos pregando por aí.

Mauro argumentou:

— Eu acho que muitas notícias que são divulgadas não mostram a realidade do país, e sim de alguns lugares, onde acontecem conflitos, então fica parecendo que o país inteiro é uma confusão. Estamos aqui há pouco tempo mas, olhando para as pessoas na rua, elas têm uma vida aparentemente comum: trabalham, estudam, namoram, se casam, têm filhos.

Rogério continuou:

— Isso mesmo. Não há conflito em todo lugar. Lógico, se eu resolver maltratar alguém, por ser de fora, o revide pode ser pior do que para uma pessoa daqui, mas para que nos envolvermos em confusão? A vida é tão boa. Vocês ficarão aqui até quando?

— Meu sogro quer ir embora no início da semana, acredito que embarquemos na quarta-feira.

— Amanhã é domingo. Se quiserem, podemos levar vocês para conhecer os pontos turísticos mais visitados daqui. O que acham?

Todos concordaram e combinaram de se encontrar no dia seguinte, logo cedo, para passearem pela cidade do Cairo. Despediram-se, e Alexandre perguntou:

— Rogério, você vai para casa?

— Não, hoje vou com você. Vamos combinar aonde levaremos seus pais.

— Acho que gostaram de você. O que achou deles?

— Formais, educados, evitando assuntos que pudessem nos constranger, mas deve ser assim mesmo. O que você sentiu quando conheceu minha mãe?

Rindo, Alexandre respondeu:

— Que era tudo o que eu queria na vida. Dona Silvana é uma mãe para mim.

—Quem sabe, com o tempo, eu possa dizer o mesmo de seus pais?

— É, Rogério, quem sabe?

༺⎯༻

No hotel, Mauro e o sogro conversavam:

— Meu sogro, o senhor está bem?

— Estou, mas é muito difícil essa situação. A todo o momento me vinha a ideia de que aquele moço seguraria na mão do meu filho ou lhe daria um beijo, ou coisa parecida. Acha que estavam agindo com discrição por estarem na minha frente?

— Não, senhor Augusto. Eles são assim. Se quisessem se tocar, teriam feito. Gostei muito do doutor Rogério, pessoa franca, direta, alegre, sem amargura.

— Eu conheci os tios e o pai dele. Não perguntei, mas tenho certeza de que eles não aceitariam essa situação.

— Essa situação, meu sogro, é a vida do seu filho. Eles não são dois adolescentes, são homens adultos, sensatos, responsáveis, bons profissionais e se gostam, não dá para mudar isso.

— Mas, e a religião? Espíritas?

— Qual o problema?

— Somos católicos, não consigo imaginar meu filho mexendo com espíritos.

— Meu Deus, que ideia, espíritas não mexem com espíritos. Estudam a doutrina baseada nos ensinamentos de Allan Kardec, e o senhor, que se diz católico, cadê os ensinamentos da Igreja? O principal mandamento de Jesus para o catolicismo é "amarmos uns aos outros". Como ser católico e não aceitar o próprio filho? Por que questionar a vida que Alexandre escolheu? Ele está feliz, por que não respeitar suas escolhas?

— Mauro, você está certo, tenho muito o que aprender. Espero conseguir viver para entender tudo o que você está me dizendo.

— Meu sogro, não se prenda a velhas tradições e conceitos ultrapassados. Olhe a vida com os olhos do coração, assim tudo ficará mais leve, e o senhor será mais feliz.

— Nunca pensei ouvir isso de você, meu genro.

— Pois é, enquanto o senhor fica preso a velhas tradições, o tempo vai passando, e sua vida sendo desperdiçada. Agora eu sugiro dormirmos, amanhã teremos que nos levantar cedo.

— Vá você, meu filho, ainda vou ficar um pouquinho aqui, vou terminar esta taça de vinho, depois vou me deitar.

— Boa noite, sogro.

CAPÍTULO 16

Raul chegou no horário previsto, e Mariah estava esperando-o. Ele abraçou-a e disse:

— Como é bom voltar e encontrar você. Foram apenas alguns dias, mas custaram muito a passar.

— Você que ir para minha casa ou para um hotel?

— Podemos ir à sua casa primeiro e, de lá, eu faço uma reserva. Não quero incomodá-la.

— Você sabe que não é incômodo nenhum. Temos muito o que conversar. Em casa, ficaremos mais à vontade.

Enquanto se dirigiam à casa de Mariah, Raul contou-lhe a conversa que tivera com os tios e falou das cartas escritas pela sua mãe e do diário da avó.

— Você trouxe tudo consigo?

— Sim, não foi possível ler tudo, vou fazê-lo aqui e mostrar para meu irmão e para meu pai. Acho que eles têm direito de conhecer o que minha mãe escrevia, é uma forma de Amir conhecer um pouco da família da nossa mãe.

— Você tem razão, e eu tenho alguns recortes de jornal e uma carta do seu avô pedindo ajuda para meu pai. O doutor William pediu-me que procurasse na casa de papai algum documento que pudesse ser utilizado para resolver o problema que ele criou, mas não entreguei nada. Quero que você veja primeiro.

— Como seu pai está?

— Está saindo da sedação.

— E, você, retornou ao trabalho? Não teve nenhum problema no hospital?

— Não, Raul, meus pacientes estão voltando, as pessoas pararam de comentar, tudo está voltando ao normal. Amanhã, meu plantão é a tarde, então, não precisamos nos preocupar com o horário.

— Chegamos? O fuso horário me deixou meio zonzo.

— Durma aqui esta noite, amanhã você vai para o hotel.

— Está bem. Em vez de um hotel, talvez eu alugue um *flat*. O que você acha?

— Dona Dirce, tem uma pessoa procurando pela senhora. Disse que é seu irmão.

— Traga-o aqui, por favor.

— Adônis, há quanto tempo!

— Quarenta anos, Dirce! Como vai?

— Estou bem, com os problemas da idade, mas não tenho do que reclamar. E, você, por que veio ao Brasil depois de tantos anos?

— A pessoa que cuidava do meu sítio em Minas Gerais faleceu, precisei tomar algumas providências legais, colocar outra pessoa ali para cuidar de tudo.

Após uma pausa, Dirce decidiu ser direta:

— Por que você foi embora e não nos procurou mais?

— Dirce, você deve saber dos meus problemas com Paulo. Além disso, a mudança para o Cairo foi muito boa para mim e para minha mulher. Ela pôde estudar história antiga, como era seu desejo, e eu trabalhei em uma grande empresa de construção. Eles gostaram do meu trabalho e ainda hoje presto assessoria aos funcionários que chegam para realizar alguma obra nova.

Dirce assentiu e mudou de assunto.

— Você esteve com Raul? Como ele o tratou?

— Conversamos bastante, e eu disse a ele que, quando retornasse ao Brasil, deveria buscar um pouco mais de sua história nos documentos que Paulo tinha guardado. Além disso, ninguém melhor do que Ângelo e Guilhermina para contar os detalhes dessa trama. Você esteve com ele?

— Sim, pedi a ele que não voltasse para o Cairo, mas ele não me ouviu.

— Com razão, vocês o afastaram da família paterna. Agora ele sabe a verdade.

— Mas ele tem que entender que Paulo queria o melhor para todos.

— Todos quem, Dirce? Paulo não teve coragem de cuidar da filha, sequestrou o neto, roubando da criança o convívio com o pai e o irmão.

— Um cigano!

— O que isso importa? Ele investigou a vida da família que recebeu nossa sobrinha. Se a preocupação fosse dinheiro, ela teria sido eliminada no primeiro relatório que ele recebeu. Paulo queria puni-la por ter se libertado do domínio dele. Assim como ele tentou fazer comigo.

— Ele se preocupava conosco, com nosso futuro.

— Minha irmã, você não é ingênua como tenta parecer. Paulo queria controlar a todos nós para não dividir o patrimônio da família, que ele julgava que lhe pertencia. Bens que ficarão para os netos dele que, como você disse, são filhos de um cigano. O que adiantou tanta maldade?

— Você conhece o marido de Amália?

— Sim, conheço toda a família. Não os vejo com frequência, mas sei em que trabalham, como vivem.

— Você acredita que eles venham reivindicar os bens a que teriam direito?

— Não sei, Dirce. Se pensarmos em termos financeiros, não. O irmão do Raul trabalha com joias, e o pai trabalha para o governo em sítios arqueológicos. Dinheiro é algo que não deve preocupá-los.

— E Raul?

— Raul vai exercer a profissão que escolheu, vai se casar com uma jovem encantadora e seguirá seu destino na cidade do Cairo. Ele não foi contaminado por esse apego aos bens da família que vocês têm.

— Você veio sozinho?

— Sim, Dulce tinha alguns compromissos na universidade, e minha vinda ao Brasil para resolver meus negócios será rápida. Devo partir dentro de alguns dias.

— Você já foi a Minas?

— Sim, tenho um advogado que cuida dos meus assuntos no Brasil, ele já havia adiantado tudo o que eu precisava resolver. Vim visitá-la e vou à casa de Ângelo.

— Guilhermina está muito triste.
— Não é para menos, mas ela ficará bem.
— Como você pode ter tanta certeza?
Adônis sorriu e, levantando-se, despediu-se da irmã.
— Adeus, Dirce, procure não se prender tanto aos bens materiais e aproveitar mais a vida. Não se revolte com seu sobrinho, ao contrário, procure conhecer a família dele. Você vai se surpreender.

───

— Rogério, os pais do Alexandre já foram embora?
— Não, mãe. Alê ia levá-los para um passeio nos nossos pontos turísticos. Acredito que irão embora dentro de uns dois ou três dias. Por quê?
— Eu gostaria de conhecê-los.
— Falarei com eles mais tarde. Quer jantar conosco?
— Não, você sabe que não gosto de sair de casa, combine um lanche aqui em casa, amanhã ou depois.
— Dona Silvana, o que a senhora está tramando?
— Nada, meu filho, quero apenas conhecê-los. Só isso.
— Está bem. Falarei com o Alê mais tarde e lhe aviso para que providencie tudo. Quer que eu faça alguma coisa?
Abraçando o filho, ela respondeu:
— Não, querido, quero apenas que você esteja aqui.
— Mas vai dar trabalho. Prometa que encomendará tudo.
— Se isso o deixa mais tranquilo, eu prometo. O chá eu mesma preparo. Está bem assim?
— Está ótimo, mamãe. Agora me dê um beijo que preciso ir, estou atrasado para o meu plantão.

───

Quando chegou ao hospital, Rogério foi chamado ao escritório do doutor William:
— Bom dia, William. Quer falar comigo?
— Sim, Rogério, conversei ontem com o tio do doutor Raul, o senhor Joseph. Ele disse-me que falou com familiares do rapaz que teve o rim retirado pelo Adalberto, e eles não têm interesse em fazer nada

contra o hospital. Foi um momento muito doloroso para todos a morte do jovem e, logo em seguida, a morte da mãe da doutora Mariah, a senhora Sofia. Não querem reviver esse drama.

— Você me chamou aqui para fazer esse comunicado?

— Não, quero que você acompanhe a investigação que estou fazendo. O pai do doutor Raul não quer levar o caso adiante, a família do jovem e da senhora Sofia também não. Então não haverá o que fazer a não ser conversar com o doutor Adalberto quando ele estiver em condição de fazê-lo. Uma coisa me intriga, por que ele aceitou a chantagem?

— Adalberto é um homem muito orgulhoso, e quem o chantageou sabia disso. Acredito que ele não imaginava que ninguém o processaria.

— Eles podem não processá-lo, mas nossa diretoria quer encaminhar esses documentos ao Conselho de Medicina. Querem que Adalberto seja julgado pelo atos cometidos no hospital, que são muito graves. Se quem o chantageou esperava tirar alguma vantagem, perdeu tempo, e nós precisamos descobrir quem é essa pessoa. Sabe se a doutora Mariah encontrou algum outro documento ou indício que comprometa o pai?

— Não sei, é melhor você conversar com ela. Sabe, William, nada fica impune perante as leis de Deus.

— Acredita mesmo nisso?

— Sim, o universo é perfeito, mas deixa a cargo do ser humano seguir os desígnios de Deus ou usar seu livre-arbítrio para decidir que caminho seguir. Toda arrogância e prepotência do Adalberto o levou aonde? Pode ficar inválido, terá que ser cuidado por um enfermeiro, talvez não possa acompanhar a vida da filha, curtir os netos e, com certeza, não voltará a trabalhar.

— Não sabia que você é religioso.

— Não sou religioso, estudo a espiritualidade e, uma coisa é certa: tudo o que fazemos retorna de uma forma ou de outra, se plantamos sementes do bem, colheremos coisas boas, se fizermos o contrário, colheremos coisas ruins. Sinto pela Mariah que, provavelmente, irá cuidar do pai, mas eu pretendo ajudá-la no que for possível para que ela não deixe de viver sua vida ao lado do Raul.

— O relacionamento deles é sério?

— Sim, ele retornou ontem. Você vai contratá-lo?

— Acha prudente que ele trabalhe conosco? Nossas suspeitas recaem sobre o doutor Marcelo, que pode criar problemas para ele.

— Não acredito que Marcelo faça algo contra o Raul e, de qualquer maneira, nós ficaremos de olho nele. Se conseguirmos provar que era ele quem fazia a chantagem, você pode demiti-lo. Não devemos perder um médico com o currículo que Raul tem porque um colega não gosta dele.

— Você tem razão. Pedirei a ele que venha conversar comigo e acertaremos tudo.

— Muito bem, William, ainda precisa de mim?

— Não, Rogério, pode cuidar dos seus afazeres. Só mais uma pergunta, você disse que estuda a espiritualidade, com quem você faz esse estudo?

— Tenho um grupo de amigos que se reúne a cada quinze dias para estudar. Você está interessado?

— Estou sim. Acha que os participantes me receberiam?

— Com certeza. Você vai gostar. O coordenador do nosso grupo está viajando. Assim que ele retornar, nos reuniremos, e eu o avisarei.

— Obrigado, Rogério. Até mais.

— Até.

Já era noite quando Alexandre retornou ao hotel com a família.

— Gostaram do passeio?

Sônia respondeu:

— Foi ótimo, meu filho, estou encantada. Acha que seria possível passarmos uma noite no deserto como aquele rapaz sugeriu?

— Sim, esse passeio inclusive faz parte dos pacotes turísticos oferecidos pelas agências de viagens. Tenho certeza de que vocês vão gostar. Adiem a viagem por mais alguns dias. Assim podem visitar o sítio em que trabalho.

— Não vamos atrapalhar?

— Não, papai, eu falo com o senhor Omar. Tenho certeza de que ele gostará de mostrar-lhes nossas escavações.

— Não tem perigo?

— Não, Regina, você não está num filme sobre múmias e relíquias.

Todos riram e combinaram que tentariam alterar a data de retorno ao Brasil para aproveitar mais alguns dias no Cairo.

Saindo dali, Alexandre foi encontrar-se com Rogério.

— Como foi o dia? — perguntou Rogério.

— Estou morto, eles não se cansam, olham tudo, perguntam tudo, estão decididos a adiar a volta para o Brasil para conhecerem o sítio. Querem passar uma noite no deserto.

— Que maravilha! Fico feliz que eles fiquem mais alguns dias. Mamãe convidou-os para um lanche em nossa casa.

— Dona Silvana sempre carinhosa, vamos sim. Amanhã, eu vejo o que decidiram, e combinamos uma data. Que cheiro é esse?

— Estou fazendo um macarrão com uma receita de molho italiano.

— Você cozinhando? Rogério, que novidade é essa?

Rindo, Rogério respondeu:

— Tem uma nova cozinheira no hospital. Quando está de folga, ela prepara molhos sob encomenda. Achei que você gostaria de chegar e encontrar o jantar pronto.

— Mas você não está cansado? — preocupou-se Alexandre.

Colocando o braço sobre o ombro do namorado, Rogério explicou:

— Hoje o plantão foi tranquilo. Venha comigo para a cozinha e te conto as novidades.

❦

— Guilhermina, tio Adônis chegou.

— Como vai o senhor? Fez boa viagem?

— Estou bem, e a viagem foi bem tranquila. Estou contente de estar aqui e poder conversar com vocês antes de retornar ao Cairo.

Ângelo perguntou:

— O senhor já resolveu todas as suas questões aqui no Brasil? Achei que ficaria mais tempo aqui conosco.

— Meu advogado cuidou de tudo. Quando cheguei, visitei a fazenda, conheci o novo administrador, já resolvemos como será feita a prestação de contas, enfim, todas as questões referentes a esse assunto estão resolvidas. Quis ficar mais alguns dias para rever minha irmã e conversar com vocês. Afinal, é a primeira vez que nos encontramos pessoalmente.

— Por que o senhor não nos procurou depois que meu pai morreu?

— Porque minha vida estava organizada no Cairo. Eu e seu pai tivemos alguns problemas, ele não me compreendia, então achei melhor me afastar.

— O senhor conheceu Amália?

— Eu a vi quando era muito pequena e você era um bebê. Paulo tinha um temperamento forte, queria substituir meu pai, seu avô, não acompanhou a evolução do mundo.

Guilhermina tornou:

— O senhor sabia o que estava acontecendo com Amália?

— Não. Quando soube o que ele tinha feito, ela já havia falecido. Eu não sabia que havia outra criança. Soube anos depois por intermédio de um amigo, numa situação que eu não poderia interferir. Eu confio na vida e no poder de Deus, nada acontece sem que Ele saiba. Nosso destino é traçado antes do nosso nascimento, vivemos situações que fazem nosso espírito evoluir. Os irmãos cresceram separados, conheceram culturas diferentes e assim terão condições de se ajudar mutuamente. Você viveu a maternidade cuidando de um sobrinho, ele a ama como a uma mãe. Nunca duvide disso.

Com lágrimas que não conseguia conter, Guilhermina respondeu:

— Ele me ama, mas foi embora, preferiu viver com outras pessoas e em um lugar desconhecido, cuidei dele com tanto carinho e agora fui abandonada.

— Não fique assim, Gui. Ele vai entrar em contato conosco, fará uma experiência lá e um dia poderá voltar. O senhor não concorda comigo?

Olhando-os com semblante carinhoso, Adônis respondeu:

— Ele vai viver com a família dele, vai sentir saudades de vocês, tenho certeza, mas o destino dele é lá. Vocês não devem sofrer por ele ou desejar que ele não se adapte e volte para o Brasil. Procurem entender o sentimento de Raul e o sofrimento do pai dele. Omar perdeu a esposa que amava e o crescimento de um de seus filhos por intolerância do meu irmão. Agora que se reencontraram, vão procurar recuperar o tempo perdido. Mas Raul não vai mudar, estará em contato com vocês. Deem a ele um tempo para se adaptar à vida nova. Procurem conhecer a família dele no Cairo. Tenho certeza de que vocês se darão muito bem com eles.

— Será? Me parece que os costumes deles são muito diferentes dos nossos.

— Ângelo, não seja preconceituoso como seu pai. Procure conhecê-los sem julgá-los. Vá ao Egito, você verá que é um país com uma cultura milenar, vai conviver com pessoas de costumes e religiões diferentes, será um aprendizado muito importante para você e para sua esposa. E o mais importante: estarão junto do filho que a vida deu para vocês criarem.

— Meus negócios estão todos aqui, não posso simplesmente largar tudo na mão de um advogado como o senhor fez. Preciso estar à frente de tudo.

Guilhermina não se conteve:

— Você não pode deixar os negócios, mas eu posso deixar você. Senhor Adônis, quando o senhor partirá? Vou providenciar minha documentação e, se possível, partiremos juntos.

— Gui, você enlouqueceu?

— Não, não enlouqueci, só não quero me afastar do meu filho. Você sempre colocou os negócios em primeiro lugar, cansei disso. Não vou abandonar o Raul. Não preciso que você me sustente, sabe bem disso, então posso ir aonde eu quiser. O senhor permitiria que eu o acompanhasse?

— Perfeitamente, mas não precisam se desentender por esse motivo. Ficarei no Brasil mais uns dias, e voltaremos a conversar. Vocês sabem onde estou hospedado. Se tiver alguma dificuldade com a documentação para entrada no Egito, posso ajudá-los. Pensem bem, conversem e, depois que se decidirem, me procurem, não vou partir sem saber o que resolveram.

— Tio Adônis tem razão. Gui, vamos conversar com calma e resolveremos o que fazer. Vamos jantar?

O jantar transcorreu com tranquilidade. Ângelo e Guilhermina fizeram muitas perguntas sobre o Egito, a cidade do Cairo e o deserto. Adônis tentava descrever da melhor maneira possível as belezas do país que o acolheu quando jovem. Tarde da noite, ele despediu-se, e Ângelo fez questão de acompanhá-lo ao hotel e não deixou de perguntar-lhe porque insistiu para que fossem ao Egito.

— Meu sobrinho, você me lembra muito seu pai. Ele era dominador, e minha cunhada sofreu muito. Ficou longe da filha, dos netos, morreu sem poder falar o que lhe ia na alma. Não faça isso com sua esposa. Nós dois sabemos que um bom administrador dá conta dos negócios da família. Depois, vocês não vão se mudar para o Egito, vão conhecer o lugar onde Raul estará vivendo. O que você sente por ele? Qual o sentimento que ele desperta em você?

— Não sei explicar, tio. Guilhermina ama o Raul como se ele fosse um filho de sangue. Eu só consigo pensar no sofrimento que aquele cigano causou à minha família. Ele deveria ter tido mais responsabilidade e não ter fugido com minha irmã como ele fez. Eu tinha tantos planos para mim e foram todos postos de lado, pois papai só pensava em Amália, nunca se importou com meus sentimentos, com minha vida, com o que eu queria para mim.

— Eu calculo que você tenha uns cinquenta anos.

— Cinquenta e cinco. Mas o que tem isso?

— Você vai continuar a permitir que a vontade do seu pai se sobreponha à sua?

— O que o senhor quer dizer com isso?

— Você está amargurado porque queria viver de acordo com sua vontade, com seus sonhos, e, no entanto, a fuga da sua irmã frustrou todos eles, você precisou cuidar do filho dela e se lembrar todos os dias de que ele era responsável pelos seus desejos não realizados, mas em nenhum momento você deixou os negócios de seu pai de lado e foi viver sua vida. Você poderia ter dito não ao Paulo, mas não o fez. Por quê?

Com a voz embargada, Ângelo respondeu:

— Ele sempre admirou Amália por sua beleza, sua delicadeza, eu era sempre posto de lado.

— Você consegue perceber que ele o pôs de lado e você ficou aonde ele o deixou? Ele morreu e você continuou de lado. Podemos continuar essa conversa noite adentro ou podemos retomá-la amanhã. Você precisa olhar para dentro de você e decidir como quer continuar vivendo. Não tome nenhuma decisão precipitada, podemos continuar essa conversa sem envolver mais ninguém. Claro, se você quiser continuá-la.

Já recomposto, Ângelo concordou:

— Eu não sei o que aconteceu, nunca falei sobre isso com ninguém. O que houve aqui?

— Você está esgotado. Sabe, todos nós temos uma alma e, quando não fazemos o que gostamos ou o que nos agrada, vamos sufocando-a, até que um dia ela se revolta e nos obriga a viver. É só isso. O medo do abandono nos faz sufocar nossos desejos, nossa vontade. Para agradar seu pai, você fez tudo o que ele queria, não parou para impor sua vontade, para dizer-lhe que estava errado, todos esses sentimentos ficaram guardados dentro de você. A partida do Raul e a decisão de sua esposa de deixá-lo para ir atrás do filho afloraram esses sentimentos, o medo de perdê-la trouxe novamente a sensação de perda que você viveu com seu pai e a culpa por não ter protegido sua irmã.

— Por que eu deveria protegê-la?

— Porque você sabia que seu pai não permitiria esse namoro.

— Mas eu não tinha conhecimento de tudo o que estava acontecendo.

— Talvez não, mas quando soube, aceitou cuidar da criança sabendo que o pai de Raul estava desesperado em busca do filho, você não fez nada. Aceitou os argumentos de Paulo e deixou o tempo passar.

— Do jeito que o senhor fala, sou culpado pelo sofrimento de Raul, do pai dele e de Guilhermina. Eu era muito jovem, dependia do meu pai, não podia desafiá-lo. O senhor não estava aqui, não sabe como era viver com ele.

— Ângelo, não estou criticando você. Sei muito bem como ele era. Estou conversando com você para que possa ver que pode mudar essa situação, que pode viver os seus sonhos junto com a mulher que você ama, que pode enxergar que Raul não tem culpa dos atos de Paulo. Vá para casa, converse com Guilhermina como conversou comigo, exponha seus medos a ela, verá que a vida ficará mais leve e, juntos, vocês encontrarão uma forma de viver em paz. Se você não fizer isso, ela vai embora para o Cairo, e você vai perdê-la.

Sem saber o que responder, Ângelo despediu-se de Adônis com um aperto de mão e um aceno de cabeça. No carro, enquanto dirigia de volta para casa, pensava em tudo que havia dito e ouvido. Reconhecia que o tio tinha razão em muita coisa, mas, como abrir-se com Guilhermina? Como dizer a ela como se sentia com relação a Raul? Chegando em casa e vendo o adiantado da hora, imaginou que a esposa estivesse dormindo, demonstrou surpresa ao ver que ela estava esperando-o.

— Ângelo, precisamos conversar.

— Não pode ser amanhã? Estou com dor de cabeça, e é muito tarde.

— Está bem, vou respeitar sua dor de cabeça e amanhã conversaremos.

— Obrigado, Gui, boa noite.

Na manhã seguinte...

— Bom dia, Guilhermina, você acordou cedo.

— Não dormi bem, precisamos conversar sobre a viagem que quero fazer.

— Eu não quero que você viaje agora. Vamos esperar mais alguns meses para que eu possa organizar os negócios e viajamos juntos. O que você acha?

— Ângelo, vou esperar um mês apenas. Depois viajarei com ou sem você. Preciso conversar com seu tio sobre esse adiamento.

— Não se preocupe, falarei com ele.

— Você chegou tarde ontem. Ficaram conversando?

— Sim, falamos sobre uma série de assuntos, nada muito importante.

— Você vai para o escritório agora? Eu vou sair para fazer compras.

— Não vou sair agora, pode ir tranquila, vou terminar meu café e conversarei com tio Adônis.

— Está bem, até logo.

Ângelo permaneceu sentado olhando para um ponto distante, recordou-se da conversa com o tio e não se conformou com o que ele havia dito. Recordou-se dos projetos que acalentava quando terminou a faculdade. Ele e Guilhermina tinham planos de um trabalho em conjunto, mas a chegada de Raul desfez todos eles. Seu pai lhe impôs o trabalho na fábrica, obrigou-o a cuidar dos imóveis que possuíam, das ações e, em vez de trabalhar com construção naval, como era seu sonho, passou a ser secretário do pai na administração dos bens da família. Lembrava-se da ordem recebida: "se você não fizer o que estou mandando, não terá como sustentar sua família. Não vou permitir que meu filho vá trabalhar de empregado quando pode ser o patrão."

A ideia do tio parecia tentadora, mas não se sentia disposto a abrir mão do conforto em que vivia para realizar um sonho de juventude. Não tinha com quem falar, tia Dirce ficaria horrorizada se ele expusesse seus planos a ela, Guilhermina talvez se animasse, mas, antes, teriam que viajar para o Egito, e ele precisaria colocar alguém no comando do escritório.

O toque do telefone tirou-o de seus devaneios:

— Ângelo, bom dia, é Estela.

— Bom dia, Estela, como vai?

— Estou bem, soube que o Adônis está aqui em São Paulo. Pode me dizer onde está hospedado?

— Ele está no Caesar. Aconteceu alguma coisa? Eu não sabia que vocês se conheciam?

— Nos conhecemos na época da faculdade. Dirce nos apresentou, depois ele foi embora, e eu nunca mais soube dele. Ontem, soube que ele estava aqui. Sabe quanto tempo ele pretende ficar no Brasil?

— Não sei, Estela, mas não deve ser muito tempo. O objetivo principal da viagem dele já foi resolvido. Acredito que mais dois ou três dias.

— Vou ligar para o hotel e tentar falar com ele. Obrigada, Ângelo, tenha um bom dia.

— Bom dia para você também, Estela.

CAPÍTULO 17

— Doutor William, o doutor Raul Albuquerque está aqui e deseja vê-lo.

— Pode mandá-lo entrar, Sandra.

— Bom dia, doutor William, que bom que pôde me receber, cheguei ontem e resolvi procurá-lo para conversarmos sobre meu trabalho no hospital. Caso não haja interesse na minha contratação, vou encaminhar meu currículo para outros hospitais aqui da região. Já entrei em contato com o Conselho de Medicina para as providências necessárias para que eu possa trabalhar aqui no Cairo.

— Raul, quero que você trabalhe conosco, estamos precisando de médicos plantonistas no hospital, mas primeiro quero conversar com você sobre o doutor Adalberto e o doutor Marcelo Zafir.

— Eu imaginei que falaríamos sobre eles e também sobre meu relacionamento com Mariah.

— A doutora Mariah retornou às suas atividades, e conversei com o conselho administrativo explicando-lhes que não cabe a ela nenhuma responsabilidade sobre os atos do pai. O número de pacientes que ela atende tem crescido e não tem havido mais comentários sobre os incidentes que aconteceram aqui. Minha preocupação é o que você pensa fazer com as atitudes do doutor Adalberto, que envolvem sua família. Soube por seu tio que seu pai não pretende processar o hospital nem fazer qualquer acusação contra ele.

— Eu ainda não vi meu pai, vou fazê-lo quando sair daqui, mas se vocês já conversaram, o que minha família decidir estará bem para mim.

Não vou fazer nada contra ele, pretendo me casar com a Mariah, não seremos amigos, mas não vou difamá-lo ou ficar acusando-o do que foi feito no passado. Afinal de contas, meu avô foi o maior responsável por tudo o que aconteceu. O que eu tinha que dizer a Adalberto já foi dito.

— E quanto ao doutor Marcelo?

— O doutor Marcelo fez uma ameaça que atingiria Mariah caso eu não ficasse definitivamente no Brasil. Não sei o que ele pretende.

— Eu não soube disso.

— Eu falei com o Rogério e com o tio Joseph. Eles ficaram de observar e protegê-la. Agora que estou aqui, vamos ver como ele se comporta. Ele diz que ela foi prometida a ele em casamento, como é o costume cigano. Mariah e meu irmão me disseram que esse costume não é mais usado, e, de qualquer forma, ele não é cigano.

— Você acha que ele poderia estar chantageando o Adalberto?

— Não sei, não quero apontá-lo como chantagista, mas estamos desconfiados.

— Estamos?

— Sim, eu e o doutor Rogério.

— O Rogério me falou sobre ele, mas ainda não conseguimos provas. Você está hospedado onde?

— Estou na casa de Mariah. Eu queria a confirmação da minha colocação aqui no hospital para procurar um apartamento e me instalar com tranquilidade.

— Vou encaminhá-lo ao departamento de pessoal para apresentá-lo e, assim que o Conselho confirmar que você pode trabalhar conosco, assinará a papelada do hospital. Você acredita que levará quanto tempo?

— Eu encaminhei os documentos solicitados ao Conselho e vou aguardar as instruções dos responsáveis. Eles já marcaram a data da minha prova, assim que me autorizarem a trabalhar aqui, eu aviso você. Quanto a alugar um apartamento, ainda não falei com meu pai, mas creio que não terei problema, minha família é conhecida aqui no Cairo, embora não tenhamos o mesmo sobrenome, não vejo porque haveria algum empecilho.

— E, se mesmo assim houver algum problema, pode contar comigo.

— Obrigado, doutor William.

— Não há de quê, Raul. Venha, vou acompanhá-lo ao setor de contratação, você deixou a certidão no Conselho ou tem uma cópia com você?.

— Tem uma via aqui comigo, e o hospital tem a que foi encaminhada para cá quando autorizaram minha vinda para fazer a palestra.

Saindo do setor de contratação, Raul decidiu procurar Mariah. No caminho para a sala dela, encontrou o doutor Rogério.

— Rogério, como vai?

— Raul, que bom vê-lo. Já soube que logo será contratado.

— Não é possível esconder nada de você, não é mesmo?

— Ah, meu amigo, as paredes aqui têm olhos e ouvidos. Sabemos de tudo. Fico contente que esteja aqui conosco. Conte comigo para o que precisar.

— Obrigado, Rogério. Eu estava procurando Mariah, mas poderíamos conversar antes de eu vê-la?

— Claro, venha comigo. Vamos até minha sala, agora estou sem pacientes, poderemos conversar à vontade.

Sorrindo, Raul informou:

— Como você já deve saber, estive com o doutor William e conversamos sobre a sindicância que ele vem fazendo, minha família processar ou não o hospital e outros assuntos relacionados a ela. Ele me perguntou sobre o doutor Marcelo. Você sabe se ele voltou a incomodar Mariah?

— Acredito que não, nós não a temos deixado sozinha. Eu disse a ele que não fizesse nada contra vocês, mas não podemos, como se diz, "baixar a guarda". Mariah falou com você sobre o que encontramos na casa do pai dela?

— Ainda não, eu cheguei tarde, e conversamos sobre muitas coisas, mas não tivemos tempo de tratar sobre esse tema. Sei que tem uma carta do meu avô, mas ainda não a vi.

— Você vai se hospedar na casa dela?

— Não, vou sair agora para procurar um apartamento e depois vou visitar meu pai. Ainda não falei com ele depois que cheguei.

— Você já procurou alguma imobiliária? Se quiser, posso acompanhá-lo, só retorno ao meu plantão às quinze horas.

— Será ótimo, Mariah se ofereceu para ir comigo, mas foi chamada aqui logo cedo, por causa do pai, não quero incomodá-la.

— Ela está com ele na UTI, estão modificando a medicação, ele vem apresentando alguma melhora. Eu peço para Amália avisá-la de que estamos juntos, e depois vocês conversam.

— Ótimo, podemos ir, quero resolver tudo com a maior rapidez possível.

— Vou levá-lo a um conhecido meu, ele é quem cuida do prédio onde moro, talvez tenha até algum apartamento lá para alugar.

Os dois médicos saíram conversando, Raul estava animado, seus planos para instalar-se na cidade do Cairo estavam saindo como queria. Chegando à imobiliária, Rogério procurou o administrador do prédio em que residia e, facilmente, encontraram um apartamento mobiliado, que servia perfeitamente ao propósito de Raul.

— Muito obrigado, Rogério. Se você não tivesse vindo comigo, eu não sei se teria tanta facilidade.

— Eu moro nesse prédio há muitos anos, conheço quase todos os moradores. Você vai gostar. O apartamento tem um tamanho bom e fica perto do hospital, do prédio da Mariah, tem vários lugares para fazer compras, é ótimo. Você pegou as chaves?

— Sim, agora vou até a casa de Amir, quero ver meu pai e depois verei o apartamento. A imobiliária me deu até amanhã para decidir se gostei do apartamento, se os móveis agradam, enfim, tenho um prazo para resolver com eles se o apartamento me agrada ou não.

— Ótimo. Você quer ficar com meu carro?

— Não prefiro pegar um táxi.

— Está bem. Voltarei para o hospital, tenho certeza de que você gostará do apartamento.

— Pelas fotos que vi, também estou entusiasmado. Obrigado.

— Não precisa agradecer. Nos veremos mais tarde.

— Até mais, Rogério.

⸻

Quando Raul chegou a casa de Amir, Joseph estava esperando-o.

— Tio Joseph, como vai?

— Vou bem, e você? Como foi a viagem para o Brasil?

— Difícil, tio, minha mãe de criação ficou muito triste com minha decisão, mas eu não pretendo mudá-la. Vou trabalhar no hospital, já conversei com a diretoria e, assim que o Conselho de Medicina me liberar, iniciarei minhas atividades, estou com as chaves para ver um apartamento que pretendo alugar e, dentro de alguns dias, estarei instalado e começando vida nova. E meu pai, como está?

— Está bem. Chegou hoje pela manhã do sítio, está ansioso para vê-lo. Venha, vou levá-lo até ele.

— A casa está silenciosa.

— Amir e Miríade estão na loja, os garotos, na escola, e, seu pai, descansando.

Quando entraram no quarto, Joseph falou:

— Omar, veja quem está aqui!

Omar não respondeu, o que fez com que Raul fosse examiná-lo.

— Pai, acorde. Tio, chame uma ambulância, a respiração dele está muito fraca.

Enquanto Raul tentava reanimá-lo, prestando-lhe os primeiros socorros necessários, Joseph ficou na entrada da casa aguardando a ambulância e imediatamente telefonou para Amir contando o que acontecera.

Quando a ambulância chegou, Raul explicou o que havia feito e dirigiram-se direto para o hospital. Lá chegando, enquanto os socorristas encaminhavam Omar para o atendimento, ele procurou por Rogério que, rapidamente, foi com ele atender o paciente, pedindo a Raul que esperasse e deixasse o pessoal do hospital trabalhar.

Amir e Joseph chegaram logo em seguida.

— Raul, o que houve? Por que você não está com ele?

— Eu fiz o primeiro atendimento, agora ele está com o doutor Rogério, que me pediu para aguardar aqui.

— Mas você é o médico dele. Por que não está lá?

— Amir, a emoção pode atrapalhar o diagnóstico. Estou tão preocupado quanto você, mas sei que ele está em boas mãos. O que aconteceu para ele ficar assim? Tio Joseph disse que ele chegou pela manhã do sítio. Isso significa que ele viajou de madrugada!

— Eu não sabia disso. Achei que ele viria de manhã, fiquei fora o dia todo. Tio Joseph, o senhor viu quando ele chegou?

— Não, quem me disse que ele chegou cedo foi Miríade, depois ela saiu com os meninos, mas me disse que ele estava bem, apenas cansado e com dor de cabeça, por isso queria dormir um pouco, ela não percebeu nada de errado.

Raul, procurando acalmá-los, explicou:

— Essa ansiedade em voltar e a friagem da madrugada podem ter afetado sua pressão. A saúde dele ainda não está cem por cento. Sei que ele gosta muito do trabalho que realiza no deserto, mas o desgaste que ele sofreu quando cheguei aqui pode ter contribuído para esse mal-estar.

— Você acha que é muito grave?

— Não sei ainda. Vamos aguardar.

Rogério aproximou-se deles e tranquilizou-os:

— O senhor Omar teve uma alteração de pressão, provavelmente ele não se alimentou hoje, o que agravou o estado geral do organismo dele. Eu já estabilizei a pressão, e estamos alimentando-o com soro. Vou pedir para interná-lo, e faremos uma bateria de exames. Aparentemente, ele ainda não se recuperou da vinda do deserto. Ele parece ser muito forte, mas, na minha opinião, só aparenta. Precisamos ficar atentos a ele.

Amir explicou:

— A culpa foi minha, não deveria ter permitido que ele fosse para o sítio.

— Não se culpe, Amir, ainda bem que ele voltou e foi socorrido a tempo. A assistência inicial que Raul deu foi muito boa, e agora é só esperar que ele acorde. Ele não deve ficar sozinho. Cuidem da papelada da internação, que eu vou acompanhá-lo ao quarto.

— Amir, por favor, cuide você da internação, eu vou com o Rogério. Depois nos falamos — decidiu Raul.

— Não haverá problema como da outra vez?

Rogério respondeu:

— Não, Amir, não fazemos distinção dos pacientes que atendemos. Todas as pessoas que necessitarem serão bem atendidas aqui.

Depois de cuidar da internação do pai, Amir procurou por Raul.

— Como ele está?

— Está dormindo, precisamos aguardar que ele acorde. Está sob efeito de remédios, mas o sono é tranquilo.

— Tem certeza?

— Neste aparelho, controlamos a pressão, a pulsação e os batimentos cardíacos. Os números indicam que está tudo normal. Se houver algum problema, o aparelho avisará, e nós saberemos o que fazer.

— Vou passar a noite aqui com ele.

— Não precisa, Amir, esta noite eu fico, estou mais acostumado com o ambiente do hospital e estarei atento aos sintomas que ele apresentar. Se você puder vir amanhã cedo, aí sim, irei descansar.

— Está bem. Você chegou ontem? Por que não foi para minha casa?

— Não quis incomodá-los. Dormi na casa da Mariah e hoje vim acertar minha contratação aqui no hospital, fui a uma imobiliária alugar um apartamento e depois fui me encontrar com o papai.

— Você já alugou o apartamento?

— Ainda preciso visitar o imóvel. Estou com as chaves, mas cuidarei disso só amanhã. Vi as fotos, o apartamento é mobiliado e está em boas condições. É no prédio onde o Rogério mora.

— Papai ia preferir que você morasse conosco.

— Amir, por favor, entenda. É tudo novo para mim, preciso me adaptar. Preciso do meu espaço, conhecer a cidade, me ambientar. Estarei sempre perto, agora estou aqui. Eu disse que viria, mas preciso do meu lugar.

— Está bem, como queira. Mas conte conosco sempre.

— Obrigado. Eu trouxe algumas cartas que a nossa mãe escreveu e o diário da nossa avó. Pretendia mostrá-los a você, mas vamos esperar nosso pai melhorar.

Uma batida na porta interrompeu a conversa dos irmãos.

— Raul, o que houve?

— Oi, Mariah, meu pai passou mal, e nós o trouxemos para cá. O Rogério o atendeu, medicou e agora estamos aguardando. Vou passar a noite aqui com ele.

— Boa tarde, doutora.

— Desculpe, Amir, boa tarde, estou um pouco atordoada. Saí da UTI agora há pouco e me disseram que vocês estavam aqui.

— Como está seu pai?

— Saiu da sedação, agora precisamos aguardar que ele acorde. Creio que não vai demorar.

Os três continuaram a conversar, e, passado algum tempo, Amir sugeriu que Raul fosse jantar e depois voltasse para passar a noite com o pai, como eles haviam combinado. Raul acompanhou Mariah e contou-lhe sobre sua futura contratação e a visita ao apartamento.

— Fiquei tão empolgado com as soluções rápidas para minha vida, que fui muito tarde à casa do meu pai. Se eu tivesse chegado um pouco mais cedo, talvez ele não precisasse ser internado.

— Raul, não se culpe, você precisa se instalar aqui, não poderia adivinhar o que iria acontecer com seu pai. Pense que você chegou na hora certa. O mesmo aconteceu quando você socorreu meu pai.

— Você tem razão.

— Venha, podemos comer aqui na lanchonete do hospital. Depois vou dar uma olhada no papai e vou para casa. Você precisa de alguma coisa?

— Não, vou passar a noite aqui e, amanhã, quando o Amir chegar, vou ver o apartamento e organizar mais alguma coisa.

— Me conte como foi sua conversa com o doutor William.

— Vamos pedir um lanche primeiro e já ponho você a par de tudo o que aconteceu.

⁂

Mais tarde, retornando ao quarto do pai, Raul procurou tranquilizar Amir:

— Vá para casa e descanse. Se acontecer alguma coisa, o que não acredito, telefonarei para você. Não adianta ficarmos os dois aqui.

— A doutora Mariah já foi?

— Sim, ela foi à UTI e de lá vai para casa. Tranquilize o tio Joseph e sua esposa. Eles não tinham como saber que a pressão do papai estava alterada.

— Está bem, Raul, falarei com eles. Até amanhã.

— Até amanhã.

Algum tempo depois que Amir saiu, Rogério entrou no quarto de Omar:

— Raul, seu diagnóstico estava correto, seu pai teve um princípio de infarto.

— Depois que o socorremos, fui informado de que ele chegou cansado e com dor de cabeça, por isso foi deitar-se. Ninguém quis incomodá-lo, acreditavam que estava tudo bem.

— É, mas não estava não. Vamos medicá-lo e mantê-lo internado mais alguns dias. Os exames estão aqui, você pode examiná-los. Pedi exames de sangue e urina para verificarmos o organismo dele e, principalmente, o funcionamento dos rins. Você passará a noite aqui?

— Sim, ficarei aqui. Assim, estarei mais tranquilo. Foi difícil dispensar o Amir, mas consegui que ele fosse para casa. Amanhã, eu o ponho a par do estado de saúde do papai. Acha que ele pode acordar ainda hoje?

— É possível. Tudo depende do organismo dele. É um homem muito forte.

— Quanto a isso, não tenho dúvidas, mas sua saúde está frágil.

— É, Raul, na idade dele é preciso ter alguns cuidados, mas ele vai se recuperar. Vou dobrar o plantão e estarei no hospital. As enfermeiras sabem o que fazer e me avisarão se houver alguma intercorrência. Com você aqui no quarto, tenho certeza de que ele ficará bem.

— Obrigado, Rogério.

Raul aproximou-se da cama e olhou o pai com carinho. Recordou-se de tudo o que aconteceu desde sua chegada ao Cairo e também da conversa que tivera com os tios no Brasil. Segurando a mão do senhor, disse-lhe baixinho:

— Pai, não sou uma pessoa religiosa, não sei como fazer uma oração, mas, por favor, reaja, não deixe que a doença progrida. O sucesso do tratamento depende de você. Cheguei ontem, vim para ficar aqui com você, com meu irmão, com o tio Joseph, por favor, não me deixe agora, quero recuperar o tempo que perdemos, quero saber mais sobre minha mãe, sobre os costumes do povo cigano, sobre o que vocês dois partilharam no tempo que ficaram juntos, fique conosco.

O médico sentiu um leve aperto em sua mão, levantou o rosto e viu um sorriso no rosto do pai. Foi com dificuldade que Omar respondeu:

— Filho, você me salvou mais uma vez. Obrigado por cuidar de mim. Você vai sair?

— Não, vou passar a noite aqui, segurando a sua mão para que você durma tranquilo.

Raul sentou-se ao lado da cama e, segurando a mão de Omar, observava os aparelhos que estavam ligados a ele, temendo que a emoção lhe fosse prejudicial.

⁂

— Senhor Adônis, a senhora Estela Novaes está aqui no *lobby* do hotel à sua espera.

Surpreso, ele respondeu:

— Eu não marquei nada com ela, mas vou até aí. Por favor, peça-lhe que aguarde alguns minutos.

— Estela, como vai?

— Vou bem, e você? Há quanto tempo...

— Sim, passaram-se muitos anos. Você continua bonita como quando nos conhecemos.

— Obrigada, você sempre foi gentil.

— Vamos nos sentar ali. Quer beber alguma coisa? Um chá, um suco?

— Um suco seria ótimo.

Adônis fez o pedido e, enquanto aguardavam, eles conversaram sobre o tempo que ele esteve fora do Brasil.

— Por que você foi embora sem se despedir de mim? Tentei encontrá-lo e, quando consegui, você estava casado e morando no Cairo. O que houve?

— Estela, você sabia dos problemas com meu irmão, eu não tinha o que fazer aqui. Minha vida em Minas Gerais estava ótima, lá conheci a Dulce e encontrei paz de espírito para ser como eu era. Minha família não me aceitava, você sabia disso.

— E por isso você me abandonou também?

— Não abandonei você, éramos apenas amigos, eu não tinha por você outro sentimento que não fosse de amizade.

Estela sentiu-se ruborizar:

— Mas você poderia ter ficado aqui. Meu pai certamente o empregaria, você não dependeria do seu irmão.

— Estela, nunca dependi do meu irmão. Ele ameaçou me deserdar, caso eu não fizesse o que ele queria. Eu sabia que ele não tinha como fazê-lo. Ir embora foi a melhor coisa que me aconteceu. Desculpe se a magoei de alguma forma, mas nunca existiu da minha parte nada além de amizade por você.

— Sou eu que devo lhe pedir desculpas, estou agindo como uma colegial. Esperei tanto para vê-lo e, quando soube que você estava casado e vivendo no Egito, fiquei muito triste. Dirce me disse que você voltaria em breve, que seu casamento não tinha dado certo, eu esperei, esperei, e estou aqui falando de sentimentos que imaginei que você soubesse. Quando me disseram que você estava sozinho no Brasil, achei que você tinha vindo para ficar e renasceu em mim a esperança de que poderíamos ficar juntos.

— Estela, por favor, não sei quem lhe disse isso. Meu casamento é muito sólido, nunca tive problemas com minha esposa. Vim sozinho para cuidar da minha fazenda e aproveitei para rever minha irmã e meu sobrinho. Não sei se você tem acompanhado o drama que estão vivendo por causa das atitudes impensadas do meu irmão.

— Eu sei o que houve. Quando souberam que o Raul estava no Cairo, Dirce e Ângelo ficaram aflitos, porque temiam que ele descobrisse a verdade e, por fim, todos os segredos vieram à tona.

— Meu irmão agiu muito mal. Quem está sofrendo mais é Guilhermina. Ela tem Raul como filho.

— Você conhece o pai dele?

— Conheço a família toda. São pessoas excelentes.

— Mas são ciganos!

— Meu Deus, como vocês são preconceituosos. Já ouvi isso pelo menos três vezes desde que cheguei aqui. Eles são pessoas como nós. Trabalham, têm família, moram em casas, caso você imagine que vivem em tendas em algum terreno abandonado. Estive longe daqui por quarenta anos, e vocês não evoluíram, continuam preconceituosos, intolerantes, avaliando as pessoas pela classe social, pelo poder econômico. Isso nunca vai mudar?

— Desculpe, Adônis, tenho minha opinião formada pelas informações que a Dirce me deu. Não fazia ideia de como eles eram.

— Você se casou?

— Sim, meu casamento não deu certo, tentei novamente e fiquei viúva há quatro anos. Não tive filhos. Vivo bem, não tenho problemas financeiros. Você ainda trabalha?

— Sim, presto assessoria na empresa que me contratou quando mudei para o Cairo. Dulce dá aulas de História Antiga, estamos bem e sempre que possível fazemos um trabalho voluntário ou ajudamos a quem nos procura.

— Você vai embora logo?

— Ainda não sei, estou esperando um telefonema, assim que recebê-lo, marco minha passagem e retorno ao Cairo.

— Vou embora, não quero tomar seu tempo. Obrigada por me ouvir e me desculpe se fui inconveniente.

— Estela, não se martirize por um desabafo. Com certeza, você se sentirá mais leve. Procure fazer algo para ocupar seu tempo. Um trabalho voluntário é sempre recompensador. Visitar um doente, ouvir uma criança, há tanta gente precisando de uma palavra de consolo, de carinho, não desperdice sua vida.

— Posso te dar um abraço?

— Claro.

Adônis abraçou-a com carinho e, quando se afastaram, ele viu que os olhos dela estavam cheios de lágrimas. Segurando as mãos da mulher, ele disse:

— Estela, cuide de você, não deixe a tristeza fazer-lhe companhia, procure ajudar alguém, isso vai lhe fazer um bem enorme.

Sem dizer nada, ela foi embora sem olhar para trás. Adônis ficou tocado com a tristeza que viu no fundo dos olhos dela, mas compreendia que nada poderia fazer. Voltando para o quarto, resolveu telefonar para Guilhermina e perguntar-lhe o que havia resolvido.

CAPÍTULO 18

Na manhã seguinte, Rogério entrou no quarto, e encontrou Raul dormindo, debruçado na beirada da cama do pai. Procurou acordá-lo com cuidado para não assustá-lo.

— Raul, bom dia. Você passou a noite nessa posição?

— Bom dia, Rogério, peguei no sono de madrugada. Conversei um pouco com papai ontem e temi que o tivesse emocionado, mas não houve nenhuma alteração na pressão nem nos batimentos cardíacos. A enfermeira de plantão esteve aqui durante a noite. Conversei com ela por duas vezes, a terceira, realmente eu não vi.

— Está tudo bem. Daqui a pouco, o pessoal do laboratório virá colher material para análise, e, mais tarde, ele vai fazer uma tomografia. O cardiologista virá daqui a pouco.

— Quem é o cardiologista?

— Desculpe, pensei que você soubesse. É nosso administrador, o doutor William.

— Você falou com ele?

— Sim, ontem mesmo. Expliquei o que havíamos feito, e ele concordou com a medicação, os exames, está tudo em ordem.

Omar acordou e chamou pelo filho:

— Raul? O que aconteceu comigo?

— Pai, sua pressão subiu, e você teve um ameaço de infarto.

— Quero ir para casa.

— Não vai não. Você fará uma série de exames e só irá embora quando o doutor Rogério lhe der alta.

Aproximando-se, o médico lhe disse:

— Desta vez, o senhor não vai ter alta tão cedo. Precisamos cuidar desse coração.

Nesse momento, Amir entrou no quarto.

— Bom dia, papa, como você está se sentindo?

— Estou bem. Eles estão exagerando, quero ir para casa.

Amir olhou-os e perguntou:

— Como ele está?

Raul respondeu:

— Quer ir para casa, mas não vai não. Ontem, ele teve um ameaço de infarto. Precisa fazer exames e passar pelo cardiologista. Só irá para casa quando o doutor Rogério determinar.

— É, papa, agora temos um médico na família. Não vou discutir com ele.

Rogério completou:

— Não mesmo, com essas idas e vindas do sítio a qualquer hora, ficar muito tempo sob o sol, andar na chuva, dirigir de madrugada, seu coração não aguentará.

— Mas o Alexandre não está no sítio. Quem está tomando conta da escavação?

— Tio Joseph foi para lá agora pela manhã, e o Alexandre vai acompanhar os pais a um passeio pelo deserto e passará lá esta noite. O senhor não tem com que se preocupar.

— Rogério, o doutor William virá agora?

— Daqui a uns dez minutos, Raul. Ele vai acompanhar o senhor Omar na tomografia.

— Raul, vá para casa, você precisa descansar. Eu ficarei aqui.

— Obrigado, Amir.

Aproximando-se do pai, Raul argumentou:

— Pai, não vim de tão longe para vê-lo apenas no hospital. Por favor, não seja teimoso, os médicos cuidarão de você e, mais tarde, virei para cá para o Amir descansar. Você ouviu o que eu disse ontem à noite?

— Ouvi sim, meu filho, vou fazer o que vocês me pedem. Você tem razão, temos muito o que viver.

— Isso mesmo, até mais tarde. Amir, se precisar, pode me ligar.

— Rogério, você ficará aqui?

— Não, Amir, ontem dobrei meu plantão. Vou para casa e voltarei mais tarde, ou, se o William precisar, virei imediatamente.

Ouviram uma batida na porta, e o cardiologista entrou.

— Bom dia a todos.

Todos responderam e apresentaram Amir ao médico. Depois, Rogério e Raul explicaram o que havia acontecido, e o doutor William tranquilizou-os quanto aos procedimentos iniciais, recomendou que os dois fossem para casa e dormissem um pouco. Ele cuidaria de Omar e os chamaria, se houvesse necessidade.

— Amir, vou pedir que preparem seu pai para os exames. Você ficará aqui?

— Sim, eu e Raul nos revezaremos para cuidar do nosso pai.

— Ótimo, ele não pode ficar sozinho.

O doutor William examinou o paciente e procurou tranquilizá-lo explicando como seriam feitos os exames de laboratório e de imagem. Solucionadas todas as dúvidas, ele se retirou explicando que os encontraria dentro de alguns minutos.

Quando ele saiu, Omar perguntou:

— Amir, tem certeza de que serei bem atendido aqui? Não tinha outro hospital para me levarem?

— Papa, quem trouxe você para cá foi o Raul, ele vai trabalhar nesse hospital, e temos amigos trabalhando aqui. Procure se acalmar, vai ficar tudo bem.

Enquanto conversavam, o enfermeiro que prepararia o ancião para os exames entrou com um ar bastante respeitoso e tranquilo, explicou o que faria e, conversando com pai e filho, adiantou que o exame seria um pouco demorado, porém ele não deixaria o senhor Omar sozinho. Amir deveria aguardar ali mesmo.

⁂

Quando saiu do quarto do pai, Raul procurou por Mariah e foi informado de que ela ainda não chegara. Rogério ofereceu-se para levá-lo à casa dela.

— Obrigado, Rogério, vou aceitar sua carona.

— Você está bem?

— Estou preocupado com meu pai. Confesso que senti medo de perdê-lo.

— Não fique assim, ele precisa de cuidados, e você, estando aqui, conseguirá mantê-lo na linha.

— Será? Ele me parece tão forte, tão seguro do que quer, não sei se ele vai me obedecer.

— Você chegou agora e já salvou a vida dele duas vezes. Tenho certeza de que Amir não o deixará fazer o que quiser, ele vai ouvi-lo. Fique tranquilo.

— Espero que você esteja certo. Chegamos. Obrigado, Rogério, mais tarde vou até a imobiliária conversar com eles.

— Descanse, Raul, seu pai está em boas mãos.

— Obrigado, até mais.

— Até.

Raul chegou, e Mariah já o esperava à porta. Abraçaram-se com carinho.

— Estava esperando você chegar. Como está seu pai?

— A noite foi tranquila, agora ele fará alguns exames. O doutor William cuidará dele. Você está saindo para o hospital?

— Sim, mas não há pressa. Você quer tomar um café?

— Quero e depois vou dormir um pouco. Mais tarde, preciso ir à imobiliária acertar o contrato do apartamento.

— Tem certeza de que não quer ficar aqui?

— Tenho sim, preciso me adaptar à cidade, ter uma rotina. Isso não vai interferir no nosso relacionamento. Estaremos sempre juntos.

— Você está certo, vou ajudá-lo no que precisar.

— Estou contando com isso. Assim que eu estiver instalado, ligo para você. Quero resolver tudo até o meio da tarde. Depois vou ao hospital. Seu plantão irá até que horas?

— Hoje vou até as dezoito horas.

— Nesse horário, já estarei lá. Eu procuro por você. Sua avó virá aqui?

— Hoje não. Fique com essa chave, tenho outra. Se houver algum desencontro, não teremos problema para voltar para casa. Estou indo, Raul, até mais tarde.

— Até mais tarde, Mariah.

Raul acompanhou-a até a porta e, antes que ela saísse, beijou-a longamente. Mariah demorou para sair daquele abraço e disse quase sussurrando:

207

— Estou apaixonada por você. Não imaginei que seria possível sentir algo tão bom como o que sinto quando você me abraça.

— Quero ficar com você para sempre. Quer se casar comigo?

Sorrindo, ela perguntou:

— Não acha que é cedo para falarmos em casamento?

— Pode até ser, mas não quero ficar longe de você. Quero acordar com você ao meu lado todos os dias. Saber que você está perto me dá tranquilidade. Não tenho medo do futuro.

— Também quero me casar com você, só peço-lhe que esperemos a situação do meu pai se definir.

— Esperarei o tempo que for necessário. Amo você.

Raul beijou-a novamente desejando eternizar aquele momento. O telefone tocou, trazendo-os de volta à realidade.

— Doutora Mariah, bom dia, é Amália.

— Bom dia, o que houve?

— O doutor William pediu que a avisasse de que seu pai acordou.

— Estou a caminho do hospital, daqui a pouco, estarei aí.

— Avisarei a ele. Até logo, doutora.

— Até logo.

— O que aconteceu? — Raul perguntou.

— Meu pai acordou.

— Quer que eu vá com você ao hospital?

— Não, Raul, você precisa descansar e tem que cuidar das suas coisas. Vou ver meu pai e depois estarei no plantão. Nos veremos mais tarde.

A médica deu-lhe um beijo e saiu. Raul ficou vendo-a se afastar e decidiu que tomaria um banho e sairia para cuidar do apartamento que estava alugando.

— Tio Adônis, bom dia.

— Ângelo, como vai?

— Estou bem e um pouco aflito com a conversa que tivemos ontem. Espero não ter dito nada que o aborrecesse.

— Não. Você apenas desabafou, contou-me uma situação que viveu e que poderia ter sido diferente se meu irmão fosse um pai mais atento aos desejos dos filhos e se preocupasse menos em enriquecer.

— Não sei o que aconteceu, nunca falei sobre meus desejos ou sonhos com ninguém. Sempre fui muito cuidadoso para não decepcionar minha família.

— Você falou sobre eles com Guilhermina?

— Não, não sei como conversar com ela sobre eles.

— Vou lhe dar um conselho: às vezes, nosso orgulho nos impede de sermos autênticos, demonstrar o que vai em nossa alma, deixar que a pessoa com quem convivemos nos conheça verdadeiramente. Quando a situação fica insustentável, como acredito que esteja acontecendo com vocês dois, a verdade é a única coisa que fará com que vivam plenamente. Todos nós temos dentro de nós uma alma, vamos sufocando-a com medo dos outros, com receio de errar e receber uma punição qualquer, só que, à medida que vamos envelhecendo, nossa alma começa a nos cobrar. Precisamos atendê-la, precisamos deixar nossas emoções fluírem, assim ela ficará em paz, e nós realizaremos nossos desejos. Não estou falando em bens financeiros e sim em ter uma consciência que não nos cobre atitudes. Em aproveitar o que a vida nos entrega todos os dias quando acordamos: a oportunidade de ser feliz.

— Puxa, tio, não sei o que lhe dizer. Vou tentar e espero que ainda haja tempo para que eu e Guilhermina vivamos essa felicidade de que você fala. Ela não viajará agora, eu lhe pedi um mês para que eu deixe tudo em ordem e viaje com ela.

— Uma sábia decisão, contrate um bom administrador, um bom advogado e vá viver com ela. A vida passa num abrir e fechar de olhos. Agora você sabe onde me encontrar. Podem ficar hospedados em minha casa.

— Obrigado, tio, iremos sim. O senhor viajará hoje?

— Ainda não sei, estava esperando vocês me ligarem para marcar minha passagem. Assim que eu acertar a data, avisarei você.

— Está certo. Hoje, estou em casa, não fui ao escritório.

— Muito bem, Ângelo, pense em tudo o que conversamos, tenho certeza de que você tomará a decisão correta.

— Obrigado, tio Adônis, suas palavras me ajudaram muito. Até mais tarde.

— Até logo.

Adônis telefonou para a companhia aérea, para acertar a data da viagem e depois ligou para esposa:

— Dulce, como você está?

— Adônis, que bom ouvi-lo. Estou bem, e você? Conseguiu resolver tudo?

— Estou bem, resolvi todos os negócios rapidamente com nosso advogado e visitei minha família.

— Como eles estão?

— Estão se adaptando às verdades sobre o nascimento de Raul. Guilhermina e Ângelo irão para o Cairo dentro de um mês, ofereci nossa casa para se hospedarem.

— Fez bem. Eles ficarão melhor aqui do que em um hotel. Quando você volta?

— Amanhã. Consegui marcar meu voo para hoje à noite. Chegarei aí à tarde, se não houver nenhum contratempo.

— Sinto sua falta, foi uma pena não conseguir ir ao Brasil com você.

— Foi mesmo, mas amanhã estarei aí, e ficaremos juntos. Tereza está com você?

— Sim, ela tem vindo todas as tardes me fazer companhia. Recebemos alguns livros de autores novos, estamos estudando-os e, em breve, poderemos indicá-los para nossos amigos.

— Que bom. Você teve notícias de Rogério e Alexandre?

— Sim, Rogério telefonou, os pais do Alexandre estão aqui, está tudo em paz. O encontro deles foi bem tranquilo.

— Fico contente com essa notícia. Alexandre precisava desse contato com os pais. Mas me fale dos livros, quem são os autores novos?

— Dona Dirce, a senhora Estela deseja vê-la.

— Mande-a entrar, Marta.

Estela estava pálida quando tirou os óculos. Dirce percebeu que a amiga devia ter chorado muito.

— O que houve com você?

— Dirce, como você pode me enganar desse jeito? Somos amigas há tantos anos, e você mentiu para mim. Por quê?

— Não estou entendendo. Do que você está falando?

— De Adônis. Você me disse que ele estava sozinho aqui no Brasil e me deu a entender que o casamento dele havia acabado. Por que você fez isso?

Dirce sentiu o rubor subir-lhe ao rosto.

— Pensei que se ele a visse, desistiria de voltar para o Cairo. O lugar dele é aqui, junto da família.

— Como você pode me usar dessa forma? Eu passei a maior vergonha da minha vida. Me declarei para um homem que nunca pensou em mim como mulher. O que você pensa que está fazendo? Brincando de ser Paulo? Acha que vai manter a família unida agindo assim?

— Estou tentando manter a minha família aqui no Brasil. Estão todos iludidos. O Adônis foi embora, agora o Raul conheceu a verdade e foi embora. Do jeito que a Guilhermina é apegada ao Raul, acredito que, em breve, ela resolva ir embora também. O Ângelo é um fraco, com certeza vai atrás da mulher. E o que me restará: nada, ninguém. Dediquei minha vida aos meus pais, a Márcia, ao Paulo, e o que ganhei? Nada. Todos estão me abandonando.

Ângelo, que entrara na sala sem ser anunciado, ouviu as últimas palavras da tia.

— Não pensei que sua opinião a meu respeito fosse tão ruim.

— Eu não o ouvi entrar. Desde quando você ouve a conversa dos outros?

— Desde que minha tia, por quem sempre tive muito respeito, me acha um fraco. Talvez a senhora tenha razão, fui um fraco sim, devia ter apoiado Amália, devia ter procurado o cigano, devia ter cuidado da minha vida, mas não, obedeci ao papai por medo de não conseguir manter o padrão de vida a que estava acostumado e, por fim, estou vivendo um dos piores momentos da minha vida. Tem razão, tia, todos a estão abandonando. Vim procurá-la para conversarmos sobre os bens da família e das providências que estou tomando para que nada lhe falte e sou recebido dessa forma. Mas fique sossegada. Nada lhe faltará. Assim que eu contratar um administrador para a fábrica, o trarei aqui para que a senhora o conheça, e esteja certa de que dentro de no máximo um mês seguirei com Guilhermina para o Cairo.

— Você não pode me abandonar, não tenho idade para tomar conta dos nossos bens. Você é responsável pelo que possa vir a me acontecer.

— Não vai acontecer nada. Vou deixar profissionais competentes cuidando dos nossos bens, e Marta cuida muito bem da senhora. Não farei falta e, de toda forma, não vou me mudar para o Egito, vou passar lá, digamos, umas férias. Como não tenho mais nada a fazer aqui, vou embora. Antes de viajar, eu voltarei para falar como a senhora deve proceder na minha ausência. Até logo, tia Dirce.

— Você não pode sair assim...

Ângelo não respondeu, foi embora sem se importar com os gritos da tia.

— Estela, você viu isso? Onde é que nós estamos? O que aconteceu com essa família?

— Vi, sim, Dirce, seu sobrinho finalmente resolveu assumir o controle da vida dele. Agora quem vai embora sou eu, diferente dele, não pretendo voltar aqui. Adeus.

Estela saiu, e Dirce ficou imóvel olhando a amiga partir. Marta, que ouviu quando ela gritou para chamar o sobrinho, aproximou-se e, temendo que sua patroa passasse mal, disse-lhe:

— Dona Dirce, não quer se sentar? Venha comigo, vou lhe preparar um chá.

Ela obedeceu e não disse uma palavra até que Marta lhe trouxesse o chá.

— Marta, vou me deitar, por favor, não quero falar com ninguém.

— Como a senhora quiser. Vou ajudá-la.

— Obrigada.

Mariah chegou ao hospital e foi direto à UTI ver o pai. Chegando lá, encontrou doutor William, que o estava examinando.

— Doutor William, bom dia, me disseram que meu pai acordou.

— Bom dia, doutora, acordou sim. Ainda está sonolento, mas já apresenta reflexos normais. Como ele tomou analgésicos, ainda ficará nesse dorme e acorda. Você ficará aqui?

— Sim, ficarei um pouco com ele e depois vou cumprir meu plantão.

— Ótimo, estou acompanhando o pai do doutor Raul e preciso ver o resultado dos exames e medicá-lo.

— Como ele está?

— Ele teve um princípio de infarto, precisamos dos exames para um diagnóstico completo. Pode conversar com seu pai, mas procure não cansá-lo.

— Pode deixar, doutor William, não vou fazer nada que possa atrapalhar a recuperação dele.

— Vejo você mais tarde.

— Até mais, doutor.

A médica aproximou-se do pai e, fazendo-lhe um carinho na cabeça, disse baixinho:

— Ah, pai por que você fez isso? Por quê? Procure ser forte, preciso de você.

Adalberto abriu os olhos e, olhando para a filha, tentou falar, mas a voz saiu pastosa, e ela não conseguiu entender o que ele dizia.

— Não se esforce agora, teremos muito tempo para conversar. Procure reagir, você é forte, e sei que vai sair dessa.

— Sofia!

— Não, papai, sou eu, Mariah.

Ele olhou para a filha e tornou a fechar os olhos. Como ele permanecesse imóvel, Mariah chamou uma enfermeira e pediu-lhe que a avisasse quando ele acordasse. Deixou a UTI e seguiu em direção ao seu consultório para atender os pacientes que a esperavam.

—※—

— Rogério, você falou com o Alexandre sobre meu convite aos pais dele?

— Falei, mamãe, vamos marcar para amanhã ou depois, pois hoje eles estão no deserto. Vão dormir lá.

— Eles vão gostar, é um passeio maravilhoso.

— É mesmo. Nessa correria do hospital nunca mais foi possível fazer esse passeio. Você gostaria de ir?

— Sim, fiz esse passeio com seu pai há muitos anos. Você era um garoto.

Rogério riu e respondeu:

— Garoto, mamãe! Eu tinha quinze anos.

— Então, um garoto. Você já vai para o hospital?

— Vou sim, hoje não vou dobrar o plantão, pode me esperar para o jantar, dona Silvana.

Rogério beijou a mãe e, vendo que ela segurava a fotografia do pai, deixou-a com suas lembranças.

—※—

William verificava os exames de Omar quando Raul chegou e pediu para falar com ele.

— Doutor William, interrompo?

— Não, Raul, pode entrar, estou vendo os exames do seu pai.

— E como estão?

— Aparentemente, está tudo normal. Estamos controlando a pressão, e ele deverá tomar um remédio de uso contínuo. Mas o coração está bem para um homem da idade dele. Não vamos retê-lo muito aqui, porém, Omar terá de reduzir a atividade que exerce.

— Essa é a parte mais difícil. Ele é muito ativo.

— Ele pode continuar a trabalhar, mas com moderação. Você e seu irmão falaram em viagens à noite, dormir no deserto, andar ao sol, mas não se esqueçam de que ele tem setenta e quatro anos! Eu não preciso lhe explicar como é o corpo humano nessa idade.

— Não, doutor, sei exatamente como o organismo trabalha: o corpo envelhece, embora o cérebro continue ativo, por isso, alguns idosos não diminuem suas atividades e são surpreendidos com algum problema, como aconteceu com meu pai.

— Isso mesmo. Vamos observá-lo, e sei que você fará isso com tranquilidade. Convença-o a tomar o remédio que prescrevi e reduzir o ritmo de trabalho. Ele terá de fazer exames de rotina e vamos observando como o organismo dele se comporta. Acredito que lhe darei alta amanhã. Hoje é bom ele ficar aqui.

— Eu ficarei com ele e, se houver algum problema, pedirei para chamá-lo. E quanto ao pai de Mariah? Ele acordou?

— Acordou, mas continua sonolento por causa da medicação. Mariah tentou falar-lhe, mas ele apenas olhou-a e a chamou de Sofia.

— Sofia era a esposa dele. Mariah se parece com a mãe.

— Talvez seja isso. Estou reduzindo a medicação, vamos aguardar mais alguns dias. Acredito que ele consiga se recuperar bem.

— Você já pode adiantar se ele terá alguma sequela?

— Prefiro não falar nada sobre isso ainda. Ele ficou muitos dias em coma, vamos esperar.

— Obrigado, doutor, vou ver Mariah e depois vou para o quarto do meu pai.

— Você conseguiu alugar algum imóvel?

— Sim, já levei minhas coisas para lá. Só preciso de mais alguns dias e já poderei começar a trabalhar.

— Ótimo. Estamos precisando de mais médicos neste hospital.

Os médicos trocaram um aperto de mão e, quando Raul saiu da sala, encontrou-se com o doutor Marcelo. Cumprimentou-o com um gesto de cabeça e seguiu sem falar com ele. O outro médico ficou olhando-o seguir em direção aos consultórios e, não contendo a raiva que Raul lhe despertava, bateu a porta da sala dos médicos.

CAPÍTULO 19

— Alexandre, como é bonito aqui!

— Sim, a paisagem é árida em alguns pontos, mas quando visitamos alguns trechos de vegetação, perdemos o fôlego.

Mauro disse:

— Regina expressou bem o que estamos sentindo. Por isso, você resolveu viver aqui?

— Não exatamente, mas a oportunidade de emprego que Amir me deu, aliada a estas maravilhas, me convenceu de que aqui é meu lugar. E, você, pai, o que achou?

— É realmente muito bonito. Sua mãe também está encantada. Dormiremos nessas tendas?

— Sim. Essas acomodações são destinadas ao repouso. Não é o conforto de um hotel cinco estrelas, mas é muito bom. Onde está mamãe?

Regina explicou:

— Está conversando com o rapaz que está preparando o jantar. Está curiosa para saber como usar algumas especiarias daqui.

— Vamos passar a noite aqui e amanhã, pela manhã, voltaremos para o Cairo. Se vocês não estiverem muito cansados, a mãe do Rogério quer recebê-los para um lanche à noitinha. Posso marcar?

Augusto perguntou:

— Ela ainda é viva?

— Sim, pai, quem morreu foi o pai de Rogério. Lembra que ele lhe explicou isso quando estávamos juntos? Você, inclusive, falou que conhecia os tios dele.

— Isso mesmo, que cabeça a minha! Ela se chama Silvana, certo?

— Sim. Você a conheceu?

— Pessoalmente não, mas um tio de Rogério me falou dela. Silvana deixou a carreira artística para seguir em viagem com o marido, quando ele decidiu mudar para cá.

— Interessante. Rogério nunca comentou sobre isso. O senhor sabe no que ela trabalhava?

— Ela era cantora lírica, se não me engano. Não cheguei a vê-la se apresentando, mas o comentário era de que ela tinha muito talento. Sua mãe deve saber melhor. Aí vem ela. Sônia, você se lembra de Silvana Melotti?

— Sim, faz muito tempo, mas me recordo. Ela desistiu da carreira na ópera para se casar com um engenheiro e mudar para outro país. Egito, se não me engano. Mas por que você está me perguntando sobre ela?

— Ela é mãe do Rogério.

— Verdade? Eu não sabia.

— Ela nos convidou para um lanche amanhã no final da tarde.

— Poderemos ir? Nossa passagem não está marcada para amanhã?

— Não, o Mauro não conseguiu marcar nossa volta. Ficamos de resolver tudo quando regressarmos desse passeio.

— Que bom, quero muito conhecê-la.

— Amanhã, quando regressarmos, avisarei Rogério. Agora, vamos jantar, o cozinheiro está nos chamando.

⁂

Mariah entrou na UTI e perguntou a uma das enfermeiras como o pai estava.

— Doutora, ele está estável. Tem momentos em que abre os olhos, olha em volta, como se estivesse procurando alguém, balbucia um nome que acredito ser Sofia, depois fecha-os novamente e fica em total silêncio. O enfermeiro da manhã percebeu uma leve alteração nos batimentos cardíacos, quando o doutor Marcelo Zafir esteve aqui.

— O que ele veio fazer aqui?

— Acredito que tenha vindo visitar o doutor Adalberto.

— Os outros médicos, que trabalham aqui, têm vindo visitá-lo?

— Não, nós achamos estranho, mas não podíamos mandá-lo sair, não temos ordem para isso.

— Eu falarei com o doutor William e, por favor, avise os outros enfermeiros que o doutor Marcelo não é amigo do meu pai, ele não tem que fazer nada aqui.

— Sim, senhora, falarei com todos. Hoje, eu passarei a noite aqui e, se houver algum problema, posso entrar em contato com a senhora?

— Claro... Você tem meus telefones, me ligue, seja lá que hora for. Combinado?

— Sim, doutora, eu mesma a avisarei se notar algo fora do comum.

— Obrigada. Agora vou ver meu pai.

Chegando perto da cama, Mariah observou os aparelhos ligados e prestou atenção nas reações do enfermo com sua proximidade. Não registrou nada.

— Pai, sou eu, Mariah. Como você está se sentindo?

Adalberto abriu os olhos vagarosamente, olhou para a filha e derramou uma lágrima.

— Pai, por favor, reaja, estarei sempre ao seu lado, não tenha medo.

Lentamente, ele perguntou-lhe:

— Por que me trouxe aqui? Por que não me deixou morrer?

— Porque você é muito importante para mim. Haja o que houver, estarei do seu lado.

— Sofia estava aqui. Ela está viva. Sorriu para mim. Traga ela aqui de novo.

Atônita, Mariah ficou sem saber o que responder. O pai não disse mais nada. Ela fez um carinho nele e, dando-lhe um beijo, despediu-se.

— Amanhã virei vê-lo, papai. Te amo.

Saindo da UTI, a médica encontrou-se com Raul, que a aguardava.

— Mariah, o que houve? Você está pálida.

— Raul, vamos sair daqui, preciso falar com Rogério.

— O que aconteceu?

— Venha comigo, e eu explicarei para vocês dois.

Eles se dirigiram para o consultório do médico, que terminava um atendimento.

— Rogério, você tem um minuto?

— Claro, entrem. O que aconteceu?

Mariah contou o que o pai lhe dissera.

— Rogério, como isso é possível? Mamãe está morta há mais de vinte anos.

O médico respirou fundo e explicou:

— Mariah, quando os pacientes estão na UTI, muitas vezes, relatam essas visões. Veem pais, filhos, avós, é algo mais ou menos conhecido por nós médicos. Ele pode ter sonhado com ela, afinal, apesar da tragédia que resultou na morte de sua mãe, ele a amava muito. Tanto que não se casou nem se relacionou com outra mulher.

— Não sei, Rogério, fiquei muito assustada com o que ouvi.

— Pois, então, vá para casa, procure descansar e, amanhã, veremos como ele acordará.

— Você ficará aqui hoje à noite?

— Não, daqui a pouco, vou embora. O doutor William ficará até às 22 horas, vou pedir-lhe que observe seu pai.

— Outra coisa, a enfermeira que está lá agora me disse que Marcelo esteve lá hoje pela manhã, e durante a visita, os batimentos cardíacos do papai tiveram uma pequena alteração.

— Eu vou falar com o William. Raul, leve Mariah para casa. Querida, talvez fosse bom você conversar sobre isso com sua avó. Ela poderá esclarecer essa dúvida, que está na sua cabecinha.

— Mariah, Rogério tem razão. Venha, vou acompanhá-la até sua casa e depois volto para o Amir ir embora.

Mariah deixou-se conduzir ainda intrigada com o que tinha ouvido.

Chegando ao apartamento de Mariah, ela perguntou-lhe:

— Você acredita que podemos ver quem já morreu?

— Eu estou lendo um dos livros que o tio Adônis me emprestou, então, prefiro estudar mais, ou mesmo conversar com ele. Segundo o autor, algumas pessoas conseguem ver espíritos, outras ouvem, são pessoas com uma espécie de dom. Mas ele não está se referindo a alguém doente, como está seu pai. Eu também já ouvi alguns relatos de pacientes, agora nunca vivi uma experiência assim, então, não sei o que lhe dizer. Quer que a acompanhe até sua avó?

— Não. Você precisa voltar ao hospital. Vou tomar um banho, descansar um pouco e depois vou à casa dela, isso se ela não estiver vindo para cá. Você vai dormir no hospital?

— Vou. Meu pai deve ter alta amanhã, vou acompanhá-lo. Você ficará bem?

— Sim, mas como você voltará ao hospital?

— Pegarei um táxi.

Raul abraçou Mariah, e ela não conteve as lágrimas. Ele deixou que ela chorasse e, depois de algum tempo, disse-lhe:

— Meu amor, não pense no pior. Ele vai conseguir sair dessa, e nós estaremos juntos para ajudá-lo. Estarei ao seu lado sempre.

— Você não tem raiva pelo que ele fez à sua família?

— Não sei o que sinto, mas não é raiva. Já fiquei com raiva, já gritei com ele e de que adianta? Vai trazer minha mãe de volta? Ele é seu pai, eu amo você e estarei ao seu lado sempre. Quando ele estiver bem, voltaremos a conversar, e aí saberei qual sentimento ele desperta em mim. Só não quero que você se preocupe com isso agora.

— Está bem. Com você ao meu lado, conseguirei viver melhor. Obrigada por estar aqui. Eu te amo.

— Não tem que me agradecer, eu a amo e não vou sair de perto de você. Lembre-se sempre disso.

Raul despediu-se de Mariah com um beijo longo e apaixonado. Ela ficou vendo-o partir e, quando entrava em seu apartamento, ouviu o telefone tocar:

— Mariah?

— Sim. Vovó?

— Isso mesmo, posso ir até aí? Fiz aquele pão de que você gosta.

Sorrindo, ela respondeu:

— Claro que sim, vovó. Quer que eu vá buscá-la?

— Não precisa, já tenho quem me leve. Até já.

— Até, vovó, um beijo.

<hr />

Depois que Mariah deixou seu consultório, Rogério foi procurar o doutor William:

— O que houve, Rogério, para você precisar falar comigo com urgência?

— Marcelo foi visitar o Adalberto na UTI, os enfermeiros observaram que os batimentos cardíacos do enfermo se modificaram durante a visita, ainda que minimamente. Mariah pediu ao enfermeiro responsável que não deixasse ninguém ver seu pai. Você precisa fazer alguma coisa. Sabendo que Adalberto acordou, ele deve temer ser denunciado.

— Você tem razão, o problema é que não temos nada de efetivo contra ele. Sem uma denúncia de chantagem por parte de Adalberto, eu não posso fazer nada. Recebemos documentos contra um de nossos médicos mais antigos, mas não temos como provar quem os enviou.

— Proíba a entrada dele na UTI, quem sabe ele venha lhe dizer alguma coisa.

— Talvez. Daqui a pouco, vou examinar o senhor Omar e também falar com os enfermeiros da UTI. Você acha que ele seria capaz de fazer alguma coisa contra o Adalberto?

— Não sei, mas não confio nele. É o tipo de pessoa que, se for ameaçado, vai fazer alguma bobagem. Temo pela Mariah e pelo Raul.

— Vamos ficar atentos. Se eu pegá-lo em alguma falta, não tenha dúvidas de que o mandarei embora e o denunciarei à polícia.

— Obrigado, William. Daqui a pouco, meu plantão se encerra. Vou esperá-lo no quarto do senhor Omar.

No quarto de Omar, enquanto ele dormia, os irmãos conversavam:

— Raul, ele terá alta amanhã?

— Sim, continuará o tratamento em casa. Nosso pai será mantido com remédio para controlar a pressão. Não podemos descuidar, as subidas de pressão podem afetar os rins, isso pode agravar o estado de saúde dele.

— Eu não sabia disso.

— Poucas pessoas sabem. Ele terá que diminuir esse vaivém do deserto. Aqui conseguimos atendê-lo com rapidez, mas, e lá? Se ele passar mal novamente até chegar aqui, as complicações serão grandes.

— Vamos falar com ele, e eu me encarrego de conferir se ele está tomando a medicação corretamente. Vou combinar com Alexandre para monitorá-lo na escavação.

— Ótimo, e não hesite em me chamar se ele tiver algum problema. Ele ou algum de vocês. Em breve, começarei a trabalhar aqui. Já aluguei um apartamento e espero logo estar dentro da rotina de que necessito para me ambientar aqui.

— Raul, e o casal que o criou? Como eles reagiram a tudo isso?

— Tia Guilhermina ficou muito aborrecida com tio Ângelo. Ele era irmão da mamãe e, na época, foi envolvido pelo meu avô e permitiu que acontecesse nossa separação, não procurou papai quando ele foi ao Brasil. Nós conversamos, mas, sinceramente, não sei. Discuti com ele e fiquei com muita pena da minha tia. Ela me disse que virá para o Cairo passar uma temporada aqui comigo. Me considera seu filho e não quer abrir mão disso. Eles me entregaram algumas cartas que a mamãe escreveu, o diário da nossa avó, documentos que encontraram e provam o que o vovô fez. Depois, eu os levarei para você e o papai. Todos se arrependeram do que fizeram, mas não voltaram atrás para me levar ao encontro do meu pai verdadeiro. A preocupação com a herança falou mais alto. Bens materiais foram sempre a preocupação da família da mamãe.

— Você deixou tudo para trás?

— Amir, essa forma de pensar só trouxe sofrimento para a família da nossa mãe. Tia Dirce, irmã do vovô, queria que eu ficasse no Brasil porque sou herdeiro deles e não porque sou importante como pessoa mas sim "quem cuidará das empresas?". Isso me enoja. Eu tenho meu trabalho e o que eu conseguir será por meio dele. Se herdar alguma coisa um dia, verei o que fazer, mas não abrirei mão de ser quem sou por causa de uma fábrica, alguns imóveis, ou coisa parecida. E mais a mais, você herdará uma parte, que corresponde à parte da nossa mãe nesses bens.

— É muito bom ganhar nosso próprio dinheiro. Nosso pai não ficou rico, vovô deixou a casa que vivemos hoje. Eu sempre gostei da lapidação e de confeccionar joias. Miríade tem ideias excelentes, então começamos com uma pequena joalheria que cresceu e nos permite viver com conforto. Reformei a casa e a decoramos como você a viu. Pretendo passar aos meus filhos o conceito de que temos que ganhar nosso sustento e não ficar esperando uma herança, mesmo que o futuro dos meus esteja garantido. Os negócios vão bem, então, trabalhamos para mantê-lo estável.

— O sítio arqueológico pertence a quem?

— Pertence ao governo, nós fazemos as escavações, identificamos as peças e recebemos uma quantia que nos permite manter os operários trabalhando com segurança e sem problemas trabalhistas. Nossa equipe está junto há muito tempo. Todos são cuidadosos, e o Alexandre conduz muito bem o trabalho.

Rogério entrou no quarto e interrompeu a conversa dos irmãos.

— Desculpem, interrompi vocês. Vim ver o senhor Omar antes de sair, e o doutor William está vindo examiná-lo. Faz tempo que ele está dormindo?

Amir respondeu:

— Cerca de meia hora. Ele almoçou, foi medicado, conversamos um pouco, ele queria ficar acordado esperando Raul chegar, mas acabou adormecendo.

— Esse descanso fará bem a ele. Raul, você conseguiu acalmar a Mariah?

— Eu não diria acalmar, ela acha que o pai não vai sair dessa. Mas conversamos, eu lhe disse que estaria sempre com ela e ajudaria no que fosse preciso. Temos que esperar. O fato de ele ter dito que viu a esposa mexeu muito com ela.

Amir indagou:

— Ver a esposa?

Rogério explicou:

— Ele tem visto Sofia. Na visita que Mariah lhe fez, ele disse que ela estava viva e pediu para levá-la ao hospital.

— Você já sabia disso?

— Sim, os enfermeiros me avisaram. Um deles frequenta as reuniões na casa de Adônis. Já houve casos de um paciente terminal, o que não é o caso dele, dizer que está vendo alguém da família e falecer logo em seguida.

William entrou no quarto e interrompeu a conversa.

— Boa noite, a todos. Rogério, você já o examinou?

— Não, estava conversando com Raul e Amir sobre o Adalberto.

— Amir, como ele passou o dia?

Enquanto Amir explicava ao médico como o pai estava, Rogério e Raul permaneceram em silêncio. Omar acordou, perguntou pelo filho e, vendo-o próximo a ele, passou a responder às perguntas do médico que o examinava.

※

Guilhermina retornou das compras e não encontrando Ângelo em casa resolveu telefonar-lhe:

— Ângelo? Está tudo bem? Você disse que não sairia de casa. Aconteceu alguma coisa?

— Sim, precisei vir ao escritório e estou resolvendo alguns assuntos importantes. Falei com tio Adônis que iremos ao Cairo dentro de um mês. Ele embarca hoje ainda. Quando chegar em casa, eu lhe explico o que decidi e o porquê. Só lhe peço que confie em mim.

— Está bem, Ângelo. Mais tarde, conversaremos.

— Um beijo.

O avião em que Adônis viajava para o Egito chegou no horário. Dulce o esperava e, quando o viu, foi em sua direção. Abraçando o marido, disse-lhe:

— Que bom que você voltou. Estava com receio de que resolvesse me deixar e ficar no Brasil.

— Minha querida, que motivo eu teria para fazer tal coisa?

— Recebi um telefonema estranho. A pessoa me disse que era sua irmã e precisava que você ficasse no Brasil para cuidar dela.

— Dulce, você deveria ter ido comigo para conhecer minha família ou o que resta dela: minha irmã e meu sobrinho. Eu não sei o que se passou com a Dirce. Nós temos opiniões diferentes sobre a vida, e ela vai terminar seus dias sozinha se não mudar a forma de pensar. Mas ontem, quando conversamos, você não tocou nesse assunto. Por quê?

— Não quis aborrecê-lo. Afinal, é sua irmã, e vocês viveram tanto tempo longe um do outro.

Adônis abraçou a esposa e explicou:

— Você sabe como foi minha vida com minha família. Eu amo você e jamais a deixaria. Estamos juntos há muitos anos, temos um casamento sólido. Você me completa. Minha irmã só pensa em negócios, imóveis, quem vai administrar o que papai deixou, e o que considero mais grave: está arrastando meu sobrinho para esse mundo. Tivemos uma conversa boa, e espero, sinceramente, que Ângelo siga meu conselho e deixe tudo com um bom administrador, venha com a esposa para o Cairo e se reaproxime de Raul, que foi criado por eles. Agora tire as preocupações desta cabecinha e vamos para casa. A viagem foi longa e muito cansativa.

— Vamos. Quero que você saiba que estou muito feliz por estarmos juntos e pela vida que decidimos viver aqui.

Adônis e Dulce seguiram abraçados e fazendo planos para o futuro.

Ângelo chegou em casa e encontrou Guilhermina adormecida no sofá.

— Gui, venha, vamos para o quarto.

— Eu estava esperando você e acabei adormecendo. Que horas são?

— São vinte e três e trinta. Venha, amanhã conversaremos.

— Você esteve até agora no escritório? O que aconteceu?

— Estava conversando com nossa advogada e com Agnaldo. Lembra-se dele?

— Sim, O contador?

— Isso mesmo, decidi colocá-los a par dos negócios da família para poder viajar com você. São muitos detalhes, as horas passaram, e não percebemos.

— Você tem certeza de que viajará comigo?

— Sim, assim que consiga deixar tudo em ordem, o que não deve demorar muitos dias, porque a doutora Clarice e o Agnaldo me prometeram trabalhar com afinco. Creio que dentro de dez dias poderemos viajar.

Guilhermina abraçou o marido, e ele a beijou como há tempos não fazia.

— Gui, amo você, por favor, não duvide dos meus sentimentos. Você é a pessoa mais importante no mundo para mim. Me deixei levar por meu pai e estraguei nossa vida, deixei de lado nossos planos, mas agora quero retomar o que deixamos para trás. Nada é mais importante para mim do que vê-la feliz e sei que, se estivermos juntos com o Raul, tudo será mais fácil.

— Você pretende mudar para o Cairo?

— Não digo mudar, mas ir até lá, conhecer a família dele, ver onde está morando, conhecer sua namorada. Não podemos abandonar tudo o que temos aqui, mas podemos contratar pessoas competentes que podem ajudar a cuidar dos bens que papai deixou.

— Estou muito feliz com sua decisão. Por um momento, acreditei que teria que deixá-lo para continuar vivendo com Raul.

— Não, Gui, eu jamais a deixaria partir. Amo você demais para perdê-la para os negócios da família.

Ângelo beijou a esposa com paixão e foi correspondido com a mesma intensidade. Uma brisa suave pode ser sentida onde estavam.

— Você está sentindo um perfume no ar?

— Sim, Gui, o perfume da minha mãe.

— Acha possível?

— Por que não? Você sabe que eu nunca me interessei por religião mas, conversando com tio Adônis, acabei descobrindo que talvez seja bom passar uma temporada com ele e aprender mais sobre espiritualidade.

— Viva tio Adônis! Acho que devo a ele minha felicidade.

— Talvez! Agora venha, vamos nos deitar, amanhã eu conto a você o que conversei com ele.

CAPÍTULO 20

Carmem chegou à casa de Mariah e abraçou a neta com carinho.
— Como você está?
— Estou bem, vovó.
— Não é isso que seus olhos me dizem.
— Não dá para esconder nada de você.
— Não mesmo. Venha, vou preparar-lhe um chá, e você vai me contar o que a está preocupando.

Dirigiram-se para a cozinha e, depois de acomodadas, Carmem tornou a perguntar:
— O que a preocupa, minha filha?
— Vovó, meu pai acordou e disse que a mamãe está viva. Pediu-me que a levasse até ele. Isso significa que ele vai morrer?
— Não, minha querida. Quem lhe disse isso?
— É que pessoas em estado terminal geralmente falam sobre ver alguém da família e depois...

Carmem não a deixou prosseguir.
— Mariah, não pense assim. O fato de seu pai dizer que viu minha Sofia não quer dizer que ele vai morrer. Significa que Sofia o perdoou e o está protegendo de algo que desconhecemos.
— Mas como ela pode fazer isso? Que força teria para impedir alguma coisa?
— A força do pensamento, da inspiração. Quando percebe o perigo, ela inspira alguém que esteja próximo a ele.
— Então foi assim?

— Assim o quê?

— Os enfermeiros viram um médico que trabalha lá no hospital próximo ao leito do papai e ficaram atentos aos movimentos dele e às reações do meu pai.

— Provavelmente. A inspiração não é alguém dizendo "olhe, vá por esse caminho" ou "veja quem está perto do paciente", ela induz você a olhar com atenção para um determinado ponto ou uma sugestão para mudar algo que você esteja fazendo. É muito sútil e, muitas vezes, mudamos o pensamento sem perceber que fomos intuídos a fazê-lo. Quando estamos atentos aos nossos pensamentos, percebemos a intuição com clareza e passamos a segui-la sem questionamentos. Porém, se estamos desatentos, não percebemos um bom conselho e perdemos tempo, ou fazemos algo que depois nos leva ao arrependimento.

— Puxa, vovó, por que eu nunca soube disso?

— Mariah, você foi viver longe do nosso povo, da nossa cultura, estudou em escolas onde não se ensinava religião, voltou para cá e mergulhou no estudo e no seu trabalho no hospital. Quem nos garante que você não tem intuição? Existe um momento certo para cada pessoa se abrir para a espiritualidade. Não tem uma idade certa, uma profissão certa, nada disso. É algo que está dentro de você. Procure ler os livros que o senhor Adônis lhe indicou. Participe das reuniões que ele faz, você tem um bom exemplo perto de você.

— Rogério?

— Sim, ele aprendeu muito. Estuda, lê, desenvolveu o lado espiritual. Algumas pessoas se assustam quando falamos em espiritualidade. Mas é um caminho que todos nós devemos procurar conhecer. Aprender a olhar o outro, como Jesus nos ensinou. Acreditar que somos capazes de viver em paz e procurar uma maneira de estarmos bem, atentos ao que estamos fazendo, atentos a quem está próximo de nós. Não precisamos saber o que vai acontecer no futuro, como muitos acreditam. Basta nos ocuparmos em fazer um bom presente, viver um dia de cada vez, com alegria, agradecendo ao Pai por estar vivo e neste mundo, e, assim, já estaremos preparando um bom futuro.

Abraçando a avó, Mariah disse:

— Como é bom ser sua neta, ter você para me aconselhar e me orientar no caminho do bem. Sinto muita falta da mamãe, embora não tenha convivido com ela. Se eu pudesse vê-la, abraçá-la, seria maravilhoso.

— Quando você estiver em seu quarto, converse com ela, diga o que sente. Ela vai ouvi-la.

— Mas não poderei vê-la. Como saberei que ela está me ouvindo?

— Você saberá, confie no que lhe digo. Você saberá. Agora vamos tomar nosso chá e comer esse pão caseiro de que você tanto gosta. Depois, você me falará do Raul. Ele já está aqui?

O rosto de Mariah se iluminou e, sorrindo, ela começou a contar como o namorado estava se ambientando à nova vida.

— Rogério, você já está de saída? O Alexandre virá com os pais?

— Mamãe, desculpe, esqueci de avisá-la, virão hoje à noite. De qualquer forma, não há problema, porque você vai encomendar o lanche, certo?

— Ah, meu filho, eu queria preparar alguma coisa...

— Mãe, prepare o chá. Já combinei com a gerente daquela *rotisserie* de que você gosta. Ela vai lhe telefonar, e vocês combinam o que vamos servir.

— Está bem, filho, vou fazer como você quer.

— Está vendo como a conheço bem? Agora, me dê um beijo que preciso ir para o hospital. Vejo você à noite.

Rogério chegou ao hospital e sua primeira visita foi para o senhor Omar.

— Bom dia, Raul, senhor Omar.

— Bom dia, doutor. Você veio me dar alta?

Sorrindo, Raul explicou:

— Bom dia, Rogério. É melhor ele ir para casa, pois essa ansiedade vai atrapalhar o tratamento.

— Vamos ver. Vou falar com seu cardiologista e, assim que decidirmos, nós viremos aqui. Raul, você ficará por aqui?

— Sim, Amir está resolvendo algumas questões pessoais e virá mais tarde, então ficarei até vocês me dizerem o que acontecerá com o papai.

Autoritário, Omar lamentou:

— Filho, você é meu médico. Por que tenho de esperar os outros?

— Porque são eles que cuidam de você. Da outra vez, a alta foi precipitada, e o problema voltou. Não tenha pressa, papai.

Algumas horas depois, quando terminaram de examinar Omar, os médicos conversaram e concluíram que ele poderia continuar o tratamento em casa, mas deveria permanecer em repouso mais alguns dias.

— Senhor Omar, deixe o deserto para quando estiver mais forte. Não brinque com seu coração.

— Está bem, doutor William, vou atendê-lo. Será muito difícil para mim, mas agora que tenho meus dois filhos aqui comigo, então, preciso cuidar melhor da minha saúde.

— Ótimo. Raul, aqui tem a receita dos medicamentos que ele precisa tomar, vou deixá-lo a seus cuidados.

— Não se preocupe, eu e Amir cuidaremos bem dele.

Na saída do hospital, Rogério perguntou:

— Raul, você vai acompanhá-los?

— Sim. Depois vou para casa de Mariah. A dona Carmem está com ela.

— Eu vou para casa. A família do Alexandre vai para lá agora à noite. Até mais.

— Até mais, Rogério.

Amir, que havia retornado ao hospital, acomodou o pai no carro, virou-se para Raul e perguntou:

— Eu escutei certo? A família de Alexandre irá à casa de Rogério?

— Sim, me parece que voltarão para o Brasil amanhã ou depois, e a mãe de Rogério queria conhecê-los. Não conversei direito com ele sobre isso. Você ficou espantado?

— Raul, eu conheço a história dos dois. Sei como foi difícil se ambientarem aqui. Passaram por muita coisa, e um dos problemas foi exatamente a família do Alexandre. Venha, entre no carro, que eu lhe conto no caminho.

— Meu filho, você já comprou os remédios que terei que tomar?

— Já sim, pai, está tudo aqui. Pode ficar tranquilo que não descuidarei do senhor.

Chegando à casa de Amir, Miríade os esperava com certa ansiedade e, vendo Raul, adiantou-se e perguntou:

— Está tudo bem?

— Sim, Amir está ajudando nosso pai a sair do carro. Miríade, ele deverá tomar alguns medicamentos que eu mesmo vou dar. Agora, quanto à alimentação, peço-lhe que faça para ele uma comida com tempero leve. Nada condimentado, com pimenta ou sal. É necessário evitar doces, ele precisa de um controle alimentar rigoroso. Vamos observá-lo e, quando ele demonstrar uma boa melhora, você poderá dar-lhe uma comida mais forte.

— Ele não vai gostar.

— Certamente que não, mas não podemos deixá-lo fazer o que quiser. O coração dele não está cem por cento. Se ele lhe der trabalho, mande me avisar.

— Está bem. Conhecendo meu sogro como conheço, terei de chamá-lo aqui constantemente.

Raul sorriu, e o pai, que entrava naquele momento, quis saber o porquê.

— Estávamos conversando sobre seu tratamento aqui em casa.

— Você não pediu para Miríade fazer aquela comida horrorosa do hospital!

Todos riram, e Raul explicou:

— Pedi sim. Com certeza, não será tão ruim como você afirma, mas deverá ser menos condimentada. Se você não obedecer às nossas ordens, voltará para o hospital, porque seu coração vai falhar novamente. A decisão é sua, pai.

— Está bem. Pelo visto, não tenho escolha.

Amir retrucou:

— Não mesmo, ou faz tudo como determinado pelos médicos para se fortalecer e voltar ao deserto ou voltará para o hospital, o senhor decide.

Raul abraçou o pai e disse:

— Venha, pai, vou levá-lo ao seu quarto. Não será tão ruim assim, além disso, é só por alguns dias.

— Está bem, meu filho, vamos.

Miríade olhou para o marido e perguntou:

— Você acha que ele vai obedecer às orientações de Raul?

— Vai sim, se não for por um período muito longo. A presença de Raul está fazendo bem a ele.

— E como você se sente?

Abraçando a esposa, ele respondeu:

— Não estou com ciúmes, se é isso que a preocupa. Papai esperou mais de trinta anos para encontrar meu irmão. E, pelo jeito, a vida do Raul também não foi um mar de rosas em matéria de carinho familiar. Eles precisam recuperar o tempo perdido. Enquanto ele cuida do papai, terei mais tempo para nós. O que você acha?

— Acho ótimo. Com todas essas mudanças, nossa vida está fora da rotina. Seria bom se conseguíssemos retomá-la. Raul vai morar aqui?

— Não, ele alugou um apartamento. Quer se ambientar à cidade, aos nossos costumes, ficar perto da Mariah. A tia que o criou deverá vir para o Cairo. Acredito que ainda teremos algumas mudanças por aqui.

Voltando para a sala, Raul desculpou-se por interrompê-los. Miríade ofereceu-lhes um lanche, e os dois irmãos aceitaram.

— Amir, papai já está medicado, só deverá tomar o remédio da pressão amanhã, depois da primeira refeição. Ele preferiu ficar deitado, deve dormir um pouco.

— Eu não vou sair. Na hora do jantar, vou chamá-lo para ele vir comer conosco. Acha que será bom?

— Sim, ele ainda pode apresentar alguma fraqueza ou um pouquinho de tontura, mas precisa criar uma nova rotina. Não é necessário ficar o dia todo na cama.

— Vou cuidar disso. Agora, vamos comer, Miríade está nos esperando.

Os irmãos continuaram a conversar sobre os cuidados que deveriam ter com o pai. Quando Raul se despediu, Amir lembrou-se de Rogério.

— Eu lhe disse que falaria sobre Rogério e acabei me esquecendo. Eu soube que quando o pai dele faleceu, os tios vieram do Brasil e, quando viram a realidade da família, foram embora e nunca mais procuraram a mãe dele.

— Rogério já estava formado?

— Sim, ele já estava trabalhando, mas a herança a que Rogério teria direito por conta do falecimento do avô dele lhe foi negada. Disseram que o pai deixara dívidas no Brasil, e estas seriam quitadas com a parte que lhe cabia na herança. Quando Alexandre me contou, eu o procurei e ofereci o contato que tenho no Brasil para ajudá-lo, mas ele não quis. Disse-me que era melhor deixar tudo como estava. A indenização que a mãe recebera e o salário que ele ganhava no hospital dariam para mantê-los. Além disso, ele queria viver em paz, sem ter contato com a família que vivia no Brasil.

— E quanto aos pais de Alexandre? Você acredita que trarão problemas?

— Acho que não. Vieram visitá-lo depois de muitos anos. Talvez queiram saber como vive, como se mantém financeiramente. Amir, fico impressionado com a preocupação das pessoas em ter bens, a prisão em que vivem por causa deles, o medo de perder o que, muitas vezes, receberam sem nenhum esforço. Meu avô sufocou a família por causa disso, e meu tio Ângelo está fazendo a mesma coisa. O único que decidiu viver foi tio Adônis, mas, para isso, precisou abandoná-los. Esse apego não leva ninguém a lugar nenhum. Quando morremos, fica tudo aí, para outros, que ou vão acabar com o que receberam ou vão se aprisionar como seus antecessores.

— Raul, quando nos conhecemos, eu tinha receio de que você, por ter sido criado por eles, tivesse esse apego ao dinheiro. Como você conseguiu estar imune a isso?

— Minha tia não tem apego ao dinheiro. Ela vem de uma família que tem muita coisa, mas que sempre deixou que todos escolhessem o caminho que quisessem viver. O pai dela dividiu o patrimônio da família em vida e ensinou aos filhos como cuidar dos bens que estavam recebendo, permitiu que eles decidissem que carreira queriam seguir, que religião queriam seguir, com quem queriam se casar. Depois que ele morreu, os filhos, são quatro, procuraram passar esses ensinamentos aos próprios filhos e assim vão seguindo a vida. Minha tia nunca me pediu que ficasse para cuidar dos bens da família. É muito diferente do tio Ângelo, do meu avô, da tia Dirce. Ela me apoiou, disse-me para viver minha vida como eu achasse melhor, poderia contar com ela para tudo, estava disposta a largar meu tio e viver aqui no Cairo, para ficar perto de mim. Não falei mais com ela, não sei o que ficou decidido, mas, quando você conhecê-la, vai entender o que estou falando.

— O dinheiro é uma coisa boa, mas algumas pessoas se transformam em monstros, se escravizam para tê-lo e não aproveitam o nosso bem mais precioso que é a vida.

— Isso mesmo, espero que fique tudo bem na casa de Rogério. Eu os conheço há pouco tempo e gosto deles. São sinceros, amigos leais, tenho certeza de que me darei muito bem com eles. Agora, eu vou embora, Mariah está me esperando.

O olhar de Amir mudou quando perguntou:

— E o pai dela?

Percebendo a mudança, Raul explicou:

— Ele ainda não acordou totalmente, disse a ela que Sofia estava lá, queria vê-la, pode ser que ele conte o que fez. Mariah está muito preocupada. Ainda não me confirmaram se ele ficará com sequelas, então, não quero me antecipar. Você não gosta dele?

— Não, papai sofreu muito por causa dele, amigos nossos sofreram com a forma como ele maltratou vários do nosso povo, a Carmem e o tio Joseph sofreram muito graças a ele. E você, o que sente em relação a ele?

— Sinceramente, não sei. Eu discuti com ele, disse tudo o que pensava naquele momento, mas não sinto nada. É alguém por quem não tenho simpatia nenhuma, mas, infelizmente, é o pai da Mariah, não posso me esquecer disso.

— Ela sabe tudo o que o pai fez?

— Não. Ela está preocupada com ele, mas não sei qual será sua reação quando conhecer a verdade sobre a morte da mãe.

— Tio Joseph contou para você?

— Contou. Mas não sou eu quem vai contar-lhe. Estarei ao lado dela, mas dou razão a Rogério, Adalberto é quem tem de contar para a filha o que foi capaz de fazer.

Raul estendeu a mão para despedir-se do irmão.

— Amir, até mais, qualquer problema com o papai, não hesite em me ligar.

— Até logo, Raul, pode ir tranquilo, cuidarei do nosso pai.

Miríade aproximou-se do marido e, abraçando-o, perguntou:

— Está tudo bem? Vocês ficaram aqui fora conversando.

— Sim, estou aproveitando para conhecê-lo melhor. Não quero me decepcionar e não vou permitir que papai sofra novamente.

— Ouvi uma parte da conversa, ele me parece bastante sincero. Você tem dificuldade de confiar nas pessoas, dê-lhe uma chance e deixe o tempo passar. Nada melhor do que o tempo para colocar tudo no seu devido lugar. E, por falar em tempo, veja que fim de tarde lindo.

Amir beijou a esposa, e ficaram abraçados observando o pôr do sol.

⁓——⁓

Rogério chegou em casa e, quando chamou pela mãe, notou que ela estava apreensiva:

— O que houve, mamãe?

— Estou um pouco nervosa. Será que os pais de Alexandre vão gostar do que preparamos para eles?

— Por que não gostariam? A *rotisserie* entregou tudo o que você pediu?

— Sim.

Rogério abraçou a mãe e perguntou:

— O que a está incomodando, dona Silvana? Com certeza, não são os sanduíches.

— Fiquei pensando que talvez tenha errado em convidá-los. Se eles se lembrarem de quem sou, poderão fazer algum comentário desagradável.

— Então, sente-se aqui no sofá comigo e me explique. Que segredos do passado são esses que a senhora escondeu de seu filho amado?

— Rogério, não brinque, eu nunca disse nada para não magoá-lo. E só agora me dei conta de que você pouco sabe do meu passado.

Olhando-a sério, ele indagou:

— Mamãe, você não acha que estou bem crescido para entender qualquer coisa que você tenha feito? O que poderia me assustar? Você matou alguém ou roubou algum banco?

— Não é nada disso. Eu cantava num cassino.

Rogério fingiu-se espantado, e a mãe chamou-lhe a atenção:

— Não faça essa cara, é muito sério.

— Está bem, não vou brincar, agora me conte o que houve.

— Eu estudava canto lírico escondido do seu avô. Uma noite em que estava me apresentando, conheci seu pai. Ele não tinha o hábito de jogar, mas, naquele dia, alguns amigos o convenceram a ir ao cassino. Imagine, para me ouvirem cantar! Fiquei tão envaidecida. Eu o vi sentado próximo a uma das mesas ao lado do palco e cantei o melhor que pude, não conseguia parar de olhar para ele. Infelizmente, naquele dia, uma batida policial pôs fim às atividades do cassino. Fiquei apavorada, seu pai conseguiu me tirar dali rapidamente. Eu estava com o vestido da apresentação e não poderia ir para minha vestida daquele jeito. Procuramos uma amiga minha e consegui com ela roupas para voltar para casa. Foi outro problema, seu avô estava me esperando e fez um escândalo quando me viu chegar com seu pai de madrugada e com roupas que ele sabia que não eram minhas. Quis saber quem ele era e o ameaçou com a polícia. Disse que eu havia me perdido e outras coisas que não valem a pena repetir. Henrique, muito seguro, disse que estávamos namorando e que ele assumiria a responsabilidade pela minha honra, e que meu pai não precisava se preocupar, pois ele se casaria comigo e tudo ficaria bem. Seu avô se acalmou e fez um verdadeiro interrogatório sobre a vida dele. Ele era engenheiro, estava sendo transferido para o Cairo, me conhecia há pouco tempo e ainda não tínhamos conversado sobre a partida dele.

— Tentei interferir dizendo que Henrique deveria seguir com seu trabalho e, quando ele retornasse, nós voltaríamos a nos ver, mas seu avô foi irredutível. A filha dele tinha sido desonrada, não poderia continuar a viver na casa dele. Resultado: seu pai me pediu em casamento naquele momento e conseguiu adiar a ida para o Cairo em um mês. Nós nos casamos e viemos para cá. Seu avô adoeceu logo depois, então, voltamos ao Brasil. Eu estava grávida, fiquei alguns meses lá, você nasceu, seu avô morreu alguns meses depois, aí eu e você voltamos para o Cairo e continuamos nossa vida como ela é até hoje.

— E a vovó, sua mãe?

— Ela morreu quando eu era muito pequena. Meu pai não quis se casar novamente.

— Você amou meu pai?

— Sim, me apaixonei por ele no momento em que o vi sentado em frente ao palco, onde eu estava me apresentando.

— Ele amava você?

— Sim, ele também me amou desde aquele dia. Outro teria me deixado lá no meio daquela confusão. Mas seu pai não, foi gentil, atencioso, ouviu seu avô falar, falar, falar e não me deixou.

— Interessante que ele foi tão liberal com relação a você mas não me aceitou como sou. Por que, mamãe?

— Não sei, meu filho, isso foi algo que eu nunca soube.

— Mamãe, você não está me escondendo nada, está?

— O que eu poderia estar escondendo?

— O fato de eu não ser filho do Henrique.

— Rogério, nunca mais repita isso. Você é nosso filho, e não questione isso nunca mais.

Percebendo que a mãe ficara alterada, Rogério desculpou-se:

— Desculpe-me, não quis ofendê-la. Você sabe o quanto me fez mal a atitude do papai me colocando para fora de casa.

— Eu sei, meu filho, mas nunca soube o porquê de ele agir daquela forma.

— Então, vamos deixar tudo como está. Vou tomar um banho, e você precisa tirar esse ar preocupado do rosto. Vamos lá, passe um batom e sorria, mamãe. Afinal, você vai conhecer a sogra do seu filho!

— Você não tem jeito, leva tudo na brincadeira.

— A vida precisa ser leve, mamãe, ou não conseguiremos sobreviver. Venha, vamos nos arrumar.

CAPÍTULO 21

A campainha tocou, e Rogério informou:
— Pode deixar que eu atendo.
— Boa noite, entrem.
Rogério cumprimentou os membros da família de Alexandre com um aperto de mão e deu um abraço no namorado. Nesse momento, Silvana entrou na sala e foi apresentada a eles:
— Mamãe, o senhor Augusto e a senhora Sônia, pais do Alê; Mauro e Regina, o cunhado e a irmã dele.
— Muito prazer, sejam todos bem-vindos. Alexandre, você não vai me dar um abraço?
— Claro, dona Silvana. Estava esperando o Rogério apresentá-la. Como a senhora está?
— Bem, obrigada. É muito bom recebê-los em minha casa.
Sônia respondeu:
— Nós é que agradecemos. O Alexandre falou muito bem da senhora e do carinho que tem por ele.
— Eu gosto muito do seu filho. Mas venham, vamos passar para a sala de jantar, assim vamos apreciar o lanche e conversaremos mais à vontade.
Discretamente, todos observaram a casa e o bom gosto na decoração. Regina, não se contendo, perguntou:
— Foi a senhora mesmo quem decorou a casa? Tem objetos típicos daqui.

— Sim, fui eu mesma, moro aqui há muitos anos, e os objetos de arte dão vida a esta casa. Muitos deles foram comprados por meu marido. Ele trabalhou muito tempo em uma construtora aqui no Egito. Viajou por várias cidades e de cada uma trouxe uma lembrança.

Augusto perguntou:

— Espero não ser indiscreto, mas a senhora é a cantora Silvana Melotti?

— Não mais, depois que me casei, passei a ser apenas Silvana de Alencar.

— Posso perguntar por que abandonou a carreira?

Numa troca de olhares entre Rogério e Alexandre, este disse:

— Papai, por favor, você está constrangendo dona Silvana.

Silvana explicou:

— Não se preocupe, Alê. Antes de vocês chegarem, eu estava conversando com Rogério sobre esse assunto. Quando conheci Henrique, pai de Rogério, decidimos nos casar e, como ele precisava vir imediatamente para o Egito, interrompi meus estudos de canto. Eu não falava bem inglês e, naquela época, havia poucos brasileiros aqui, então, preferi aperfeiçoar meu inglês e estudar árabe.

Sentados um ao lado do outro, Alexandre apertou carinhosamente a mão de Rogério, gesto que não passou despercebido a Mauro e Regina.

Regina pôs-se a descrever a viagem para o deserto, e o tema tornou a conversa mais leve. Quando se despediram, Augusto elogiou o lanche preparado por Silvana. Alexandre deixou-os no hotel e voltou para o apartamento de Rogério.

—⁂—

Sônia, a sós com o marido, perguntou:

— Por que você insistiu em perguntar à mãe de Rogério se ela era cantora?

— Porque eu a ouvi cantar, ela tinha uma voz belíssima. Eu fiquei curioso, foi só isso.

— Está bem, vou terminar de arrumar nossas coisas. Amanhã teremos que nos levantar cedo.

Augusto não respondeu a esposa e continuou a pensar em Silvana, lembrava-se do lugar onde a ouvira cantar, um cassino aonde ele tinha ido com amigos e que, alguns dias depois, soube que havia sido fechado pela polícia. Preferiu não comentar o assunto com a esposa.

※

Enquanto arrumava as malas para partirem no dia seguinte, Regina perguntou ao marido:

— Mauro, você não achou estranho o papai insistir naquela história da mãe do Rogério ser cantora?

— Eu acho que ele sabe de alguma coisa do passado de dona Silvana, mas isso é um assunto que não devemos nos preocupar, pois, pela reação de Alexandre, tenho certeza de que ele apoiará o Rogério. Você se saiu muito bem, seu pai não percebeu o gesto dele.

— Mas a mamãe sim.

— E?

— Ela não disse nada. Sinceramente, acho que papai nunca vai mudar. Ele está aqui falando em viver em paz, mas vai ficar nisso. Ele nunca aceitará meu irmão de verdade, com o coração.

Abraçando a esposa, Mauro disse:

— E você? Aceita seu irmão como ele é?

— De coração? Aceito sim, não temos que criticá-lo ou julgá-lo ou querer que ele seja diferente. Ele tem o direito de ser feliz com quem o faça feliz, não com quem meus pais querem.

— É por isso que eu a amo.

Mauro beijou Regina longamente, sabia que a esposa era sempre verdadeira com relação aos sentimentos pelo irmão e a admirava muito.

— Só por isso? — Regina perguntou.

— Não, esse é um dos motivos. Você é a melhor pessoa que eu conheço. A mulher que escolhi para viver comigo por toda a minha vida. Mas você não disse se também me ama.

— Seu bobo, você é o amor da minha vida.

Os dois continuaram abraçados, falando de amor e do quanto eram importantes um para outro.

※

Chegando à casa de Rogério, Alexandre desculpou-se com Silvana, que lhe disse:

— Não se preocupe, Alexandre. Está tudo bem. Vocês vão ficar aqui?

Rogério respondeu:

— Ainda não decidimos, mamãe, vá se deitar, você deve estar cansada. Se eu resolver sair, deixo um bilhete para você. Amanhã meu plantão começa cedo.

— Está bem, meu filho. Boa noite para vocês dois.

— Boa noite, mamãe.

— Boa noite, dona Silvana.

Notando a fisionomia tensa de Rogério, Alexandre indagou:

— Você está bem?

— Mais ou menos.

— Meus pais?

— Não, é que antes de você chegar, mamãe me contou a história dela e como ela conheceu meu pai. Você vai para o sítio amanhã?

— Vou, mas primeiro vou acompanhar meus pais ao aeroporto. Quer ir lá para casa?

— Quero. Preciso falar o que estou sentindo, mas não quero que ela ouça.

— Então vamos.

Enquanto se dirigiam para a casa de Alexandre, Rogério contava a história de Silvana. Quando terminou, perguntou ao companheiro:

— Entende porque acabei ficando em dúvida sobre minha origem?

— Rogério, acho que você não deveria se preocupar com isso. Sua mãe sempre foi tão atenta a você e a mim também. Por que ela mentiria sobre um assunto tão sério?

— Não sei, Alê, não sei. Os pais não deveriam esconder o passado deles dos filhos. Ela insistiu para que seus pais fossem lá em casa e depois ficou preocupada. Isso me deixou intrigado.

— Você vai retomar esse assunto com ela?

— Não, não vou remexer o passado da minha mãe, nem tentar encontrar uma desculpa para meu pai não me aceitar. Vou deixar tudo como está. Se tiver mais algum segredo, um dia, nós saberemos. Você sabe que nada fica escondido para sempre, certo?

— Certo, que tal assistirmos a um filme, para desanuviar a cabeça?

— Você também está preocupado?

— Sim, meus pais não me convenceram. Você viu a expressão da mamãe quando eu peguei na sua mão?

— Vi. Ela não ficou à vontade, mas, em compensação, sua irmã foi rápida em mudar de assunto.

— É, Regina é ótima.

— E seu cunhado?

— Ele é muito legal, não faz crítica, não tem preconceito e gosta muito dela. Os dois se dão superbem.

— Faz tempo que estão casados?

— Uns cinco anos. Ela me contou, longe de nossos pais, que está tentando engravidar, mas em vão. Então, como não querem fazer inseminação artificial, entraram numa fila de adoção. Estão esperando para conhecer a criança que irão adotar. O encontro está marcado para daqui a quinze dias.

— Que legal, mas por que longe dos seus pais? Ah, pela sua cara, não precisa responder, já entendi.

— Então chega de falar em família. Que tal uma taça de vinho?

— Boa ideia, Alê. Você pega enquanto escolho o filme?

&—&

— Mariah, o que você achou do apartamento?

— Gostei, os móveis são novos. Você é o primeiro inquilino?

— Sim, os donos montaram o apartamento para um filho que ia se casar e, por algum motivo, o casamento não aconteceu. Então puseram o apartamento para alugar.

— Você não corre o risco de pedirem de volta?

— O corretor me disse que não, e o contrato foi feito por dois anos com possibilidade de compra ou renovação de locação.

— Então você pode comprar coisas de que goste para decorá-lo sem medo de ter que sair daqui correndo.

— Isso mesmo. Você me ajuda a decorá-lo?

— Claro, Raul, quando você quiser, iremos às compras.

— Ótimo. Agora, quero que você se sente aqui ao meu lado e me diga como foi seu dia. Quase não conversamos.

— Foi corrido, muitos pacientes. Você começará quando?

— Depois de amanhã. E seu pai?

— Continua sonolento e chamando por minha mãe. Conversei com minha avó, e ela me disse que acredita que minha mãe o protege de onde está. Acha possível?

— Você acredita em vida após a morte?

— Não sei bem o que pensar. Já ouvi relatos de pessoas que viram parentes falecidos quando estão na UTI, mas é estranho.

— Você não leu nada do que o tio Adônis lhe deu?

— Confesso que não. Você teve tempo de ler?

— Sim, aproveitei a viagem de avião. Sabe, tem autores que explicam muito bem a continuação da vida, a afinidade das pessoas, afirmam que já vivemos juntos em outras épocas, o que poderia explicar a empatia por algumas pessoas e a antipatia por outras. Não sei se vale a pena saber desse passado, porque acredito que não conseguiria viver com alguém com quem tive problemas, mas acho lógico saber que estamos aqui para aprender. Se olharmos a evolução do mundo pela história, veremos o quanto evoluímos materialmente, por que não acreditar que precisamos de uma evolução espiritual? Quantas pessoas se esquecem de olhar o outro, dentro da própria família, quantos idosos ficam abandonados, crianças são maltratadas, casais se violentam, porém, ao mesmo tempo, pessoas estranhas acabam cuidando de idosos, olhando pelas crianças. Qual o sentido de tudo isso se não pensarmos em evolução espiritual?

— Sim, mas estamos falando em pessoas vivas. No caso do meu pai, ele está falando que vê minha mãe, e ela já morreu.

— Não tenho conhecimento suficiente para explicar-lhe o que acontece com ele, talvez devêssemos conversar com tio Adônis. O que acha?

— Eu gostaria muito.

— Então vamos falar com Rogério, pois não tenho o contato do meu tio.

— Obrigada, Raul, você me traz uma paz tão grande.

Raul abraçou Mariah, e continuaram conversando sobre o que perguntariam a Adônis.

※

No hospital, os enfermeiros conversavam:

— Samir, o doutor Adalberto está acordado?

— Não, Raíssa, ele continua sonolento.

— Tem alguma medicação para hoje?

— Não, o doutor William pediu para não descuidarmos dos aparelhos e qualquer alteração chamá-lo imediatamente. Outra coisa, o doutor Marcelo Zafir está proibido de vir aqui para vê-lo.

— Por que isso?

— Não sei, mas o Khalil observou que o doutor Adalberto ficou alterado quando ele esteve aqui. Então, essas visitas estão proibidas.

— Estranho, não? Será verdade o que estão comentando?

— O quê?

— Nada não, Samir, quando eu tiver certeza, falarei com você.

— Está bem. Acabou meu plantão, Khalil já chegou, e a Samira já está dando a medicação da noite para os pacientes.

— Vou ajudá-la, até amanhã.

— Até, Raíssa.

— Samira, você já medicou todos os pacientes? Vim ajudá-la.

— Já, Raíssa, mas observe o doutor Adalberto, parece que ele está conversando com alguém.

— Você consegue ouvi-lo?

— Não, estou apenas observando o movimento dos lábios. Veja, ele está sorrindo.

— E se chegássemos mais perto?

Khalil, que vinha chegando, disse-lhes:

— Não façam isso. Deixem-no sossegado.

— Por que você está dizendo isso?

— Se ele estiver vendo alguém, precisa estar tranquilo para falar o que sente. Se vocês chegarem perto dele, o contato que se estabeleceu será interrompido.

Raíssa perguntou:

— Não estou entendendo. Contato?

— Raíssa, as pessoas quando passam por experiências que as aproximam da morte, costumam contar que viram algum parente que já se foi, e a conversa com esse familiar, muitas vezes, auxilia na recuperação do paciente. Se ele sentir necessidade de pedir perdão ou dizer o que sente, o momento é esse. Se você vai até lá e interrompe, ele não conseguirá expressar o sentimento que provavelmente está guardado há muito tempo.

Samira indagou:

— Você conhece a história do doutor Adalberto?

— Conheço, e não é um passado que ele possa se orgulhar. Agora vamos, temos trabalho a fazer.

Assim, os três se encaminharam para a área dos enfermeiros, de onde observavam os pacientes e cuidavam dos prontuários que deveriam ser preenchidos.

Discretamente, Khalil olhava para o leito do médico e sentia que Sofia estava presente, velando por ele.

꧁ ꧂

No dia seguinte, Mariah encontrou Rogério na entrada do hospital:
— Bom dia, seu plantão começará cedo hoje? — perguntou o rapaz.
— Sim, Rogério, e foi bom encontrá-lo. Conversei com o Raul ontem. Será que poderíamos ir à casa do senhor Adônis? Eu gostaria de falar com ele.
— Acredito que sim. Vou telefonar e marcar para hoje à noite, está bem?
— Sim, meu plantão será até as dezoito horas.
— O meu também. Alexandre vai para o sítio amanhã, podemos ir juntos.
— Raul irá também, ele iniciará o trabalho aqui amanhã.
— Ótimo, assim que eu falar com ele, avisarei você. Bom plantão, colega.
— Para você também.

Chegando à sua sala, Rogério foi informado de que o doutor William tinha urgência em falar-lhe.
— Bom dia, William, você quer falar comigo?
— Bom dia, Rogério. Está havendo um zum-zum-zum no hospital sobre o caso do Adalberto. Uma das enfermeiras da UTI demonstrou que sabia de alguma coisa, o que despertou a curiosidade dos outros.
— William, essa investigação está demorando muito e, com certeza, a proibição da visita do Marcelo deve ter despertado alguma curiosidade no pessoal, mas logo esse boato desaparece. Amanhã, Raul começará a atender aqui, e ele será o assunto, pode ter certeza. Adalberto ficará esquecido.
— Espero que você tenha razão. Você tem falado com o Marcelo?
— Não, mal o tenho visto. Por quê?

— Ele pediu alguns dias de licença, recebi o pedido hoje. Ele disse que precisa viajar para o Brasil, para resolver algum problema ligado à propriedade do pai, que está muito doente.

— Quando começará essa licença?

— Amanhã, ele ficará quinze dias fora.

— Ele sabe que Raul começará a trabalhar amanhã?

— Não tenho certeza, Rogério.

— Talvez tudo fique mais calmo sem ele aqui.

— É, talvez. Obrigado, Rogério, bom plantão.

— Obrigado, William.

Saindo dali, o médico dirigiu-se ao seu consultório e, antes de iniciar o atendimento de rotina, telefonou para Adônis:

— Rogério, que bom ouvi-lo. Está tudo bem?

— Sim. E a viagem como foi?

— Foi ótima, resolvi tudo com tranquilidade.

— Muito bom. Você poderia nos receber hoje à noite?

— Posso sim. Quem virá com você?

— Alexandre, Mariah e Raul. Preciso levar mais alguém?

— Peça para o Khalil vir também, vamos precisar dele.

— Ok, eu o avisarei. Obrigado, Adônis.

— Não tem de quê, até mais.

Rogério saiu do consultório e foi encontrar a doutora Mariah. No caminho, ouviu vozes alteradas:

— Você precisa vir comigo. Vamos embora desse lugar, seu pai não é o que você pensa.

— Marcelo, você enlouqueceu. Por que eu iria embora com você?

— Porque, quando souber a verdade, você não vai perdoar seu pai. O Raul está enganando você, está com você para se vingar de Adalberto. Venha comigo, e eu a protegerei deles.

— Você enlouqueceu.

— Mariah, eu amo você. Você me pertence.

Dizendo isso, Marcelo tentou agarrar Mariah mas foi impedido por Rogério.

— O que pensa que está fazendo? Ficou maluco?

— Você não tem nada com isso, seu...

Antes que ele concluísse a frase, Rogério deu-lhe um soco no rosto.

— Isso não vai ficar assim, vou dar parte de você.

William, que havia sido chamado pela enfermeira Amália, disse:

— Não vai mesmo, você está despedido. Amália, peça para o segurança acompanhar o doutor Marcelo, ele não trabalha mais conosco.

Enquanto Amália chamava o segurança, Marcelo, esbravejando, acusava-os de tramarem contra ele.

— Vocês vão me pagar. Mariah, você vai ter de conviver com a verdade que todos, inclusive seu namorado, conhece. Seu pai é o responsável pela morte de sua mãe. Pergunte a Rogério, a Raul, a quem quiser. Todos eles sabem a verdade e a escondem de você.

Rogério agarrou Marcelo pelo braço e o tirou à força do consultório entregando-o para o segurança. William, que vinha logo atrás, disse:

— Deixe que eu cuido dele, cuide de Mariah.

Rogério, voltando para o consultório, viu que a médica estava pálida e estática. Aproximando-se, disse:

— Mariah, por favor, não dê ouvidos a ele.

Rogério conduziu a amiga até uma cadeira e pegou em suas mãos, aquecendo-as, porque estavam geladas. Ajoelhou-se para ficar na altura dela e disse:

— Olhe para mim, Mariah, não dê ouvidos a ele.

Quando lágrimas começaram a escorrer dos olhos dela, ele a abraçou, e ficaram assim por um longo tempo. Percebendo que ela se acalmava, Rogério afastou-a o suficiente para olhar em seus olhos e disse:

— Consegue falar agora?

— Rogério, o que foi aquilo? Você sabia que meu pai foi o responsável pela morte da minha mãe?

— Sabia. E, repetidas vezes, pedi a Adalberto que lhe contasse o que aconteceu, mas ele preferiu esconder essa verdade de você.

— Raul também sabe?

— Isso eu não sei. O que sei é que ele a ama muito e tenho certeza de que não se aproximou de você para se vingar do seu pai, como o Marcelo falou.

— Ele queria que eu fosse embora com ele para o Brasil, me disse coisas horríveis. Não sei em quem acreditar.

— Nós nos conhecemos há quantos anos? Você vai acreditar nele ou em mim?

Abraçando Rogério, Mariah respondeu:

— Quero muito acreditar em você, mas não vou conseguir olhar para meu pai sem pensar nele como o responsável pela morte da minha mãe. Preciso saber o porquê, senão não terei paz.

Raul, que havia sido chamado por William, entrou no consultório da médica aflito.

— Mariah, o que houve?

Rogério respondeu:

— Raul, fique com ela. Marcelo lhe disse coisas horríveis. Ela precisa de você.

Raul aproximou-se e, abraçando-a, perguntou:

— O que ele fez com você?

Um pouco mais calma e olhando diretamente nos olhos do namorado, ela respondeu:

— Não é o que ele fez, é o que ele disse. Acusou meu pai de ser o responsável pela morte da minha mãe, disse que você sabia de tudo e está comigo apenas para se vingar do que meu pai fez a você.

— Você acreditou nele?

Sem soltar-se do abraço de Raul, ela respondeu:

— Que você queira se vingar do meu pai eu não acredito. Se fosse assim, você não o teria socorrido como fez. Agora, você sabia sobre minha mãe?

— Podemos sair daqui um pouco?

— Aonde você quer ir?

— Há algum lugar onde possamos conversar sem sermos interrompidos.

— Vamos até o jardim.

Lá chegando, segurando as mãos de Mariah e obrigando-a a olhar em seus olhos, Raul explicou:

— Mariah, quando eu cheguei aqui, não sabia nada do meu passado. Conheci você e fiquei encantado com seu jeito, seu profissionalismo, e foi o problema do meu pai e a proibição do doutor Adalberto que me ajudaram a me aproximar de você. Eu deixei tudo o que tinha no Brasil para viver aqui com você. Se eu não a amasse, você acha que eu faria tudo o que fiz?

— Desculpe-me, você tem razão. Fiquei tão atordoada com Marcelo que, de repente, vi meu mundo ruir, mas eu amo você, não quero perdê-lo.

Raul abraçou-a e completou:

— Eu amo você, quero me casar com você, por favor, nunca duvide dos meus sentimentos.

Mariah o beijou com ternura, e ficaram por algum tempo abraçados, sentindo o calor do corpo um do outro, como que para aquecer o coração. Depois de algum tempo, Raul tornou:

— Quanto a sua mãe, o tio Joseph era apaixonado por ela. Ele me contou que tentou salvá-la do afogamento, agora, o que de fato aconteceu, seu pai é quem deve contar-lhe. Tudo o que dissermos será o que ouvimos de alguém, não o que, de fato, houve.

— Ele nunca me falou o que houve.

— Quem sabe, quando ele acordar, vocês possam conversar, e ele consiga contar-lhe o que houve?

— Você está certo. Nem minha avó, que acredito que saiba o que houve, me contou.

— Você está mais calma? Quer ir para casa?

— Não, Raul, estou melhor e preciso trabalhar, tem muita gente para atender. E mais tarde quero ver meu pai. Eu estava saindo para vê-lo quando Marcelo puxou meu braço e praticamente me empurrou para dentro do consultório.

— Vou acompanhar você e depois vou à casa do meu pai.

— Eu pedi para Rogério falar com o senhor Adônis, precisamos saber se ele conseguiu.

Raul e Mariah entraram no hospital e foram direto ao consultório do doutor Rogério.

— Eu estava aguardando vocês. Você está melhor?

— Estou, conversamos bastante, e Raul me fez ver que as acusações de Marcelo são infundadas. Você teve tempo de conversar com o senhor Adônis?

— Que bom que você está bem. Consegui marcar para às vinte horas. Iremos nós quatro.

Raul perguntou:

— Nós quatro?

— Sim, eu, você, Mariah e Alexandre.

— Certo. Eu posso esperar você na casa da Mariah?

— Sim, pego vocês dois lá às dezenove e trinta, tudo bem?

Raul respondeu:

— Sim, vou acompanhar Mariah até a sala dela e depois vou conversar com o doutor William. Até a noite, Rogério.

— Até.

No consultório de Mariah, Raul perguntou:

— Você está bem mesmo? Quer que eu fique aqui?

— Não, Raul, estou bem. Você tem que cuidar do seu pai, das suas coisas, nos encontramos mais tarde.

Raul deu-lhe um beijo e confirmou que iria à casa dela para irem juntos à reunião com Adônis. Depois dirigiu-se ao consultório do doutor William.

— Doutor William, o que foi aquilo? Como permitiram que aquele homem fizesse o que fez?

— Raul, não imaginamos que Marcelo agiria dessa forma. Ele me pediu uma licença de quinze dias para voltar ao Brasil e resolver pendências da família, não sei o que deu nele.

— Onde ele está agora?

— Espero que na casa dele. Ele já retirou os pertences pessoais e já passou no RH para formalizar a demissão. Deixei ordem para que o pessoal da segurança esteja atento, para que ele não volte e tente alguma coisa contra Mariah. Coloquei você de plantão no mesmo horário que ela, assim vocês podem chegar e sair juntos.

— Ótimo, doutor William, obrigado. Espero que ele realmente vá embora e deixe Mariah em paz.

— Você também deve tomar cuidado. Não sabemos do que ele é capaz.

— Não se preocupe, eu tomarei cuidado.

— Amanhã, quando você chegar, venha direto à minha sala. Vou apresentá-lo formalmente à nossa equipe e mostrar qual será o seu consultório.

— Está certo, até amanhã.

— Até.

CAPÍTULO 22

Saindo do hospital, Raul dirigiu-se à casa de seu pai. Lá chegando, foi recebido por Joseph.

— Bom dia, Raul, soube o que aconteceu no hospital, mas gostaria de ouvi-lo.

— Bom dia, tio, como o senhor soube?

— Alexandre estava aqui comigo quando Rogério ligou e pediu a ele que fosse encontrá-lo hoje à noite, para irem à casa de Adônis.

— Foi horrível, tio, ele gritou para quem quisesse ouvir que eu sabia o que houve com Sofia e que estava usando Mariah para me vingar do que o pai dela fez à nossa família.

— Como ela reagiu?

— Ficou muito abalada, mas nós conversamos, e eu a deixei mais calma. Foi uma cena horrível.

— Vou fazer-lhe uma pergunta e espero que você não me leve a mal.

— Acho que sei o que o senhor irá perguntar.

— Passou pela sua cabeça se vingar do Adalberto usando Mariah?

— Nunca, tio. Como eu disse a ela, só soube do que havia acontecido à minha família quando cheguei aqui. Eu amo Mariah, jamais a usaria para me vingar do pai dela e de quem quer que fosse. Sei que vocês estão me conhecendo agora, mas acredite, a minha relação com ela é muito séria. Sinto como se a conhecesse há muito tempo, como se nós estivéssemos nos reencontrando. Acha isso possível?

— Sim, acredito. Nós acreditamos em reencarnação, portanto, esse tipo de sentimento existe. Você já leu algum livro ou conversou com seu tio sobre esse assunto?

— Estou lendo um livro que tio Adônis me deu, mas ainda não conversei com ele. Agora eu gostaria de ver meu pai. Ele soube o que houve?

— Não. Vá vê-lo, preciso sair. Você ficará o dia todo aqui?

— Não. Ele está sozinho?

— Sim. E seria ótimo se você pudesse ficar até eu voltar.

— Pode ir tranquilo, meu tio. Ficarei aqui até você ou o Amir retornar.

Joseph se despediu de Raul com um abraço e teve uma sensação boa ao fazê-lo. Tinha certeza de que o sobrinho era um homem correto. Marcelo tentara envenená-los, mas não conseguira.

Saindo dali, Joseph foi procurar pelo médico, sabia onde o encontraria. Chegando à casa de Marcelo, foi atendido por um empregado:

— Amim, bom dia, o doutor Marcelo está? Preciso falar com ele.

— Senhor Joseph, que bom revê-lo. Vou avisá-lo que está aqui.

Alguns minutos depois.

— Não sei como lhe dizer isso, senhor Joseph, mas ele não quer ver ninguém.

— Me desculpe, Amim, mas ele vai conversar comigo sim.

Dizendo isso, Joseph praticamente invadiu a casa de Marcelo.

— O que o senhor faz aqui?

— Vim apenas dar-lhe um aviso, não se meta com minha família nem com a família de Carmem, principalmente com Mariah.

— E por que eu teria medo dessa ameaça?

— Porque sei que você estava chantageando Adalberto, assim como sei que foi seu pai que ajudou o avô de Raul a sequestrar meu sobrinho.

Marcelo preocupou-se, mas tentou manter-se firme.

— O senhor não tem provas.

— Engano seu. Tenho o depoimento da enfermeira que seu pai contratou para acompanhá-los ao Brasil. Ele estava aqui no Cairo quando o avô de Raul o levou daqui. Quando ela retornou e soube que havia outra criança, nos procurou e contou como havia sido contratada e por quem. O contrato e os comprovantes de pagamento estão comigo. Ela conhecia nossa família e ficou com receio de ser acusada de sequestro.

— Meu pai está doente. O senhor não pode usar essas provas contra ele.

— Engano seu. Eu as entregarei ao doutor William e confirmarei que você estava chantageando Adalberto, além, é claro, da cumplicidade do seu pai no sequestro. Será que ele vai acreditar em mim, com os documentos que tenho, ou em você? Como ficará a reputação do seu pai no Conselho de Medicina?

Marcelo ficou lívido.

— Estou voltando para o Brasil. Lá ficarei longe dessa confusão e de vocês todos.

— Espero que você faça uma boa viagem. E lembre-se: não se aproxime mais de Mariah.

Dizendo isso, Joseph retirou-se da casa de Marcelo e dirigiu-se à casa de Carmem. Lá chegando, ela o recebeu com uma xícara de chá.

— Como você sabia que eu viria?

— Soube do que aconteceu no hospital. Tinha certeza de que você ia confrontar o médico.

— Ele disse que vai voltar ao Brasil, vou conversar com alguns conhecidos para que me informem se ele realmente cumpriu a palavra. Temo que ele faça alguma coisa para prejudicar Mariah.

— Sossegue seu coração, Joseph, ele não fará nada. Sabe que você e a sua família estão atentos a ele. Rogério e Raul estão sempre próximos, nada vai acontecer à minha neta.

— Quando fala assim, sei que sabe mais do que eu.

— Hoje, Mariah vai à casa de Adônis, talvez tenhamos uma surpresa. Por que você não os acompanha?

— Vou falar com Raul, seguirei seu conselho.

Carmem e Joseph continuaram a conversar mais algum tempo e, quando se despediram, ela tornou a pedir-lhe que fosse à casa de Adônis, e ele confirmou que iria.

O dia transcorreu com tranquilidade, a rotina no hospital se manteve, Raul conversou com o pai e o aconselhou a diminuir o ritmo nas escavações. À noite, encontraram-se na casa de Mariah e ficaram surpresos ao saber que Joseph os acompanharia.

Rogério perguntou:

— Por que o senhor resolveu nos acompanhar?

— Carmem me pediu para ir com vocês.

— Então não precisamos saber mais nada. Vamos, pessoal, senão chegaremos tarde.

Adônis os recebeu com o carinho de sempre. Ficou contente com a presença de Raul e Mariah, cumprimentou Joseph e agradeceu a ele por auxiliar na adaptação do sobrinho.

Entraram na sala de reunião e encontraram Khalil, cumprimentaram-no e não fizeram perguntas. Adônis pediu a todos que se sentassem e iniciou os trabalhos daquela noite.

— Meus amigos, estamos aqui hoje para uma sessão especial. Mariah queria conhecer mais sobre a doutrina espírita e entender a presença de Sofia. Khalil trabalha conosco há algum tempo e tem facilidade de se comunicar com nossos irmãos que partiram para o outro plano. Ele recebeu uma mensagem e a lerá para vocês. Depois conversaremos, para esclarecer as dúvidas. Joseph, sabemos que você cuida muito bem de Mariah e estamos muito felizes que você não tenha deixado o ciúme, que é um sentimento ruim, tomar conta de sua alma.

Joseph agradeceu com um movimento de cabeça. Em seguida, Adônis pediu que Khalil lesse a mensagem que havia recebido.

— Eu recebi essa mensagem ontem à noite, depois do meu plantão no hospital. As enfermeiras chamaram a minha atenção para a presença de alguém com quem o doutor Adalberto conversava. Eu pedi a elas que não interferissem, e terminamos o plantão de forma tranquila. Quando cheguei em casa, comecei a pensar na possibilidade de a senhora Sofia querer enviar uma mensagem ao doutor Adalberto e, depois de algum tempo, eu comecei a escrever. Vou ler para vocês, a mensagem é para a doutora Mariah.

Mariah, minha filha querida, fiquei pouco tempo com você e nunca pude lhe dizer o quanto a amo e como fiquei feliz quando você nasceu. Essa compreensão só me veio depois de entender o que aconteceu comigo e que me levou à morte. Eu tinha vergonha de ser cigana, queria ser como as jovens que eu via na cidade e, quando conheci seu pai, senti que poderia realizar meu sonho. Abandonei o homem a quem eu era prometida e fugi para me casar com Adalberto.

Fomos felizes por um tempo. Nós estávamos apaixonados, mas ele queria enriquecer, trabalhava muito e não tinha tempo para nossa família. Até que um dia, eu soube o que ele fez a um dos nossos amigos, ele recebeu muito dinheiro para fazer um transplante e, quando eu o questionei, discutimos, disse-me que, para manter nosso padrão de vida, ele teria que fazer algumas concessões, e eu não deveria me intrometer nas decisões que ele tomava.

Aquilo tudo mexeu muito comigo. Percebi o quanto havia sido injusta com minha família, com Joseph, queria procurá-lo e pedir ajuda, mas fiquei com medo, não imaginei que ele ainda me amasse e mais ainda que me entendesse. Chorei muito, fui andar na praia, que era o que eu fazia quando estava triste, e acabei entrando muito além do permitido nas águas, então, não consegui voltar. Minhas pernas não me obedeciam e, quando Joseph chegou, era tarde. Ninguém pôde fazer nada.

Queria contar a Joseph que não me suicidei, em nenhum momento tive essa ideia, só queria ficar sozinha, pensar num meio de chegar até ele e conseguir ter minha filha comigo. Não foi possível. Quando acordei, fui amparada e demorei para entender o que havia acontecido. Soube que vocês estavam bem, e isso me tranquilizou. Comecei a trabalhar aqui na colônia onde vivo. O tempo aqui é diferente do tempo na Terra. Tudo aqui é mais simples. Quando soube que Adalberto havia tentado se matar, pedi autorização para ajudá-lo, para que ele reconheça seus erros e cumpra o que a justiça determinar. E, quando o tempo dele na Terra terminar, possa vir para um lugar de refazimento, onde, com certeza, ele encontrará paz.

Khalil, somos amigos de muito tempo, agradeço muito o que fez hoje, impedindo que interferissem na minha missão, e também por me auxiliar a encaminhar esta mensagem aos meus, que ainda estão encarnados... Estarei ao lado de Adalberto até que ele consiga se recuperar, o que deverá acontecer em breve.

Mariah, minha filha querida, me perdoe por não ter sido sua mãe como deveria. Sei que minha mãe cuida de você com muito carinho, ouça-a sempre. Você tem uma vida linda pela frente, formará uma bela família e será muito feliz.

Diga a Joseph que agradeço muito por ele não desistir de mim, por ter me encontrado, por proteger minha Mariah, por estar sempre perto de minha mãe. Espero que em seu coração ainda exista um pouquinho de amor para entender e perdoar as tristezas que lhe causei.

Obrigada a todos vocês que estão cuidando da minha Mariah com tanto carinho.

Filha, saiba que eu a amo muito e sempre que for permitido estarei perto de você.

Com todo meu amor,
Sofia

Terminada a leitura, a emoção envolvia a todos. Adônis fez uma prece de agradecimento e esperou que cada um dos presentes recuperasse o controle e dissesse o que estava sentindo.

O primeiro a falar foi Joseph.

— Meu amor por Sofia não morreu. Sempre tive a sensação de que poderia ter impedido sua morte. A carta me traz o consolo de saber que ela não queria se matar. Suas últimas palavras para mim foram um pedido de perdão. Guardei isso a minha vida toda. Não nego que tive vontade de agredir Adalberto, mas nunca cheguei a fazê-lo em respeito a você, Mariah, e à memória de sua mãe.

Rogério, dirigindo-se a Mariah, disse:

— Entende porque nunca quisemos contar-lhe o que aconteceu? Todos nós tínhamos uma ideia do que havia acontecido, mas só viemos a conhecer a verdade hoje.

Mariah apertava a mão de Raul sem perceber o que fazia. Lágrimas escorriam em seu rosto quando perguntou:

— Posso ficar com a carta? Você disse que era para mim, mas ela escreveu também para o senhor Joseph.

Khalil respondeu:

— A carta, embora esteja dando explicação a outras pessoas, é para você. Aqui está, guarde-a com carinho e lembre-se dela da mesma forma.

— Ela disse que vocês são amigos de muitos anos.

— Eu acredito nisso, mas não sei explicar-lhe. Posso apenas dizer-lhe que, conforme aprendemos estudando a espiritualidade, nosso espírito é eterno, portanto, vivemos em outra época, em outro local.

— E não deveríamos nos lembrar?

— Para quê? Não somos totalmente bons ou totalmente maus. Saber quem fomos ou o que vivemos em vidas passadas pode atrapalhar o nosso presente. Em minha opinião, a perfeição criada por Deus está exatamente em não lembrarmos o que fomos, para podermos progredir sem sentir culpa ou nos acharmos perfeitos.

— Senhor Adônis, obrigada por permitir esse momento em sua casa, obrigada a vocês, meus amigos, que vieram aqui comigo hoje. Raul, me perdoe se hoje, pela manhã, cheguei a duvidar de você, o susto que levei com a atitude de Marcelo me deixou desnorteada.

Raul respondeu:

— Mariah, amo você e jamais faria qualquer coisa para magoá-la. Não precisa pedir perdão pelo que houve, aquele médico queria nos separar de qualquer forma e usou esse argumento para tentar nos afastar.

Adônis tornou:

— Sugiro que passemos a outra sala para tomarmos um chá e assim encerrarmos este encontro. Estou à disposição de vocês para o que precisarem. Raul, seus tios estão vindo para o Cairo, vou hospedá-los aqui em minha casa, peço-lhe que os escute. Sua ida ao Brasil mexeu muito com Ângelo, ele tem dificuldade em expressar o que sente, mas ama você, por favor, tenha isso em mente quando ele o procurar. Algumas pessoas têm dificuldade em expressar sentimentos, procure não julgá-lo, quem sabe ele consegue conversar com você como fez comigo.

— Obrigado, pelo conselho, tio Adônis, pode ter certeza de que o atenderei.

Rogério e Alexandre foram os últimos a sair da sala.

— Alê, você está quieto. Aconteceu alguma coisa?

— Estou pensando na minha família. Fui com eles ao aeroporto e senti um certo alívio ao vê-los embarcar. Vejo Raul tão ciente do amor dos pais, tem dois pais agora e, fico pensando, por que meu pai não é assim.

— Ele o maltratou quando vocês se despediram?

— Não, mas estava com pressa de ir para a sala de embarque, parecia não querer que me vissem com ele.

— Você não está exagerando?

— Não, Rogério, minha irmã disse a eles que entrassem e ela iria em seguida. Ficamos mais ou menos quarenta minutos conversando: eu, ela e Mauro.

Rogério o abraçou e disse:

— A vida é sábia, e não conhecemos os designíos de Deus. Estamos juntos e é o que importa, vamos viver e aproveitar as pessoas que estão próximas a nós, que gostam da gente e deixar de lado os que nos entristecem. Concorda?

— Você está certo. Vamos viver aqui e aproveitar o que a vida está nos dando.

Adônis, que retornara à procura dos dois, ouviu o final da conversa e disse-lhes:

— Alexandre, ouvi o que disse, eu não pude ter filhos, não sei se podemos dizer que é a vontade de Deus, mas tenho vocês dois como amigos muito queridos. Se eu tivesse filhos, tenho certeza de que seriam exatamente assim como vocês são: homens íntegros, honestos, trabalhadores, responsáveis. Se ainda houver tempo, e vocês precisarem de um pai, estarei sempre aqui para apoiá-los.

Emocionado, Alexandre abraçou Adônis e respondeu:

— Temos muito tempo, e fico muito feliz de saber que você me quer como a um filho.

Rogério se juntou ao abraço, e os três conversaram mais alguns minutos até que Dulce, sentindo a falta do marido, veio chamá-los para participarem do lanche com as pessoas presentes.

※

Joseph chegou em casa, e Amir estava esperando-o:

— Tio Joseph, o que aconteceu? Soubemos que Marcelo Zafir fez acusações ao Raul.

— Omar está acordado?

— Sim, pediu-me que, assim que o senhor chegasse, fôssemos conversar com ele.

— Então, vamos, explicarei a vocês dois o que aconteceu.

Quando entraram no quarto de Omar, este perguntou:

— Joseph, o que houve? Raul esteve aqui e não me falou nada. O que está acontecendo?

Respirando fundo, ele explicou:

— Marcelo teve um surto no hospital, queria que Mariah seguisse com ele para o Brasil e, para isso, fez várias acusações, inclusive que Raul estaria com ela para vingar-se de Adalberto.

— Isso é possível? — indagou Amir.

— Não. Deixe-me terminar. Rogério e o doutor William tiraram Marcelo do consultório onde ele estava, o hospital o demitiu, e ele está de partida para o Brasil, onde vive o pai dele. Raul conversou com Mariah, e eles se entenderam. Ele me disse que jamais teve a intenção de se aproximar dela para alguma vingança, e eu acredito nele, caso vocês tenham ficado com alguma dúvida. Fui procurar o Marcelo e o ameacei com o depoimento daquela enfermeira que foi contratada para seguir com Paulo Albuquerque. Já conversei com um conhecido meu, que vai acompanhar esse embarque e me avisar caso ele não ocorra. Fui à casa da Carmem, e ela me aconselhou a ir à reunião organizada pelo Adônis, o que fiz. Lá, um jovem que eu não conhecia leu uma mensagem enviada por Sofia. Entre outras coisas, ela afirma que não se suicidou. Entrou no mar, passou do ponto de segurança e não conseguiu voltar, e, quando a encontrei, não havia mais o que fazer.

Omar disse:

— Quantos problemas. Como Mariah reagiu ao ouvir a leitura dessa carta?

— Ela ficou bem. Adalberto tem visto Sofia, e isso a deixou confusa, por isso a reunião na casa do Adônis.

— E Raul?

— Está com ela. Amanhã, ele começará seu trabalho no hospital. O casal que o criou está vindo para o Cairo e ficará na casa de Adônis.

Demonstrando contrariedade, Omar lamentou:

— Vão tentar levar meu filho de volta. Amir, não podemos permitir!

— Papa, não é assim. Raul é adulto, ele é quem deve decidir onde quer viver. Ele deixou tudo o que tinha no Brasil para se estabelecer aqui, você precisa confiar nele.

— Perdoe-me, me preocupo com ele e me esqueço de você. Agora que nos reunimos, não quero me separar de vocês dois.

— Papa, eu sei. Fique tranquilo. Vamos esperar que eles cheguem, vamos ouvi-los. Se o amor de Raul por Mariah for verdadeiro, ele não irá embora, ao contrário, vai se casar e viver aqui com a família.

— A culpa de tudo isso é minha. Se eu tivesse contido meu impulso de trazer Amália comigo, nada disso teria acontecido.

Joseph interveio:

— Omar, quando tomamos uma decisão, não temos como prever o futuro. Você precisa aprender a confiar no Raul, ele não é uma criança. Tudo o que ele viveu desde que chegou aqui modificou muito a vida dele, mas percebo que lhe deu segurança para dirigir a própria vida. Não se precipite com julgamentos e nem fique se culpando pelo que houve, não vai adiantar nada. Apenas trará mais amargura para todos.

— Você tem razão. Vou procurar me acalmar e confiar no meu filho.

Os três continuaram a conversar e a fazer planos para receber a família de Raul.

— Mariah, você está mais tranquila?

— Sim, Raul, obrigada por ter ficado aqui comigo.

— Eu não vou deixá-la sozinha. Sei que tudo o que aconteceu hoje a abalou demais.

— Amanhã você será apresentado ao conselho do hospital.

— Sim, o doutor William pediu-me que chegasse às dez horas. Que horas começará seu plantão amanhã?

— Vou para o hospital mais ou menos nesse horário. Devo começar às treze horas, mas quero ver meu pai, talvez ele seja transferido para o quarto.

— Aquele moço, o Khalil, ele trabalha na UTI?

— Sim, ele trabalha no hospital há muitos anos. Nos vemos pouco, porque ele trabalha à noite. Rogério nunca falou dele nas reuniões na casa do seu tio.

— Você gostou da reunião?

— Fiquei muito emocionada com a carta que recebi. Eu sabia que havia algum mistério na morte da mamãe, e já tinham me falado do suicídio, mas ninguém me disse o porquê. Eu suspeitava que meu pai estivesse envolvido, mas alguma coisa dentro de mim não me permitia acreditar nisso. Pode ser que agora ele me conte seus segredos. Você ficou sério. O que houve?

— Será que um dia também eu receberei uma carta da minha mãe?

— Você não perguntou para o senhor Adônis?

— Não, achei melhor esperar um outro momento. O que aconteceu hoje me deu mais vontade de estudar e entender melhor essa doutrina. Não sei o que meu pai pensa, mas se for possível recebermos uma mensagem dela, tenho certeza de que ele ficaria muito feliz.

— Você ficará aqui comigo esta noite?

— Se você quiser, fico sim. Nada me faria mais feliz.

Raul e Mariah trocaram um beijo apaixonado e cheio de promessas.

— Rogério, é você?

— Sim, mamãe. O que você está fazendo acordada até essa hora?

— Estava esperando-o, quero saber do Alexandre. Ele gostou da visita dos pais?

— Não, mamãe, ele sente que os pais não mudaram, que têm vergonha por ele ser homossexual. O Alê os levou ao aeroporto, e os pais entraram na sala de embarque quase uma hora antes do necessário. A irmã e o cunhado ficaram com ele até quase a hora de o avião decolar.

— Eles são pessoas muito preocupadas com as aparências. Em vez de aproveitarem o convívio com o filho, se importam com que os outros vão pensar. É uma pena. Alexandre é um amor de pessoa, alegre, inteligente, trabalhador. Gosto muito dele.

Abraçando a mãe, Rogério disse:

— Você é muito especial, mamãe, nós gostamos muito de você. Desculpe-me se por um momento duvidei de sua palavra com relação à minha paternidade. Não quis magoá-la.

— Não pense mais nisso, vamos deixar o passado no lugar dele e viver o presente. Aproveitar o tempo que ainda tenho para participar da sua vida e, se o Alexandre quiser, posso ser mãe dele também.

Lembrando-se de Adônis, ele disse:

— Ele é um cara de sorte. Hoje ganhou um pai e uma mãe!

— O que você está dizendo?

— Mamãe, vamos dormir, vou levá-la até seu quarto e lhe conto o que aconteceu na casa de Adônis.

⁂

— Ângelo? Que horas são?

— Por que você não foi se deitar? Já passa da meia-noite.

— Eu quis esperá-lo e acabei cochilando.

— Podemos conversar, ou você quer ir se deitar?

— Não, me conte o que aconteceu.

— Eu terminei de passar o comando da fábrica para o Agnaldo. A partir de amanhã, ele é o novo administrador. A doutora Clarice Nunes vai ajudá-lo na parte jurídica e também cuidará dos nossos imóveis. Amanhã, poderemos sair para cuidar das passagens, vistos, passaportes, enfim, tudo o que for necessário para viajarmos para o Egito.

Abraçando o marido, Guilhermina disse:

— Ângelo, que notícia maravilhosa. E a tia Dirce?

— Passaremos lá amanhã para nos despedirmos, e marcarei um horário para que ela receba a doutora Clarice e o Agnaldo. Vamos cuidar da nossa vida e dos projetos que deixamos para trás no dia em que papai trouxe Raul para casa.

— Tem certeza de que é isso o que você quer? Será que ainda dá tempo? Tínhamos tantos planos.

— Talvez não seja possível fazer tudo o que queríamos, mas viver sem a sombra do papai na minha vida me fez tirar um peso enorme das costas e da consciência.

— O que fez você tomar essa decisão? Foi a partida de Raul?

— Em parte sim, e também por causa de uma conversa que tive com tio Adônis. Eu errei com Amália, deveria tê-la ajudado, mas fiquei com medo de não conseguir nos sustentar se não atendesse as exigências do papai. Fiz o que ele queria e cometi um dos maiores erros da minha vida. A conversa com tio Adônis trouxe sentimentos que estavam guardados, acho que no meu inconsciente, e isso me fez ver que eu poderia mudar minha forma de viver. Amo o Raul como se ele fosse meu filho, mas não consegui dizer isso a ele. Você pode me ajudar? É difícil dizer o que sinto. Você sabe disso.

Colocando o dedo nos lábios do marido, Guilhermina o silenciou e disse:

— Não se preocupe. Quando estivermos juntos, você conseguirá dizer tudo o que sente.

— Amo você. Espero que ainda possamos viver muito para que eu possa compensar o que a fiz sofrer.

Em resposta, ela o beijou. Um beijo longo e apaixonado.

CAPÍTULO 23

— Augusto, como vai? É Luiz Antônio Alencar.
— Ah! Como você está?
— Muito bem. Telefonei para saber se foram bem de viagem e se você conseguiu encontrar meu sobrinho.

Augusto respirou fundo e respondeu:
— A viagem foi boa, o Cairo é uma cidade muito bonita, fizemos bons passeios e encontrei seu sobrinho. Ele é o namorado do meu filho.
— Então Carlos estava certo.
— As informações que seu irmão conseguiu estão corretas.
— Você conversou com ele?
— Sim, ele é um médico muito bem conceituado, mora com a mãe e não tocou no nome de vocês. Eu tentei saber alguma coisa conversando com a mãe dele, mas ela também não se referiu a vocês.
— E o encontro com seu filho?
— Foi muito difícil. Eu e Sônia não conseguimos aceitá-lo. Tentei durante o tempo que fiquei com ele, Mauro conversou muito comigo, mas está além da minha compreensão. Por que isso aconteceu comigo?

Após uma pausa, continuou:
— Desculpe-me falar assim, afinal, seu sobrinho também é homossexual, mas só pode ser castigo. Planejei um futuro maravilhoso para o Alexandre, mas ele prefere viver no deserto, relacionar-se com outro homem. Eu não aceito a vida que meu filho quer levar.

— Eu e Carlos marcamos nossa viagem para daqui a uma semana. Precisamos conversar com meu sobrinho sobre os bens que o pai dele deixou. Quando voltar, o procuro para conversarmos.

— Fico à sua disposição, Luiz, boa viagem.

— Obrigado, até mais.

Desligando o telefone, Luiz voltou-se para o irmão e explicou:

— Rogério é um médico conceituado e namora o filho de Augusto Resende. Você estava certo.

— O que vamos fazer?

— Vamos para o Cairo e conversaremos com ele sobre os bens que o pai deixou. Aparentemente, Silvana também desconhece o passado de Henrique.

— Augusto aceitou bem a opção do filho?

— Não, está inconformado, e Sônia também não aceita. Eles vão sofrer muito com isso.

— Henrique também não aceitou o filho.

— E de que adiantou? Perdeu a convivência com Rogério e deixou Eduardo com a responsabilidade de cuidar dos bens dele. Agora que precisamos nos desfazer daquele prédio, não podemos, porque a parte do Henrique não foi transferida para o filho. De que adiantou a intransigência dos nossos irmãos?

— Eduardo irá conosco?

— Não, ele continua em tratamento, vai começar a quimioterapia no final desta semana. Vamos somente nós dois.

— E a Vera?

— O que tem ela?

— Não quer ir junto?

— Não, ela tem o trabalho dela, e depois me lembra sempre de que não devíamos ter abandonado Rogério e Silvana. Ela e os meninos não querem viajar. Querem que eu resolva essa situação, e aí sim eles irão conhecer o primo.

— Matilde pensa como sua mulher. Minha filha me deu um verdadeiro sermão quando eu contei sobre Rogério. Parece que ela, com vinte e cinco anos, conhece mais da vida do que eu.

— Meu irmão, talvez conheça. Nós ficamos com o que aprendemos com nosso pai. Nossos filhos vão muito além. Não ficam esperando pelo que querem, vão em busca dos seus sonhos e são muito bem informados.

— Você acha que a religião que decidiram seguir tem alguma coisa a ver com a posição deles diante da vida?

— Como diria o Júnior: "espiritismo não é religião, é doutrina", então, não vamos discutir o assunto, porque nós somos os únicos que não a estudamos.

Os irmãos continuaram conversando sobre a família e a melhor forma de conversar com Rogério e Silvana.

⁂

Raul e Mariah chegaram ao hospital antes do horário marcado por William. Ela dirigiu-se à UTI para ver o pai, e ele foi encontrar-se com o diretor do hospital.

— Bom dia, doutor William.

— Bom dia, Raul. Que bom que você chegou cedo, assim posso lhe mostrar sua sala e depois nos reuniremos com o corpo clínico.

— Estou à sua disposição.

— Ontem, depois que o Marcelo foi embora, pedi a Renata que fizesse uma limpeza naquele consultório e deixasse tudo em ordem para você. Ele é mais bem localizado, e Renata vai auxiliá-lo nos atendimentos. Ela trabalhava com Adalberto e conhece bem os pacientes dele, que serão encaminhados a você. Eu estava cuidando dos internados, e, Rogério, dos atendimentos em consultório. Claro que você também atenderá outros pacientes.

Os dois médicos seguiram em silêncio até o consultório. Lá chegando, Raul comentou:

— Realmente é bem localizado, fica perto da recepção e também do consultório de Rogério e de Mariah.

— Isso mesmo. Assim será mais fácil você se familiarizar com o nosso atendimento. Você fala outra língua, além do inglês e português?

— Falo francês e alemão, estou pensando em aprender um pouco de árabe. Assim será mais fácil viver aqui.

— Isso mesmo, é bom saber que você conhece a língua alemã, pois já recebemos turistas alemães aqui, e ninguém conseguia comunicar-se com eles, então, foi necessário chamar um tradutor.

— Eu viajei muito para dar palestras, então, foi necessário conhecer bem outras línguas.

Renata entrou na sala e avisou-os de que os outros médicos estavam aguardando.

— Vamos, Raul, será uma reunião rápida, depois você pode voltar para cá e ver tudo o que precisa para começar a atender.

William apresentou Raul ao corpo clínico do hospital, informando-os de que ele atenderia os pacientes que procurassem o doutor Adalberto, bem como os trazidos pelos guias de turismo, uma vez que ele dominava várias línguas. Os médicos deram-lhe boas-vindas e elogiaram as palestras que ele havia feito no hospital.

Depois desse encontro, os médicos voltaram às suas funções, e o dia seguiu normalmente. No final da tarde, Mariah foi procurá-lo:

— Raul, como foi o primeiro dia?

— Oi, meu amor, foi ótimo, fui bem recebido, cuidei de dois pacientes antigos do seu pai que, por sinal, me aceitaram muito bem e ainda tenho duas pessoas aguardando atendimento. E seu dia, como foi? Você já está indo embora?

— Meu dia foi corrido também, mas pude passar mais tempo com meu pai. Ele foi transferido para o quarto, mas ainda inspira cuidados. Vou esperar você terminar seu atendimento, e aí poderemos ir embora juntos.

— Espero você aqui ou a encontro no seu consultório?

— Eu venho aqui, vou ficar mais um pouco com meu pai.

— Você conversou com ele?

— Não, ele dormiu o dia todo. À noite, um enfermeiro cuidará dele, assim poderei ir para casa e descansar.

— Ótimo, daqui a pouco nos encontraremos. Pena que estamos no hospital e não posso fazer o que eu quero.

Rindo, Mariah perguntou:

— O que seria?

— Beijá-la. Você está linda.

Sorrindo, a jovem respondeu:

— Não se preocupe. Mais tarde, resolveremos essa questão. Até mais.

Ele a acompanhou até a porta e, quando a abriu, havia já uma pessoa aguardando atendimento.

— Por favor, entre. Em que posso ajudá-lo?

— Papa, você não foi ao sítio hoje? Está sentindo alguma coisa?

— Não, Amir, seu irmão me pediu para reduzir as idas ao sítio por um tempo e o Alexandre me disse que está tudo em ordem. Vou cuidar da minha saúde para passar mais tempo com vocês. Como está a loja?

— Está tudo bem, Miríade quis ficar para terminar um desenho novo. Daqui a uma hora, irei encontrá-la. Agora vou aproveitar e dar uma olhada nos meninos, eles tinham um trabalho da escola para fazer, e ela não pode ajudá-los.

— Está bem, eles estão no quarto. Vou continuar aqui na varanda, a tarde está agradável.

Depois que o filho o deixou, Omar voltou o pensamento para Amália. Lembrou-se do que Joseph contara sobre Sofia ter se comunicado com a filha e imaginou se seria possível que o mesmo acontecesse com sua esposa. A tarde estava tranquila, a temperatura agradável e o silêncio do local em que estava o fizeram adormecer.

Abriu os olhos e viu-se em um jardim, uma jovem vinha em sua direção, rapidamente lembrou-se:

— Amália! É você?

Aproximando-se dele, a jovem sorriu e, segurando suas mãos, disse-lhe:

— Sim, Omar, sou eu.

— Como é possível?

— Meu amor, estamos em planos diferentes. Você sabe que a morte não é o fim para o espírito. Estou sempre próxima a você e aos nossos filhos.

— Mas eu nunca a vejo. O que está acontecendo agora?

— Não se preocupe tanto. Hoje pude me aproximar e ser vista por você. Quero que saiba que estou bem e feliz, porque nossos filhos finalmente estão juntos.

— Prometi que encontraria Meier e o traria até você.

— Eu ouvi sua promessa, tinha certeza de que a cumpriria. Você nunca me decepcionou.

— A vida não foi justa conosco, tínhamos tantos planos...

— Omar, a vida é justa sim, é difícil entendê-la quando os nossos desejos não são atendidos, mas tudo acontece de acordo com um propósito e como resultado de nossas atitudes.

— Sim, mas...

— Não se preocupe com o passado, não se culpe, aproveite seu tempo de vida e fique perto dos nossos meninos. Eles lhe darão muitas alegrias. Agora, preciso ir.

— Não, Amália, não vá, por favor. Esperei tanto para vê-la...

— Um dia, nos reencontraremos. Nosso amor é eterno.

Amália acariciou o rosto de Omar, e ele, com lágrimas nos olhos, ficou vendo-a partir.

Risos de crianças o acordaram e, quando uma delas perguntou se ele estava chorando, disse-lhe que não, que eram lágrimas de sono. Amir chamou a atenção dos filhos, que haviam ido perturbar o avô.

— Vocês o acordaram, venham para dentro. Papa, eu não vi que eles tinham vindo para a varanda.

Omar levantou-se e respondeu:

— Não se preocupe, meu filho. Está tudo bem. Seu tio já chegou?

— Ainda não.

— Por favor, peça-lhe para ir ao meu quarto quando chegar. Quero descansar mais um pouco.

Preocupado, Amir indagou:

— O senhor está sentindo alguma coisa? Quer que eu chame o Raul?

— Não, filho, estou bem, apenas quero ficar sozinho com meus pensamentos e depois quero conversar com seu tio sobre o sítio. Você está às voltas com os meninos, e Miríade o espera. Vá tranquilo.

Joseph chegou e foi direto para o quarto do irmão.

— Você está bem?

— Sim, vocês me perguntam isso a toda hora, estou bem. Você esteve ontem com Adônis e está sempre com Carmem, quero contar-lhe um sonho que tive agora há tarde.

— Sonho?

— Sim, pelo menos eu acho que foi um sonho. Você pode me ouvir?

— Claro, conte-me.

Omar contou ao irmão o sonho que tivera com Amália com todos os detalhes de que se lembrava. Quando terminou, perguntou-lhe:

— Acha possível?

Joseph respirou fundo e respondeu:

— Sim. Por que não seria possível? Nós acreditamos em reencarnação, em vida após a morte. Tivemos uma experiência com Sofia, que está próxima de Adalberto, ditou uma carta para Mariah, mencionou o que houve no dia da sua morte.

— Não seria apenas autossugestionamento, porque eu estava pensando exatamente nisso, em se seria possível que ela também escrevesse uma carta ou mandasse uma mensagem? Por que só agora Sofia se manifestou?

— Omar, a chegada de Raul despertou lembranças de um passado que foi posto de lado, como se estivesse esperando que algo o trouxesse de volta. A chegada dele fez isso. Trouxe todas as lembranças do que houve naquela época e não foi resolvido. Eu nunca me conformei com o abandono da Sofia, você não amou outra mulher, não deixou de pensar um segundo em seu filho sequestrado, é só olhar para Amir para nos lembrarmos de que ele tem um irmão e, de repente, esse irmão aparece sem que fôssemos avisados, encontra você, encontra Adalberto, se apaixona pela Mariah, é como se um ciclo estivesse aberto, esperando a chegada dele para se fechar. Não tenho como saber se outras pessoas que se foram poderão nos trazer mensagens, a vida não funciona assim, você sabe bem disso. Você gostou de sonhar com ela?

— Sim, era como se estivéssemos juntos, conversando, falando dos nossos filhos. Foi um período curto, ela estava linda, minha Amália não envelheceu. Sorriu quando me viu e disse que ouviu a promessa que lhe fiz de que encontraria Meier. E, por fim, disse que nosso amor é eterno, e que eu não a decepcionei. Devo ter chorado quando ela partiu porque acordei com os olhos molhados. Não queria que ela partisse. Me culpo pelo que houve. Se eu tivesse mais controle dos meus sentimentos, das minhas emoções, dos meus desejos, hoje ela estaria viva.

— Meu irmão, não se culpe. A idade nos dá experiência e maturidade para evitar erros e, mesmo assim, os cometemos. Você era jovem, e ela, também. Se fôssemos buscar culpados, apontaríamos para uma infinidade de pessoas. É difícil entender a vida quando os nossos desejos não são atendidos, mas tudo acontece de acordo com um propósito e como resultado de nossas atitudes.

— Quem lhe disse isso?

— O quê?

— Sobre a vida ser difícil? Você repetiu as palavras que ela usou quando eu tentei dizer-lhe que me sentia culpado.

— Omar, pare, é só uma frase, foi um pensamento que me veio e eu disse a você. Você sonhou com Amália e deveria estar feliz com isso.

Agora, não fique imaginando coisas além do real. A vida trouxe seu filho de volta, aproveite esse momento, deixe o passado para trás e viva o presente. Se você não sair dessa culpa, vai abandonar o presente, vai abandonar sua vida. Reflita sobre isso e não deixe a ilusão tomar conta dos seus pensamentos.

Joseph saiu do quarto e deixou Omar atônito. O irmão nunca lhe falara assim. Achou prudente refletir sobre o que tinham conversado antes de voltar a falar com ele.

⸻

— Mamãe, cheguei. Onde você está?
— Oi, meu filho, estou aqui na cozinha. Chegou um telegrama para você.
— Telegrama? Quem ainda usa isso?
— Não sei, veio do Brasil.

Rogério fez uma careta e decidiu abrir o envelope para ver o que continha. Leu e dirigiu-se à cozinha à procura da mãe.

— Que cara é essa, Rogério? O que aconteceu?
— Meus tios Luiz Antônio e Carlos virão para o Cairo, chegarão dentro de dois dias. Mamãe, o que houve? Você parece que viu um fantasma.
— Eles nunca nos procuraram. O que será que virão fazer aqui?

Olhando fixamente para a mãe, ele respondeu:

— Passado, mamãe, alguma coisa ficou no passado, e eles resolveram trazer isso à tona.

Sem esperar resposta, o médico dirigiu-se para o quarto, queria tomar um banho para depois encontrar-se com Alexandre.

⸻

Mais tarde, quando chegou à casa do namorado, Rogério abriu a porta e ouviu-o dizer:

— Rô, estou terminando de me arrumar.
— Não tenha pressa. Temos tempo.

Alexandre entrou na sala e perguntou:

— Aconteceu alguma coisa?
— Você se lembra quando me chamou aqui para me falar que seus pais estavam vindo do Brasil?

— Sim, eu estava com uma sensação muito ruim.

— Agora sou eu que preciso do seu abraço, meus tios estão vindo para o Cairo.

Alexandre abraçou Rogério e perguntou:

— Por que isso é tão ruim?

Afastando-se, Rogério explicou:

— Porque tem algo a ver com o passado da mamãe, passado que ela começou a me contar quando falei dos seus pais.

— Então vou dizer-lhe o que você vive repetindo: estamos juntos, não dependemos de ninguém, você sempre poderá contar comigo. Não julgue a dona Silvana antes de ouvir seus tios.

— Tudo o que diz respeito à mamãe mexe muito comigo, principalmente porque eu não conheceria a história dela, se seus pais não tivessem vindo para cá. De repente, voltei a pensar se sou filho do Henrique ou se tem algum outro segredo. Alê, nós estamos falando da minha mãe, entende como isso é importante para mim?

— Entendo perfeitamente e digo novamente: não julgue dona Silvana antes de ouvir seus tios. Você quer sair ou vamos ficar aqui? Talvez um passeio lhe faça bem.

Sorrindo, Rogério respondeu:

— Lembrei-me de que falei isso para o Raul e a Mariah quando ele descobriu que havia sido sequestrado pelo Adalberto. Vamos sair sim, quero esquecer os problemas.

— Então, vamos, a noite está muito bonita para ficarmos em casa.

— Boa tarde, Marta, pode avisar a tia Dirce que estamos aqui para vê-la.

— Aguardem aqui na sala, vou chamá-la.

— Dona Dirce, seu sobrinho está aí com duas pessoas...

— Já sei, Marta, ele me avisou que viria, eu já vou descer. Veja se eles querem um café ou uma água.

— Sim, senhora.

Algum tempo depois, Dirce entrou na sala, e Ângelo levantou-se e disse:

— Boa tarde, tia Dirce, quero que conheça a doutora Clarice Nunes, nossa advogada, e Agnaldo Correia, o administrador das nossas empresas.

A partir de hoje, eles são os responsáveis pelos nossos bens. Eu os trouxe aqui para que a senhora os conhecesse e soubesse com quem deverá tratar sempre que precisar de alguma coisa. Eles estão cientes da divisão de bens do vovô e também do meu pai. Pode contar com eles para o que precisar.

— Muito prazer, doutora Clarice, senhor Agnaldo. Ângelo, é necessária essa apresentação? Eu não estou entendendo.

— Tia Dirce, embarco para o Cairo com a Guilhermina dentro de uma semana. Pretendo ficar fora pelo menos por um mês e, quando voltar, pretendo exercer outra atividade, alguém precisa cuidar dos negócios da família.

Percebendo que não havia como mudar aquela situação, Dirce retrucou:

— Isso não está certo, Paulo deixou tudo para você...

Sem deixá-la concluir, ele respondeu:

— Titia, ele deixou tudo para eu cuidar, só não permitiu que eu cuidasse da minha vida, do meu casamento, por isso, a partir de agora, cuidarei da minha vida, e os negócios da família ficarão sob a responsabilidade da doutora Clarice e de Agnaldo, por favor, não vamos prolongar essa discussão. Eles não precisam presenciá-la. Doutora, por favor, explique para minha tia como serão geridos os nossos negócios.

Como não havia o que pudesse fazer, Dirce passou a prestar atenção às explicações da advogada.

CAPÍTULO 24

Mariah chegou cedo ao hospital e foi direto ao quarto do pai. Procurou não fazer barulho, achando que ele estava dormindo.

— Mariah.

— Bom dia, papai, como está se sentindo?

— Não consigo me movimentar direito e esse soro está me incomodando.

A médica aproximou-se, verificou os equipamentos e percebeu que a agulha do soro estava mal colocada. Depois de atendê-lo, chamou a enfermeira e perguntou-lhe quem passara a noite com ele, pediu-lhe que orientasse o enfermeiro que acompanhava seu pai a prestar atenção no cateter para evitar desconforto. Depois, virando-se para o pai, perguntou:

— Melhorou?

— Sim, estava fora da veia?

— Não, mas estava colocado de forma errada.

— Há quanto tempo estou aqui?

— Papai, você esteve na UTI por vários dias, e ontem o doutor William o transferiu para este quarto.

— William?

— Sim, ele está cuidando do senhor.

— E você?

— Tirei uma semana de licença para acompanhá-lo e já voltei a atender meus pacientes.

— O médico brasileiro foi embora?

— Não, papai, ele está morando aqui no Cairo e foi contratado para trabalhar no hospital.

Nervosamente, Adalberto alterou-se ao perguntar:

— Quem o contratou? O que aconteceu aqui?

— O senhor abandonou seu posto quando tentou se matar, o doutor William está administrando o hospital. Foram feitas várias mudanças aqui, e o aconselho a se acalmar, você ainda não está recuperado.

— O que aconteceu enquanto eu estava na UTI?

— Papai, aconteceu muita coisa, e você está em recuperação. Quando tiver alta, nós o colocaremos a par das notícias. Agora, procure descansar e não pense nos problemas do hospital. Está tudo em ordem.

Nesse momento, bateram na porta, e Rogério pediu licença para entrar. Mariah pediu-lhe que ficasse com o pai, porque ela estava sendo chamada para atender um paciente. Quando a médica saiu, Adalberto virou-se para Rogério e perguntou:

— Você vai me dizer o que houve ou vai usar o mesmo argumento de Mariah?

— Argumento de Mariah?

— De que preciso me recuperar e depois saberei das notícias.

— Ela está certa, você passou quinze dias na UTI, seu estado ainda inspira cuidados.

— Rogério, não enrole.

— Você fez uma grande bobagem, meu amigo, tentar se matar é o pior caminho para resolvermos nossos problemas. Mas vou contar-lhe o que houve, assim você terá no que pensar.

Rogério, então, contou-lhe sobre os documentos encontrados na sala do doutor William, a sindicância aberta pelo conselho do hospital, a demissão de Marcelo e a contratação do doutor Raul, que estava cuidando dos pacientes dele.

— Pronto, são essas as novidades do hospital. Sua filha está seriamente comprometida com Raul, e, por favor, não estrague o relacionamento deles.

— Quem me trouxe para cá?

— Raul fez o atendimento inicial, eu o ajudei, e o trouxemos para cá. O William já estava avisado e, quando chegamos, ele cuidou do seu ferimento. Devido à gravidade, você foi mantido sedado.

— E a sindicância?

— Ainda não sabemos ou pelo menos não tivemos como provar que foi Marcelo Zafir quem entregou os documentos. Ele viajou ontem para o Brasil. O conselho liberou o atendimento a todos que nos procurem. Então, podemos atender ciganos, beduínos, ricaços, príncipes, turistas, qualquer um que necessite.

— Você sabe se ele pretende me afastar?

— Não sei. Agora não pense nisso, você ainda não está recuperado.

— Seria melhor se eu tivesse morrido.

— Não diga isso, meu amigo. Pense na sua filha.

— Ela vai me odiar quando souber de toda a verdade.

— Não acredito nisso, mas quantas vezes lhe avisei para contar tudo a Mariah? Ela agora já sabe de tudo o que você escondia e está com uma carta psicografada da Sofia. Provavelmente, ela vai mostrar a você.

— Carta psicografada? Do que você está falando?

— Adalberto, nós fomos a uma reunião na casa do Adônis, você sabe quem é, e lá ela recebeu uma mensagem da Sofia, que nos informou que estava velando por você.

— Você sabe que eu não acredito nisso.

— Acho melhor acreditar, temos testemunhas na UTI que juram que você estava conversando com alguém, e Mariah só procurou Adônis porque você lhe disse que Sofia estava viva.

— Não pode ser.

— Você sabe muito bem que não brinco com esse assunto. Estudo os fatos ligados à espiritualidade há muitos anos e sempre levei tudo muito a sério, portanto, reflita bem sobre tudo o que eu disse. Agora vou para meu consultório, tenho pacientes para atender. Mais tarde, passarei aqui para vê-lo.

Algum tempo depois, o doutor William foi ver Adalberto:

— Bom dia, como está se sentindo?

— Estou com o corpo dolorido. Quando terei alta?

— Em breve, agora deixe-me examiná-lo. O ferimento está cicatrizando sem nenhum problema, seus sentidos estão normais, e essa dor é por causa do tempo em que está deitado, sem exercitar-se. Hoje você iniciará a fisioterapia. Se tudo correr como eu imagino, em breve, lhe darei alta.

— É só isso?

— Só isso? Não entendi.

— William, você não tem nada para me dizer?

— Adalberto, estou aqui como seu médico, e você, meu paciente. Quando lhe der alta, conversaremos sobre os problemas do hospital. Agora procure se cuidar para voltar às suas atividades e pense um pouco na sua filha. Ela é uma pessoa ótima, além de uma excelente profissional.

— Você não pode me julgar.

— Não estou julgando, apenas lhe dei um conselho, agora é com você.

O médico terminou de preencher os documentos do hospital e retirou-se. Uma brisa suave e perfumada penetrou pela janela do quarto, e Adalberto lembrou-se de Sofia.

— Sofia, será possível? Não, eu não acredito em Rogério, você se foi, eu enterrei seu corpo, não acredito que você possa estar aqui.

Um enfermeiro entrou no quarto para ministrar-lhe a medicação, e ele perguntou:

— Você está sentindo um cheiro de perfume?

O rapaz olhou sem entender e respondeu:

— Não, doutor Adalberto, o cheiro que eu sinto aqui é do produto de limpeza que usaram para limpar o quarto. Está incomodando-o?

— Não, esqueça. Deve ser isso mesmo.

— Esse medicamento deve fazê-lo relaxar e dormir um pouco e, às onze horas, o fisioterapeuta virá vê-lo.

— Está bem, obrigado.

———

— Amir?

— Sim, papa.

— Raul já está trabalhando? Eu gostaria de conversar com ele.

— Sim, mas não sei em que horário. Vou telefonar-lhe. Quer que eu peça para ele vir aqui ou vamos ao apartamento dele?

— Veja se podemos ir vê-lo, gostaria de saber onde ele está morando.

— Está bem, falarei com ele e depois o avisarei.

Depois de algum tempo, Amir retornou e avisou ao pai que iriam à casa de Raul no final da tarde. Ele estranhou a atitude de Omar e, depois de algum tempo, perguntou se havia algum problema:

— Não filho, coisa minha. Quero conversar com vocês dois, só isso.

— Está bem. No final da tarde, eu virei buscá-lo, agora vou para a loja.

ଛ———ଛ

Encontrando-se com Mariah no corredor do hospital, Raul perguntou-lhe sobre seu pai. A médica contou como ele havia passado a noite e que ele tinha feito algumas perguntas sobre a sindicância.

— Você contou a ele?
— Não, mas o deixei com Rogério, provavelmente ele lhe disse alguma coisa sobre o que está acontecendo aqui. Você ficará até a noite?
— Não, meu plantão será até as dezesseis horas. Depois vou para casa, Amir e papai irão me fazer uma visita.
— Eu trabalharei até as dezoito e, depois de ver meu pai, vou até a casa da minha avó. Quero mostrar-lhe aquela carta.
— Você me telefona quando retornar?
— Ligo sim. Até mais tarde, amor.
— Até.

ଛ———ଛ

Amir e o pai chegaram ao apartamento de Raul no horário combinado. Raul mostrou-lhes o apartamento e explicou que ainda faltava comprar objetos e utensílios para deixar o apartamento como ele queria.

Omar elogiou a escolha do apartamento e, observando que havia livros sobre a mesa, perguntou se ele estava estudando.

— São livros que o tio Adônis me emprestou para conhecer a doutrina espírita. Estes aqui são de Allan Kardec, e este outro, de Chico Xavier, um médium brasileiro muito conhecido.

— E por que você está interessado nesse assunto?
— Eu sempre tive curiosidade e conversei com várias pessoas que acreditam em vida após a morte, em reencarnação, porém, nunca encontrei alguém que me inspirasse tanta confiança como tio Adônis. É um assunto muito interessante.

— Joseph me falou sobre uma carta que Mariah recebeu.
— Sim, tem um enfermeiro que trabalha no hospital e frequenta as reuniões na casa do meu tio. Ele recebeu a mensagem.

Amir, que até aquele momento nada dissera, perguntou:

— E como podemos ter certeza de que foi ela quem "ditou" a carta?

— A carta estava repleta de informações que só o tio Joseph conhecia. E eu observei que, enquanto o enfermeiro lia a carta, a voz dele se modificou. Não ficou uma voz feminina, não é isso, mas havia uma ligeira mudança. Não comentei o ocorrido com ninguém, estou esperando uma oportunidade para conversar com ele sobre isso.

Omar indagou:

— Você acha que seria possível termos notícias de Amália ou receber uma carta dela?

— Não sei, pai, pelo que entendi não depende da nossa vontade ou da vontade do espírito. Mas, aproveitando que vocês estão aqui, vou mostrar-lhe as cartas e o diário da minha avó. Vou buscar.

— Papa, essa carta de Sofia mexeu muito com você?

— Eu sonhei com sua mãe.

— Quando?

— Ontem à tarde, e, por causa desse sonho, discuti com seu tio.

— Você vai nos contar o sonho?

— Deixe Raul voltar.

Raul, que ouvira parte da conversa, perguntou:

— Você sonhou com a mamãe?

— Sim. Vou contar-lhes como foi.

Omar contou-lhes o sonho e, emocionado, descreveu Amália, explicando que tudo parecia muito real.

— Era como se ela estivesse ali falando comigo e me agradecendo, porque consegui unir vocês dois.

Os irmãos ouviram em silêncio e, cada um a seu modo, imaginava como seria receber uma mensagem da mãe, como havia acontecido com Mariah. Preocupado com o pai, Amir pediu que vissem as cartas que Raul trouxera.

— Aqui estão. Este é o diário da nossa avó, eu marquei algumas páginas. Estas são as cartas, eu separei as que mostram o momento que vocês estavam vivendo, e nelas nossa mãe pedia ajuda para tia Dirce.

Amir perguntou:

— Papa, você sabia das cartas?

— Eu sabia que ela escrevia para a tia, uma pessoa de quem sua mãe gostava muito, mas que, no fim, não fez nada e deixou o avô de vocês fazer o que quisesse. Eu a procurei, mas não obtive ajuda. A morte da minha Amália não a comoveu. Me arrependo de ter fugido com a mãe de vocês, causei muito sofrimento a todos, talvez ela não tivesse morrido, mas estaria vivendo sob a tirania do pai, ela não merecia isso. Era uma jovem alegre, cheia de vida, de sonhos, eu me apaixonei por ela assim que a vi sentada naquele circo, me olhando fazer malabarismos. O seu sorriso não me saía do pensamento. Quando ela voltou no dia seguinte, eu a segui e descobri onde morava, consegui vê-la e não nos separamos mais. Foi assim que a vi no sonho: o sorriso alegre, os olhos brilhando e transmitindo amor, que eu carrego comigo e vou levá-lo quando me for dessa vida.

Raul ofereceu-lhes chá antes de continuarem com a leitura das cartas e depois mostrou-lhes os documentos que provavam que o avô deles havia contratado um detetive, e este os seguira até a chegada ao Cairo. Havia fotos, relatórios, anotações, recibos de pagamentos. Ele explicou:

— Por esses documentos podemos concluir que ele sempre soube onde vocês estavam. Tio Ângelo poderá explicar melhor tudo isso, e espero que nos conte porque não fez nada para impedir meu avô a cometer essa loucura.

Amir, que até aquele momento nada dissera, perguntou:

— Dinheiro, Raul, sua família tem muitas posses. Pelo que conhecemos e soubemos por pessoas das minhas relações no Brasil, a família Albuquerque sempre foi muito ciente da posição financeira que tinha. Como você se sente com relação a isso? Afinal, você cresceu com eles.

— Nunca me preocupei com os bens da família. Eu sabia que estava sendo criado pelos meus tios porque meus pais haviam morrido num acidente. Sempre tive muita curiosidade sobre eles, queria ver fotos, mas não havia, e um dia meu avô me chamou, eu devia ter uns dez anos, ele me proibiu de perguntar sobre minha mãe, porque a vovó sofria muito. Lembro que senti um choque, corri para meu quarto e chorei muito. Ouvi tia Guilhermina falar alto com alguém, mas não entendi o que ela disse. Depois disso, ela entrou no quarto, me abraçou e foi falando palavras de consolo, dizendo que ela sempre seria minha mãe e, um dia, quando eu crescesse, entenderia os adultos. Não toquei mais no assunto com ninguém, me mantive afastado do vovô, e, alguns anos depois, minha avó morreu, e ele também. Não se falou mais no assunto até eu chegar aqui e encontrar vocês.

Omar perguntou:

— Quando você disse para seu tio que viria para o Cairo, ele não falou nada?

— Nós mal conversávamos, ele estava sempre trabalhando, e eu passava muito tempo fora de casa. Meu contato sempre foi com minha tia. Ela é tudo o que eu entendo como família, como alguém que gosta de mim. Que se preocupa comigo, que, de certa forma, cuida de mim.

— Você disse que eles virão para cá?

— Sim, pai. Tia Guilhermina queria vir com tio Adônis, mas aconteceu alguma coisa lá que a fez esperar pelo tio Ângelo, que virá com ela.

— Você acredita que ele lhe crie problemas?

— Tio Adônis me pediu que o escute e não faça julgamentos. Meu tio era controlado pelo pai, então cometeu alguns erros. Vou esperá-los e ouvi-los. No Brasil, isso não foi possível, nós discutimos e não voltamos a conversar. Ele foi ao aeroporto com minha tia, mas manteve-se afastado. Parecia receoso de uma nova discussão.

Amir concluiu:

— Você deve ouvi-lo, talvez ele precise dessa conversa. Nós o receberemos em nossa casa.

— Pai, você não ficará chateado com a presença de meu tio?

— Não, Raul, confesso que preferia não ver ninguém da família, mas ele e sua tia o criaram, educaram, enfim, cuidaram de você como se fosse filho deles. Às vezes, não conseguimos dizer o que nos vai no coração, talvez ele seja assim. Vamos aguardar. Agora quero que saiba que, haja o que houver, com relação principalmente a dinheiro, você é meu filho e sempre será amparado por nossa família.

Raul segurou a mão que Omar lhe estendeu e explicou:

— Pai, eu agradeço e asseguro-lhe que dinheiro e bens da família não me preocupam. Quero trabalhar para sustentar a mim e a família que quero construir com Mariah. Estudei muito e continuo me aperfeiçoando para progredir na profissão que escolhi. A medicina me completa, me sinto muito feliz exercendo-a, não deixaria o trabalho no hospital por um cargo na fábrica da minha família.

— Você vai trabalhar apenas no hospital? Não gostaria de ter seu próprio consultório ou até mesmo uma clínica?

— Pai, eu me transformaria em um administrador, minha vocação não é essa. No hospital, atenderei todas as pessoas que necessitarem. Eu falo alemão, não tem nenhum médico lá que domine esse idioma, então, quando recebem turistas, precisam de tradutores. Acompanharei os pacientes que necessitarem de internação, de cirurgias e de outros procedimentos médicos.

— Meu filho, você sabe o que quer, siga em frente, não vou interferir na sua escolha. Não tenho muitos bens, mas ficarão para vocês e, consequentemente, assim acontecerá com os bens da família de sua mãe. Tenho certeza de que vocês conseguirão mantê-los, e, no futuro, nada lhes faltará. O mais importante é que permaneçam unidos, e qualquer problema que surja será resolvido com facilidade. Tenho muito orgulho de vocês dois.

Raul abraçou o pai, e Amir fez o mesmo. Depois, decidiram voltar à leitura das cartas de Amália. Já passava das vinte e duas horas quando deixaram o apartamento de Raul. O médico fechava a porta quando o telefone tocou:

— Raul, está tudo bem?

— Oi, Mariah, está sim. Amir e papai saíram daqui agora, por isso não liguei antes. Como você está?

— Estou bem, um pouco cansada da correria. Você quer descansar ou podemos conversar?

— Podemos conversar. Nós três lemos algumas cartas e um trecho do diário da vovó, e papai nos contou o sonho que teve com minha mãe.

— Sonho?

— Sim, vou contar-lhe.

⁂

— Papa, você está bem? Não foi cansativo? Afinal, ficamos na casa de Raul muitas horas.

— Não, filho, estou bem, foi bom conversarmos. Eu não pretendo ler o diário da avó de vocês, mas as cartas de Amália, sim, quero recordar os lugares pelos quais passamos. Você trouxe todas?

— Sim, estão neste envelope. Eu deixei o diário com o Raul. Embora também seja minha avó, não me diz nada. Raul conviveu com ela, pode entendê-la melhor.

— Como minha Amália sofreu por minha causa.

— Papa, pare com isso, o passado se foi, você precisa pensar no presente. Ficar relembrando o que consideramos erros cometidos não vai mudar nada, apenas trazer sofrimento. Pense que você cumpriu a promessa feita a ela, Raul está aqui, vai se casar, e, em breve, você terá mais netos. Deixe de pensar no passado.

— Você está certo, meu filho, farei o que você me pede. Amanhã ficarei em casa, não quero ir ao sítio.

— Não se preocupe, pois o Alexandre está cuidando de tudo. Aproveite para descansar. Raul não deixou de recomendar que você diminua o ritmo.

— Eu ouvi, farei o que vocês dois decidirem. É Joseph que está no portão?

— Sim, é, deve estar preocupado, demoramos mais do que o previsto.

— Boa noite, meu irmão, estava nos esperando?

— Sim, confesso que estava preocupado.

— Está tudo bem, vamos entrar, e eu conto como foi nosso encontro no apartamento de Raul.

CAPÍTULO 25

Uma semana havia se passado quando Renata entrou no consultório de Rogério informando que havia duas pessoas procurando por ele na recepção do hospital. Quando o médico ouviu os nomes, pediu a Renata que os trouxesse ao seu consultório depois que ele atendesse o paciente que estava aguardando.

— Se chegar algum outro paciente, peço para aguardar ou encaminho para outro médico?

— Veja se o doutor Raul ou a doutora Mariah pode atender, do contrário, por favor, venha me avisar.

Ela fez o que ele pediu, e, meia hora depois, os tios de Rogério entravam em seu consultório.

— Doutor Rogério, muito prazer, sou seu tio Luiz Antônio, e este é Carlos.

O médico cumprimentou-os e, depois de acomodá-los, disse:

— Estou à disposição dos senhores, e não precisam me chamar de doutor, afinal, somos parentes.

Luiz Antônio foi o primeiro a falar:

— Rogério, quando seu pai aceitou o emprego aqui no Cairo, Eduardo, que é nosso irmão mais velho, ficou cuidando dos bens da família. Quando Henrique faleceu, ele veio saber como vocês viviam e demonstrou surpresa porque sua mãe desconhecia a situação financeira do seu pai. Um pouco antes de ele falecer, enviou-lhe uma carta pedindo que cuidasse de seus bens, porque o filho não seria capaz de fazê-lo. Você tinha 20 anos na época.

— Trinta e dois.

— Houve um mal-entendido. Alguém disse à sua mãe que queríamos o que lhes pertencia e não era verdade. Precisávamos saber quem cuidaria dos bens que pertenciam a ele, se você ou sua mãe. Eduardo conversou com um advogado, que disse estar cuidando da rescisão de contrato na empresa em que seu pai trabalhava e que ele não tinha bens. Sua mãe deveria receber a indenização e o seguro de vida. Não soubemos o valor que vocês receberiam. A conversa foi encerrada, e Eduardo decidiu cuidar desses bens como vinha fazendo.

— E por que os senhores vieram nos procurar depois de todos esses anos? Os bens a que papai teria direito não foram suficientes para pagar as dívidas que ele tinha no Brasil?

— Estamos aqui porque Eduardo está doente e não tem mais como cuidar dos negócios da família. Ele nos procurou há dois meses e assim ficamos sabendo que ele estava cuidando do que pertence a você. Quando nossos pais morreram, os bens já haviam sido divididos entre nós quatro, só não sabíamos que a parte do Henrique era administrada por Eduardo.

Carlos continuou:

— Sei que chegar assim e falar dessa forma pode parecer estranho, afinal, você não nos conhece, mas eu gostaria de lhe contar a história da nossa família e saber por que vocês sempre viveram afastados. Mas não queremos atrapalhar seu trabalho aqui no hospital. Poderemos nos encontrar mais tarde, em outro lugar? Estamos hospedados no Mena House.

Rogério concordou em encontrá-los, conhecer o passado da família intrigava-o cada vez mais. Marcou com eles no *lobby* do hotel e informou que não iria sozinho. Os tios concordaram e combinaram o encontro às vinte horas.

Assim que ficou sozinho, o médico telefonou para Alexandre e contou-lhe sobre a conversa com os tios e o encontro combinado para mais tarde.

— Rogério, devo chegar às dezenove horas. Você vai levar dona Silvana?

— Não, eu disse a eles que iria acompanhado, mas só pensei em você. Depois desse encontro, conversarei com mamãe.

— Você quem sabe. Pego você em tempo, chegaremos no horário.

Luiz Antônio e Carlos retornaram ao hotel e conversavam sobre o sobrinho:

— O que você achou dele? Parece arredio, desconfiado.

— Carlos, nós não o conhecíamos e, anos depois da morte de Henrique, o procuramos para falar de imóveis e do passado da família. Eu faria a mesma coisa.

— Você acha que ele levará a mãe ao hotel?

— Com certeza não. Provavelmente irá com Alexandre. Tentei falar com Augusto sobre eles e não consegui, falei com o genro dele, que me disse que Rogério e Alexandre são homens que aprenderam com os problemas a enfrentar os desafios, sempre com profissionalismo, inteligência e ética.

— Bem, não viemos aqui brincar com ele, espero que haja compreensão quanto aos nossos motivos, e possamos nos entender.

— Também espero que seja assim, vamos aguardar. Outra coisa, quem teria dito a ele que os bens do Henrique seriam usados para cobrir dívidas no Brasil?

— Não sei, mas vamos descobrir isso hoje à noite.

⁂

Ângelo e Guilhermina chegaram ao Cairo e ficaram encantados com a beleza da cidade. Adônis os esperava no aeroporto e os levou direto para sua casa.

— Senhor Adônis, não queremos incomodar, podemos ficar num hotel.

— Não será incômodo nenhum hospedá-los, Guilhermina. Dulce está nos esperando com um belo lanche.

Ângelo retrucou:

— Mas, tio, você tem seus afazeres, não queremos que deixe de cuidar de seus negócios por nossa causa, podemos alugar um carro.

— Será ótimo, mas até vocês se ambientarem com a cidade, Dulce e eu acompanharemos vocês. Ela está de férias da universidade, e eu trabalho mais tempo em casa do que nas obras. Só preciso ir até elas quando algum engenheiro solicita, do contrário, toda a consultoria que presto é feita por e-mails.

— Quando formos embora daqui, viajaremos para a Itália, pretendo alugar um carro, assim poderemos visitar as cidades que ficam fora da rota turística.

— É uma excelente ideia. Chegamos.

Dulce os recebeu com carinho, e Ângelo e Guilhermina sentiram-se bem na companhia do casal. Fizeram um lanche, e a dona da casa os aconselhou a descansar, assim poderiam se adaptar melhor ao fuso horário. Eles concordaram e, quando estavam sozinhos, Guilhermina perguntou:

— Você não me disse que iríamos à Europa.

— Não falei mesmo, era uma surpresa, ia contar-lhe quando chegássemos aqui e, conversando com tio Adônis, acabei contando antes da hora.

Abraçando a esposa, ele completou:

— Quero aproveitar esse tempo com você, conhecermos os lugares que planejamos e não pudemos ir, viver o que ficou perdido quando decidimos adotar Raul, e eu fiquei cuidando das empresas da minha família. Seu pai fez muito bem, dividiu os bens de vocês e foi correr o mundo com sua mãe. Meu pai não fez isso, transformou a vida da família em um martírio. Imagino o quanto mamãe sofreu. Foi bom Raul ter vindo para o Cairo e descoberto a verdade da nossa família, quero recuperar a amizade dele e também viver sem o peso a que me impus durante todos esses anos.

— Sei que foi um peso enorme para você e acho que deveria dizer isso ao Raul. Vocês podem recomeçar e ser amigos. A vida coloca tudo em seu devido lugar. Quem sabe, esse não é o momento certo para vocês conversarem e colocarem para fora todas as mágoas.

— Você está certa. Cansada da viagem?

— Confesso que sim, não consegui dormir no avião.

— Então, venha, vamos aceitar a sugestão de tia Dulce e dormir um pouco.

※ ※

— Adônis, acha que seu sobrinho ficará bem acomodado aqui em casa?

— Não tenho a menor dúvida. Ele precisa de contato com a família. Precisa de atenção, de alguém que o escute. Aqui em casa, ele poderá falar livremente, fazer planos, contar o que viveu com meu irmão. Ele demorou trinta e cinco anos para se libertar do jugo de Paulo. Vamos ajudá-lo a perceber que os pais precisam ser respeitados, amados e devemos ouvi-los e falar com eles sobre os nossos sentimentos, mas temos o direito de ser quem somos, de seguir o que determina nossa alma, de viver o que o destino reservou para cada um de nós.

— Você se arrependeu de ter se separado da sua família?

— Não, encontrei você, e formamos uma nova família. Não tivemos filhos biológicos, mas quantos jovens ajudamos, encorajamos a buscar uma vida melhor, a estudar, a ter uma carreira profissional. Alguns foram embora; outros, estão sempre nos procurando, esta é a família que estará sempre em meu coração.

Dulce abraçou o marido, e ficaram assim durante algum tempo, sentia que ele era a pessoa certa, por quem se apaixonara, e tinha certeza de que essa paz que sentia quando estavam juntos era um sentimento duradouro, eterno.

Rogério e Alexandre chegaram ao hotel no horário combinado e estavam sendo aguardados no *lobby*. Depois das apresentações, decidiram conversar num reservado que havia ali.

Carlos foi o primeiro a falar:

— Rogério, quando meu irmão decidiu se casar com sua mãe, meus pais foram contra, porque acharam tudo muito precipitado. Ninguém conhecia Silvana, e ele estava de viagem marcada para o Cairo. Ele tinha trinta anos e não permitiu que ninguém interferisse em sua decisão. Disse-nos que desonrara uma jovem e não podia fugir à responsabilidade. Depois de alguns meses, ele escreveu para meu irmão mais velho, Eduardo, contando que viviam muito bem aqui no Cairo, ela estava grávida e iriam voltar ao Brasil, porque seu avô, pai de Silvana, estava muito doente.

"Ele esteve conosco e foi nessa época que conseguimos entender o que, de fato, havia acontecido. Conversamos com sua mãe e, embora houvesse a preocupação com a doença do pai e a gravidez em término, percebia-se que eles se davam muito bem. Você nasceu, e seu avô morreu alguns meses depois. Henrique havia voltado para o Cairo, e vocês retornaram depois da morte do seu avô."

Luiz Antônio explicou:

— Nosso contato era pequeno, todos trabalhávamos, tínhamos cada qual sua família e fomos nos distanciando. Quando recebemos a notícia da morte do Henrique, já havia se passado dois meses. Eduardo viajou para o Cairo e procurou por vocês. O endereço que tínhamos havia mudado e na construtora quem o atendeu se recusou a dizer onde ele poderia encontrá-los. Meu irmão explicou quem era, e essa pessoa concordou em levá-lo até sua casa para conversarem com sua mãe. Você não estava. Ele mostrou a carta enviada pelo seu pai pedindo que cuidasse de seus bens, porque você não poderia fazê-lo. Silvana pediu-lhe que fosse embora e nunca mais os procurasse. Disse-lhe que não precisava do dinheiro da nossa família, vocês viviam bem e não precisavam de nada. Foi então que Eduardo decidiu cuidar dos bens do seu pai. Quando ele ficou doente, nos procurou e contou essa história. Não sabemos se houve algo mais, a carta existe, ele nos mostrou, mas a conversa com sua mãe só ela poderá confirmar.

Rogério respirou fundo e, olhando fixamente de um para outro, respondeu:

— Eu não sabia que tinham procurado minha mãe. Ela não me disse nada, provavelmente por causa da carta que meu pai deixou. Deve ter imaginado que seria mais uma decepção para mim, uma vez que ele não me aceitou por ser homossexual. Nós nunca precisamos de ajuda financeira. Quando papai morreu, eu morava com Alexandre e já trabalhava no Hospital Geral, a indenização que minha mãe recebeu foi suficiente para ela viver bem. Aplicamos uma parte do dinheiro recebido, que rende dividendos até hoje. O que demonstra que meu pai estava errado com relação à minha capacidade de cuidar dos bens da família.

Depois de um tempo em silêncio, Carlos perguntou se não queriam uma bebida, e todos concordaram em tomar uma taça de vinho. Enquanto esperavam que fossem servidos, ele explicou:

— Rogério, nós não sabemos por que Henrique fez isso, pois, como lhe disse, nos distanciamos e nunca mais voltamos a conversar. Quero que saiba que eu e o Luiz não nos preocupamos com sua vida pessoal. Soubemos que você é uma pessoa muito respeitada em sua profissão, um homem ético, inteligente, bom profissional. Espero que você nos permita nos aproximarmos e convivermos um pouco mais, mesmo que por telefone, e-mail, ou outra forma que você sugerir.

— Como vocês me encontraram?

— Temos amizade com Augusto, seu pai, Alexandre. Ele nos avisou que viria para o Cairo, então, pedimos que ele o procurasse. Não sabíamos que vocês eram namorados, isso acabou facilitando nossa vinda para cá.

— E agora, o que pretendem fazer?

Carlos respondeu:

— Pretendemos colocar você a par dos bens da família, passar-lhe o controle da parte que pertence ao seu pai, e aí você decide o que quer fazer. Gostaríamos de conversar com sua mãe. Acha que ela nos receberia?

— Eu quero falar com ela primeiro. Amanhã, estou de folga, vou conversar com ela e depois me comunico com vocês. Preciso administrar toda essa história. Ainda não tenho uma explicação para a atitude do meu pai com relação a mim. Cheguei a pensar que ele não fosse meu pai biológico, mas minha mãe me disse que nunca duvidasse disso.

Luiz Antônio tornou:

— Henrique era nosso irmão mais velho, Eduardo é dois anos mais novo, Carlos e eu temos uma diferença de dez anos, e outra diferença: não somos filhos da mesma mãe. Fomos criados de forma diferente de nossos irmãos mais velhos. Não estou justificando a atitude de Henrique, apenas explicando que a criação que ele e Eduardo receberam foi diferente da nossa. Minha mãe nunca permitiu que discriminássemos ninguém, ela sempre combatia preconceitos. Hoje, o mundo é mais aberto, mas há vinte, trinta anos, o preconceito era muito grande. Por isso, peço-lhe que nos permita sermos seus amigos, não nos julgue pelo seu pai ou outras pessoas que você conheça.

Alexandre, que nada dissera, retrucou:

— Senhor Luiz, o mundo não mudou tanto assim. É louvável que os senhores tenham recebido uma educação que incluiu respeito às pessoas, independentemente de suas escolhas pessoais, mas ainda falta muito para que essa consciência seja coletiva. Os senhores conhecem meu pai, ele não é uma pessoa com esse entendimento.

— Não mesmo, e lamento por isso. Se me permite dizer, quem perde é ele e, se estou correto, sua mãe. O tempo vai passando, e a distância deixa tudo mais difícil. Nós temos filhos e aprendemos muito com eles, tenho certeza de que vocês têm muito a ensinar. Então, podemos relaxar e sair para comer, afinal, não somos daqui, e confesso que estou com fome.

Alexandre sorriu e comentou:

— Não tenho dúvida que Rogério tem a quem puxar. Vamos levá-los ao nosso lugar costumeiro?

Rogério, ainda sério, respondeu:

— Sim, também estou com fome, e, talvez, uma conversa mais leve nos faça bem.

Os quatro saíram e, já no carro, observando as construções da cidade, os tios de Rogério comentavam e faziam perguntas sobre tudo o que viam. Mais tarde, depois de deixá-los no hotel, os rapazes seguiram para o apartamento de Alexandre:

— Alê, o que você achou de tudo isso?

— Acho que eles estão interessados em resolver essa confusão criada pelo seu pai.

— Mas sejamos honestos, tenho um tio que está com uma doença grave, e, se ele não estivesse doente, tudo ficaria como está. Ninguém viria me procurar.

— Foi o que eu disse para minha irmã. Se o amigo do papai não tivesse perdido o filho, ele não teria vindo aqui. É quase a mesma coisa.

— Por que quase?

— Porque seus tios têm a cabeça mais aberta que meus pais. Viram que uma injustiça foi cometida e querem reparar o erro. Eles poderiam não se importar e deixar tudo como está.

— É muita coisa junto, e ainda tenho que encarar dona Silvana. Por que ela mentiu para mim?

— Rogério, não sei, mas acredito que ela tenha tido um bom motivo. Vamos dormir, e amanhã, com a cabeça fria, você conversará com ela. Vou tomar uma taça de vinho. Você quer?

༺━━━༻

Na manhã seguinte, Rogério levantou-se cedo e, quando chegou em casa, sua mãe o esperava:

— Bom dia, meu filho, você me parece cansado.

— Bom dia, mamãe, não dormi bem a noite passada, e precisamos conversar. Sente-se aqui comigo. Preciso que me diga o que aconteceu quando papai morreu e por que não me disse que um dos irmãos dele esteve aqui conversando com você.

Silvana empalideceu, Rogério mantinha-se atento a ela para medicá-la se fosse necessário.

— Vamos, dona Silvana, nunca tivemos segredos, ou sempre pensei que vivíamos assim, mas agora parece que eu estava enganado.

— Não, filho, você não estava enganado, nunca tivemos segredos. Eu ocultei alguns fatos que aconteceram entre mim e seu pai, porque achei que se soubesse o que houve depois da discussão que tiveram, você jamais voltaria para casa. Era um problema meu e do seu pai.

— Mas agora você precisa me contar, não quero ouvir o que aconteceu pela boca dos irmãos do papai, que estão aqui no Cairo.

— Por que você não me disse que eles estavam aqui?

— Não quis preocupá-la. Estive com eles ontem à noite, mas quero ouvir de você o que houve quando papai morreu.

— No dia em que contou ao seu pai que não se casaria com aquela jovem, porque não sentia atração por mulheres, ouvi a discussão. Vocês estavam muito alterados, me lembro de que você saiu batendo a porta e, quando seu pai me viu, voltou toda sua raiva para mim. Disse que eu era culpada de você ser assim, que o mimara em demasia, que começava a duvidar se poderia ser seu pai, uma vez que não havia nenhum homossexual na família dele. Me alterei e gritei também, dizendo-lhe que aquelas acusações eram absurdas, que você era um rapaz inteligente, estudioso, nos orgulhávamos, pois você já estava na faculdade, perguntei como ele podia duvidar de ser seu pai. Foi aí que ele voltou-se contra mim, falando sobre o que aconteceu no dia em que nos conhecemos, me acusou de tê-lo usado para ter um casamento com um homem de posses, que eu sabia quem ele era, e escondi uma gravidez que, com certeza, já existia quando nos casamos.

"Nesse momento, emudeci, chorei muito e, depois de um tempo, consegui dizer-lhe que não pedira que se casasse comigo, que havia dito que viajasse para o Cairo e quando voltasse conversaríamos, mas não fui ouvida, e ele e meu pai decidiram que nos casaríamos dentro de um mês. A minha opinião não foi considerada, mas eu não era uma jovenzinha, tinha vinte e oito anos. Eu engravidei logo depois do nosso casamento. Três meses depois, voltamos ao Brasil, porque meu pai estava muito mal. Ele foi ver os irmãos, fomos apresentados, ele voltou para o Cairo, e eu fiquei no Brasil. A gravidez não me permitiu viajar e, alguns meses depois, meu pai morreu. Você já tinha nascido, voltamos para o Cairo, e a vida seguiu. Depois dessa discussão, ficamos dias sem nos falar. Seu pai aceitou um serviço em Alexandria e me deixou aqui sozinha. Você veio buscar suas coisas, me disse que decidira morar com Alexandre, e eu não falei nada para não aborrecê-lo. Seu pai voltou algumas vezes para casa, mas nunca mais nos relacionamos como um casal. Ele mandava o dinheiro para as despesas, trazia algumas roupas, levava outras e aceitava trabalhos em cidades cada vez mais longe. Quando perguntei se queria oficializar nossa separação, ele me disse que não. Meu castigo seria ficarmos ligados para sempre. Foi nossa última conversa. Quando ele faleceu, naquela explosão, não sei bem como, mas foi abrindo um túnel ou algo parecido. Os advogados da empresa me procuraram para que eu recebesse a indenização, seguro e outros benefícios que entenderam que tínhamos direito por causa da morte dele no trabalho. Eu pedi para você voltar a viver comigo, e você me atendeu.

"Dois meses depois, um homem chamado Eduardo esteve aqui junto com o advogado da construtora, me disse que não souberam da morte do Henrique quando ela aconteceu, que ele tinha uma carta do irmão dizendo que o filho não teria condições de receber a parte dele na herança que o pai lhe deixara. Quando eu li aquela carta, fiquei desesperada, como ele pode ser tão cruel, mandei-os sair, disse-lhes que não precisávamos de nada, que fizessem o que quisessem daqueles bens, que nos esquecessem. Nunca mais soube deles. A visita do pai do Alexandre trouxe lembranças daquela época, não quis aborrecê-lo, sei o quanto você ficou magoado com seu pai. Agora nunca duvide que ele é seu pai. Se for necessário fazer um exame de DNA, não me importo, não ficarei magoada com você."

Lágrimas rolavam pelo rosto de Rogério, que abraçou a mãe e pediu-lhe que o perdoasse, ele jamais imaginara que o pai pudesse ter sido tão cruel com ela.

— Mamãe, me perdoe, você devia ter me contado, eu teria voltado para casa, ficaria ao seu lado, você ficou anos sozinha, e não merecia isso. Quero que saiba que a amo demais, e você sabe que pode contar comigo sempre, qualquer coisa que eu faça será pouco por tudo o que você passou. Os irmãos do papai, Carlos e Luiz Antônio, estão aqui no Cairo. Eles querem vê-la, querem me passar os bens que, por direito, são meus.

Abraçada ao filho e ainda tentando conter a emoção, Silvana perguntou:

— Eles disseram por que vieram agora, depois de todos esses anos?

— Eles disseram que não sabiam o que havia acontecido. O irmão mais velho, Eduardo, cuidou dos bens do papai durante todos esses anos, agora descobriu que está com uma doença grave e procurou os irmãos para dizer que estava cuidando desses bens, mostrou-lhes a tal carta e pediu que eles me procurassem. Como têm amizade com o pai do Alexandre, pediram a ele que tentasse me localizar aqui no Cairo. O que não foi difícil.

— Como eles o trataram?

— Bem, com respeito, educação, explicaram que os dois são irmãos do papai apenas por parte de pai, e a mãe deles os criou ensinando que devemos respeitar as pessoas, independentemente de suas crenças, de seu modo de vida etc. Eles não sabem direito o que houve aqui, mas o que disseram é o que você disse para o Eduardo e o tal advogado.

— Os bens são seus por direito, traga-os aqui, algumas coisas não podemos evitar. Conversando com eles, saberei se são iguais ou diferentes do seu pai. Seu tio Eduardo não foi grosseiro comigo, ao contrário, fiquei muito irritada quando ele me mostrou aquela carta, reascendeu toda a decepção que tive com Henrique, na hora só pensei em mandá-los embora, como se assim pudesse exorcizar a dor que seu pai me causou. Não precisávamos do dinheiro deles, foi tudo o que pensei. Você estava trabalhando, as aplicações que fizemos trouxeram bons resultados. Eu não pensei em mais nada, fiquei estarrecida e os mandei embora. Naquele dia, você dobrou o plantão e quando chegou pela manhã não percebeu que eu havia chorado.

— Mamãe, quantos problemas, você devia ter me contado. Eu a julgando, e você tentando me proteger. Dona Silvana, não tenho mais quinze anos, por favor, não me esconda mais nada. Se não formos verdadeiros, sempre haverá dúvida e sofrimento, vamos evitar, não quero ter de correr com você para o hospital para cuidar desse coração. Combinado?

— Combinado. Você me perdoa por não ter lhe contado a verdade?

— Só se você me perdoar por ter sido tão insensível e não perceber que a estava magoando.

Mãe e filho, emocionados, ficaram algum tempo abraçados. O amor que sentiam um pelo outro os ajudaria a vencer as dificuldades que ainda pudessem existir.

CAPÍTULO 26

Mariah chegou cedo ao hospital e foi informada que o pai tivera febre durante a noite. Quando entrou no quarto, encontrou o médico que o atendia.

— Doutor William, bom dia, o que aconteceu?

— Bom dia, Mariah, estou examinando-o, não consigo entender. Ontem à noite, ele estava bem, essa febre não é da cirurgia. Seu pai tinha algum problema de saúde?

— Não sei, nunca conversamos sobre isso.

— Eu o mediquei e estou pedindo alguns exames. O corte que fizemos para remover a bala está fechado, não tem sinal de inflamação.

— O senhor tem razão. Ele está dormindo por causa da medicação?

— Em parte, sim, mas está tudo muito estranho. Você tem muitos pacientes para hoje? Gostaria que ficasse aqui com ele.

— Eu fico aqui e pedirei ao Rogério e ao Raul que atendam meus pacientes.

— Ótimo. Veja, aqui está a medicação que lhe dei. Esta outra será ministrada dentro de duas horas. Ele deverá acordar antes disso e se alimentar. A Amália virá colher o sangue para levar ao laboratório. Marquei para a tarde os exames de imagem.

— Vou ficar aqui e, se notar algo diferente, pedirei para alguém avisá-lo.

— Combinado, vou passar nos consultórios e avisar o Rogério e o Raul para cuidarem dos seus pacientes. Eles já devem ter chegado.

— Doutor William, lembrei-me agora de que Rogério chegará mais tarde.

— Darei um jeito, quero que você observe seu pai e me diga as reações que ele apresentar.

— Não sairei daqui. Pode ficar tranquilo, também quero muito que ele melhore.

— Vejo você mais tarde.

Mariah apenas sorriu e, quando o médico saiu, lembrou-se da mãe: "estou cuidando dele".

— Mamãe, não sei se isso é possível, mas, se for, por favor, nos ajude. Sei que ele cometeu erros, mas é meu pai. Não posso julgá-lo, quero apenas entender o que ele fez e o porquê, e, se ele for responsabilizado pelo conselho do hospital, estarei ao lado dele e o ajudarei a passar pela punição que lhe for imposta.

Uma batida na porta dissipou seus pensamentos.

— Doutora, bom dia, vim colher material para o exame do seu pai.

— Bom dia, Amália, pode fazer o que for necessário.

Depois que a enfermeira saiu, Adalberto se mexeu e resmungou algo que Mariah não conseguiu entender. Ela aproximou-se do pai, mas ele continuou dormindo tranquilamente. Ela voltou a pensar na mãe e mentalmente pediu que ela a auxiliasse. Algum tempo depois, Raul entrou no quarto:

— Mariah, o que houve?

— Raul, por favor, me abrace forte.

Ficaram abraçados por algum tempo, e depois a médica contou-lhe o que acontecera com seu pai.

— O doutor William não sabe a razão de ele estar com febre?

— Não, ele pediu exames de sangue e de imagem. Aparentemente, não tem nada a ver com a cirurgia.

— Vou pegar um termômetro para aferir a temperatura.

Raul realizou o procedimento e o paciente continuava febril. O médico perguntou a Mariah qual medicação havia sido ministrada e, depois de olharem o prontuário, ele sugeriu que ela conversasse com o doutor William sobre a possibilidade de a medicação ter acometido o rim.

— Será possível?

— Mariah, o caso do seu pai é grave. Não temos informação se ele estava saudável antes do ocorrido e foi necessária uma cirurgia de emergência, além da forte medicação ministrada para evitar uma infecção e uma possível inflamação. Digamos que havia algum problema renal ainda não diagnosticado, os medicamentos podem ter causado uma piora ou provocado uma falha renal. Doutor William pediu exames de sangue, é melhor pedir exames de urina e, já que fará exames de imagem, incluir o rim, se ele também não tiver pedido.

— Será que podemos fazer o pedido?

— É melhor falarmos com ele. Vou procurá-lo, e resolveremos o que fazer.

— Você deixou muitos pacientes sem atendimento?

— Não, e o Rogério está me ajudando. Tranquilize-se, nos consultórios está tudo em ordem. Os pacientes internados estão sendo visitados pela doutora Yasmin.

Raul abraçou-a, e Mariah não conteve as lágrimas.

— Não chore, vai ficar tudo bem.

Mariah afastou-se e, olhando-o nos olhos, disse:

— Estava pedindo para minha mãe nos ajudar, você apareceu e conseguiu trazer um diagnóstico que não havíamos pensado.

Puxando-a novamente para abraçá-la, ele disse:

— Talvez suas preces tenham sido ouvidas, você é uma mulher muito especial e a quem eu amo muito. Agora procure ficar calma, nesse momento, seu pai precisa muito você.

— Vou ficar, prometo.

Raul lhe fez um carinho e saiu para conversar com doutor William. Foi pensando no que Mariah lhe dissera e na forma como decidira ir ao quarto de Adalberto. Encontrou o outro médico no corredor e contou-lhe o que acreditava que estava acontecendo.

— Raul, você tem razão, vou pedir os exames imediatamente. Eu me concentrei na cirurgia, pensei em um possível tumor e não me lembrei da função renal. Obrigado.

— Não precisa me agradecer. O importante é conseguir um diagnóstico correto e salvar-lhe a vida. Mariah está muito abalada. Procurei tranquilizá-la, mas a sensação de impotência diante de uma doença não deixa ninguém sossegado.

— Você tem razão, vou direto para lá.

— Voltarei para o consultório, tenho muitos pacientes até o fim do dia. Até mais.

— Até. E, mais uma vez, obrigado.

— Raul, você tem um minuto?

— Claro, Rogério, aconteceu alguma coisa?

— Não, só quero saber como a Mariah e o Adalberto estão. Hoje o dia está bem corrido.

— Ela está aflita em decorrência da febre do Adalberto, então, pedi para olharem o rim. Talvez ele esteja apresentando algum problema por conta da medicação. William não tinha pensado nessa hipótese.

— Ele está sobrecarregado, deveria passar o caso para outro médico. Mas não podemos interferir. Ele ouviu você?

— Sim, já pediu exames complementares, vamos aguardar. Você está saindo?

— Não, pedi aos meus tios que fossem para minha casa à noite. Ficarei aqui até as dezoito horas.

— Ótimo, então vamos trabalhar, contei seis pacientes esperando.

— Vamos sim.

Os médicos trabalharam até as dezoito horas, fizeram um pequeno intervalo para uma refeição rápida e logo voltaram ao trabalho. Passaram o plantão para os médicos que os substituiriam e foram direto para o quarto de Adalberto.

Mariah os abraçou e contou-lhes como o pai passara o dia. Estavam aguardando o resultado dos exames de imagem, mas os exames de sangue e de urina demonstravam diminuição da função renal. Esse fato havia gerado a febre.

Raul perguntou:

— O doutor William não ficou aborrecido pela minha interferência no diagnóstico?

— Não, ele pediu-me para agradecer-lhe e desculpou-se por não ter se lembrado da função renal.

— Acontece. Não somos supermédicos, alguma coisa pode escapar. Você vai passar a noite aqui?

— Vou, Raul, não quero deixá-lo sozinho. Você vai para a casa do senhor Adônis?

— Sim, vou jantar com meus tios, eles chegaram ontem.

Rogério indagou:

— Seus tios chegaram, meus tios chegaram. Você está bem para vê-los?

— Estou, preciso ter uma conversa definitiva com eles. Vou seguir o conselho do tio Adônis, ouvi-los e tentar não julgá-los.

Mariah perguntou:

— Rogério, você não falou sobre eles. Como foi o encontro?

— Cheio de surpresas, com algumas decepções com meu pai, mas isso é conversa para outra hora. Agora vou para casa, esperar por eles. Raul, quer uma carona?

— Sim, obrigado. Mariah, se precisar, me telefone, que venho para cá ficar com você.

— Não se preocupe, Raul, vou ficar bem.

Raul abraçou a namorada, deu-lhe um beijo rápido, e, em seguida, saiu com Rogério comentando:

— Ela é muito forte, hoje, quando fui vê-la, me disse que havia acabado de pedir que Sofia a ajudasse. Acha possível?

— Por que não? Você não tinha me dito que deixaria o consultório para vê-la. Confesso que estranhei sua ausência.

— Foi de repente, senti uma necessidade imensa de vê-la.

— É, meu amigo, Shakespeare disse: "Há mais mistérios entre o Céu e a Terra do que possa imaginar nossa vã filosofia."

— Acredito em Shakespeare e também nos livros que tenho lido. É pena que meu tempo para estudá-los seja pouco.

— Não tenha pressa, Raul, tudo tem seu tempo.

— Você vai buscar seus tios?

— Não, o Alexandre vai trazê-los.

— Ele não foi para o sítio?

— Não, ele falou com o Amir que meus tios estavam aqui, e seu irmão disse-lhe para me ajudar. O senhor Joseph foi para o sítio com seu pai. Voltarão amanhã.

— Amir me falou que você teve alguns problemas com eles.

— Ainda não está tudo acertado, mas vamos ouvi-los e ver o que acontece. Acho que precisarei contratar alguém no Brasil para cuidar dos tais bens.

— Você tem como fazer essa contratação?

— Amir me ofereceu ajuda há alguns anos, talvez eu aceite agora. Chegamos.

— Obrigado, Rogério, boa sorte com seus tios.

— Obrigado, boa sorte para você também. Até amanhã.

— Até.

Alexandre chegou ao Mena House no horário combinado com os tios de Rogério, e, depois dos cumprimentos, foram para o carro. Enquanto se dirigiam para o apartamento do sobrinho, Carlos fazia algumas perguntas sobre a vida no Cairo.

— Você está aqui há muito tempo?

— Mais ou menos vinte anos.

— Não tem vontade de voltar para o Brasil?

— Nenhuma. Depois que me estabeleci e aprendi a viver aqui, não tenho saudades de lá. Gosto do país onde nasci, mas foi aqui que tive oportunidade de trabalho, de estudo, de pesquisa, de viver sem que me fizessem cobranças.

Luiz Antônio tornou:

— Você trabalha no deserto?

— Sim, trabalho num sítio arqueológico.

— E encontram objetos antigos depois de todos esses anos?

— Encontramos, tem muito lugar para pesquisar. Não estamos no meio do deserto, cercados por dunas de areia. É um espaço predeterminado, onde são feitas escavações, e, depois de divididas as áreas, vamos buscando os materiais que vão sendo indicados pelos aparelhos de pesquisa.

— Você mesmo classifica os objetos encontrados?

— Faço uma pré-classificação. Depois de catalogados, os objetos que encontramos vão para o setor de arqueologia do governo e lá são reavaliados.

— Quem paga esse serviço?

— Trabalhamos para o governo. Chegamos.

Os irmãos gostaram do lugar onde o sobrinho morava.

Carlos comentou:

— É um belo prédio.

Alexandre convidou:

— Venham, vamos entrar.

Raul chegou à casa de Adônis no horário combinado. Foi recebido por Guilhermina, que o esperava com certa ansiedade. Abraçou-o com carinho e perguntou:

— Meu filho, como você está?

— Bem, tia, está tudo bem. E, você, como está? Fez uma boa viagem?

— Sim, está tudo ótimo. Tio Adônis e Dulce nos receberam muito bem. Já programaram alguns passeios para os próximos dias. Você ainda está no hotel ou alugou um apartamento?

Raul contou-lhe como havia alugado o apartamento e falou sobre o trabalho no hospital.

— Achei que você traria sua namorada para jantar conosco.

— Mariah está com o pai no hospital. Em breve, você a conhecerá.

— Seus olhos brilham quando fala nela.

Sorrindo, ele respondeu:

— Ela é uma pessoa muito especial.

Enquanto conversavam, Adônis e Ângelo entraram na sala.

— Raul, como você está?

— Muito bem, tio Adônis. E o senhor, como vai?

— Estou bem. Contente porque minha família está aqui comigo.

Ângelo esperou Adônis abraçar o sobrinho e, aproximando-se de Raul, estendeu-lhe a mão para cumprimentá-lo.

— Como vai, tio Ângelo?

— Estou bem. Temos tempo para uma conversa antes do jantar?

— Acredito que sim, afinal, este é um dos motivos que me trouxeram até aqui.

Adônis indicou-lhes a sala onde trabalhava e disse-lhes que podiam ficar à vontade. Retornando para sala onde se encontrava Guilhermina, ele explicou:

— É melhor que conversem sozinhos. Ângelo tem muita dificuldade em falar dos seus sentimentos.

— Não seria melhor se conversassem aqui? Podem discutir.

— Não se preocupe, Guilhermina. Não haverá discussão. Raul é um homem equilibrado, tem um bom coração e principalmente sabe ouvir.

— O irmão gêmeo dele também é assim?

— Por que pergunta?

— Porque, com certeza, iremos visitá-los, gostaria de saber como eles são. Tenho receio de que eles não entendam o que aconteceu e se voltem contra nós.

— Não tema. Vocês conversarão, talvez ouçam algo que os deixará apreensivos, afinal, Omar sofreu muito com a morte da esposa e o desaparecimento do filho. Amir, o irmão, é um homem frio, mas também sabe ouvir e não toma decisões precipitadas. É uma pessoa ponderada. Ele e Raul são muito parecidos porém, você, que conhece bem Raul, perceberá a diferença de temperamento pela maneira dos dois olharem para as pessoas.

— Quando o senhor falou que ele era frio, imaginei alguém arrogante, difícil de lidar.

— Não, ele apenas não se deixa influenciar pelas aparências. Não se preocupe, vá encontrá-los de coração aberto.

— Já falou com eles?

— Falei com o irmão do Omar, Joseph. Ele é o elo entre a família dele e a nossa.

Dulce chegou e avisou que o jantar estava quase pronto.

— Minha querida, pode atrasar um pouquinho. Raul e Ângelo estão conversando na minha sala, e, assim que terminarem, avisarei você.

— Está bem.

— Raul, preciso lhe dizer o que senti quando soube da fuga da sua mãe. Eu estava para me casar e iniciar o trabalho para o qual me preparei durante anos. Meu pai se desesperou, mas não nos contou nada. Ele adorava Amália, tudo era para ela. Confesso que me sentia preterido, mas, com a atitude dela, meu pai mudou a forma de me tratar. Me colocou na diretoria da nossa empresa para que eu assumisse os negócios da família, apressou meu casamento e me pediu que adiasse minha viagem de núpcias, porque precisava de mim nos negócios. Perguntei se ele sabia onde Amália estava, e ele negou. Disse que a deixaria por sua conta própria, uma vez que fugira para se unir a um grupo circense. Conversei com Guilhermina, e ela concordou. Fiquei feliz com o tratamento que papai me dispensava e jamais suspeitei que ele havia colocado um detetive atrás da minha irmã. Ele sempre soube onde ela estava, mas deixou para ir ao seu encontro quando soube que a gravidez estava terminando. Hoje sabemos que ele não queria Amália de volta, queria o filho dela. A intenção dele era puni-la pela fuga e por ter se casado com o homem que ele jamais aprovaria. Quando ele chegou com você nos braços e nos pediu para adotá-lo porque seus pais haviam morrido, acreditei nele. Guilhermina não podia ter filhos, ela me contou antes de nos casarmos. Mas isso não importava, porque eu a amava muito. Nós viajamos acompanhados por uma médica que papai contratou para cuidar de você. Ficamos fora durante seis meses. Quando voltei, soube que você tinha um irmão, seu pai estava vivo e meu pai o havia sequestrado.

— Falei com ele sobre o absurdo de sequestrá-lo. Deveríamos devolver você ao seu pai, mesmo que Amália tivesse morrido havia dois meses, seu pai estava vivo. Não chegamos a nenhum acordo, e ele ameaçou me deserdar, tirar de mim tudo que possuía, isso me assustou. Ameaçou informar a quem fosse me contratar que não o fizesse, porque eu não tinha capacidade para trabalhar na profissão que escolhi e nem na área administrativa a qual me dedicava na empresa da família. Confesso que fiquei com medo, me acovardei e aceitei a vontade dele.

— Por que você não procurou tio Adônis?

— Não sabia onde encontrá-lo. Tive medo de perder Guilhermina. Hoje, reconheço que agi errado. Deveria tê-lo enfrentado. Procurado seu pai e também conversado com Guilhermina, pois acredito que ela me ajudaria, mas eu estava com raiva de Amália. Culpei-a pelos meus problemas, fui imaturo e o ciúme me cegou. Precisava provar ao meu pai que era capaz de cuidar da empresa, dos negócios da família. Acreditava que assim ele me aprovaria, se orgulharia de mim como um dia disse que se orgulhava da filha, que era sua preferida. Por isso, não consegui ser verdadeiro com você. Inconscientemente, o culpava pelo meu fracasso. Não pude seguir a carreira que eu queria, não pude ter a vida que sempre desejei. Olhava para você firme, seguro, estudando o que queria, decidindo o que fazer de sua vida, e via apenas meus planos frustrados, pois não tinha a consciência de que tenho agora. Quando tio Adônis me procurou, nós conversamos, e isso que estou lhe dizendo, eu disse a ele como se estivesse fazendo uma confissão. Eu mesmo não tinha consciência que esse sentimento existia.

— Ele lhe pediu para termos essa conversa?

— Não, ele me aconselhou a não permitir que as ideias do meu pai me impedissem de ser feliz, de viver como eu tivesse vontade. Por isso, coloquei pessoas que conheço cuidando da empresa, dos negócios da família, da tia Dirce e vim para cá. Guilhermina quer muito saber como você está vivendo, onde está morando, trabalhando, enfim, quer ter certeza de que você está bem e é feliz. Se um dia você conseguir entender que eu era muito jovem e precisava demais que meu pai se orgulhasse de mim, talvez possa me perdoar. Só lhe peço que não abandone sua tia. Ela o quer como se o tivesse gerado.

— E você, o que sente com relação a mim?

— Sinto orgulho de você, não fui o pai que você merecia, mas admiro sua coragem, sua honestidade, sua vontade de vencer e de ir atrás do que o fará feliz, sem esperar receber uma herança ou se enterrar num emprego pelo resto da vida apenas para ter dinheiro e bens materiais. É um homem de fibra, sabe o que quer, não precisa que o estimulem a seguir em frente, vai em busca de seus sonhos e de seus desejos. Tenho certeza de que você será muito feliz.

Raul pensou um pouco e depois explicou:

— Não sei bem o que lhe dizer. Não esperava esse tipo de confissão. Você foi bastante sincero, e isso me faz admirá-lo. Talvez não tenha sido o pai que eu merecia, como falou, mas sua atitude me fez ser quem sou. Realmente não fico esperando elogios ou afagos, apenas sigo em frente em busca daquilo que quero. Minha vida não foi muito simples, porque a ausência dos meus pais verdadeiros, a maneira como todos me negavam explicações, sempre me deixou ciente de que havia alguma coisa errada com meu nascimento. Mas acho que devemos deixar o tempo passar. Vou viver aqui, pretendo casar-me com Mariah, continuar meu trabalho no hospital e conviver com minha família daqui. Não deixarei de manter contato com vocês, também são minha família.

— Você está morando com seu pai?

— Não, preferi alugar um apartamento e me organizar. Tenho muito o que aprender vivendo aqui. Preciso de espaço para me adaptar a todas essa mudanças.

— Podemos recomeçar?

— Claro, tio, talvez não como pai e filho, mas como duas pessoas que foram marcadas pelos atos do meu avô e precisam se conhecer, se respeitar e simplesmente fazerem o que gostam. Eu vou continuar a minha profissão e, você, fará o quê?

— Ainda não sei, me formei em engenharia naval, não sei se dá para trabalhar nessa área, mas antes de pensar em trabalho, vou viajar com Guilhermina, ficaremos um tempo aqui, depois iremos para a Europa, fazer a viagem que deveríamos ter feito quando meu pai decidiu o que eu deveria fazer.

Adônis bateu na porta e pediu licença para entrar.

— Pelo aspecto dos dois, vejo que tiveram uma boa conversa, acertei?

Ângelo respondeu:

— O que você acha, Raul? Foi uma boa conversa?

— Foi, tio, tenho certeza de que nos entenderemos e, por favor, não omita mais nenhuma informação de mim. Seja sempre verdadeiro comigo e, principalmente, com tia Guilhermina.

— Quanto a isso, pode ficar tranquilo, a paz que estou sentindo não quero perder.

— Então vamos jantar.

Os três saíram da sala comentando sobre o cheiro da comida, que estava abrindo o apetite deles.

CAPÍTULO 27

Rogério recebeu Alexandre e os tios, que não deixaram de elogiar o prédio em que ele morava, bem como parabenizar Silvana pela decoração da residência.

— Obrigada, a casa foi decorada aos poucos. Henrique trazia objetos como lembranças das cidades em que trabalhava e depois eu mesma comprei algumas peças.

Carlos explicou o porquê da ida deles ao Cairo e também o motivo pelo qual nunca os procuraram.

— Só soubemos que meu irmão estava cuidando dos bens do Henrique há pouco tempo.

Silvana esclareceu:

— Quando seu irmão esteve aqui, fazia dois meses que meu marido falecera. A carta que ele me mostrou, na qual meu marido dizia que meu filho não poderia cuidar dos bens da família, me fez muito mal. Eu o mandei embora, mas ele não teve culpa. Henrique não aceitava nosso filho e me magoou muito.

Luiz Antônio perguntou:

— Silvana, nós somos irmãos do Henrique por parte de pai. Convivemos pouco com ele e mesmo com Eduardo, não tínhamos um contato familiar adequado. Poderia nos contar o que houve exatamente, sei que isso pode ser desagradável, mas não sabemos direito o que aconteceu e precisamos nos entender.

Rogério, que estava sentado ao lado da mãe, apertando-lhe a mão, completou:

— Mamãe, conte a eles o que me disse ontem. Não temos nada a esconder e você não tem nada do que se envergonhar.

Silvana concordou e pôs-se a contar sua história desde o primeiro encontro com Henrique. Quando terminou, percebeu que Rogério mantinha-se firme, Alexandre ficara emocionado, Carlos e Luiz Antônio olharam uma para o outro, e Carlos disse:

— Meus irmãos foram muito tolos. Talvez, em função da educação que receberam, não saberia dizer, mas gostaria de apagar essa impressão causada por nossa família. Não dá para negar que Rogério é filho de Henrique, eles têm o mesmo rosto. É só olhar para você para sabermos que é da família. Como eu disse, somos irmãos por parte de pai, mas todos nós temos traços da família do papai.

Luiz Antônio concordou:

— Isso mesmo. Não temos nada que duvidar da sua origem. Agora precisamos ser práticos, eles erraram em não dar a você os bens a que tem direito, e temos certeza de que você cuidará de tudo muito bem. Eu vou deixar com você a relação de bens. Dois imóveis são individuais, você pode fazer o que quiser com eles. Os outros três pertencem a nós quatro. Então precisaremos resolver o que fazer com eles. Quando você decidir o que quer, nós resolveremos juntos.

Rogério explicou:

— Senhor Carlos, vou conversar com um amigo que conhece nossa história e havia se oferecido para me ajudar no Brasil. Ele mora aqui, mas tem negócios lá. Assim que eu conversar com ele, lhes direi quem irá procurá-los e resolveremos o que fazer.

— Fica a seu critério, Rogério, e não precisa me chamar de senhor. Pode me chamar apenas de Carlos. Se decidirem ir ao Brasil, nós os receberemos com muito prazer.

Silvana perguntou:

— Vocês são casados? Têm filhos?

Carlos respondeu:

— Sim, minha esposa se chama Vera, tenho dois filhos. Luiz também é casado e tem dois filhos.

— Eles não quiseram vir com vocês?

— Não, minha mulher entende que nós deveríamos vir aqui e consertar, digamos assim, as bobagens que Eduardo e Henrique fizeram. Nossos filhos também. Quando voltarmos, provavelmente eles farão contato com vocês.

— Não quero voltar ao Brasil, minha vida é aqui junto do meu filho. Não tenho irmãos, só alguns parentes distantes. Diga à sua esposa e a seus filhos que, se quiserem vir para o Cairo, nós teremos muito prazer em recebê-los.

Alexandre retirara-se discretamente da sala quando sentiu que não conseguiria segurar a emoção com a história da mãe de Rogério, foi para cozinha e preparou um chá tradicional para todos. Quando Silvana sentiu o cheiro da hortelã, convidou-os para o lanche, e passaram a conversar sobre o Egito e seus pontos turísticos, falaram sobre o deserto e que gostariam de voltar com suas famílias para que todos conhecessem as maravilhas daquele país.

Chegando ao hotel, os irmãos despediram-se de Rogério, pedindo-lhe que não se afastasse deles, que procurasse perdoar os erros dos outros irmãos. Eles partiriam no dia seguinte para o Brasil e aguardariam que ele os procurasse.

Rogério explicou:

— Carlos, não tenho o que perdoar. Meu pai já faleceu, e Eduardo não sei se chegarei a conhecer, pois, como disse anteriormente, não pretendo viajar ao Brasil. Reforço o convite da minha mãe, vocês, suas esposas e filhos serão sempre bem recebidos aqui. Eu preciso pensar em tudo o que aconteceu, porque eu mesmo não sabia o que papai havia feito. Minha mãe não me contou que ele praticamente a abandonou, supondo que eu não era seu filho. Soube dessa história ontem, depois que conversamos. Agora tenho como entrar em contato com vocês, e é o que farei dentro de alguns dias. Foi bom conhecê-los e ouvir também a história da minha família.

Luiz Antônio disse:

— Segredos de família sempre trazem sofrimento. Espero que, se surgir alguma dúvida, você não deixe de nos procurar. Como eu disse em sua casa, os laços familiares podem ter ficado frágeis pela distância, pelos segredos guardados, mas nada impede que venhamos a ser amigos.

— Você está certo, vamos nos despedir como amigos e manteremos contato.

Rogério despediu-se dos tios com um aperto de mão, poderiam vir a ser amigos, mas laços familiares pareciam muito distantes, pelo menos naquele momento.

No hotel, os irmãos conversavam, e Carlos perguntou:

— Você acha que conseguiremos ter um relacionamento mais profundo com ele?

— Não, Carlos, Henrique foi muito injusto, e Eduardo não ajudou em nada. Vamos tentar manter um relacionamento de amizade, talvez não tão formal, mas não será diferente disso. Você fez bem em não falar no prédio que está à venda. Pareceria que estávamos aqui apenas por isso.

— Não podemos negar que era nosso objetivo principal, mas eu não esperava ouvir o que Silvana nos contou e não imaginei que Rogério fosse uma pessoa tão centrada, segura, demonstrando muito equilíbrio depois de tudo o que lhe aconteceu. Os bens que o papai deixou não o deslumbraram.

— Ele sabe o que quer e com certeza passou maus momentos até conseguir se manter profissionalmente. Você vai ligar para Vera?

— Agora não, por causa do fuso horário. Amanhã, antes de embarcarmos, falarei com ela.

⁕

Rogério foi para o apartamento de Alexandre.

— Dona Silvana ficará bem?

— Sim, eu disse a ela que viria para cá. Mamãe estava tranquila, quando saímos. Meus tios foram educados e a trataram bem. Eu não esperava que fosse diferente.

— E, você, como está se sentindo com tudo isso?

— Não sei, Alê. Fiquei muito aborrecido com meu pai, não foi justo, mamãe não merecia a humilhação que ele lhe impôs. Acha que Amir me ajudará com esses documentos?

— Claro que sim. Amanhã você irá cedo ao hospital?

— Não, meu plantão amanhã começará às treze horas. Estou pensando em ir procurá-lo pela manhã.

— Podemos ir juntos, vou conversar com Amir antes de ir para o sítio.

— Ótimo, então iremos juntos. Me lembrei de outra coisa.

— Mais problemas?

— Sim, mas não são meus. Raul foi encontrar-se com os tios que chegaram do Brasil, e Mariah está com Adalberto. Ele tem algum problema que surgiu depois da cirurgia.

— E não sabem o que é? Não fizeram exames?

— A cirurgia foi de emergência, a preocupação era salvar-lhe a vida. Estou com a sensação que ele estava com algum problema e não contou a ninguém.

— Rogério, ele é médico.

— Por isso mesmo, ser médico não evita que tenhamos alguma doença grave e procuremos escondê-la para que ninguém saiba.

— É, meu amigo, parece que estamos vivendo um ciclo de problemas, não sei quando Adônis vai nos chamar para uma nova reunião, então vou sugerir que nós dois façamos uma oração e vamos dormir. Amanhã, com a cabeça fresca, conseguiremos refletir melhor sobre tudo o que está acontecendo.

Rogério concordou e, diante da imagem de Jesus — um quadro que estava na entrada do apartamento —, os companheiros se ajoelharam e, em silêncio, cada um fez uma prece.

No dia seguinte, chegaram cedo à casa de Amir. Depois de se cumprimentarem, Rogério contou sobre a vinda dos tios e a herança que ele deveria tomar posse.

— Você poderia me indicar alguém no Brasil que pudesse cuidar disso?

— Posso sim, mas você não gostaria de ver os imóveis?

— Amir, não pretendo ir ao Brasil, minha mãe também não. Então, se houver alguém que possa cuidar deles, será ótimo.

— Vou conversar com as pessoas com quem negocio no Brasil e falar com o advogado que trata dos nossos bens. Pode demorar alguns dias.

— Não tem problema, não me deram prazo e ainda não olhei a documentação que me entregaram. Quando você souber quem poderá me ajudar, eu enviarei os documentos a ele.

— Em dois dias, terei a indicação. A propósito, você esteve com Raul? Não consegui falar com ele.

— Não, mas vou para o hospital mais tarde e peço a ele que lhe telefone.

— Papai voltará à noite com Joseph, eles ficaram lá ontem.

— Direi a ele, e tenho certeza de que Raul virá procurá-lo.

— Ontem, Raul se encontrou com os tios que o criaram, papai está preocupado com eles.

— Não há motivo para preocupação. Raul não vai embora daqui. Ele se estabeleceu agora e está apaixonado pela Mariah.

— Mas papai é ansioso, desconfiado, teme que a fortuna da família e a criação que ele recebeu o afastem de nós.

— O que você pensa sobre ele?

— No início, eu tinha dúvidas sobre o caráter dele, mas, depois de tudo o que aconteceu, não acredito que ele vá embora e nos abandone. Ele é um homem de fibra, sabe o que quer e, como você disse, está apaixonado pela Mariah. Se ele quisesse fugir daqui, não teria voltado, alugado apartamento, procurado emprego.

— Eu concordo com você. O Raul, a esta hora, está no hospital, provavelmente virá ver o pai mais tarde.

— E como está o doutor Adalberto?

— Sinceramente, não sei. Ontem, ele apresentou um problema de saúde que, até o momento, não sei se foi identificado.

— Você acha que ele estava doente antes de tentar se matar?

— Estou pensando nisso, mas não quero fazer comentários precipitados. Daqui, irei ao hospital ver como Mariah está e talvez fique um pouco com ele para que ela possa descansar. Aguardo você me telefonar e, Amir, muito obrigado.

— Não tem de quê, Rogério. Assim que eu tiver o nome do advogado, ponho vocês em contato.

Os dois se despediram, e Amir ficou olhando o carro seguir. Perdido em seus pensamentos, ele não ouviu Miríade se aproximar.

— Desculpe. Assustei você?

— Não, estava pensando no que estamos vivendo, na mudança em nossas vidas desde a chegada de Raul.

— São ciclos, Amir, uns se encerram, outros se iniciam.

— Você está certa, porém, desta vez, os ciclos estão se encerrando com o aparecimento de segredos do passado. Espero que esses novos ciclos tragam paz para todos. Vamos para a loja?

— Vamos, e também espero que coisas boas aconteçam, principalmente para seu pai.

Amir sobrepôs o braço no ombro da esposa, e juntos foram conversando sobre o que esperavam para o futuro.

ॐ

Raul chegou ao hospital e foi direto ao quarto de Adalberto, abraçou Mariah e perguntou sobre ele:

— Ele está fazendo exames, deve retornar daqui a meia hora. E, você, como foi o encontro com seus tios?

— Foi bom. Meu tio me explicou os motivos que o levaram a ser sempre distante, falou sobre os problemas com meu avô, e, por fim, combinamos recomeçar, não como pai e filho, mas como amigos. Acho que assim conseguiremos conviver melhor.

— Eles ficarão aqui no Cairo?

— Sim, tio Adônis vai acompanhá-los em alguns passeios e vou combinar com meu pai para recebê-los. Depois, meu tio quer viajar para a Europa, fazer a lua de mel que não tiveram oportunidade quando se casaram. Tia Guilhermina sabe da viagem, mas não do roteiro, ele quer lhe fazer uma surpresa.

— Que bom, Raul, parece que tudo está se resolvendo, e poderemos ficar em paz.

— Também acredito nisso, mas e você? Passou a noite aqui, não quer ir para casa?

— Vou esperar Rogério chegar. Ele me telefonou e disse que viria antes do plantão, assim, posso ir para casa e descansar um pouco. Você já vai para o consultório?

— Sim, tenho pacientes esperando e quero tirar um tempinho para conversar com o doutor William. Quero saber mais sobre o problema do seu pai.

— Obrigada, Raul, você me surpreende.

— Por quê?

— Porque você poderia não se importar com ele, depois de tudo o que aconteceu na sua vida, mas você se importa, e sei que é sincero.

— Mariah, eu amo você e quero vê-la feliz. Sei que seu pai é sua maior preocupação no momento e, tudo o que eu puder fazer para ajudá-la, pode contar comigo. Agora, me dê um beijo que preciso ir trabalhar.

Mariah o beijou com carinho e tornou a agradecer-lhe pela forma como ele tratava seu pai.

Raul saiu dali e, no caminho para o consultório, encontrou-se com William.

— Doutor William, bom dia, estava à sua procura, como está o doutor Adalberto?

— Raul, bom dia, obrigado pelo alerta, você estava certo, a função renal não estava perfeita e encontramos um nódulo no rim esquerdo. A medicação que usamos pode ter acelerado um processo infeccioso por conta dos efeitos colaterais que provocaram, mas precisamos fazer uma biópsia para saber qual o tratamento correto a seguir.

— Eu conversei com Rogério, e ele acha que o doutor Adalberto sabia que estava doente. Você já verificou na sala dele se tem algum exame antigo que possa ajudar no diagnóstico?

— Ainda não, Raul. Você poderia cuidar disso para mim? Vou pedir a Renata que lhe entregue as chaves.

— Vou atender os pacientes que estão esperando e, assim que estiver livre, vou à sala dele.

— Obrigado, Raul, é sempre bom encontrá-lo, você é muito competente e prestativo.

— Fico feliz em poder ser útil. Vejo você vai mais tarde.

Os médicos se despediram, e Raul dirigiu-se ao seu consultório, onde várias pessoas o aguardavam. Bem mais tarde, conseguiu um tempo para ir à sala de Adalberto. Pediu a Rogério que o acompanhasse, e os dois olharam armários e gavetas, encontraram relatórios do movimento do hospital, a documentação da conferência da qual Raul havia participado e uma pasta contendo o resultado de exames que confirmavam as suspeitas dos médicos. Era de uma clínica particular e havia também um pedido para uma biópsia, assinado por um médico oncologista conhecido de Rogério.

— O exame é recente, mas ele nunca comentou nada.

— Você conhece o médico, talvez pudéssemos falar com ele.

— Com certeza, Raul, mas vamos entregar esses exames para o William.

<hr />

Raul saiu dali e foi procurar o administrador do hospital, entregou-lhe os exames e decidiram procurar o oncologista antes de informar Mariah e submeter Adalberto a uma biópsia. William conversou com o oncologista e soube que Adalberto queria fazer um tratamento experimental, que deveria ter iniciado alguns dias antes da tentativa de suicídio do médico, mas concluíram que não houve tempo para o procedimento.

— William, é importante que façamos a biópsia para saber como a doença está evoluindo e um exame completo para diagnosticar uma possível metástase. Não posso garantir sucesso do tratamento sem esses exames e acredito que o tratamento experimental esteja descartado. Você disse que a filha dele é médica?

— Sim, doutor Aziz, vou falar com ela e providenciaremos o que for necessário para que ele comece imediatamente o tratamento.

— A cirurgia e o tratamento permitem que comecemos a tratá-lo?

— Sim, o tratamento dele está bem adiantado. Se não fosse a febre repentina e agora esse diagnóstico, ele teria alta dentro de dois dias. Ele está abatido e fala pouco. Tudo o que aconteceu, a partir da descoberta dos erros que ele cometeu, interferiu em sua recuperação, mas não está impedindo a cura.

— Entendo, mas ele precisa reagir, principalmente agora. Se você me permitir, irei vê-lo amanhã cedo.

— Pode vir, deixarei o pessoal informado e também conversarei com Mariah, a filha dele.

— Combinado, William, amanhã cedo estarei aí.

— Obrigado, doutor Aziz, até amanhã.

⁂

— Doutor William o senhor mandou me chamar?

— Sim, Mariah, entre, precisamos conversar.

— Ainda não levaram o resultado dos exames do meu pai...

— Por isso, pedi que viesse aqui. Os resultados estão comigo, e a notícia que vou lhe dar não é boa. Seu pai estava fazendo exames com o doutor Mohamed Aziz. Você tinha conhecimento?

— Não. O doutor Aziz não é oncologista?

— Sim, é ele mesmo. Seu pai estava tentando um tratamento experimental antes do ocorrido.

— Ele não me falou nada, não moramos juntos, ele não comentou nada comigo.

— Imaginei que você não soubesse. O doutor Aziz virá aqui amanhã cedo. Ele quer fazer uma biópsia para avaliar o nódulo e dar início ao tratamento. Os exames que seu pai fez hoje não dão indicação de que a doença esteja evoluindo para outros órgãos, mas teremos que submetê--lo à orientação do oncologista.

Surpresa, Mariah respondeu:

— Doutor William, estou sem saber o que dizer, vou seguir o que for determinado pelo senhor e também pelo oncologista, nunca soube que ele estava fazendo tratamento algum.

— Conversei com o Raul e pedi a ele que procurasse na sala do seu pai algum indício de que ele estivesse com algum problema de saúde, e foi assim que descobrimos os exames.

— O Raul não me falou nada.

— Não houve tempo para isso. Assim que ele me trouxe os exames, telefonei para o doutor Aziz e pedi a você que viesse aqui. Quem está com seu pai agora?

— O Rogério.

— Você foi para casa hoje?

— Estava saindo agora, mas não sei se devo deixá-lo sozinho.

— Eu aconselho-a a ir para casa, o Raul deve estar encerrando o plantão, vá com ele e procure descansar. Vou deixar um enfermeiro cuidando do seu pai. Amanhã cedo, você estará bem para conversar com o oncologista e saber o que será feito.

— Está bem, doutor William, farei como diz. Até amanhã.

— Até amanhã, Mariah.

Quando a médica saiu da sala, Raul já estava esperando-a. Abraçou-a, e ela não conseguiu segurar as lágrimas.

— Desculpe, estou no meu limite...

Sem soltá-la, o médico disse à namorada:

— Chore à vontade, vamos nos sentar aqui. Sei o quanto está sendo difícil para você.

Sem afastar-se, ela perguntou:

— Por que, Raul? Por quê?

— Gostaria de lhe dizer que esse pesadelo vai acabar, mas isso não é possível. Ninguém sabia que seu pai estava doente. Agora você precisa descansar, amanhã virei cedo com você e conversaremos com os médicos, que cuidarão dele. Hoje vou cuidar de você, vamos?

Mariah apenas fez um gesto concordando, e, abraçados, seguiram para a casa da médica.

CAPÍTULO 28

Rogério permaneceu no quarto de Adalberto esperando que ele acordasse. Passava da meia-noite, quando ouviu o paciente chamá-lo:

— O que você faz aqui? Onde está Mariah?

— Sua filha foi para casa descansar, e eu me ofereci para ficar com você. Como está se sentindo?

— Cansado, não sei por que William está me segurando aqui.

— Por que você não me disse que está com câncer no rim?

— De onde você tirou essa ideia?

— Dos exames que encontramos na sua sala e da conversa que o William teve com o doutor Aziz.

— Eu não queria que ninguém soubesse. Minha intenção era fazer o tratamento fora daqui, em uma clínica nos Estados Unidos. É um trabalho experimental, que acredito me fará bem.

— Não entendo você. Não contou sobre a doença e tentou se matar, qual é a lógica disso?

— Fiquei desesperado quando Marcelo ameaçou entregar as cartas a William. Sei que os erros que cometi me trarão sérias consequências. Pensei na humilhação imposta a Mariah e também a mim.

— Quantas vezes o alertei para que se abrisse com sua filha? Você nunca me ouviu. A humilhação que você imaginou que atingiria Mariah não aconteceu. Houve um burburinho por causa da sua tentativa de suicídio, mas conseguimos reverter essa situação. Você tem sido muito egoísta, sua filha está cuidando de você. O doutor Raul está ajudando-a e, neste exato momento, está cuidando dela. Até quando você vai impor-lhe essa agonia?

Adalberto não respondeu, fechou os olhos e pediu a Rogério que chamasse um enfermeiro, pois estava sentindo dores.

— Khalil passará a noite cuidando de você. Espero que você pense no que lhe disse e converse com sua filha. Não deixe que ela saiba por terceiros o que você fez.

Rogério pediu ao enfermeiro que entrasse e ministrasse a medicação que estava prescrita pelo doutor William. Seguiu para casa pensando na conversa que acabara de ter: "segredos, segredos, infelicidade, será que as pessoas não são capazes de entender que segredos nunca são esquecidos? Podem ficar adormecidos por um tempo, mas não eternamente. Causam sofrimento, dor, afastam familiares para, um belo dia, o que ficou guardado ser revelado. E, muitas vezes, as pessoas precisam implorar o perdão daqueles que magoaram, que nem sempre são capazes de perdoar."

Chegando em sua casa, assustou-se com a presença de Alexandre.

— Aconteceu alguma coisa com minha mãe?

— Não, ela está bem, está dormindo. Eu trouxe um recado do Amir para você e acabei pegando no sono. Você demorou!

— Eu estava com o Adalberto. Não sabia que você estava aqui.

— Voltamos do sítio cedo, vim até aqui, fiquei conversando com sua mãe, ligamos para o hospital e disseram que você estava com um paciente e não poderia atender o telefone. Tranquilizei dona Silvana, mas fiquei com receio de ir embora.

— Obrigado, Alê, está tudo bem com você?

— Está sim, Omar ia voltar com o senhor Joseph, e aproveitamos para trazer o material que estava pronto para ser entregue no Museu do Cairo. Foi preciso vir em dois carros. E você?

— Estou bem, descobrimos que Adalberto está com câncer, e ele não havia dito a ninguém. Fiquei com ele para Mariah descansar um pouco. Você jantou?

— Ainda não.

— Então vamos para a cozinha e, enquanto eu preparo alguma coisa para comermos, conto como foi minha conversa com ele.

Na manhã seguinte, Mariah e Raul chegaram cedo ao hospital, foram direto para o quarto de Adalberto e lá encontraram o doutor William e outro médico, que deduziram ser o oncologista. Depois de feitas as apresentações, o casal foi informado sobre o tipo de exame que seria feito e a conduta que seria aplicada.

Adalberto mantinha os olhos fechados, tinha uma expressão de cansaço, que não passou despercebida à filha. Controlada, Mariah pediu detalhes do tratamento e se prontificou a ajudar no que fosse necessário. O doutor William explicou:

— Vamos fazer os exames para ver a extensão da doença, depois decidiremos se ele será transferido para a clínica do doutor Aziz.

— Doutora, estamos avaliando a gravidade do quadro do seu pai, pedi que me trouxessem os exames com a maior rapidez possível. No máximo amanhã, teremos os resultados e iniciaremos o tratamento.

— Doutor Aziz, o senhor cuidará dele?

— Sim, farei todo o possível para que o tratamento seja eficiente e traga resultados satisfatórios. Recomendo que você reveze o acompanhamento do seu pai com outra pessoa. Passar vinte e quatro horas com um paciente vai esgotá-la. Você tem irmãos que possam auxiliá-la?

Nesse momento, Raul interveio:

— Mariah não tem irmãos, mas me proponho a revezar com ela e acredito que o doutor Rogério também nos ajude. Você permite, William?

— Claro, Raul, estamos admitindo mais dois médicos para os atendimentos regulares, peço apenas que vocês não descuidem dos pacientes internados.

— Quanto a isso, não se preocupe, resolverei como faremos assim que o Rogério chegar e avisaremos você.

— Mariah, vou providenciar uma nova licença para você, assim você pode cuidar do seu pai.

— Obrigada, doutor William.

William e o doutor Aziz se despediram, deixando com o enfermeiro a medicação que deveria ser dada ao paciente. Quando ficaram sozinhos, Mariah disse:

— Raul, você não precisa fazer isso, posso cuidar do meu pai sozinha.

— Você não vai aguentar, precisa de um tempo para dormir e cuidar de você. Eu e o Rogério também revezaremos com você, assim, seu pai não fica sozinho, e você consegue se manter disposta. Sei o que você está pensando sobre eu ficar aqui, cuidarei dele como de qualquer outro paciente, não vamos pensar no que foi feito no passado, é passado, acabou.

Mariah abraçou Raul e agradeceu a compreensão e o carinho que ele tinha por ela.

— Amo você e nada vai nos separar. Vamos viver o presente. Agora vou ver meus pacientes e mais tarde passarei aqui. Você ficará bem?

— Sim, sabendo que você estará por aqui, eu fico mais tranquila. Obrigada, meu amor.

Trocaram um beijo rápido e, quando Raul saiu do quarto, encontrou-se com Rogério.

— Bom dia, Raul, encontrei William, e ele me falou sobre o Adalberto e sua oferta de revezarmos com Mariah. Sua ideia foi ótima, conte comigo. Ela não pode mudar para o hospital, precisa de um tempo de descanso.

— Khalil foi transferido para cá e estará aqui à noite, então, teremos também um tempo de descanso.

— Isso é bom, ele é muito competente, e o fato de estudar espiritualidade conosco vai ajudar. Ele é um ótimo ouvinte e também palestrante. Fará bem a Adalberto.

— Você irá vê-lo agora?

— Não, estava à sua procura para fazermos as visitas aos internados e sabermos como está cada paciente.

Os médicos seguiram para o posto de enfermagem e iniciaram o trabalho. Numa dessas visitas, o celular de Rogério tocou, e ele pediu a Raul que continuasse as visitas sem sua presença. O médico não se importou, porque sabia que o amigo estava esperando o telefonema do advogado que havia sido indicado por seu irmão.

— Doutor Rogério, é Décio Andrade, Amir Ahmed me pediu que o contatasse.

— Bom dia, doutor Décio, estava esperando sua ligação.

— Se você me permitir, podemos tirar o formalismo e ir direto ao assunto.

— Ótimo, recebi de herança alguns imóveis que pertenciam ao meu pai. Preciso enviar-lhe esses documentos para que você possa me orientar como agir. Esses bens estão todos no Brasil.

— Rogério, cheguei ontem ao Cairo e me encontrarei com o Amir às quinze horas. Podemos nos encontrar depois desse horário?

— Sim. Quando terminar sua reunião, me avise onde posso encontrá-lo e irei até você.

— Ótimo, estou no Mena House.

— Para mim, está bem, só me confirme o horário, e mais tarde o encontrarei.

— Aviso sim, até mais tarde.

— Até.

O médico voltou às visitas e avisou Raul que precisaria sair no final da tarde para conversar com o advogado.

— Pode ir sossegado. Vou ficar aqui até a Mariah resolver ir embora. Acredito que isso acontecerá quanto o enfermeiro da noite chegar.

※

— Amir, o que está acontecendo que Raul não tem vindo aqui?

— Papa, ele está ajudando a doutora Mariah no hospital. O caso de Adalberto se agravou. Ele está com câncer.

— E por causa dele meu filho não tem tempo para me ver!

Joseph explicou:

— Omar, não se exalte, conversei com a Carmem, e ela me disse que o Raul é o único que consegue tirar Mariah daquele quarto e fazê-la descansar um pouco. A propósito, Adônis me telefonou e pediu para lhe falar que os tios do Raul querem lhe fazer uma visita. Quando podemos marcar?

— Vamos marcar a visita sem que o Raul saiba?

— Não, podemos avisá-lo e, se ele puder, estará conosco.

Amir interveio:

— Papa, talvez seja bom vocês conversarem sozinhos. Raul está no hospital trabalhando e ajudando a cuidar da Mariah e do pai dela. Podemos avisá-lo e, se ele puder, sei que virá até aqui.

Omar argumentou:

— Você confia nele, não teme que ele possa se vingar do Adalberto e depois nos abandonar?

— Papa, de onde você tirou essa ideia? Raul é um homem íntegro, jamais faria isso, tenho certeza. Nunca pensei ouvir de você tamanho absurdo, e agora, se me dão licença, vou me encontrar com nosso advogado, marquei uma reunião com ele na loja. Tio Joseph, por favor, coloque um pouco de sensatez na cabeça do papai.

Depois que Amir saiu, Omar olhou para o irmão e não conteve o riso:

— Do que você está rindo?

— Amir era contra eu me aproximar de Raul, tinha medo que eu fosse maltratado e agora defende o irmão como se tivesse vivido sempre com ele.

— E você falou aquilo para provocá-lo ou acredita que Raul possa se vingar do Adalberto?

— Falei para provocá-lo, mas confesso que isso já me passou pela cabeça.

— Raul jamais faria isso. Tenho a mesma certeza que Amir. Ele é o que se pode chamar de uma pessoa nobre. Por tudo que viveu no Brasil e pelo que aconteceu aqui, se ele quisesse fazer alguma bobagem, já teria feito. Adônis me contou parte da conversa que ele teve com o tio brasileiro. Vou contar-lhe como foi.

Enquanto os irmãos conversavam, na casa de Adônis, Dulce perguntava ao marido se havia marcado a visita ao pai de Raul.

— Falei com Joseph, e ele ficou de me dizer uma data. Por que você está tocando nesse assunto?

— Guilhermina está interessada em conhecer a Biblioteca de Alexandria, quero levá-la e poderíamos ficar hospedados uns dois ou três dias para poder mostrar-lhe a cidade. Tem lugares belíssimos para visitarmos.

Enquanto conversavam, o telefone tocou:

— Adônis, é Joseph, boa tarde.

— Boa tarde, estava aguardando sua ligação.

— Falei com meu irmão. Podemos marcar para amanhã à tarde, por volta de quinze horas.

— Combinado, amanhã, às quinze horas, estaremos aí. Obrigado, Joseph.

— Até amanhã.

— Pronto, Dulce, pode marcar sua viagem para Alexandria, iremos amanhã na casa de Omar.

— Acha conveniente irmos todos?

— Sim, não vou deixar Ângelo e Guilhermina sozinhos. A família Ahmed é muito bem conceituada aqui no Cairo, mas o assunto que vão tratar pode trazer dissabores.

— Você tem razão. Vou avisá-los e combinarei com Guilhermina a viagem para Alexandria.

⸻

Rogério chegou ao hotel no horário marcado com o advogado e foi informado de que ele o esperava no *lobby*. Amir estava presente e fez as apresentações.

— Rogério, se você não se importar, participarei da conversa, assim, se necessário, poderei ajudá-lo.

— Será ótimo, Amir, trouxe os documentos que meus tios me entregaram. Meu pai antes de morrer enviou uma carta ao irmão mais velho dizendo que eu não tinha condições de cuidar dos imóveis, por esse motivo somente agora eu soube da existência deles.

— Mas foi feita uma partilha, e quem pagou as taxas e os impostos?

— Meu tio pagou. Nós não queremos ir ao Brasil. Gostaria que você entrasse em contato com meus tios e pusesse tudo o que é meu à venda.

— Pelo que posso ver aqui, são imóveis em áreas nobres, Rogério, valem um bom dinheiro. Não é melhor você viajar ao Brasil e conhecê-los?

— Décio, eu sempre vivi aqui no Cairo, não tenho nenhuma ligação com o Brasil e, por causa da intolerância do meu pai, mamãe sofreu muito. Prefiro transformar esses terrenos em dinheiro, assim mamãe terá uma velhice tranquila. Ela está bem de saúde, mas nunca se sabe. Posso empregar o dinheiro aqui, como faço até hoje com o que ela recebeu do seguro pela morte do esposo.

— Como você quiser. Vou redigir a procuração para representá-lo e vamos nos falando por e-mail ou telefone. Você acha que seus tios concordarão com a venda?

— Acredito que sim. E, depois, dois desses imóveis são meus, segundo eles. Outros dois são da família. Você precisa que minha mãe assine algum documento?

— Sim, ela precisará me passar uma procuração também. Vou providenciá-la. Amanhã, vocês poderiam vir aqui nesse mesmo horário?

— Claro. Se for necessário vir mais tarde por causa do hospital, eu lhe avisarei.

— Ótimo, assim eu terei as procurações e os valores de taxas que deverão ser pagas.

— Veja também seus honorários para que eu possa efetuar o pagamento.

— Perfeito, espero vocês amanhã. Obrigado por confiar no meu trabalho.

— Amir e eu nos conhecemos há muitos anos, tenho certeza de que se ele o está apresentando, posso ficar tranquilo.

Depois que Rogério saiu, o advogado não deixou de comentar:

— Amir, por que não confiaram nele para cuidar dos bens da família? Ele me pareceu uma pessoa bastante equilibrada.

— Foi o pai dele que decidiu isso, são motivos muito pessoais, não gostaria de tocar nesse assunto.

— Desculpe se fui invasivo, é que tenho trabalhado muito com inventários e vejo cada absurdo, mas, como você disse, são assuntos que pertencem a cada família. Você vai acompanhar esse trabalho?

— Vou sim, não sei se Rogério está preparado para eventuais despesas e não quero que ele tenha problemas. Peço-lhe que cuide de tudo e qualquer problema me avise.

— Quanto a isso, não se preocupe, você conhece meu trabalho, e esses imóveis renderão um bom dinheiro para ele, não haverá nenhum problema para pagamento de despesas, honorários ou qualquer taxa que tenha de ser paga.

Os dois homens continuaram conversando sobre os negócios da loja e da importação de diamantes. Quando Amir chegou em casa, Joseph o esperava:

— Amir, marcamos para amanhã à tarde a vinda dos tios do Raul para conversar com seu pai. Você estará aqui?

— Sim, tio, vou pedir a Miríade para preparar um lanche para servirmos, amanhã ela precisará ficar o dia todo na loja.

— Como você quiser.

— Raul virá?

— Falei com ele, mas não me deu certeza, o trabalho no hospital aumentou, não conseguiram contratar os médicos de que necessitam, ele e o Rogério estão sobrecarregados. A propósito, Rogério foi conversar com o advogado?

— Sim, foi uma conversa rápida, eu já havia adiantado o assunto com o Décio, então, resolveram tudo com rapidez. Amanhã, ele precisará voltar e levar a mãe para assinar as procurações. Papai está mais calmo? De onde ele tirou aquela ideia?

— Está sim, ele estava testando você e sua confiança no seu irmão.
— Onde ele está?
— No quarto, foi descansar um pouco antes do jantar.
— Vou lá falar com ele.

Em sua sala, no hospital, enquanto o doutor William relia o relatório que havia preparado para o conselho administrativo, relembrava os fatos que aconteceram após o recebimento dos documentos que acusavam Adalberto Marçal de enriquecimento ilícito, a investigação interna, a conversa com a família Ahmed, a tentativa de suicídio do médico e agora a descoberta do câncer.

Uma batida na porta tirou-o de seus devaneios.

— Doutor William, aqui estão os exames que o senhor estava esperando.

— Obrigado, Renata.

Ele olhou os exames e telefonou para o oncologista.

— Doutor Aziz, é William, estou com os resultados dos exames do Adalberto Marçal, o tumor está localizado no rim esquerdo, o direito está preservado, podemos operá-lo.

— Ótimo, William, vou para aí imediatamente e combinaremos como realizar a cirurgia.

— Obrigado, doutor Aziz, vou pedir ao meu pessoal que prepare o centro cirúrgico e todo o material necessário para a cirurgia.

William chamou Renata e deu-lhe algumas orientações.

— Peça ao doutor Maurício que faça os preparativos para a anestesia, ele já está informado desse caso. Vou ver o Adalberto e conversar com a filha dele.

Lá, encontrou o enfermeiro Khalil:

— Pensei que a doutora Mariah estivesse aqui com o pai.

— Ela está sim, doutor, insisti que ela fosse fazer um lanche, ela passou o dia todo aqui.

Adalberto, que aparentava estar dormindo, chamou pelo médico:

— William?

— Adalberto, estou com os resultados dos seus exames. Vamos operá-lo ainda hoje. O tumor está no rim esquerdo, retirando-o, você conseguirá viver bem com o outro rim e há uma grande chance de cura.

— Quem vai me operar é você?

— Vou auxiliar, a cirurgia será realizada pelo doutor Aziz.

— Terei um tempo para conversar com minha filha?

— Sim, estamos preparando a sala, os procedimentos para a anestesia, pode conversar com ela.

Nesse momento, Mariah chegou, e William explicou-lhe o que seria feito e o estado de saúde do paciente

— Ele quer conversar com você.

— Ainda temos tempo?

— Sim, estamos preparando a cirurgia e vamos esperar o doutor Aziz chegar, fique com ele, estou confiante de que teremos êxito. Ele ficará bom.

— Obrigada, doutor William.

— Raul estará aqui com você?

— Ele virá. Tinha um compromisso com o pai. Acredito que ele chegará antes de levarem papai para o centro cirúrgico.

— Khalil, vou precisar de você, por favor, venha comigo.

Quando Mariah viu-se sozinha com o pai, disse-lhe:

— Você ficará bom, tenho plena confiança no doutor William.

— Mariah, preciso contar-lhe o que eu fiz...

— Papai, não se esforce, podemos conversar depois.

— Não, filha, você sabe muito bem que toda cirurgia tem alguns riscos, a minha não será diferente, principalmente porque estou em recuperação.

— Se você não estivesse bem, eles não o operariam.

— Sei disso. William e Aziz são médicos muito responsáveis, não me submeteriam a um procedimento de risco. Mas eu preciso contar-lhe o que fiz e por que, por favor, deixe-me falar.

CAPÍTULO 29

A médica aproximou-se do pai, segurou-lhe a mão e disse-lhe:
— Está bem. Se isso o fizer sentir-se melhor, pode falar.
— Eu era muito jovem quando vim para o Cairo. Vim para fazer uma especialização e me encantei pela cidade, pela cultura egípcia, conheci Joseph num passeio que fiz com um grupo de médicos do hospital. Ele falou sobre os costumes ciganos e me convidou para uma festa que seria realizada dentro de dois dias. Comentei sobre ela no hospital, e alguns médicos me disseram que também iriam. Era a festa de Santa Sara, e foi nesse dia que conheci sua mãe. Ela era a jovem mais linda daquela festa, dançava como se tivesse asas nos pés, fiquei deslumbrado, queria conhecê-la e, quando falei sobre ela com Joseph, soube que ela lhe era prometida. Fiquei aborrecido e confesso que enciumado, afinal, eu era um médico em início de carreira, mas com a promessa de um futuro sólido, e ele era apenas um trabalhador nas escavações. Eu poderia dar a ela conforto, joias, uma vida muito melhor do que a que ele poderia lhe oferecer. Decidi ir embora, mas não pretendia desistir de conquistá-la. Afinal, enquanto ela dançava, eu percebia que seu olhar, muitas vezes, se dirigia a mim.

"Alguns dias depois, ela foi trazida ao hospital por causa de uma torção no tornozelo, imediatamente me prontifiquei a atendê-la, Joseph não estava na cidade, eu a retive um tempo além do necessário para que pudéssemos conversar e marcamos um encontro para o dia seguinte. Ela me indicou uma praça onde poderíamos falar à vontade, sem sermos interrompidos ou vistos por conhecidos das famílias ciganas. Fiquei entusiasmado, imaginando como faria para levá-la comigo para longe daqui. Cheguei ao local do encontro com meia hora de antecedência. Ela já estava lá. Usava um traje comum, ninguém diria que era aquela cigana linda e sensual que eu tinha visto na festa. Começamos a conversar, e ela me contou que não amava Joseph e não queria seguir com os costumes que lhe eram impostos pela família. Queria viver fora dali e, para isso, precisaria fugir para outra cidade, mas não dispunha dos recursos necessários. Pedi a ela que tivesse paciência, que eu daria um jeito de ficarmos juntos, não queria problemas com a família dela e muito menos com Joseph, de quem me considerava amigo.

"Passamos a nos encontrar frequentemente e, num desses dias, ela foi seguida por um membro da família. No dia seguinte, Joseph me procurou no hospital para tirar satisfação, acusou-me de estar iludindo Sofia, oferecendo a ela uma vida que jamais seria possível vivê-la, discutimos, e eu lhe disse que era egoísmo obrigá-la a seguir costumes antigos, pois nós nos amávamos, e eu daria a ela a vida que ela sonhava, coisa que ele nunca faria. Nesse momento, olhou-me com firmeza e afirmou que se eu a fizesse sofrer, ajustaria contas não com a família, mas com ele, pois Sofia era a única mulher que ele amava e jamais me perdoaria se algo acontecesse a ela. Exultei, porque acreditei que o caminho estava livre para viver com a mulher que eu amava. Depois que ele saiu, fui à procura de Sofia, e juntos conversamos com seus pais. Eles não aprovaram o casamento, mas, como Joseph desistira do noivado, ela deveria se casar comigo para não ficar desonrada. Casamos dois meses depois, numa cerimônia simples, fizemos uma pequena viagem, porque eu precisava voltar ao hospital, estava aguardando uma vaga fixa que me daria um salário maior e estabilidade para viver aqui. Comuniquei meus pais no Brasil, mas nunca mais voltei a vê-los".

— Pai, por que você está me contando isso agora?

— Porque essa história você nunca soube, e precisa conhecê-la por mim e não por outras pessoas. Errei sim, mas nunca amei outra mulher além de Sofia. Quando você nasceu, foi uma grande alegria para nós. Alguns meses depois, eu recebi uma promoção no hospital, precisava comparecer a eventos sociais, mas sua mãe não era bem recebida, pois sua beleza incomodou muitas mulheres que não souberam ou não quiseram fazer amizade com ela. Nossa vida virou um inferno. Quando o avô do Raul me ofereceu dinheiro para tirar o neto do hospital, fiquei alucinado com a quantia, era suficiente para irmos embora para outro país, então, eu aceitei. Logo em seguida, surgiu a necessidade de um transplante de rim no filho de um industrial daqui, ele pagava qualquer coisa para que conseguíssemos a cirurgia. Expliquei a ele que precisávamos de um doador compatível, foi quando ele me disse que o filho era dele, apenas dele, era fruto de uma aventura, e, como a mãe biológica havia morrido no parto, ele trouxe a criança para sua casa mentindo para esposa que era filho de um casal de empregados que deu o filho para adoção. Se a verdade viesse à tona, ele seria desmoralizado perante a família, e isso ele não queria de forma alguma. O jovem ficou internado aqui aguardando um doador, e, quando internamos o cigano, eu mesmo fiz o exame de sangue e constatei que era compatível com o filho do empresário.

"O cigano chegou aqui quase sem vida, seus batimentos cardíacos estavam muito fracos, ele morreu algumas horas depois da internação, autorizei a retirada do rim, falsificando um documento do hospital, o transplante foi bem-sucedido, o rapaz foi salvo, e eu recebi uma grande quantia em dinheiro. Fui direto falar com Sofia, pedi a ela que arrumasse nossas coisas, pois partiríamos no dia seguinte, mas ela não aceitou. Já sabia da morte do cigano e do sequestro do filho de Omar. Acusou-me de mercenário, disse que jamais seguiria comigo, aquele dinheiro era maldito, tinha vindo do sofrimento dos homens do povo dela, povo que ela se arrependia de ter renegado. Mandou-me embora e disse que iria pedir ao pai que a aceitasse de volta junto com a filha, a quem eu jamais veria. Fiquei louco diante das palavras dela, disse que havia feito tudo por ela, e era daquela forma que ela me agradecia, disse-lhe que iria embora, mas que daria um jeito de tirar você dela, ela iria se arrepender de me tratar daquela maneira. No meu desespero, saí dali e não imaginei que ela iria para o mar. Quando soube do afogamento, me desesperei, chorei, pedi perdão, mas ela estava morta, só me restava você. Não podia perdê-la, nunca contei essa história a ninguém, não queria que conhecessem minhas fraquezas, não suportaria ser acusado desses crimes, não poderia viver longe de você. Quando você cresceu e começou a perguntar o que havia acontecido com sua mãe, fiquei com medo de que alguém lhe contasse a verdade sobre o meu passado, por isso, a mandei estudar na Europa.

"Quando você voltou e recusou-se a viver longe daqui, longe da sua avó, eu me preocupei, mas já havia se passado muitos anos, ninguém havia me procurado para cobrar nada, meu cargo no hospital e a ordem para que ciganos e beduínos não fossem atendidos aqui me permitiram acreditar que a verdade nunca seria conhecida. Foi outro erro, o pai do Marcelo Zafir me procurou pedindo uma colocação para o filho, o currículo dele era bom, eu o aceitei na residência, ele se saiu bem e foi ficando, quando ele a conheceu, apaixonou-se e queria casar-se com você de qualquer maneira, como você o recusava, ele começou a me chantagear. O pai dele me apresentou a Paulo Albuquerque, avô do Raul, e, numa conversa com familiares do rapaz que foi submetido ao transplante, Marcelo ficou sabendo como ele havia obtido o rim, que lhe salvou a vida. Ele ameaçava me entregar para a diretoria.

— Rogério sabia disso tudo?

— Sim, ele ouviu Marcelo me ameaçar depois de uma discussão, então, eu contei a ele o que havia feito. Desde esse dia, ele insiste em que eu lhe conte o que fizera e a possível causa do suicídio de sua mãe. Eu nunca imaginei que Sofia seria capaz de se matar, só pensava em tirá-la daqui, viver com vocês duas, onde ninguém soubesse do meu passado, onde pudéssemos viver em paz, mas não consegui. Quando a diretoria do hospital decidiu trazer o Raul Albuquerque para fazer a palestra deste ano, eu não pude recusar. Avisei o tio dele que a verdade poderia vir à tona, mas não imaginei que essa verdade me atingiria da forma como aconteceu. Depois que o avô do Raul levou o neto, eu me afastei por alguns meses do hospital, e, quando voltei, soube que havia outra criança e que a mãe deles havia morrido. Eu não fiz perguntas para não levantar suspeitas e segui com minha vida, procurando esquecer o passado. Passado que me atormenta até hoje. Que não me deixa esquecer o sofrimento que vi nos olhos da sua mãe quando ela me deixou, e, em vez de ir atrás dela, peguei o carro e voltei para o hospital. Não sei se um dia você poderá me perdoar, é bem provável que a cirurgia corra bem, e eu continue vivendo para suportar essa culpa que não me abandona, não vou atentar novamente contra minha vida, mas quero ir embora daqui. Vou assumir meus erros com a diretoria do hospital, e depois do que decidirem vou para outro lugar, não quero que meus erros atrapalhem a sua vida e sei que você será feliz com Raul.

Mariah não teve tempo de responder, um enfermeiro deu uma leve batida na porta e entrou:

— Doutora, está tudo pronto a para cirurgia, viemos buscar o doutor Adalberto.

A médica beijou a testa do pai e disse-lhe que depois conversariam, ela precisava pensar em tudo o que ele lhe dissera, mas que continuaria ali, esperando que ele retornasse.

Os enfermeiros puseram o paciente na maca e, assim que saíram, Rogério entrou no quarto:

— Você está bem?

— Ah, Rogério!

O médico a abraçou e disse suavemente:

— Chore, minha querida, chorar alivia a alma.

Em meio a palavras entrecortadas pelos soluços, ela contou que o pai havia confessado o que fizera.

— Finalmente, ele teve coragem de se abrir com você. Foi bom para vocês dois, a verdade não pode ficar guardada. Tem que ser conhecida.

— E o que vai acontecer conosco agora?

— Mariah, você vai seguir com sua vida, vai se casar com Raul, formar uma família. Adalberto tem que cumprir o destino dele. Haverá punição para o que ele fez? Ainda não sabemos, já se passaram muitos anos, as famílias envolvidas não querem mexer com o passado, não vai ajudá-los em nada. O hospital talvez o afaste, mas ele precisa se recuperar, será afastado de qualquer maneira. O Marcelo foi embora definitivamente, e nós estamos aqui para apoiá-la.

— Ele ainda não sabe que a mamãe não se matou.

— No momento certo, contaremos a ele. Isso vai ajudá-lo a viver melhor, a culpa nunca vai abandoná-lo até que ele consiga entender o que fez e se perdoar. Não devemos julgá-lo, não temos esse poder. Ele errou, mas não nos cabe sentenciá-lo. A vida se encarrega de nos dar o resultado de nossas escolhas. É como plantar, colheremos os frutos das nossas sementes.

Mariah, já mais calma, indagou:

— Acha que devo mostrar-lhe a carta?

— Sim, afinal, nela sua mãe explica que estava cuidando dele. Lembra-se?

— E se ele não acreditar?

— Isso é ele quem decidirá. Nós estaremos aqui para ajudar, mas seguiremos em frente sem medo do passado, sem segredos que possam vir à tona e destruir algo que construímos com carinho, muitas vezes com sacrifícios, e estaremos com nossa consciência tranquila. Está mais calma?

— Estou sim, obrigada por ficar comigo.

— Vou ficar aqui até o Raul chegar.

— Ele foi ao encontro entre os tios e o pai dele.

— Outra coisa boa, eles se entenderão e todos poderão seguir em frente. Sem mágoas, sem sofrimento.

— Você não precisa se encontrar com o advogado?

— O Alexandre levou mamãe lá e depois virá aqui no hospital para que eu assine a procuração, está tudo sob controle. Podemos ficar aqui ou ir à capela rezar. O que você quer fazer?

— Talvez seja bom ir até a capela.

— Então vamos, a oração é um meio de afastar nossas angústias e trazer paz para nosso coração.

Os dois médicos foram à capela do hospital, enquanto, no centro cirúrgico, os médicos iniciavam a operação em Adalberto, estavam confiantes de que seria um procedimento bem-sucedido, apenas Khalil sentia a presença de Sofia. O rapaz elevou uma prece a Deus pedindo serenidade e lucidez aos médicos, e, confiando em suas orações, preparou-se para ajudar na cirurgia.

Adônis, Dulce, Guilhermina e Ângelo foram pontuais. Raul os esperava para apresentá-los ao pai e ao irmão. Depois de acomodados, Omar perguntou por Joseph:

— Papa, ele foi levar Miríade à loja e logo estará aqui.

Raul explicou:

— Tio Joseph é irmão do papai.

Guilhermina foi a primeira a falar:

— A semelhança de vocês dois é incrível, quem não os conhece bem, não consegue distingui-los.

Curioso, Omar perguntou:

— E como a senhora vê a diferença?

— Nos olhos, na forma de falar. Eu não conheci a minha cunhada, mas vendo-os juntos, Amir tem seus olhos, senhor Omar; Raul tem um olhar mais suave.

Omar respondeu:

— Ele puxou à mãe, minha Amália. Ela era doce, meiga, tinha sempre palavras de ânimo e compreensão, muito diferente de Paulo. Me desculpe, não consigo perdoá-lo. Amália não merecia o que ele fez. Ele queria o neto e não a filha. Disseram para Amália que os meninos estavam mortos, ela não resistiu. Fizemos de tudo para que ela recobrasse a vontade de viver, mas foi inútil. Ela se foi, e eu jurei que uniria os irmãos. Ainda não sei ao certo como isso foi possível, destino, a vida, Santa Sara, acho que nunca saberei. Espero que eles não se separem mais, e eu possa aproveitar os dias que me restam junto dos meus filhos.

Ângelo argumentou:

— Não tiro sua razão, senhor Omar, eu errei com minha irmã, confiei em meu pai e, só depois que o Raul descobriu a verdade, foi que procurei nos documentos que pertenceram à minha mãe sobre a história da minha família. Me deixei levar pelos argumentos do meu pai e cometi um grande erro. Devia ter vindo procurá-lo, mas não o fiz. Eu e Guilhermina não podemos ter filhos, Raul nos trouxe uma grande alegria, nunca imaginei que um dia ele encontraria o pai biológico. Quando o doutor Adalberto me avisou que a verdade viria à tona, pois Raul estava no Cairo, foi que comecei a pensar no que havia acontecido e nas consequências do que havíamos feito. Não fui o pai ideal para ele, pois meu trabalho e os negócios da família sempre me mantiveram ocupado, mas ele cresceu, estudou, tornou-se um homem respeitado, um bom profissional e um filho excelente. Quero apenas pedir ao senhor e também aos demais que não fiquemos totalmente afastados, posso merecer esse castigo, mas minha mulher não merece. Ela o criou com amor e dedicação, não quero vê-la sofrer pela ausência de Raul.

Raul respondeu:

— Tio Ângelo, isso jamais acontecerá. Tia Guilhermina é minha mãe, jamais a faria sofrer. Nós já conversamos e sabemos que é possível uma boa convivência, mesmo com a distância entre o Cairo e São Paulo. Resolvi viver aqui não para punir alguém, mas para ficar perto de meu pai, do meu irmão, da família paterna. Apaixonei-me pela Mariah e pretendo me casar com ela, nossa vida será aqui, trabalhamos aqui, a minha adaptação vai acontecendo gradativamente, mas meus sentimentos não mudarão porque não estamos morando na mesma cidade.

Guilhermina levantou-se e abraçou Raul.

— Obrigada, meu filho, fico muito feliz com suas palavras, quero que você viva bem e seja feliz onde você se sentir melhor. Estaremos sempre unidos em pensamento, e a tecnologia atual nos permite estar sempre próximos.

Ângelo perguntou:

— Amir, você já esteve no Brasil?

— Sim, em Porto Alegre.

— Quando for possível, gostaria que você viesse a São Paulo, embora papai tenha cometido um grande erro, vocês são nossos únicos herdeiros, seria bom você também conhecer o que temos.

— Deixarei essa visita para o dia que Raul decidir voltar ao Brasil, assim poderemos tomar as decisões que forem necessárias para o bem de todos. Decidiremos juntos sobre os bens do papai, acho correto fazer o mesmo com os bens da nossa mãe.

— Você está certo, deixo para vocês dois decidirem quando chegar o momento. Os bens estão nas mãos de administradores competentes. Pretendo viajar com Guilhermina e aproveitar mais a vida com ela. Ficamos presos aos negócios durante muitos anos. Precisamos conhecer lugares novos, pessoas novas e ter mais tempo para ficar juntos.

Omar completou:

— Uma sábia decisão. Quando nos prendemos aos negócios, deixamos de lado a vida, não sentimos o tempo passar e, quando acordamos, não resta mais nada a fazer. Vocês serão sempre bem-vindos à nossa casa. Espero que possamos todos viver em paz.

Ângelo tornou:

— Nossa casa também estará sempre aberta para recebê-los.

Joseph chegou e foi apresentado a Guilhermina e Ângelo, Amir convidou a todos para tomarem um lanche preparado por Miríade, continuaram a conversar sobre os projetos para o futuro, a vida no Cairo e no Brasil. Raul despediu-se explicando que precisava voltar ao hospital, pois Adalberto estava sendo operado, e ele queria ficar com Mariah.

Omar o acompanhou e disse:

— Meu filho, você tem trabalhado muito, quase não o vemos.

— Pai, daqui alguns dias, estarei mais livre, estão sendo feitas algumas mudanças no hospital, por isso, estamos com mais serviço, e não quero deixar Mariah sozinha. O pai dela está sendo operado para a retirada de um dos rins, que está com um tumor maligno. Serão alguns dias difíceis, mas logo tudo voltará ao normal. Você está se cuidando?

— Estou sim, meu filho, apenas sinto sua falta.

Raul abraçou o pai e disse-lhe que faria o possível para vir vê-lo mais vezes. Amir aproximou-se para despedir-se do irmão e tranquilizou-o quanto aos cuidados com o pai.

— Ele sente sua falta, mas estamos cuidando dele.

— Essa correria é somente por alguns dias, logo tudo voltará ao normal.

Enquanto o carro se afastava, Omar disse:

— Cada vez que me despeço dele, parece que é para sempre.

Amir, abraçando o pai, afirmou:

— Papa, confie mais nos seus filhos. Venha, temos convidados em nossa casa, não podemos abandoná-los.

⁂

Raul chegou ao hospital e foi direto para o quarto de Adalberto. Uma enfermeira disse-lhe que Mariah estava na capela. A cirurgia ainda não havia terminado. Ele aproximou-se da médica com cuidado para não assustá-la. Ficaram na capela de mãos dadas, cada qual com seus pensamentos. Algum tempo depois, Mariah explicou:

— Rogério me aconselhou a vir aqui, este lugar transmite paz.

— Ele gosta daqui, lembra-se de quando viemos trazer seu pai? Ele e Alexandre vieram rezar, e Rogério nos aconselhou a fazer o mesmo.

— Verdade, acabamos deixando de lado a oração e nos voltamos a ela quando a situação sai do nosso controle.

— Você pediu pelo seu pai?

— Sim, por ele e pelos médicos que estão cuidando dele. Antes de ir para o centro cirúrgico, ele me contou o que fez com você e com o cigano, ele me pareceu tão frágil. Acha que pode estar com medo de morrer e por isso me contou o que fez?

— Não, esse tempo que passou no hospital e a insistência de Rogério devem tê-lo feito refletir sobre tudo o que aconteceu. Você precisava conhecer a verdade por ele. Como você está se sentindo depois de tudo o que ouviu?

— Não sei ao certo, enquanto ele falava, parecia que era uma história que não tinha nada a ver comigo, mas depois que ele foi levado pelos enfermeiros e Rogério chegou, eu não consegui controlar a emoção. Vamos sair daqui, prefiro ir ao jardim e lá conto para você o que ele me falou.

Raul a ouvia com atenção, imaginando o sofrimento que a ambição de um homem trouxe a tantas pessoas. Rogério aproximou-se, e continuaram a conversar sobre as atitudes de Adalberto e a sua decisão de deixar a cidade do Cairo.

— Rogério, você sabe o que o conselho fará?

— Não sei, Raul, William está preparando um relatório e, depois que Adalberto se recuperar, ele será ouvido. Não caberá um julgamento formal porque os envolvidos não querem processá-lo. Ele disse para onde irá?

Mariah respondeu:

— Não, hoje foi a primeira vez que ele falou dos pais, disse que se casou e os comunicou do casamento, mas não foi procurá-los. Não sei se ele pretende voltar ao Brasil. Ainda tem muita coisa para ser dita. Você sabe se meus avós são vivos?

— Eles faleceram há alguns anos. Seu pai não tinha irmãos. Não sei se deixaram bens, sei que lhes mandava dinheiro todo mês.

Raul perguntou:

— Ele não foi ver os pais?

— Não, depois que se casou, Adalberto não voltou mais ao Brasil e pouco falava sobre os pais. Eu sei de alguma coisa porque conversávamos, e eu fazia perguntas sobre a família dele. Nem sempre ele estava disposto a falar.

— Se ele não voltou ao Brasil, como soube que meus avós faleceram?

— O pai de Marcelo Zafir cuidou deles. Eram amigos da família.

A conversa foi interrompida pela chegada de uma enfermeira.

— Doutora, a cirurgia terminou, estão pedindo para que a senhora vá à sala do doutor William.

Os três levantaram-se e dirigiram-se ao local. Encontraram os médicos e foram informados de que a cirurgia correu bem, Adalberto permaneceria na UTI por um período necessário à sua recuperação.

— O tumor estava no rim esquerdo, como vimos na imagem, e não houve metástase. Os outros órgãos estão preservados.

— Obrigada, doutor Aziz, essa notícia me tranquiliza. É possível saber quanto tempo ele permanecerá internado?

— Não, vamos aguardar a recuperação, que acredito que será breve, seu pai é um homem muito forte. Sugiro que você vá para casa descansar e amanhã retorne para vê-lo. Ele está ainda sobre os efeitos da anestesia e vamos mantê-lo sedado até amanhã.

— Doutor William, preciso comunicar ao departamento de pessoal?

— Não, Mariah, pode descansar, já informei-lhes de que você estará de licença por uma semana. Raul, os médicos que estávamos esperando começarão atender a partir de amanhã, então, você e Rogério poderão cuidar dos pacientes internados e terão uma redução no plantão. Por hoje, vocês também podem ir para casa. O movimento do hospital está calmo, e os médicos que estão aqui cuidarão dos nossos pacientes.

Depois que os médicos saíram, o doutor Aziz comentou:

— William, você manterá a doutora Mariah aqui?

— Sim, é uma excelente médica. Ela vai se casar com Raul, e ambos ficarão morando aqui no Cairo, não vejo razão para dispensá-la.

— A história do pai dela ficou conhecida no nosso meio, isso não será prejudicial a ela?

— Tenho certeza de que não, afinal, sabemos que as atitudes foram do pai dela, cabe a nós, profissionais e pessoas mais experientes, lidar com os comentários e evitar que eles aumentem. Não quero perder bons médicos por causa de fofocas e especulações.

— Você está certo, agora vou para a clínica e depois para minha casa. Deixei meus telefones com o pessoal do centro cirúrgico, podem me ligar a qualquer hora.

— Obrigado, Aziz, nos veremos amanhã.

CAPÍTULO 30

A recuperação de Adalberto aconteceu como o esperado. Em pouco tempo, ele recebeu alta e voltou para casa. Providenciaram um enfermeiro para acompanhá-lo, e Mariah pôde voltar às suas atividades no hospital. Rogério foi o primeiro a ir visitá-lo:

— Como você está, meu amigo?

— Bem, dentro do possível e do que a minha recuperação permite. Você soube que o conselho marcou uma reunião comigo para a próxima semana?

— Sim, William me avisou.

— Você estará lá?

— Não, eles querem ouvi-lo, e foi tudo o que William me disse. Não sei o que vão decidir.

— De qualquer forma, já tomei minha decisão. Assim que receber a alta definitiva, vou embora do Cairo.

— Você já decidiu para onde irá?

— Voltarei para o Brasil. Tenho um imóvel lá, um advogado estava cuidando dele. Recebemos uma proposta de compra da parte de uma construtora. Não quero atrapalhar a vida de Mariah, minhas atitudes quase comprometeram a carreira dela e sei que ela está feliz com o Raul. Não farei falta.

— Você tem uma maneira de pensar que não concordo. Ela mostrou-lhe a carta?

— Sim, pouco antes de eu deixar o hospital, ela conversou comigo. Ainda não sei se posso acreditar em tudo que está escrito ali.

— Converse com o Khalil.

— Já fiz isso. Você sabe que nunca fui ligado a nenhuma religião, acredito na ciência e preciso de provas concretas para acreditar em alguma coisa. Mariah me explicou sobre as pessoas que estudam espiritualidade, me deixou alguns livros para que eu conheça mais o assunto, mas ainda não tomei uma decisão quanto a tudo o que ouvi.

— Pelo menos, você conseguiu contar-lhe o que fez. Isso foi uma decisão importante, pois, se ela soubesse por terceiros, a história poderia ser deturpada.

— E, Rogério, o que pretende fazer da sua vida?

— Vou continuar trabalhando no hospital, cuidando da minha mãe, vivendo minha vida como sempre fiz.

Os dois médicos continuaram conversando. Rogério não concordava com a decisão de Adalberto de ir embora do Cairo, afastando-se da filha, mas não conseguiu demovê-lo.

※

Omar e Joseph chegaram em casa e encontraram Raul e Amir conversando.

— Sempre me alegro quando vejo meus filhos juntos.

Os irmãos levantaram-se para cumprimentar o pai e o tio. Joseph comentou:

— Algum problema? Vocês estão com uma expressão séria.

Raul explicou:

— Estávamos conversando sobre o doutor Adalberto. Ele decidiu ir embora e deixar Mariah sozinha.

— Ela nunca ficará sozinha, tem a Carmem, você, e, em breve, fará parte de nossa família.

— Sei disso, tio, só que ela não pensa assim e teme que longe ele possa tentar suicidar-se novamente.

Omar argumentou:

— Não acredito nisso. Pelo que soubemos, ele lutou muito para ficar vivo. Não tentará se matar novamente. Vocês estão pensando em ir para o Brasil?

— Não, papai, nossa vida é aqui. Não pretendemos mudá-la, e não pretendo deixá-lo. Hoje à noite, iremos a uma reunião em casa do tio Adônis. Gostariam de ir conosco?

Joseph respondeu:

— Eu irei. Por que não vem conosco, Omar?

— Talvez eu os acompanhe, o sonho que tive com a mãe de vocês sempre volta ao meu pensamento. Quem sabe Adônis pode me ajudar a entendê-lo? Quer vir também, Amir?

— Não, papa, vou sair com Miríade e os meninos. Em uma próxima reunião, iremos. Miríade conversou com a esposa de Adônis e demonstrou desejo de conhecer o trabalho deles.

— Você já se deu conta que ele também é seu tio?

— Já sim, Raul, mas ainda prefiro chamá-lo de Adônis. Conversamos sobre isso, e ele me deixou à vontade para tratá-lo assim. Miríade e eu nos encontramos com eles no dia em que seus tios embarcaram para a Itália.

— Eu não o encontrei mais, não sabia que vocês tinham conversado. Não pude ir ao aeroporto, então, despedi-me dos meus tios e fui direto para o hospital.

— Você já fez algum contato com eles?

— Sim, pai, falei com tia Guilhermina ontem, alugaram um carro e estão passeando pela Itália. Querem viajar pelo maior tempo possível e voltarão para cá quando marcarmos a data do meu casamento.

A conversa prosseguiu sobre o casamento de Raul e quais os planos do casal para o futuro. Omar estava tranquilo, ver os filhos juntos trazia-lhe paz e a certeza de ter cumprido a promessa feita a Amália pouco antes de ela falecer.

No final da tarde, dirigiram-se à casa de Adônis. Raul foi buscar Mariah e, quando chegaram, encontraram lá Rogério, Alexandre e Khalil.

Adônis os conduziu para a sala onde se realizaria a palestra daquele dia. Pediu a todos que elevassem o pensamento a Deus, agradecendo a oportunidade de estarem juntos para mais um trabalho ligado à espiritualidade.

Tereza suspirou e cumprimentou os presentes:

— Boa noite, meus irmãos, quero que saibam que hoje nos reunimos para uma sessão especial. Mariah, não tema pela vida de seu pai. Ele está colhendo os frutos do que plantou ao longo da vida. Não pense em castigo divino, ele errou, porém, tomou conhecimento desse erro e entendeu que deveria ter agido de outra forma. Ficar sozinho vai ajudá-lo a pensar, ele está tranquilo, e nós o estamos acompanhando. O amor de Sofia está dando a ele coragem para continuar a viver. Ele precisa voltar ao Brasil, cuidar do que deixou para trás quando decidiu viver aqui. Você precisa viver sua vida, seguir seu destino junto com Raul, pois como já foi dito, vocês formarão uma linda família, essa união será abençoada com uma linda criança. Não se prendam ao passado, aos bens materiais, a vida é mais do que isso. Deus os abençoe. Obrigada, meu amigo, por me permitir conversar com vocês.

Mariah apertava a mão de Raul sem perceber o que fazia, tinha os olhos marejados e lutava para não chorar, o que se mostrou inútil.

Khalil pediu papel e lápis e começou a escrever. Adônis pediu a todos que se mantivessem em oração. Algum tempo depois, Khalil entregou-lhe o que havia escrito enquanto se dirigia a Omar:

— Omar, tranquilize seu coração, você cumpriu sua promessa, tudo tem um tempo para acontecer, não se aflija querendo me ver, no momento certo, nos encontraremos. Nosso amor é eterno.

Khalil deitou a cabeça sobre a mesa, e Dulce, delicadamente acariciando seus cabelos, o chamou.

— Khalil?

— Perdoe-me, acho que peguei no sono por alguns minutos.

— Está tudo bem.

Omar não continha as lágrimas, e Joseph apressou-se em dar-lhe um copo com água, temendo que ele passasse mal com a emoção. Raul estava atendo a Mariah e não percebeu a reação do pai às palavras do médium.

Adônis aguardou alguns minutos e convidou a todos para rezarem a oração pai-nosso. Todos atenderam, e, depois, ele encerrou a reunião agradecendo a presença dos espíritos amigos e de todos os presentes.

— Mariah, esta carta é para você.

— O senhor poderia lê-la ou devo fazê-lo sozinha?

— Ela só diz respeito a você e à sua avó. Leve-a e leia com ela. Não tenha pressa.

— Obrigada, senhor Adônis.

Joseph chamou Raul e pediu-lhe que cuidasse do pai.

— Pai, está sentindo alguma coisa?

— Seu pai se emocionou com as palavras do médium. Era um recado de Amália.

Raul abraçou o pai e disse-lhe:

— Me desculpe, pai, eu, preocupado com Mariah, me descuidei de você. Venha, vamos para outra sala, preciso examiná-lo.

— Estou bem, meu filho, não consegui conter as lágrimas, esperei tanto por esse momento, já estava acreditando que isso não seria possível, mas, quando aquele rapaz começou a falar, não pude me conter.

— Chorar faz bem, alivia a alma, como dizem. Deixe-me aferir sua pressão.

Adônis aproximou-se para auxiliá-los.

— Quer que eu providencie alguma coisa, Raul?

— Não, tio, papai se emocionou, mas sua pressão está normal.

— Vou pedir a Dulce que sirva o chá que preparamos, assim todos vocês poderão se refazer das emoções que viveram hoje.

Quando estavam se despedindo, Joseph perguntou a Raul que cuidados deveria ter com o irmão.

— Tio Joseph, ele está bem, uma boa noite de sono é só o que ele precisa. Podem ir tranquilos, e avise Amir que amanhã cedo eu passarei lá para vê-los.

— Obrigado, meu filho. Você vai ficar na casa de Mariah?

— Sim, ela também precisa de atenção, não quero deixá-la sozinha.

— Faz bem, cuide dela, até amanhã.

— Até amanhã, tio.

Quando a família de Raul retirou-se, Khalil perguntou a Adônis se a mensagem de Sofia estava escrita de forma clara, tudo fora muito rápido.

— Fique tranquilo, Khalil a carta estava bem escrita, e você transmitiu uma mensagem de Amália para Omar, mas não por escrito. Como você se sentiu?

— Foi algo estranho, senti muito sono depois que acabei de escrever, não sei o que foi dito, apenas uma sensação de paz e tranquilidade. Não sei quem veio dar o recado.

— Foi Amália, agora, procure descansar. Você ainda trabalha hoje?

— Sim, daqui irei direto para o hospital. Estou me sentindo bem disposto. Será um bom plantão.

— Obrigado, meu filho, Deus o acompanhe.

— Adônis, Rogério e Alexandre estão esperando no seu escritório.

— Obrigado. Dulce, pode nos servir um chá?

— Já levo para vocês.

— Vocês estavam me esperando, aconteceu alguma coisa?

Rogério falou primeiro:

— Adônis, nós estamos pensando em viver juntos e gostaríamos da sua opinião. O advogado que contratei para cuidar dos imóveis que herdei conseguiu vendê-los por um bom valor, e os outros, que faziam parte dos bens da família, também foram negociados. Vou investir esse dinheiro para que mamãe não tenha problemas financeiros no futuro, que espero que seja longo, mas quero viver minha vida da forma como acho justa.

— Entendo que vocês desejem viver o relacionamento de vocês com liberdade, mas sabemos que a união homoafetiva não é aceita aqui no Egito. Vocês poderiam ter problemas motivados por pessoas que não os aceitem.

Alexandre explicou:

— Por isso, viemos falar com você. Estamos pensando em mudar para outro país, onde poderemos viver com mais liberdade.

Adônis continuou:

— É um direito de vocês, mas pensem em tudo que já conquistaram: o respeito das pessoas com quem convivem, o trabalho, que sei que os dois gostam muito, os amigos, que estarão sempre ao lado de vocês. Como vocês pediram minha opinião, me sinto à vontade para dizer-lhes o seguinte: fiquem aqui, mantenham a vida como fizeram até agora, conheçam outros lugares nas férias, haverá um dia em que as pessoas entenderão que as escolhas individuais não podem ser controladas por outras pessoas, que o amor entre duas pessoas independe de sexo, raça, cor, religião. As pessoas serão mais felizes, o mundo será um bom lugar para se viver. As palavras de Jesus "amar o próximo como a si mesmo" farão sentido para todos, e, certamente, encontraremos a paz que todos procuram. Pensem sobre o que lhes disse, não decidam nada agora, estarei sempre aqui para ouvi-los.

Rogério e Alexandre abraçaram o amigo ao despedir-se. Decidiram ir para a casa de Alexandre e, no caminho, foram conversando sobre o conselho de Adônis. Chegaram à conclusão de que tinham ainda muito tempo para decidir o que fazer e desejaram que, muito em breve, a consciência de um mundo melhor não demorasse a chegar.

Os meses que se seguiram trouxeram a rotina que todos esperavam. Raul e Mariah marcaram o casamento para o dia em que seria comemorada a festa em homenagem à Santa Sara Kali. Fariam uma cerimônia simples no civil e depois seguiriam para a casa da avó de Mariah, onde trocariam as alianças e seriam abençoados de acordo com a tradição cigana.

Ângelo e Guilhermina vieram para o casamento, Dirce recusou-se a acompanhá-los, considerando um absurdo que o sobrinho não se casasse na Igreja Católica. Depois do julgamento do Conselho de Medicina, Adalberto perdeu sua autorização para clinicar. Com o CRM suspenso, ele decidiu seguir viagem para o Brasil e enviou uma carta a Mariah pedindo-lhe perdão pelos erros cometidos e desejando que ela e Raul fossem muito felizes.

Os tios de Rogério voltaram ao Cairo com as esposas para que elas conhecessem as belezas daquela cidade. Ele e a mãe os receberam, e Silvana mostrou-lhes os pontos turísticos mais visitados. Amir e Raul disseram-lhe que levasse os tios à festa, que era realizada uma vez por ano e teria um motivo muito especial em virtude do casamento dele e de Mariah, e do reencontro de Omar com o filho que estava desaparecido por trinta e cinco anos.

No dia do casamento, Raul usou um traje tradicional, e Mariah usou um vestido ricamente bordado, seguindo a tradição cigana.

— Feliz, meu amor?

— Muito, gostaria que papai estivesse aqui, mas respeito a decisão que ele tomou. Na carta que Khalil psicografou para mim e para minha avó, minha mãe afirmava que continuaria cuidando dele. Vovó me disse para seguir minha vida e deixar o passado de lado. Agora era a vez do futuro, de uma nova vida: "siga sem mágoas, sinta-se livre para viver sua história com Raul". É isso que quero fazer.

— Sua avó é uma mulher sábia. Vamos seguir juntos e construir o nosso futuro, precisamos decidir para onde viajaremos. Meus tios querem nos presentear com as passagens. Eu expliquei a eles que não poderíamos viajar agora, e tio Ângelo me disse para não adiar muito, pois ele teme que acabemos nos dedicando ao hospital e deixemos nossos projetos de lado.

— Sua tia me disse a mesma coisa. Amanhã decidiremos o que fazer, agora quero aproveitar esse momento com você. Olha que festa linda!

— Linda mesmo, nunca imaginei que meu casamento seria assim — confidenciou Raul.

— Agora, eu vou perguntar: Raul, você está feliz?

Raul abraçou Mariah e transmitiu no seu beijo a felicidade que estava sentindo.

A festa prolongou-se pela madrugada e foi bastante elogiada pelas pessoas que estavam presentes pela primeira vez. Os noivos dançavam e demonstravam toda a felicidade que sentiam naquele momento.

Omar estava feliz e orgulhoso pelo filho ter concordado com a cerimônia tradicional cigana e do cuidado que Amir e Miríade tiveram em organizar a festa de Santa Sara. Pensava na satisfação que teria Amália se estivesse ali presente para ver a alegria dos filhos, resultado do amor que viveram e do casamento que durou pouco tempo.

Joseph, aproximando-se, perguntou:

— Você está feliz, meu irmão? Realizou seu sonho?

— Sim, Joseph, minha felicidade estaria completa se Amália estivesse aqui comigo, não paro de pensar nela e no que foi dito na reunião em casa de Adônis.

— Você ficou impressionado.

— Fiquei, não sou estudioso da doutrina espírita, mas as palavras "nosso amor é eterno" não saem do meu pensamento.

— O que posso lhe dizer, do pouco que sei, é que alguns casais ficam juntos para sempre, são almas que se reencontram e cujo amor fica eternizado. Podem voltar em épocas diferentes, mas sempre se encontram.

— Se é assim, por que ela foi tão cedo? Por que não pudemos viver esse amor eterno?

— Não sei, meu irmão, essa explicação não tenho para lhe dar. Amei Sofia desde que a vi pela primeira vez, e esse amor não me trouxe alegria, ao contrário, descobri que ela nunca seria minha, ela só amou Adalberto. Se pudermos nos encontrar um dia, talvez eu consiga entender por que amei tanto uma mulher que nunca me amou e por que, pelo menos nesta vida, não consegui amar outra pessoa.

— É difícil entender a vida. Será que um dia saberemos por que não tivemos a chance de viver com quem amamos?

— Não sei o que lhe responder, Omar, talvez, se eu tivesse conseguido esquecer Sofia, ou tivesse procurado outra mulher para formar uma família, teria encontrado um novo amor. Você está bem?

— Estou sentindo cansaço. Acha que Carmem se importaria se eu me deitasse um pouco?

— Tenho certeza de que não, venha comigo. Você está sentindo alguma coisa?

— Não se incomode, conheço bem a casa e estou apenas cansado. Não se preocupe, nem preocupe meus filhos.

Omar deitou-se no divã em que Joseph costumava dormir na casa de Carmem. A música tocava distante e a calma do lugar fez com que ele logo adormecesse.

Acordou assustado, alguém acendera a luz:

— Carmem, é você? Vim apenas descansar um pouco, não tenho mais idade para festas.

Firmando a vista, ele a reconheceu:

— Amália, minha Amália, você veio ver nosso filho se casando? Viu que festa linda?

— Sim, a festa está maravilhosa, e nossos filhos estão vivendo o momento de felicidade que eu sempre desejei.

Ela aproximou-se e estendeu as mãos, que ele segurou com carinho.

— Minha Amália, você está linda, por favor, não se vá, fique comigo.

— Meu amor, nunca mais nos separaremos.

EPÍLOGO

Alguns dias depois.

— Raul, ele me disse que estava apenas cansado, se eu pudesse imaginar...

— Tio Joseph, não se culpe, pois, como explicou tio Adônis, chegou a hora dele. Ele não deve ter sentido nenhuma dor, o coração parou. A sua expressão era de quem dormia tranquilo. Ninguém poderia fazer nada.

— Você tem razão, mas está difícil ficar aqui sem ele. Vivemos juntos todos esses anos. Eu sabia que a saúde dele era frágil, mas não imaginei que ele nos deixaria tão cedo.

Amir interveio:

— Tio, Raul tem razão, a culpa não é sua. Ele viveu esses anos todos na esperança de encontrar Raul e trazê-lo para nossa família. Ele cumpriu a missão a que se propôs. Sabemos que o coração dele estava fraco. Quem sabe as palavras da mamãe não significavam que ela viria buscá-lo em breve? Ele me contou o que aconteceu na reunião na casa de Adônis. A frase "nosso amor é eterno" estava nos pensamentos dele.

— Ele falou sobre ela antes de ir se deitar. Conversamos sobre Amália e Sofia.

— Vamos seguir em frente, continuar o trabalho que ele começou e vivermos juntos como era o desejo dele. Raul não vai nos acompanhar ao sítio, pois está no hospital, e, em breve, morará aqui perto, estaremos sempre juntos.

Raul completou:

— Com certeza, onde quer que ele esteja, estará feliz porque nos uniu. Vamos seguir em frente.

— Vocês têm razão, amanhã irei para o sítio com o Alexandre, agora vou deixá-los. Preciso fazer uma visita.

Depois que ele saiu, Raul perguntou ao irmão:

— Fazer uma visita?

— Com certeza, foi visitar dona Carmem, pois, por mais que nós tentemos ajudá-lo, somente ela consegue. Vocês não puderam viajar, o que decidiram?

— Vamos esperar nossas férias, que logo chegarão. Aí poderemos viajar, terminar nossa casa. Nossos horários estão sendo ajustados. Logo, tudo estará em ordem.

— Você vai para o hospital?

— Sim, meu plantão começa daqui a uma hora, e meu carro está com Mariah.

— Então vamos, eu o deixo lá.

Os dois irmãos seguiram juntos, tinham certeza de que a vida seguiria seu curso e eles estariam unidos pelos laços de amor e fraternidade desejados por seus pais.

FIM

GRANDES SUCESSOS DE
ZIBIA GASPARETTO

Com 19 milhões de títulos vendidos, a autora tem contribuído para o fortalecimento da literatura espiritualista no mercado editorial e para a popularização da espiritualidade. Conheça os sucessos da escritora.

Romances
pelo espírito Lucius

- A força da vida
- A verdade de cada um
- A vida sabe o que faz
- Ela confiou na vida
- Entre o amor e a guerra
- Esmeralda
- Espinhos do tempo
- Laços eternos
- Nada é por acaso
- Ninguém é de ninguém
- O advogado de Deus
- O amanhã a Deus pertence
- O amor venceu
- O encontro inesperado
- O fio do destino
- O poder da escolha
- O matuto
- O morro das ilusões
- Onde está Teresa?
- Pelas portas do coração
- Quando a vida escolhe
- Quando chega a hora
- Quando é preciso voltar
- Se abrindo pra vida
- Sem medo de viver
- Só o amor consegue
- Somos todos inocentes
- Tudo tem seu preço
- Tudo valeu a pena
- Um amor de verdade
- Vencendo o passado

Crônicas

A hora é agora!
Bate-papo com o Além
Contos do dia a dia
Conversando Contigo!
Pare de sofrer
Pedaços do cotidiano
O mundo em que eu vivo
Voltas que a vida dá
Você sempre ganha!

Coletânea

Eu comigo!
Recados de Zibia Gasparetto
Reflexões diárias

Desenvolvimento pessoal

Em busca de respostas
Grandes frases
O poder da vida
Vá em frente!

Fatos e estudos

Eles continuam entre nós vol. 1
Eles continuam entre nós vol. 2

Sucessos
Editora Vida & Consciência

Amadeu Ribeiro

A herança
A visita da verdade
Juntos na eternidade
Laços de amor
O amor não tem limites
O amor nunca diz adeus
O preço da conquista
Reencontros
Segredos que a vida oculta vol.1
A beleza e seus mistérios vol.2
Amores escondidos vol. 3
Seguindo em frente vol. 4

Amarilis de Oliveira

Além da razão (pelo espírito Maria Amélia)
Do outro lado da porta (pelo espírito Elizabeth)
Nem tudo que reluz é ouro (pelo espírito Carlos Augusto dos Anjos)
Nunca é pra sempre (pelo espírito Carlos Alberto Guerreiro)

Ana Cristina Vargas
pelos espíritos Layla e José Antônio

A morte é uma farsa
Almas de aço
Código vermelho
Em busca de uma nova vida
Em tempos de liberdade
Encontrando a paz
Escravo da ilusão
Ídolos de barro
Intensa como o mar
Loucuras da alma
O bispo
O quarto crescente
Sinfonia da alma

Carlos Torres

A mão amiga
Passageiros da eternidade
Querido Joseph (pelos espírito Jon)
Uma razão para viver

Cristina Cimminiello

A voz do coração (pelo espírito Lauro)
Além da espera (pelo espírito Lauro)
As joias de Rovena (pelo espírito Amira)
O segredo do anjo de pedra (pelo espírito Amadeu)

Eduardo França

A escolha
A força do perdão
Do fundo do coração
Enfim, a felicidade
Um canto de liberdade
Vestindo a verdade
Vidas entrelaçadas

Floriano Serra

A grande mudança
A outra face
Amar é para sempre
Almas gêmeas
Ninguém tira o que é seu
Nunca é tarde
O mistério do reencontro
Quando menos se espera...

Gilvanize Balbino

Cheguei. E agora? (pelos espíritos Ferdinando e Saul)
De volta pra vida (pelo espírito Saul)
Horizonte das cotovias (pelo espírito Ferdinando)
O homem que viveu demais (pelo espírito Pedro)
O símbolo da vida (pelos espíritos Ferdinando e Bernard)
Salmos de redenção (pelo espírito Ferdinando)

Jeaney Calabria

Uma nova chance (pelo espírito Benedito)

Juliano Fagundes
Nos bastidores da alma (pelo espírito Célia)
O símbolo da felicidade (pelo espírito Aires)

Lucimara Gallicia
pelo espírito Moacyr

Ao encontro do destino
Sem medo do amanhã

Márcio Fiorillo
pelo espírito Madalena

Lições do coração
Nas esquinas da vida

Maurício de Castro
Caminhos cruzados (pelo espírito Hermes)
O jogo da vida (pelo espírito Saulo)

Meire Campezzi Marques
pelo espírito Thomas

A felicidade é uma escolha
Cada um é o que é
Na vida ninguém perde
Uma promessa além da vida

Priscila Toratti
Despertei por você

Rose Elizabeth Mello
Como esquecer
Desafiando o destino
Livres para recomeçar
Os amores de uma vida
Verdadeiros Laços

Sâmada Hesse
pelo espírito Margot
Revelando o passado

Sérgio Chimatti
pelo espírito Anele
Lado a lado
Os protegidos
Um amor de quatro patas

Stephane Loureiro
Resgate de outras vidas

Thiago Trindade
pelo espírito Joaquim
As portas do tempo
Com os olhos da alma

Conheça mais sobre espiritualidade com outros sucessos.

vidaeconsciencia.com.br  /vidaeconsciencia  @vidaeconsciencia

Rua das Oiticicas, 75 – SP
55 11 2613-4777

contato@vidaeconsciencia.com.br
www.vidaeconsciencia.com.br